MAZE RUNNER
CORRER O MORIR

Título original: *The Maze Runner*
Dirección de proyecto editorial: Cristina Alemany
Traducción y edición: Silvina Poch
Colaboración editorial: Adriana Cataño – Soledad Alliaud – María Inés Linares
Dirección de arte: Trini Vergara
Armado y adaptación de diseño: María Inés Linares
Ilustración de cubierta: Marcelo Orsi Blanco (Depeapá Contenidos)

© 2009 James Dashner
© 2010 V&R Editoras
www.vreditoras.com

Argentina: San Martín 969 10º (C1004AAS) Buenos Aires
Tel./Fax: (54-11) 5352-9444 y rotativas
e-mail: editorial@vreditoras.com

México: Av. Tamaulipas 145, Colonia Hipódromo Condesa
CP 06170 – Del. Cuauhtémoc, México D. F.
Tel./Fax: (5255) 5220-6620/6621 • Tel.: (5255) 5211-5415/5714
Lada sin costo: 01800-543-4995
e-mail: editoras@vergarariba.com.mx

ISBN: 978-607-7547-32-7

Impreso en México, marzo de 2015
Litográfica Ingramex S.A. de C.V.

813.5421
D2609.m
2015

Dashner, James, 1972-
Maze runner = Correr o morir / James Dashner; tr. y ed. Silvina Poch.- México :V&R Editoras, 2015.
400 p.

Título original: The maze runner
ISBN 978-607-7547-32-7

1. Amnesia – Novela 2. Cooperatividad – Novela 3. Ciencia ficción I. t. II. Poch, Silvina, tr.

MAZE RUNNER
CORRER O MORIR

JAMES DASHNER

V&R
EDITORAS

Para Lynette. Este libro fue una travesía de tres años, y nunca dudaste.

1

Comenzó su nueva vida de pie, en medio de la fría oscuridad y del aire viciado y polvoriento. Metal contra metal.

Un temblor sacudió el piso debajo de él. El movimiento repentino lo hizo caer y se arrastró con las manos y los pies hacia atrás. A pesar del aire fresco, las gotas de sudor le cubrían la frente. Su espalda golpeó contra una dura pared metálica; se deslizó por ella hasta que llegó a la esquina del recinto. Se hundió en el rincón y atrajo las piernas firmemente contra su cuerpo, esperando que sus ojos se adaptaran a las tinieblas.

Con otra sacudida, el cubículo se movió bruscamente hacia arriba como si fuera el viejo ascensor de una mina.

Ruidos discordantes de cadenas y poleas, como la maquinaria de una vieja fábrica de acero, resonaron por todo el compartimento, rebotando en las paredes con un chirrido apagado y férreo. El oscuro elevador se mecía de un lado a otro durante la subida, provocándole náuseas; un olor de aceite quemado saturó su olfato, haciéndolo sentir peor. Quería llorar, pero no tenía lágrimas; no le quedaba más que permanecer sentado allí, solo, esperando.

Me llamo Thomas, pensó.

Eso era lo único que recordaba acerca de su vida.

No podía entender lo que estaba ocurriendo. Su cerebro trabajaba perfectamente, tratando de evaluar dónde se hallaba y cuál era su situación. Toda la información que tenía invadió su mente: hechos e ideas, recuerdos y detalles del mundo y su funcionamiento. Se imaginó los árboles cubiertos de nieve, corriendo por un camino tapizado de hojas, comiendo una hamburguesa, nadando en un lago, el reflejo pálido de la luna sobre la pradera, el bullicio de una plaza de ciudad. Sin embargo, no sabía de dónde venía, cómo había terminado adentro de ese sombrío montacargas ni quiénes eran sus padres. Ni siquiera tenía idea de cuál era su apellido.

Imágenes de individuos pasaron fugazmente por su cabeza, pero no reconoció a nadie, y sus caras fueron reemplazadas por siniestras manchas de color. No guardaba en su memoria ningún rostro conocido ni recordaba una sola conversación.

El elevador continuó su ascenso, balanceándose; Thomas se volvió inmune al incesante repiqueteo de las cadenas que lo llevaban hacia arriba. Pasó un largo rato. Los minutos se convirtieron en horas, aunque era imposible saber con certeza el tiempo transcurrido, pues cada segundo parecía una eternidad. No. Él era inteligente. Sus instintos le decían que había estado moviéndose durante casi media hora.

Con sorpresa, sintió que el miedo desaparecía volando como un enjambre de mosquitos atrapados por el viento, y era reemplazado por una profunda curiosidad. Quería saber dónde se encontraba y qué estaba ocurriendo.

El cubículo se detuvo con un crujido; el cambio súbito lo arrojó al duro suelo. Mientras se levantaba con dificultad, sintió que la oscilación disminuía hasta desaparecer. Todo quedó en silencio.

Transcurrió un minuto. Dos. Miró hacia todos lados pero no vio más que oscuridad. Tanteó las paredes otra vez en busca de una salida, pero no encontró nada, sólo el frío metal. Lanzó un gruñido de frustración. El eco se extendió por el aire, como un gemido de ultratumba. El sonido se apagó y volvió el silencio. Gritó, pidió ayuda, golpeó las paredes con los puños.

Nada.

Retrocedió nuevamente hacia el rincón, cruzó los brazos y se estremeció. El miedo había regresado. Sintió un temblor inquietante en el pecho, como si el corazón quisiera escapar del cuerpo.

—*¡Ayuda… por favor!* —gritó. Las palabras le desgarraron la garganta.

Un fuerte ruido metálico resonó sobre su cabeza. Respiró sobresaltado mientras miraba hacia arriba. Una línea de luz apareció a través del techo del ascensor y se fue expandiendo. Tras un chirrido penetrante vio un par de puertas corredizas que se abrían con fuerza. Después de estar tanto tiempo en las tinieblas, la luz lo encegueció. Desvió la vista y se cubrió la cara con ambas manos.

Escuchó sonidos que venían de arriba: eran voces. El temor le estrujó el pecho.

—Miren al *larcho* ese.

—¿Cuántos años tiene?

—Parece un *miertero* asustado.

—Tú eres el *miertero*, *shank*.

—¡Güey, ahí abajo huele a zarigüeya!

—Espero que hayas disfrutado del viaje de ida, *Nuevito*.

—¡No hay pasaje de vuelta, hermano!

Sintió una ola de confusión mezclada con pánico. Las voces eran extrañas y sonaban con eco. Algunas palabras eran incomprensibles, otras resultaban familiares. Entrecerró los ojos y dirigió la mirada hacia la luz y hacia aquellos que hablaban. Al principio, sólo vio sombras que se movían, pero pronto comenzaron a delinearse los cuerpos: varias personas estaban inclinadas sobre el hueco del techo, observándolo y apuntando hacia él.

Y luego, como si la lente de una cámara hubiera ajustado el foco, las caras se volvieron nítidas. Eran todos muchachos: algunos más chicos, otros mayores. No sabía qué había esperado encontrar, pero estaba sorprendido. Eran adolescentes. Niños. Algo del miedo que sentía se desvaneció, pero no lo suficiente como para calmar su acelerado corazón.

Alguien arrojó una cuerda con un gran nudo en el extremo. Thomas primero dudó, pero después subió el pie derecho y se aferró a la soga mientras lo izaban hacia el cielo. Varias manos se estiraron hacia él, aferrándolo de la ropa y atrayéndolo hacia la superficie. El mundo parecía un remolino brumoso de rostros, colores y luces. Una avalancha de emociones le desgarró las entrañas; quería gritar, llorar, vomitar. El coro de voces se había apagado pero, mientras lo levantaban sobre el borde afilado de la caja negra, alguien habló. Supo que nunca olvidaría esas palabras.

—Encantado de conocerte, *larcho* —dijo el chico—. Bienvenido al Área.

2

Las manos amistosas no dejaron de revolotear alrededor de Thomas hasta que se puso de pie y lograron quitarle el polvo de la camisa y el pantalón. Todavía deslumbrado por la claridad, se tambaleó un poco. Lo consumía la curiosidad, pero aún se sentía muy confundido como para prestar atención a aquello que lo rodeaba. Sus nuevos compañeros se quedaron en silencio mientras él recorría el lugar con la vista, tratando de abarcar todo.

Los chicos lo miraban fijamente y reían con disimulo al verlo girar con lentitud la cabeza; algunos estiraron la mano y lo tocaron. Debían de ser por lo menos unos cincuenta: sudorosos, con la ropa manchada como si hubieran estado trabajando duro; eran de todos los tipos, tamaños y razas, con el pelo de distintos largos. De repente, se sintió mareado por el constante parpadeo de sus ojos, que no dejaban de observar a los chicos ni el extraño sitio al que había llegado.

Se hallaban en un enorme patio, superior en tamaño a una cancha de futbol, bordeado por cuatro inmensos muros de piedra gris, cubiertos por una enredadera tupida. Las paredes debían de tener más de cien metros de altura y formaban un cuadrado perfecto. En la mitad de cada uno de los lados había una abertura tan alta como los mismos muros que, por lo que pudo ver, conducía a unos pasadizos que se perdían a lo lejos.

—Miren al *Novato* —dijo una voz áspera, que no pudo distinguir a quién pertenecía—. Se va a romper su cuello de *garlopo* por inspeccionar su nueva morada.

Varios chicos rieron.

—Cierra el hocico, Gally —respondió una voz más profunda.

Se concentró nuevamente en las decenas de extraños que lo contemplaban. Sabía que tenía aspecto de estar aturdido, pues se sentía como si lo hubieran drogado. Un chico alto, de pelo rubio y mandíbula cuadrada, se acercó a él con rostro inexpresivo y lo olió. Otro, bajo y regordete, se movía nerviosamente, mirándolo con los ojos muy abiertos. Un muchacho de aspecto asiático, fornido y musculoso, se cruzó de brazos mientras lo examinaba, con la playera arremangada para mostrar sus bíceps. Otro, de piel oscura, el mismo que le había dado la bienvenida, frunció el entrecejo. Una infinidad de caras lo observaba atentamente.

—¿Dónde estoy? —preguntó, sorprendido al escuchar su voz por primera vez desde la pérdida de memoria. Le sonó algo extraña, más aguda de lo que hubiera imaginado.

—En un lugar no muy bueno —dijo el muchacho de piel oscura—. Relájate y descansa.

—¿Qué Encargado le va a tocar? —gritó alguien al fondo de la multitud.

—Ya te lo dije, larcho —respondió una voz chillona—. Es un miertero, así que será Fregón, ni lo dudes —agregó, y lanzó una risita tonta, como si acabara de decir la cosa más graciosa del mundo.

Al escuchar tantas palabras y frases sin sentido, volvió a sentir que el desconcierto presionaba su pecho. *Larcho. Miertero. Encargado. Fregón.* Brotaban tan naturalmente de las bocas de todos que le resultaba extraño no entenderlas. Estaba desorientado: parecía que la memoria perdida también se hubiera llevado parte de su lenguaje.

En su mente y en su corazón se había desencadenado una batalla de emociones. Confusión. Curiosidad. Pánico. Miedo. Pero mezclada con todo eso, había una oscura sensación de absoluta desesperanza, como si el mundo se hubiera acabado, borrado de su cabeza, y hubiese sido reemplazado por algo terrible. Quería correr y esconderse de esa gente.

El chico de la voz áspera estaba hablando.

—…ni siquiera hizo tanto. Te apuesto lo que quieras que así es.

Aún no podía ver su cara.

—¡Dije que cerraran el hocico! —gritó el muchacho de piel oscura—. ¡Sigan así y se quedarán sin recreo!

10

Ése debe ser el líder, concluyó Thomas, al tiempo que sentía odio al ver cómo todos lo admiraban. Luego se dedicó a estudiar la zona, a la que el chico había llamado el Área.

El piso del patio parecía estar hecho de grandes bloques de piedra. Muchos de ellos tenían grietas llenas de hierba y malezas. Cerca de una de las esquinas del cuadrado había un edificio extraño y ruinoso de madera, que contrastaba con la piedra gris. Estaba rodeado de unos pocos árboles, cuyas raíces parecían garras que perforaban la roca en busca de alimento. En otro sector se encontraban las huertas. Desde donde se hallaba, podía distinguir plantas de maíz, de jitomate, y árboles frutales.

Al otro lado del recinto había corrales de ovejas, cerdos y vacas. Un gran bosque ocupaba el último recodo. Los árboles cercanos parecían secos y sin vida. El cielo era azul y no había ni una nube; sin embargo, a pesar de la claridad, no alcanzó a ver ninguna huella del sol. Las sombras que se arrastraban por los muros no revelaban la hora ni la ubicación: podía ser temprano en la mañana o la última hora de la tarde. Mientras respiraba profundamente tratando de calmarse, fue atacado por una combinación de olores: tierra recién trabajada, abono, pino, algo podrido y algo dulce. Por alguna razón desconocida, él sabía que así debía oler una granja.

Volvió la vista hacia sus captores, sintiéndose raro pero, al mismo tiempo, desesperado por hacer preguntas. *Captores*, pensó. *¿Por qué habrá aparecido esa palabra en mi cabeza?* Examinó sus rostros, analizando cada expresión, evaluándolos. La mirada de un chico, encendida por el odio, lo sobresaltó. Parecía tan enojado que no le habría resultado extraño si se le hubiera acercado con un cuchillo. Tenía pelo negro y, cuando hicieron contacto visual, sacudió la cabeza y se dirigió hacia un asta grasienta de hierro junto a una banca de madera. Una bandera multicolor colgaba sin vida de la punta: no había viento que la hiciera flamear para revelar su dibujo.

Impresionado por la actitud del muchacho, miró fijamente su espalda hasta que éste dio media vuelta y se sentó. Entonces apartó la vista rápidamente.

De pronto, el líder del grupo, que tendría unos diecisiete años, se adelantó. Llevaba ropa normal: una playera negra, jeans, tenis, un reloj digital. A Thomas le resultó extraña la forma en que vestían pues imaginó que tendrían que usar ropa más amenazante, como un uniforme de prisión. El chico de piel oscura tenía el pelo muy corto y la cara bien rasurada. Pero más allá de su constante ceño fruncido, no había nada en él que infundiera temor.

—Es una larga historia, shank —dijo, finalmente—. Irás conociéndola poco a poco. Mañana harás conmigo la Visita Guiada. Hasta entonces, trata de no romper nada —estiró su brazo—. Soy Alby.

Estaba claro que quería que le diera la mano.

Thomas, en forma instintiva, se negó a hacerlo. Sin decir nada, se alejó del grupo, caminó hasta un árbol cercano y se sentó con la espalda apoyada contra la corteza rugosa. El pánico se desató nuevamente en su interior, casi imposible de tolerar. Pero respiró profundamente e hizo un esfuerzo por tratar de aceptar la situación. *Cálmate*, pensó. *No resolverás nada si te dejas dominar por el miedo.*

—Cuéntamela entonces —le gritó, luchando por no quebrar la voz—. La larga historia.

Alby echó una mirada a los amigos que tenía más cerca y puso los ojos en blanco. Thomas estudió otra vez a la multitud. Su cálculo original había sido bastante acertado: eran unos cincuenta o sesenta chicos que iban desde la plena adolescencia hasta jóvenes casi adultos como Alby, que parecía ser uno de los mayores. En ese momento, se dio cuenta de que no tenía idea de su propia edad y, ante ese descubrimiento, se le cayó el alma a los pies: estaba tan perdido que ni siquiera sabía cuántos años tenía.

—En serio —dijo, abandonando esa máscara de valentía—. ¿Dónde estoy?

Alby caminó hacia él y se sentó con las piernas cruzadas. La tropa lo siguió y se agrupó detrás. Las cabezas asomaban aquí y allá para ver mejor.

—Si no estás asustado —dijo—, no eres humano. Si actúas de otra manera, te voy a arrojar por el Acantilado porque eso querría decir que eres un enfermo.

—¿El *Acantilado*? —preguntó, mientras sentía que la sangre desaparecía de su cara.

—Carajo —exclamó Alby, restregándose los ojos—. No hay forma de empezar esta conversación, ¿entiendes? Te prometo que aquí no asesinamos a larchos como tú. Sólo trata de evitar que te maten. Sobrevive… haz lo que puedas.

Se detuvo unos segundos y Thomas tuvo la impresión de que se había puesto todavía más pálido al escuchar los últimos comentarios.

—Escucha —dijo, y luego se pasó las manos por el pelo corto mientras dejaba escapar un suspiro prolongado—. No soy bueno para estas cosas: eres el primer Novato desde que mataron a Nick.

Los ojos de Thomas se agrandaron. Un chico se acercó al líder y le dio unas palmadas amistosas en el hombro.

—Espera hasta la maldita Visita Guiada, Alby —bromeó, con un acento extraño—. Al pichoncito le va a dar un infarto brutal, todavía no escucha nada —agregó, luego se inclinó y le extendió la mano—. Nuevito, me llamo Newt, y todos aquí nos sentiremos muy bien si perdonas a nuestro nuevo líder con cerebro de garlopo aquí presente.

Thomas le dio la mano. Parecía mucho más agradable que Alby y también era más alto que él, pero aparentaba ser un año menor. Era rubio y llevaba el pelo largo, que le caía sobre la playera. Tenía brazos musculosos con las venas muy marcadas.

—Calladito, shank —gruñó Alby, tomando a su amigo del hombro para que se sentara a su lado—. Al menos él puede entender la mitad de lo que digo —se oyeron algunas risas y luego todos se agruparon detrás, listos para escuchar lo que ellos iban a decir.

Alby abrió los brazos con las palmas de las manos hacia arriba.

—Este lugar es el Área, ¿de acuerdo? Es donde vivimos, comemos y dormimos. Nos llamamos a nosotros mismos los Habitantes del Área. Eso es todo lo que…

—¿Quién me envió aquí? —preguntó Thomas, una vez que el miedo dejó paso a la ira—. ¿Cómo…?

Antes de que pudiera terminar la frase, Alby se estiró y lo sujetó de la playera con la mano, apoyándose hacia delante sobre las rodillas.

—¡Vamos, larcho, levántate! —Alby se puso de pie, mientras continuaba aferrándolo de la ropa.

Thomas finalmente logró incorporarse con esfuerzo, y el temor lo inundó otra vez. Retrocedió contra el árbol, tratando de alejarse del líder, que se mantenía justo delante de él.

—¡Se acabaron las interrupciones! —gritó—. No te hagas el matón. Si te contáramos todo caerías muerto aquí mismo, justo después de larcharte los pantalones. Los Embolsadores se harían cargo de ti y ya no nos servirías para nada.

—No sé de qué estás hablando —repuso lentamente, asombrado ante la firmeza de su voz.

Newt extendió la mano y tomó a Alby de los hombros.

—Güey, cálmate un poco. Así no lograrás nada, ¿no ves?

El chico soltó la playera de Thomas y retrocedió, respirando agitadamente.

—No hay tiempo para amabilidades, Nuevito. La vida anterior se terminó. Aprende pronto las reglas, escucha y no hables. ¿Me captas?

Thomas dirigió la mirada hacia Newt en busca de ayuda. En su interior, todo era convulsión y dolor. Las lágrimas, que pugnaban por salir, le quemaban los ojos.

Newt sacudió la cabeza.

—Nuevito, entendiste, ¿no?

Estaba furioso, quería golpear a alguien, pero apenas masculló un "sí" en voz baja.

—Va —dijo Alby—. El Primer Día. Eso es lo que hoy es para ti, larcho. Se acerca la noche, los Corredores están por venir. La Caja llegó tarde hoy, no hay tiempo para la Visita Guiada. La dejamos para mañana por la mañana, justo después del despertar —agregó, y se volteó hacia su amigo—. Consíguele una cama y haz que se duerma.

—Va —repuso Newt.

Alby miró a Thomas y entornó los ojos.

—En pocas semanas, estarás feliz de hallarte aquí. El Primer Día, ninguno de nosotros tenía la más remota idea de dónde se encontraba. Tú tampoco. Mañana empieza la nueva vida.

Dio media vuelta y, abriéndose paso entre la multitud, se encaminó hacia el edificio de madera de la esquina. La mayoría de los chicos se alejó, echándole al recién llegado una mirada persistente antes de desaparecer.

Thomas cruzó los brazos, cerró los ojos y respiró profundamente. El vacío que sentía en su interior pronto fue reemplazado por una gran tristeza. Todo eso era demasiado. ¿Dónde se encontraba? ¿Qué era ese lugar? ¿Sería una especie de prisión? De ser así, ¿por qué lo habían enviado allí y por cuánto tiempo? El idioma era raro y a ninguno de los chicos parecía preocuparle si él vivía o moría. Las lágrimas amenazaron de nuevo, pero se negó a dejarlas salir.

—¿Qué hice? —susurró, aunque sus palabras no estaban dirigidas a nadie—. ¿Por qué me habrán mandado aquí?

Newt le dio una palmada en el hombro.

—Nuevito, todos pasamos por lo mismo. Nosotros también tuvimos nuestro Primer Día y salimos de esa caja oscura. Las cosas están mal, es cierto, y pronto se pondrán mucho peor. Ésa es la verdad. Pero en poco tiempo estarás peleando en serio. Puedo ver que no eres un marica.

—¿Acaso esto es una cárcel? —preguntó, mientras hurgaba en la oscuridad de sus pensamientos, tratando de encontrar alguna conexión con su pasado.

—¿Ya terminaste con las preguntas? —repuso el muchacho—. No hay buenas respuestas para ti. Por lo menos, no todavía. Mejor no hables y acepta el cambio, que ya llegará la mañana.

Thomas no dijo nada y permaneció con la cabeza baja y los ojos fijos en el piso rocoso y agrietado. Una hilera de hierbas de hojas pequeñas se extendía por el borde de uno de los bloques de piedra. Unas diminutas florecitas amarillas asomaban como buscando el sol, que hacía rato había desaparecido detrás de los enormes muros del Área.

—Chuck será perfecto para ti —dijo Newt—. Es un enanito regordete, pero buena persona en el fondo. Quédate aquí. Ahora regreso.

No bien hubo terminado la frase, un aullido inhumano atravesó el aire. Agudo y penetrante, el grito resonó por el patio de piedra y todos los chicos que estaban a la vista giraron la cabeza hacia el lugar donde se había originado. Sintió que la sangre se le congelaba al descubrir que el horrible sonido provenía del edificio de madera.

Hasta Newt había saltado del susto, con una expresión de gran preocupación en su rostro.

—Carajo —exclamó—. ¿Acaso los Docs no pueden controlar a ese larcho durante diez minutos sin mi ayuda? —sacudió la cabeza y pateó ligeramente el pie de Thomas—. Habla con Chucky, dile que tiene que buscarte un lugar para dormir —dio media vuelta y corrió hacia el edificio.

Thomas se deslizó por el tronco del árbol hasta caer otra vez en el suelo. Se restregó contra la corteza y cerró los ojos, deseando poder despertar de esa horrorosa pesadilla.

3

Permaneció sentado durante un rato, demasiado agobiado como para moverse. Finalmente, se obligó a examinar el edificio derruido. Un grupo de chicos que se había amontonado afuera observaba con ansiedad las ventanas superiores, como esperando que una espantosa bestia saltara al suelo en medio de una explosión de vidrios y maderas.

Un chasquido metálico, que venía de las ramas más altas del árbol, llamó su atención. Miró hacia arriba y alcanzó a ver un destello de luz plateada y roja que desaparecía por el tronco hacia el otro lado. Se puso de pie y caminó alrededor del árbol, buscando una señal de aquello que había oído, pero sólo encontró ramas desnudas, grises y cafés, que se abrían en bifurcaciones, similares a los dedos de un esqueleto.

—Eso fue uno de los escarabajos —dijo alguien.

Giró hacia la derecha y se encontró con un niño bajito y gordinflón, que lo miraba fijamente. Era muy joven, quizás el menor de todos los que había visto hasta ese momento: tendría unos doce o trece años. El pelo café le cubría el cuello y las orejas, rozando los hombros. Sólo sus ojos azules brillaban en medio de una cara triste, fofa y colorada.

Thomas puso una expresión de asombro.

—¿Un qué?

—Un escarabajo —repuso, señalando la copa del árbol—. No te hará daño, a menos que seas tan estúpido como para tocarlo... *shank*.

La última palabra no le salió de forma muy natural, como si aún no hubiera comprendido bien la jerga del Área.

Otro alarido, esta vez largo y escalofriante, rasgó el aire. El corazón de Thomas se estremeció. El miedo era como un rocío helado sobre su piel.

—¿Qué está pasando allí? —preguntó, apuntando hacia el edificio.

—Ni idea —respondió el chico, que conservaba la voz aguda de la infancia—. Ben está ahí adentro, muy enfermo. *Ellos* lo tienen.

—¿Ellos? —repitió. No le agradó el tono malicioso que utilizó.

—Sí.

—¿Quiénes son *ellos*?

—Ojalá nunca lo averigües —respondió, con un aspecto demasiado tranquilo para la situación. Le tendió la mano—. Soy Chuck. Yo era el Novato hasta que llegaste.

¿Y éste es mi guía para la noche?, pensó. No podía sacudirse el terrible malestar, y ahora a eso le sumaba irritación. Todo era absurdo y, además, le dolía mucho la cabeza.

—¿Por qué todos me llaman Nuevito? —preguntó, estrechando la mano de Chuck y soltándola de inmediato.

—Porque eres un recién llegado —contestó con una carcajada. Otro aullido llegó desde la casa, y sonó como el de un animal famélico al que estaban torturando.

—¿Cómo puedes reírte? —comentó, horrorizado por el ruido—. Parece como si tuvieran a un moribundo ahí adentro.

—Él va a estar bien. Nadie muere si regresa a tiempo para recibir el Suero. Es todo o nada. Muerto o vivo. Sólo que duele mucho.

—¿Qué es lo que duele mucho?

Los ojos del niño vagaron un rato, como si no estuviera seguro de la respuesta.

—Humm… ser pinchado por los Penitentes.

—¿Penitentes?

Estaba cada vez más confundido. *Pinchado. Penitentes.* Las palabras tenían una fuerte carga de terror y, de repente, ya no supo si quería escuchar más.

El gordito se encogió de hombros y luego desvió la mirada, con un gesto de suficiencia.

Thomas lanzó un suspiro de frustración y se recostó contra el árbol.

—Parece que no sabes mucho más que yo —le dijo, pero tenía claro que eso no era cierto. La forma en que había perdido la memoria era muy extraña. Recordaba bien cómo funcionaba el mundo, pero vacío de lo concreto, de los rostros, los nombres. Como un libro al que le faltaba una palabra de cada doce, lo cual hacía ardua y confusa su lectura. Desconocía un dato tan obvio como su edad.

—Chuck, ¿cuántos… años te parece que tengo?

El chico lo observó de arriba abajo.

—Yo diría dieciséis. Y si andas con la duda… un metro ochenta, pelo castaño. Ah, y feo como una comadreja —aseguró, luego resopló y se rio.

Estaba tan perplejo que apenas escuchó la última parte. ¿Dieciséis? ¿Tenía *dieciséis* años? Se sentía mucho más viejo.

—¿Estás seguro? —le preguntó y luego hizo una pausa buscando las palabras adecuadas— ¿Cómo…? —y se calló. Ni siquiera sabía qué preguntar.

—No te preocupes. Andarás como atontado durante unos días, pero después te acostumbrarás a este lugar. A mí me pasó. Vivimos aquí, es lo que hay. Es mejor que vivir en una montaña de plopus —entornó los ojos, anticipando la pregunta—. Plopus es otra forma de decir "caca". Es el ruido que hace cuando cae en nuestras letrinas.

Thomas miró a Chuck, sin poder creer el tema de la conversación.

—¡Qué bien! —murmuró. Eso fue todo lo que se le ocurrió.

Luego, se incorporó y se dirigió hacia el viejo edificio. *Choza* era un nombre más apropiado para esa construcción, que se alzaba delante de los enormes muros de hiedra. Tendría unos tres o cuatro pisos de altura y podría caerse en cualquier momento. Se trataba de un surtido disparatado de troncos, tablas, cuerdas gruesas y ventanas, que aparentemente habían sido colocados juntos al azar. Mientras caminaba por el patio, el inconfundible olor a leña y a carne asándose le produjo ruidos en el estómago. Saber que los gritos provenían de un chico enfermo lo hizo sentir mejor, hasta que pensó en qué los habría causado…

—¿Cómo te llamas? —le preguntó Chuck desde atrás, mientras corría para alcanzarlo.

—¿Qué?

—¿Cuál es tu nombre? Todavía no nos lo has dicho, y yo sé que eso sí lo recuerdas.

—Thomas.

Lo pronunció con voz ausente pues sus pensamientos habían tomado otra dirección. Si el chico estaba en lo cierto, él acababa de descubrir una conexión con el resto de los Habitantes. Un patrón común en la pérdida de la memoria. Todos se acordaban de sus nombres. ¿Por qué no de los de sus padres? ¿O el de algún amigo? ¿O de sus apellidos?

—Encantado de conocerte, Thomas —dijo Chuck—. Quédate tranquilo que yo me ocuparé de ti. Hace justo un mes que estoy aquí y conozco el lugar como la palma de mi mano. Puedes contar conmigo, ¿de acuerdo?

Estaba llegando a la puerta delantera de la choza, donde permanecía reunido el grupito de chicos, cuando lo asaltó un súbito arrebato de rabia. Se dio vuelta y enfrentó a Chuck.

—No puedes ni explicarme lo que pasa. Yo no llamaría a eso ocuparse de mí —dijo. Luego le dio la espalda y se dirigió a la puerta, intentando buscar respuestas allí adentro. No tenía idea de dónde habían surgido repentinamente el valor y la determinación.

El niño se encogió de hombros.

—Nada de lo que yo diga te hará sentir mejor —dijo—. En realidad, todavía sigo siendo un Novato. Pero puedo ser tu amigo…

—No necesito amigos —lo interrumpió.

Se dirigió a la puerta —una horrible tabla de madera descolorida—, la abrió de un empujón y vio a varios chicos de rostros impasibles al pie de una escalera desvencijada, que tenía los escalones y el barandal retorcidos y ladeados en distintas direcciones. Las paredes del vestíbulo y el pasillo estaban cubiertas con un papel tapiz oscuro, despegado en varias partes. Los únicos adornos a la vista eran un florero polvoriento sobre una mesa de tres patas y la fotografía en blanco y negro de una anciana con un anticuado vestido blanco. Le pareció recordar una casa embrujada de alguna película de terror. Hasta faltaban tablas de madera en el piso.

El lugar apestaba a polvo y moho, un gran contraste con los agradables olores del exterior. Luces fluorescentes parpadeaban desde el techo. Todavía no lo había pensado, pero debía cuestionarse de dónde vendría la electricidad en un lugar como ése. Observó a la vieja mujer de la foto. ¿Habría vivido alguna vez ahí, cuidando a esa gente?

—Hey, miren, llegó el Novato —exclamó uno de los muchachos mayores. Con un sobresalto, descubrió que era el chico de pelo negro que le había echado esa mirada mortífera un rato antes. Tendría unos quince años, era alto y delgado. Su nariz era del tamaño de un puño pequeño y parecía una papa deforme—. Este larcho seguro que se hizo plopus encima cuando escuchó al pequeño Benny chillar como una niña. ¿Necesitas cambiarte el pañal, shank?

—Mi nombre es Thomas.

Debía alejarse de ese tipo. Sin una palabra más, se encaminó hacia la escalera, sólo porque se encontraba cerca y no tenía idea de qué hacer o qué decir. Pero el matón se colocó delante de él, con una mano en alto.

—Detente ahí, garlopo —le advirtió, apuntando el pulgar hacia el piso de arriba—. A los Novatos no se les permite ver a alguien que… fue llevado. Newt y Alby lo prohibieron.

—¿Qué te pasa? —le preguntó, haciendo un esfuerzo por no mostrar miedo en su voz y tratando de no pensar qué había querido decir con *llevado*—. Ni siquiera sé dónde estoy. Sólo necesito un poco de ayuda.

—Escúchame, Nuevito —agregó el bravucón, mientras arrugaba la cara y se cruzaba de brazos—. Yo te he visto antes. Hay algo que me huele mal de tu llegada aquí y voy a averiguar qué es.

Una oleada de calor corrió por las venas de Thomas.

—Yo no te he visto nunca en mi vida. No tengo idea de quién eres y no me importa en absoluto —le lanzó como una escupida. Pero, francamente, ¿cómo podría saberlo? ¿Y cómo podía ser que ese chico se acordara de él?

El muchacho rio con disimulo. Una carcajada corta, más un resoplido lleno de flema. Luego su cara se puso seria y juntó las cejas.

—Te he… *visto*, miertero. No muchos por aquí pueden decir que fueron pinchados —le advirtió, apuntando hacia arriba—. Yo puedo. Sé por lo que está pasando el pequeño Benny. Yo estuve en su lugar y te vi durante la Transformación.

Se estiró y le dio un codazo en el pecho.

—Y te apuesto la primera comida que te dé Sartén que Benny dirá que también te vio.

Thomas le sostuvo la mirada pero decidió no decir nada. El pánico lo consumió de nuevo. ¿En algún momento las cosas dejarían de empeorar?

—¿Ya te mojaste los pantalones con esto de los Penitentes? —continuó el chico con una sonrisita sarcástica—. ¿Estás un poco asustado ahora? No quieres que te pinchen, ¿verdad?

Otra vez esa palabra. Pinchar. Trató de no pensar en eso y señaló hacia arriba de la escalera, de donde venían los gemidos del enfermo que resonaban por todo el edificio.

—Si Newt está allá arriba, quiero hablar con él.

El muchacho no dijo nada. Lo miró atentamente durante varios segundos y después sacudió la cabeza.

—¿Sabes qué? Tienes razón, Tommy. No debería ser tan malo con los Novatos. Ve nomás. Estoy seguro de que Alby y Newt te van a poner al tanto de todo. En serio, sube. Lo siento.

Le dio un golpecito en el hombro y luego retrocedió apuntando hacia arriba. Pero él sabía que el chico tramaba algo. Perder parte de tu memoria no te convertía en un idiota.

—¿Cómo te llamas? —preguntó Thomas, haciendo tiempo mientras decidía si debía subir o no.

—Gally. Y no te dejes engañar. Yo soy el verdadero líder aquí y no los dos larchos viejos de arriba. Yo. Si quieres, puedes llamarme Capitán Gally.

Sonrió por primera vez. Los dientes hacían juego con la nariz: le faltaban dos o tres y ninguno era ni remotamente blanco. Lanzó una bocanada de aire y el aliento alcanzó a Thomas. El olor le trajo un horrible recuerdo que no pudo precisar y le vinieron náuseas.

—Muy bien —dijo, tan harto del tipo que sentía ganas de gritar y darle un golpe en la cara—. Será Capitán Gally, entonces.

Hizo un saludo exagerado, sintiendo una ola de adrenalina, ya que sabía que acababa de traspasar un límite.

Unas risitas escaparon del grupo de chicos y Gally se puso colorado. Cuando Thomas desvió la vista hacia él, notó que tenía el entrecejo fruncido y la nariz arrugada por el odio.

—Ya sube y aléjate de mí, shank —le advirtió, señalando hacia las escaleras, pero sin quitarle la mirada.

—Perfecto —exclamó Thomas.

Echó un vistazo a su alrededor una vez más. Estaba avergonzado, confundido y enojado. Sintió que la sangre le inundaba el rostro. Nadie hizo nada para impedir que acatara el pedido de Gally excepto Chuck, que tenía una expresión de temor.

—No deberías hacerlo —intervino—. Eres un Novato, no puedes ir con ellos.

—Vamos —dijo Gally con una sonrisita burlona—, sólo sube.

Ya estaba arrepentido de haber entrado en el edificio, pero sí quería volver a hablar con ese tipo llamado Newt.

Comenzó a subir las escaleras. Los peldaños crujían bajo su peso. De no ser por la situación tan violenta que estaba dejando atrás, seguramente se habría detenido por temor a caerse de esas viejas maderas. Pero siguió ascendiendo, sobresaltándose a cada paso. Los escalones terminaban en un descanso. Dobló a la izquierda y se encontró con un pasillo con barandal que conducía a varias habitaciones. Sólo una de ellas dejaba pasar luz por debajo de la puerta.

—La Transformación —gritó Gally desde abajo—. ¡Te llegará en cualquier momento, garlopo!

Como si de repente la burla le hubiera disparado la valentía, se dirigió hacia la puerta iluminada, sin prestar atención a los ruidos de las tablas ni a las risas que venían de abajo. Ignorando también la avalancha de palabras que no entendía y sofocando los espantosos sentimientos que le provocaban, estiró la mano, presionó la manija de bronce y abrió la puerta.

Dentro de la habitación, Newt y Alby estaban inclinados sobre alguien tendido en una cama.

Se acercó para descubrir qué era todo ese escándalo, pero cuando pudo ver bien el estado del paciente, el corazón se le congeló. Tuvo que reprimir las ganas de vomitar.

La imagen fue rápida —sólo unos pocos segundos—, pero suficiente para que se le fijara en su memoria para siempre. Una figura pálida y agonizante, con el pecho descubierto y enfermo, se retorcía de dolor. Las venas verdosas tejían una red a través de su cuerpo, como cuerdas debajo de la piel. Estaba lleno de moretones color púrpura y de arañazos. Los ojos inyectados en sangre se movían con desesperación de un lado a otro.

La visión ya había quedado impresa en la mente de Thomas cuando Alby, de un salto, bloqueó su mirada pero no los gemidos y los aullidos. Lo empujó fuera de la habitación y luego cerró la puerta de un golpe detrás de ellos.

—¡¿Qué estás haciendo aquí arriba, Nuevito?! —le gritó, hecho una furia.

El valor se desvaneció.

—Yo... eh... quería algunas respuestas —murmuró, pero no logró darle fuerza a sus palabras. Ya no podía más. ¿Qué le pasaba a ese chico? Se apoyó contra el barandal del pasillo y miró al piso, sin saber qué hacer.

—¡Saca tus sucios pies de aquí ahora mismo! —le ordenó el líder—. Chuck te ayudará. Si te veo otra vez antes de mañana, eres hombre muerto. Yo mismo te arrojaré por el Acantilado, ¿captaste?

De pronto se sintió humillado y asustado, como si tuviera el tamaño de una rata. Sin decir una palabra, pasó delante del chico y bajó las escaleras ruinosas tan rápido como pudo. Evitando las miradas de todos los que estaban abajo —especialmente la de Gally—, tomó a Chuck del brazo y atravesó la puerta.

Detestaba a toda esa gente, excepto a Chuck.

—Sácame de aquí —le dijo. En ese momento se dio cuenta de que él era, posiblemente, su único amigo.

—No hay problema —contestó con voz alegre, fascinado de que alguien lo necesitara—. Pero primero tenemos que visitar a Sartén.

—No sé si podré volver a comer alguna vez. No después de lo que acabo de ver.

—Sí podrás. Ve al mismo árbol de antes. Nos encontraremos allí en diez minutos.

Feliz de alejarse de la casa, Thomas se marchó hacia el lugar convenido. Sólo había estado en el Área un corto tiempo y ya quería irse. Deseó fervientemente poder recordar algo de su vida anterior. Cualquier cosa. Su mamá, su papá, un amigo, la escuela, algún pasatiempo. Una chica.

Parpadeó varias veces con fuerza, tratando de sacarse de la cabeza la imagen de lo que había visto en la choza.

La Transformación. Gally lo había llamado así.

Aunque hacía calor, sintió nuevamente un escalofrío.

4

Thomas se recostó contra el árbol mientras esperaba a Chuck. Recorrió con la vista el recinto del Área, ese nuevo espacio de alucinación donde parecía destinado a vivir. Las sombras de los muros se habían alargado notablemente, y ya trepaban por los bordes de las fachadas cubiertas de hiedra del otro lado.

Al menos, eso lo ayudó a orientarse: el edificio de madera se ubicaba en la esquina noroeste, entre las tinieblas que se oscurecían cada vez más. El bosquecillo se encontraba al suroeste.

La zona de la granja, donde todavía se veía a unos pocos trabajadores entre los cultivos, se extendía por toda la parte noreste del Área. Los animales estaban en el rincón sureste, mugiendo, aullando y cacareando.

Justo a la mitad del patio, el enorme agujero de la Caja seguía abierto, como invitándolo a saltar en él e irse a su casa. Cerca de allí, unos seis metros hacia el sur, había un edificio bajo, de toscos bloques de concreto, sin ventanas y con una amenazadora puerta de hierro como única entrada. Tenía una gran manija redonda que parecía una rueda de acero, como las que hay en los submarinos. A pesar de lo que había visto hacía un rato, no sabía qué sensación era más fuerte: la curiosidad por saber qué había adentro o el miedo de descubrirlo.

Estaba por examinar las enormes aberturas en la mitad de las paredes del Área, cuando llegó Chuck con sándwiches, manzanas y dos vasos metálicos con agua. Una profunda sensación de consuelo se apoderó de él: no estaba *totalmente* solo en ese lugar.

—Sartén no se mostró muy feliz al verme asaltar la cocina antes de la hora de la cena —aclaró, sentándose al lado del árbol y haciéndole una seña para que lo imitara. Tomó un sándwich pero luego dudó al recordar la imagen espeluznante y monstruosa de lo que había visto en la choza. Sin embargo, pronto el hambre ganó la partida y le dio un gran mordisco. El maravilloso gusto del jamón, el queso y la mayonesa inundaron su paladar.

—Ay, güey —masculló con la boca llena—. Estaba muerto de hambre.

—Te lo dije —repuso Chuck, y atacó su propio sándwich.

Después de un par de bocados, Thomas por fin se atrevió a hacer la pregunta que lo estaba atormentando.

—¿Cuál es realmente el problema del tal Ben? Ya ni siquiera tiene aspecto humano.

—No sé —murmuró el gordito distraídamente—. No lo vi.

Se dio cuenta de que el chico no era sincero, pero decidió no presionarlo.

—Bueno, créeme, es mejor que no lo veas.

Siguió comiendo, mordisqueando una manzana, mientras analizaba las grietas profundas de los muros. Aunque no podía ver bien desde donde se encontraba, había algo raro en los bordes de las piedras que estaban en las salidas hacia los pasillos del exterior. Tuvo una inquietante sensación de vértigo al mirar las altísimas paredes, como si estuviera suspendido arriba de ellas en vez de estar sentado en la base.

—¿Qué hay allí afuera? —preguntó—. ¿Acaso esto es parte de un gran castillo o algo parecido?

Chuck titubeó. Se le veía incómodo.

—Humm, yo nunca salí del Área.

Thomas se mantuvo en silencio durante algunos segundos.

—Estás escondiendo algo —repuso por fin, mientras terminaba el último bocado y bebía un largo trago de agua. La frustración de no recibir respuestas de nadie comenzaba a destrozarle los nervios. Y saber que, aun si realmente le contestaran, podrían no estar diciéndole la verdad sólo lo hacía sentirse peor—. ¿Por qué son tan misteriosos?

—Lo que ocurre es que las cosas son muy extrañas por aquí, y la mayoría de nosotros no sabe todo. Ni la mitad de todo.

Le molestaba que Chuck no pareciera preocupado por lo que acababa de decir, que le resultara indiferente que le hubiesen arrebatado su propia vida. ¿Qué problema tenía esa gente? Se puso de pie y comenzó a caminar hacia la abertura del este.

—Bueno, nadie dijo que no podía dar una vuelta por los alrededores.

Tenía que averiguar algo o se volvería loco.

—¡Hey, espera! —gritó Chuck, corriendo tras él—. Ten cuidado, que están por cerrarse —agregó, muy agitado.

—¿Cerrarse? —repitió—. ¿Qué estás diciendo?

—Las Puertas, larcho.

—¿Puertas? No veo ninguna puerta.

Se dio cuenta de que Chuck no estaba inventando nada. Había algo obvio que se le estaba escapando. Una rara inquietud lo embargó y, sin pensarlo, redujo el paso. Ya no estaba tan interesado en llegar hasta los muros.

—¿Cómo llamarías a esas grandes aberturas? —preguntó Chuck, señalando los enormes huecos de gran altura de las paredes. Se encontraban a sólo diez metros de distancia.

—Yo las llamaría *grandes aberturas* —respondió Thomas, buscando contrarrestar su inquietud con sarcasmo, aunque sabía que no le estaba dando resultado.

—Bueno, son *Puertas* y se cierran todas las noches.

Se detuvo, creyendo que Chuck estaba equivocado. Miró hacia arriba, hacia cada lado, examinó los inmensos bloques de piedra, y entonces el desasosiego se convirtió en terror.

—¿Qué quieres decir con eso de que se cierran?

—Puedes comprobarlo por ti mismo en un minuto. Los Corredores regresarán pronto, y entonces esos grandes muros se van a *mover* hasta que los huecos queden cerrados.

—Estás enfermo de la cabeza —exclamó Thomas. No se imaginaba cómo esas gigantescas paredes pudieran ser movibles. Se sentía tan seguro de eso que se relajó, pensando que Chuck le estaba haciendo una broma.

Llegaron al inmenso hueco que conducía al exterior.

—Ésta es la Puerta del Este —explicó Chuck, como quien muestra con orgullo una obra de arte de su creación.

Thomas apenas lo escuchaba; estaba sorprendido por las dimensiones que tenía todo eso, visto de cerca. La abertura en la pared tendría unos seis metros de ancho y se elevaba hasta una gran altura. Los bordes eran lisos, a excepción de un extraño diseño que tenía en ambas partes. En el lado izquierdo de la Puerta del Este había profundos orificios de varios centímetros de diámetro cavados en la roca, dispuestos a treinta centímetros de distancia entre sí. Comenzaban cerca del suelo y seguían hasta arriba de todo.

En el lado derecho, unos conos, también de varios centímetros de diámetro y unos treinta de largo, sobresalían del borde del muro, situados de la misma forma que los agujeros que se encontraban en el lado de enfrente. La finalidad era obvia.

—¿No estás bromeando? —preguntó, sintiendo que el miedo lo invadía nuevamente—. ¿Entonces no te estabas burlando de mí? ¿Los muros se mueven de verdad?

—¿Por qué iba a inventar algo así?

Le resultaba muy difícil imaginar algo semejante.

—No sé. Yo creí que habría una puerta que se cerraba o una pequeña pared que se deslizaba desde adentro de la grande. ¿Cómo puede ser que estas paredes se muevan? Son inmensas y dan la impresión de llevar aquí miles de años.

La idea de que esas moles se cerraran y lo dejaran atrapado dentro del Área era totalmente aterradora.

Chuck levantó los brazos en señal de clara frustración.

—Qué sé yo. Se mueven y listo. Hacen un chirrido que te rompe los oídos. Lo mismo ocurre afuera, en el Laberinto: esos muros también se deslizan todas las noches.

Sorprendido ante el nuevo dato, se volteó bruscamente.

—¿Qué acabas de decir?

—¿Eh?

—Acabas de llamarlo *Laberinto*. Dijiste: "lo mismo ocurre afuera, en el *Laberinto*".

Chuck se puso todo colorado.

—No hablo más contigo. Se acabó la charla.

Caminó de regreso hacia el árbol en donde estaban antes.

Thomas lo ignoró. Estaba más interesado que nunca en lo que sucedía afuera del Área. ¿Un *Laberinto*? Delante de él, a través de la Puerta del Este, podía divisar pasadizos que se dirigían hacia la izquierda, hacia la derecha y hacia delante. Las paredes de los pasillos eran similares a las que rodeaban al Área y el piso estaba hecho de los mismos enormes bloques de piedra del patio. La hiedra parecía mucho más densa allá afuera. A la distancia, más huecos en los muros conducían a otros senderos y más lejos, a unos cien metros, el pasadizo que iba hacia delante terminaba en un callejón sin salida.

—Parece un Laberinto —susurró Thomas, riéndose en su interior, como si todo no fuera ya suficientemente raro. Habían borrado su memoria y lo habían puesto dentro de un inmenso Laberinto. De tan alucinante que era todo, resultaba gracioso.

El corazón le dio un vuelco cuando vio que un muchacho salía inesperadamente de uno de los callejones de la derecha y avanzaba hacia él por el pasillo principal. Estaba cubierto de sudor, tenía la cara roja y la ropa pegada al cuerpo. Al ingresar al Área, le echó una mirada rápida a Thomas y se dirigió directamente hacia el edificio más bajo, ubicado cerca de la Caja.

Clavó los ojos en el exhausto Corredor, sin saber por qué ese nuevo suceso lo asombraba tanto. ¿Por qué no habrían de salir a explorar el Laberinto? Luego se dio cuenta de que había más chicos entrando por las otras tres aberturas del Área, todos tan agotados como el que acababa de pasar corriendo junto a él. No podía haber nada bueno allá afuera si volvían en esas condiciones.

Observó con curiosidad el encuentro delante de la gran puerta de hierro del pequeño edificio. Uno de ellos giró la manivela oxidada, gruñendo por el esfuerzo. Chuck había dicho antes algo acerca de unos Corredores. *¿Qué habrán estado haciendo allí afuera?*, pensó

La puerta finalmente se destrabó y, con un ruido ensordecedor de metal contra metal, el chico la abrió por completo. Desaparecieron en el interior, cerrándola con un gran golpe. Thomas miraba todo mientras su mente se afanaba por encontrar alguna posible explicación a lo que acababa de suceder. No se le ocurrió nada, pero había algo en ese edificio viejo y horripilante que le ponía los pelos de punta y le producía un inquietante escalofrío.

Alguien lo jaló de la manga, sacándolo de sus pensamientos: Chuck había regresado.

Antes de que pudiera reflexionar, las preguntas brotaron de su boca.

—¿Quiénes son esos tipos y qué estaban haciendo? ¿Qué hay dentro de ese edificio? —exclamó sin detenerse, mientras giraba señalando la Puerta del Este—. ¿Y por qué viven todos ustedes dentro de un maldito Laberinto?

La insoportable presión de la incertidumbre le taladraba la cabeza.

—No voy a decir una palabra más —contestó Chuck, con una autoridad desconocida en su voz—. Creo que debes ir a la cama temprano, necesitas dormir. Ah —se detuvo, levantó un dedo y aguzó el oído—, está por ocurrir.

—¿Qué cosa? —preguntó, pensando que era un poco extraño que, de pronto, Chuck actuara como un adulto en vez de ser el niño-desespera-do-por-tener-un-amigo de hacía un momento.

Se escuchó un gran estruendo, seguido de horribles chirridos y crujidos. Retrocedió dando traspiés y cayó al suelo. Parecía que la tierra temblaba. Miró a su alrededor con pánico: los muros se estaban cerrando de verdad, dejándolo atrapado dentro del Área. Lo invadió una sensación de claustrofobia que comprimió sus pulmones, como si se llenaran de agua.

—Tranquilo, Nuevito —le gritó Chuck por encima del ruido—. ¡Son sólo los muros!

Estaba tan fascinado y sacudido por el cierre de las Puertas que apenas lo oyó. Se puso de pie y dio unos pocos pasos temblorosos hacia atrás para observar mejor, pues le resultaba muy difícil creer lo que estaba viendo.

La enorme pared de piedra situada a su derecha parecía desafiar todas las leyes de la física al deslizarse por el suelo lanzando chispas y polvo. El crujido le hizo vibrar los huesos. Descubrió que sólo esa pared se movía; se dirigía hacia la izquierda, lista para cerrarse herméticamente una vez que encajaran los conos en los orificios taladrados de la otra pared. Echó una mirada hacia las otras aberturas. Sentía que su cabeza giraba más rápido que el cuerpo y que su estómago se sacudía por el mareo y el vértigo. En los cuatro lados del Área se movían los muros de la derecha hacia la izquierda, clausurando el hueco de las Puertas.

Imposible, pensó. *¿Cómo pueden hacer eso?* Reprimió el impulso de correr hacia allá, deslizarse por los bloques de roca antes de que se cerraran por completo y huir al exterior. Pero el sentido común triunfó: el Laberinto contenía más misterios que el interior del Área.

Trató de imaginarse cómo funcionaba toda esa estructura: gigantescos muros de piedra de cientos de metros de altura se movían como si fueran puertas corredizas de vidrio. Una imagen de su pasado apareció fugazmente en sus pensamientos. Hizo un esfuerzo por retener el recuerdo y completarlo con rostros, nombres, algún lugar, pero se desvaneció en la oscuridad. Una punzada de tristeza se arremolinó junto a sus otras emociones.

Observó que la pared de la derecha llegaba al final de su viaje y las salientes entraban de forma impecable. El estrépito final resonó como un eco a través del Área mientras las cuatro Puertas quedaban cerradas por completo durante la noche. Thomas sintió todavía algo de temor y una ráfaga de vértigo. Luego todo desapareció.

Una asombrosa sensación de calma tranquilizó sus nervios y lanzó un largo suspiro de alivio.

—¡Guau! —exclamó, abrumado por todo lo que había presenciado.

—"No pasa nada", como diría Alby —murmuró Chuck—. Con el tiempo, te acostumbrarás.

Miró a su alrededor una vez más. La atmósfera del lugar había cambiado por completo ahora que los muros ya no mostraban ninguna salida.

Trató de imaginarse la finalidad de semejante cosa, y no supo cuál de las conjeturas era peor: que ellos se habían quedado encerrados allí adentro o que los protegían así de algo que se encontraba en el exterior. La idea acabó con el breve momento de calma, removiendo en su mente un millón de posibilidades —todas ellas terroríficas— sobre lo que podría vivir afuera, en el Laberinto. El temor lo paralizó de nuevo.

—Vamos —le dijo Chuck—. Hazme caso. Cuando llega la noche, no hay nada mejor que estar en la cama.

Thomas comprendió que no tenía otra opción. Hizo todo lo que pudo para liberarse de aquello que lo oprimía y lo siguió.

5

Terminaron cerca de la parte de atrás de la Finca —así fue como Chuck llamó a esa estructura inclinada de madera y ventanas—, en una sombra oscura entre el edificio y la pared de piedra que estaba detrás.

—¿Adónde vamos? —preguntó Thomas, todavía agobiado por la imagen de aquellos muros cerrándose. Seguía pensando en el Laberinto, lo invadían la confusión y el miedo. Se obligó a serenar la mente o se volvería loco—. Si estás esperando el beso de las buenas noches, más vale que lo olvides —bromeó, creyendo que el humor agregaría algo de normalidad a la situación.

Chuck estaba muy atento.

—Cállate la boca y quédate cerca.

Respiró con fuerza y levantó los hombros antes de seguir al chico por la parte trasera del edificio. Anduvieron de puntillas hasta que llegaron a una ventana pequeña y llena de polvo, de la cual salía un débil rayo de luz que brillaba sobre la piedra y la enredadera. Escuchó a alguien que se movía en el interior.

—El baño —susurró Chuck.

—¿Y?

Una ola de malestar recorrió su piel.

—Me encanta hacerle esto a la gente. Me produce un gran placer antes de irme a dormir.

—¿Hacer qué? —preguntó, sospechando que Chuck tramaba algo—. Quizás yo debería…

—¡Shh!

Sin hacer ruido, el chico trepó a una gran caja de madera, colocada justo debajo de la ventana y se agachó para que su cabeza no se viera desde el interior. Luego estiró la mano y dio unos golpecitos en el vidrio.

—Esto es una estupidez —murmuró. No podía haber elegido un peor momento para hacer una broma: seguro que Newt o Alby estaban allí adentro—. No quiero meterme en problemas. ¡Acabo de llegar!

Chuck se tapó la boca con la mano para reprimir la risa y golpeó la ventana otra vez, ignorando la solicitud de Thomas.

Una sombra pasó delante de la luz y luego la ventana se abrió. Thomas se escondió de un salto, pegándose con fuerza contra el edificio. No podía creer que se había dejado arrastrar por Chuck para burlarse de alguien. Por el momento, estaba fuera del ángulo de visión de la ventana, pero sabía que, si la persona que estaba dentro asomaba la cabeza, estarían perdidos.

—¿Quién anda ahí? —vociferó el chico del baño, con voz áspera e irritada. Thomas tuvo que contener un grito al darse cuenta de que era Gally. Ya conocía muy bien esa voz.

Sin aviso previo, Chuck asomó la cabeza por la ventana y gritó con todas sus fuerzas. Un ruido fuerte en el interior confirmó que la broma había sido un éxito, y la letanía de malas palabras que siguió reveló que la víctima no se había quedado muy feliz con el chiste. Thomas sintió una mezcla de horror y vergüenza.

—¡Te voy a matar, garlopo! —gritó Gally, pero el bromista ya había saltado de la caja y corría hacia el Área.

Thomas se quedó congelado cuando escuchó que el chico abría la puerta y se lanzaba a toda velocidad fuera del baño. Apenas logró salir de su aturdimiento, se encaminó a toda prisa detrás de su nuevo —y único— amigo. En el momento justo de doblar la esquina, surgió Gally de la Finca gritando, como una bestia feroz que anda suelta.

Enseguida lo divisó.

—¡Ven aquí! —le ordenó.

Su corazón sucumbió del susto. Todo indicaba que recibiría un golpe.

—Yo no fui. Te lo juro —le dijo, aunque, evaluando el tamaño del muchacho, comprendió que no tenía por qué estar tan aterrorizado. Gally no era tan grande después de todo. Podía enfrentarlo si era necesario.

—¿No fuiste tú? —gruñó, acercándose despacio hasta quedar frente a él—. ¿Entonces cómo sabes que hubo algo que no hiciste?

Thomas no respondió. Se sentía muy molesto pero ya no estaba asustado como antes.

—¿Te crees que soy idiota, Nuevito? —le dijo con ferocidad—. Vi la cara regordeta de Chuck en la ventana —y señaló con el dedo hacia el pecho de Thomas—. Pero es mejor que decidas ahora mismo a quiénes quieres como amigos y a quiénes como enemigos, ¿me oyes? Una broma más como ésa, y no me importa que sea idea tuya o no, va a correr sangre. ¿Me captas?

Antes de que pudiera contestar, Gally ya se estaba alejando.

Lo único que Thomas quería era que todo ese episodio terminara de una vez.

—Perdón —masculló con una mueca de disgusto por lo tonta que había sonado la disculpa.

—Yo te conozco —agregó Gally, sin mirar atrás—. Te vi durante la Transformación y voy a averiguar quién eres.

Observó que el matón desaparecía dentro de la Finca. No podía recordar demasiado, pero algo le decía que nunca alguien le había desagradado tanto. Estaba sorprendido de cuánto odiaba a ese tipo. Realmente lo detestaba. Cuando dio media vuelta para irse, se encontró con Chuck, que miraba fijamente al piso, avergonzado.

—Muchas gracias, amigo.

—Lo lamento. Si hubiera sabido que se trataba de Gally, te aseguro que nunca lo habría hecho.

Entonces Thomas rio, lo cual lo dejó totalmente asombrado. Una hora antes, hubiera jurado que nunca más escucharía semejante sonido salir de su boca.

Chuck lo observó atentamente e hizo una mueca incómoda.

—¿Qué?

Thomas le dio una palmada en la cabeza.

—No lo lamentes. El... larcho se lo merecía, y eso que ni siquiera sé todavía qué es un larcho. Estuvo increíble. —De pronto se sintió mucho mejor.

Un par de horas después, estaba acostado en una bolsa de dormir al lado de Chuck, sobre una cama de hierba cercana a los jardines. Era un vasto terreno con césped que él no había notado antes, y muchos del grupo lo utilizaban como lugar para pasar la noche. Pensó que eso era extraño, pero parecía que no había espacio suficiente dentro de la Finca. Al menos estaba cálido, lo cual hizo que se preguntara por millonésima vez *dónde* se encontraban. A su mente le resultaba muy difícil recordar nombres de lugares, países, gobernantes o cómo era la estructura del mundo. Ninguno de los Habitantes tenía la menor idea; y si la tenían, no estaban dispuestos a compartirla.

Se quedó ahí echado en silencio, mirando las estrellas, arrullado por el suave murmullo de las conversaciones que se escuchaban por el Área. El sueño estaba a kilómetros de distancia y no podía sacarse de encima la desesperanza que consumía su cuerpo y su mente. La alegría pasajera de la broma de Chuck se había desvanecido. Había sido un día extraño e interminable.

Era todo tan… raro. Se acordaba de muchos detalles de la vida: la comida, la ropa, estudiar, jugar, conceptos generales de la organización del universo. Pero cualquier dato específico y personal que conformara un recuerdo real y completo había sido borrado de alguna forma que desconocía. Era como mirar una imagen a través de un vidrio empañado. Más que nada, se sentía triste.

Chuck interrumpió sus pensamientos.

—Bueno, Nuevito, sobreviviste al Primer Día.

—Apenas.

Ahora no, quería decirle, *no estoy con ánimo*.

Su compañero se incorporó y se apoyó sobre el codo.

—Aprenderás mucho en un par de días y te acostumbrarás al funcionamiento de este lugar. ¿Va?

—Humm… sí, va, supongo. ¿De dónde habrán sacado todas esas frases y palabras extrañas? —parecía que hubieran tomado otro idioma y lo hubieran unido con el propio.

Chuck pareció desmoronarse.

—No sé. No olvides que hace sólo un mes que estoy aquí.

Se puso a pensar en Chuck, si sabría más de lo que decía. Era un chico peculiar, gracioso y parecía inocente, pero... Era tan misterioso como todo en el Área.

Pasaron unos minutos, sintió que el largo día finalmente lo vencía. Cuando el sueño empezaba a invadirlo, un pensamiento inesperado brotó en su cabeza, como metido a empujones, y no estaba seguro de saber de dónde provenía.

De repente, el Área, los muros, el Laberinto, todo le resultó... conocido. Cómodo. Una ola de calidez se extendió por su pecho y, por primera vez desde su llegada, no sintió que ése fuera el peor lugar del universo. Se calmó, sus ojos se agrandaron, la respiración se detuvo por un momento prolongado. *¿Qué acaba de pasar?*, pensó. *¿Qué cambió?* La sensación de que las cosas iban a estar bien, irónicamente, lo inquietó un poco.

Sin entender bien cómo, sabía lo que tenía que hacer. El descubrimiento era raro y familiar a la vez, y parecía ser lo correcto.

—Quiero ser uno de esos tipos que van allá afuera —dijo en voz alta, sin saber si Chuck estaba todavía despierto—. Adentro del Laberinto.

—¿Qué? —fue la respuesta de Chuck, con un dejo de enojo en la voz.

—Los Corredores —respondió, deseando saber de dónde venía todo eso—. Sea lo que sea que estén haciendo ahí, yo también quiero ser parte de eso.

—No tienes la más mínima idea de lo que estás diciendo —gruñó Chuck, mirando hacia el otro lado—. Duérmete.

Thomas sintió renacer su confianza, aunque realmente no sabía lo que decía.

—Quiero ser Corredor.

Chuck se volteó otra vez y se apoyó en el codo.

—Puedes ir olvidándote de esa tontería en este instante.

Le sorprendió la respuesta del chico, pero volvió a la carga.

—No trates de...

—Thomas. Nuevito. Amigo mío. Olvídalo.

—Mañana le voy a contar a Alby —y siguió pensando: *Corredor... Ni siquiera sé qué significa. ¿Me habré vuelto completamente loco?*

Chuck se acostó riendo.

—Eres un pedazo de plopus. Duérmete de una vez.

Pero él no podía abandonar la cuestión.

—Hay algo allá afuera... que me resulta familiar.

—Vete... a... dormir.

Entonces comprendió: fue como si las piezas de un rompecabezas se hubieran colocado mágicamente en su lugar. No sabía cuál sería la imagen final, pero sintió que las palabras pronunciadas a continuación venían de otra persona.

—Chuck, creo que... ya estuve aquí antes.

Oyó que su amigo se sentaba y tomaba aire. Sin embargo, miró hacia el otro lado y se negó a decir una sola palabra más para no arruinar esa nueva sensación de aliento ni eliminar la calma que inundaba su corazón.

El sueño llegó más fácilmente de lo que había imaginado.

6

Alguien sacudió a Thomas para levantarlo. Cuando abrió los ojos vio una cara que lo contemplaba atentamente desde arriba. A su alrededor, reinaban las sombras y la oscuridad de la madrugada. Quiso decir algo, pero una mano fría le cerró la boca con fuerza. Entró en pánico hasta que descubrió quién era.

—Shh, Nuevito. No queremos despertar a Chuck, ¿verdad?

Era Newt, el tipo que parecía ser el segundo en el mando. El aire se impregnó con su aliento matutino.

Aunque estaba sorprendido, la sensación de alarma desapareció de inmediato. No podía evitar preguntarse qué querría ese chico de él. Asintió con la mirada, hasta que finalmente Newt retiró la mano.

—Vamos, Novato —susurró. Se estiró y lo ayudó a incorporarse. Era tan fuerte que parecía que podía arrancarle el brazo—. Debo mostrarte algo antes del despertar.

Cualquier resto de sueño que quedara en su cabeza ya se había desvanecido.

—Bueno —dijo simplemente, listo para acompañarlo. Sabía que tenía que estar atento, ya que todavía no tenía motivos para confiar en nadie. Pero la curiosidad lo derrotó y se puso los zapatos rápidamente—. ¿Adónde vamos?

—Sólo sígueme y no te alejes.

Pasaron sigilosamente entre los cuerpos dormidos, que yacían desparramados por el suelo. Thomas tropezó varias veces. Al pisar la mano de alguien, escuchó un grito agudo de dolor y recibió un golpe en la pantorrilla.

—Lo siento —murmuró, ignorando la mirada molesta de su guía.

Una vez que dejaron la zona del césped y pisaron la piedra gris del patio, Newt comenzó a correr hacia el muro occidental. Al principio, Thomas dudó, sin saber por qué era necesario apurarse, pero enseguida se recuperó y lo siguió a la misma velocidad.

La luz era tenue, pero los obstáculos se cernían como sombras más oscuras, permitiéndole andar muy rápido. Newt se detuvo justo al lado del enorme muro que se levantaba encima de ellos: otra imagen al azar que surgía como un recuerdo borroso en la memoria perdida. Observó unas lucecitas rojas que brillaban en distintas partes de la pared: se movían, frenaban, se encendían y apagaban.

—¿Qué son? —susurró, rogando que su voz no sonara tan temblorosa como él la sentía. El resplandor intermitente de las luces ocultaba una advertencia.

Newt se encontraba a menos de un metro de la tupida cortina de hiedra.

—Carajo, cuando tengas que saber algo, lo sabrás, Nuevito.

—Bueno, es medio estúpido mandarme a un lugar donde nada tiene sentido y no contestar mis preguntas —repuso, sorprendido ante su repentino valor—. Larcho —agregó, cargando la palabra de sarcasmo.

Newt lanzó una carcajada, pero de inmediato la cortó.

—Me caes bien, Novato. Ahora cállate y déjame mostrarte algo.

Dio un paso adelante, hundió las manos en la enredadera y separó varias lianas de la pared. Apareció una ventana cuadrada de unos sesenta centímetros, con un vidrio opaco y polvoriento. Como todavía estaba oscuro, parecía que lo habían pintado de negro.

—¿Qué estamos buscando? —preguntó en voz baja.

—Aguántate un poco, shank. Algo va a aparecer en cualquier momento.

Pasó un minuto. Dos. Varios más. Thomas movía nerviosamente los pies, preguntándose cómo Newt podía estar ahí tan tranquilo, con la mirada fija en la oscuridad.

Luego todo cambió.

Unos rayos de luz fantasmagórica brillaron por la ventana, proyectando un ondulante arco iris en la cara y el cuerpo de Newt, como si estuviera al lado de una alberca iluminada. Thomas permaneció inmóvil, entrecerrando los ojos para descifrar lo que había del otro lado. Sintió un nudo en la garganta. *¿Qué es eso?*, pensó.

—Allá afuera está el Laberinto —susurró Newt con los ojos abiertos, como en estado de trance—. Todo lo que hacemos, nuestra vida, Nuevito, gira alrededor de él. Pasamos cada precioso segundo del día tratando de resolver algo que parece no tener una maldita solución, ¿entiendes? Queremos mostrarte por qué no hay que meterse con él y que veas por qué esas estúpidas paredes se cierran cada noche. Así te quedará claro el motivo por el cual no tienes que posar tus sucios pies más allá de estos muros.

Retrocedió, con la enredadera todavía en las manos, y le hizo un gesto para que tomara su lugar junto a la ventana.

Thomas se inclinó hacia delante hasta que su nariz tocó la superficie fría. Le tomó unos segundos enfocar sus ojos en el objeto que se movía del otro lado y poder distinguir algo a través de la mugre y el polvo. Cuando lo logró, sintió que se le atoraba la respiración en la garganta, como si un viento helado hubiera pasado por allí congelando el aire.

Una criatura bulbosa y amorfa, del tamaño de una vaca, se agitaba y se retorcía en el suelo de uno de los pasillos de afuera. Trepó la pared opuesta y luego saltó hacia la ventana de vidrio grueso dando un golpazo. Thomas pegó un alarido y se alejó bruscamente de la pared. Pero la cosa rebotó hacia atrás, dejando el vidrio intacto.

Él respiró profundamente y se inclinó otra vez. Estaba muy oscuro para poder ver con claridad, pero los flashes de unas luces extrañas que provenían de una fuente desconocida revelaban una imagen borrosa de púas plateadas y carne brillante. De su cuerpo sobresalían unos siniestros miembros a modo de brazos, que tenían mecanismos en los extremos: una cuchilla de una sierra, una colección de tijeras, varillas largas cuya función era difícil de adivinar.

Era una mezcla espeluznante de animal y máquina, y parecía percibir que la estaban observando. Daba la impresión de que sabía lo que ocultaban los muros del Área y quería entrar para darse un banquete de carne humana. Thomas sintió que un terror helado brotaba en su pecho y le dificultaba la respiración. Con pérdida de memoria y todo, estaba seguro de que nunca había visto algo tan horroroso.

Retrocedió, mientras se desvanecía la valentía que había sentido la tarde anterior.

—¿Qué es esa cosa?

Algo se estremeció dentro de sus entrañas y se preguntó si podría volver a comer otra vez.

—Los llamamos Penitentes —contestó Newt—. Tipos desagradables, ¿no? Puedes estar contento de que sólo salen por la noche. Deberías agradecerles a estas malditas paredes.

Trató de calmarse mientras imaginaba la manera de ir allí afuera alguna vez. Su deseo de convertirse en Corredor había recibido un duro golpe. Pero, por alguna extraña razón, sabía que tenía que hacerlo. Era una sensación tan rara, especialmente después de lo que acababa de ver.

Newt echó una mirada indiferente a la ventana.

—Ahora sabes qué es lo que acecha en el Laberinto, mi amigo. Y que no estamos para bromas. Has sido enviado al Área, Novato, y todos esperamos que sobrevivas y nos ayudes a cumplir con nuestra misión.

—¿Y cuál es? —preguntó, aunque la respuesta le producía terror.

Newt se dio vuelta y lo miró directo a los ojos. Las primeras huellas del amanecer ya habían asomado y Thomas pudo ver cada detalle de su cara: la piel tirante, la frente arrugada.

—Descubrir la forma de salir de aquí, Nuevito —repuso—. Es eso, resolver los enigmas del maldito Laberinto y encontrar el camino a casa.

Un par de horas después, una vez que las Puertas se reabrieron, retumbando y sacudiendo el piso, Thomas se sentó ante una mesa inclinada fuera de la Finca. No podía pensar en otra cosa que en los Penitentes: cuál era su función, qué hacían allá afuera toda la noche. Cómo sería el ataque de algo tan terrible.

Trató de quitarse la imagen de la cabeza y pasar a otra cosa. Los Corredores. Apenas habían partido sin decir nada a nadie. Habían salido disparados hacia el Laberinto a toda velocidad, desapareciendo tras los recodos. Su mente seguía trabajando mientras comía los huevos con tocino, sin hablar con nadie; ni siquiera con Chuck, que desayunaba en silencio a su lado. El pobre chico había quedado exhausto tratando de entablar una conversación, pero Thomas se había negado a responder. Todo lo que quería era que lo dejaran en paz.

No podía comprender lo que ocurría. Su cerebro estaba sobrecargado de información esforzándose por escudriñar lo imposible de la situación. ¿Cómo podía ser que un Laberinto, con muros tan altos e inmensos, fuera tan grande que una decena de chicos no hubieran encontrado todavía la salida, después de quién sabe cuánto tiempo que llevaban intentándolo? ¿Cómo podía existir semejante estructura? Y, lo que era más importante, ¿por qué? ¿Cuál podía ser el objetivo de hacer algo así? ¿Para qué estaban todos ellos ahí? ¿Y desde hacía cuánto?

Por más que tratara de evitarlo, su cabeza volvía una y otra vez a la imagen del horroroso Penitente. Era como un fantasma que parecía saltar sobre él cada vez que parpadeaba o se frotaba los ojos.

Sabía que era un chico inteligente y, de alguna forma, también lo sentía en su cuerpo. Pero nada de lo relacionado con ese lugar tenía sentido. Excepto una cosa. Tenía que ser un Corredor. ¿Por qué estaría tan seguro de eso, incluso después de haber visto lo que vivía en el Laberinto?

Una palmada en el hombro lo sacó de sus reflexiones. Alby se encontraba detrás de él con los brazos cruzados.

—Qué aspecto tan relajado tienes —comentó—. ¿Pudiste disfrutar de una hermosa vista esta madrugada a través de la ventana?

Se levantó deseando que hubiera llegado el momento de las respuestas, o buscando quizás una distracción para sus pensamientos sombríos.

—Suficiente como para querer saber más acerca de este lugar —dijo, esperando no provocar el mal genio que había visto desatarse en ese tipo el día anterior.

Alby asintió.

—Tú y yo, larcho. La Visita comienza ahora —dijo, y comenzó a moverse pero luego se detuvo, con un dedo en alto—. No hay preguntas hasta el final, ¿me captas? No tengo tiempo para parlotear contigo todo el día.

—Pero… —comenzó a decir. Dejó de hablar cuando las cejas de Alby se arquearon. ¿Por qué tenía que ser tan cretino?—. Pero explícame todo.

La noche anterior había decidido no contarle a nadie más lo extrañamente familiar que le resultaba el lugar, ese raro sentimiento de que había estado antes allí y podía recordarlo. Compartir todo eso le pareció una muy mala idea.

—Voy a decirte lo que yo quiera, Nuevito. Vamos.

—¿Puedo ir? —preguntó Chuck desde la mesa.

Alby estiró la mano y le pellizcó la oreja.

—¡Aay! —chilló el niño.

—¿Acaso no tienes trabajo, pichón? —le preguntó—. Hay mucha limpieza por hacer.

Chuck levantó los ojos en señal de irritación y luego miró a Thomas.

—Que te diviertas.

—Haré lo posible —le contestó. De pronto, sintió pena por Chuck. Deseó que los demás lo trataran mejor. Pero él no podía hacer nada al respecto, ya era hora de irse.

Se alejó con Alby, esperando que ésa fuera la inauguración oficial de la Visita Guiada.

7

Comenzaron por la Caja, que en ese momento permanecía cerrada. Era una puerta doble de metal apoyada contra el suelo, cubierta con una pintura blanca agrietada y oxidada. Había mucha más luz y las sombras se movían en la dirección opuesta a la que Thomas había visto el día anterior. Todavía no había divisado el sol, pero daba la impresión de que iba a aparecer sobre la pared oriental en cualquier momento.

Alby apuntó hacia abajo señalando las puertas.

—Esto es la Caja. Una vez por mes, recibimos Novatos como tú, nunca falla. Una vez por semana, nos llegan suministros, ropa, algo de comida. No necesitamos mucho, prácticamente nos abastecemos nosotros mismos.

Thomas hizo una señal afirmativa. Sentía que el cuerpo le ardía de ganas de hacer preguntas. *Necesito cinta adhesiva para pegarme la boca*, pensó.

—Esa Caja es una sorpresa constante para nosotros, ¿me captas la idea? —continuó—. No sabemos de dónde vino, cómo llegó hasta aquí, ni quién está a cargo. Los larchos que nos mandaron aquí no nos dijeron nada. Tenemos toda la electricidad que necesitamos, cultivamos y criamos casi todo lo que comemos, nos hacemos la ropa y todo lo demás. Una vez tratamos de enviar a un Novato de vuelta en la Caja. No se movió hasta que lo sacamos de ahí.

Thomas se preguntó qué habría debajo de las puertas cuando la Caja no estaba allí, pero contuvo la lengua. Sentía una mezcla de curiosidad, frustración y asombro, todo matizado con el recuerdo constante del horroroso Penitente de esa madrugada.

Alby continuaba hablando sin molestarse en mirarlo a los ojos.

—El Área está dividida en cuatro sectores —levantó los dedos mientras los enumeraba—: Jardines, Matadero, Finca, Lápidas. ¿Lo captaste?

Vaciló, pero después asintió con cara de confusión.

Los párpados de Alby se sacudieron brevemente y siguió hablando. Parecía que pensaba en todas las cosas que podría estar haciendo en ese momento. Señaló hacia la esquina del noreste, donde se encontraban los campos y los árboles frutales.

—Los Jardines. Allí tenemos los cultivos. El agua viene por cañerías que se encuentran en el suelo: siempre han estado, de lo contrario habríamos muerto de hambre hace mucho tiempo. Nunca llueve aquí. Jamás —y apuntó al rincón del sureste, la sección de los corrales y el granero—. El Matadero, donde criamos y matamos animales —luego señaló hacia el sector de las viviendas lastimosas—. La Finca. Ese estúpido lugar es dos veces más grande de lo que era cuando llegó el primero de nosotros, porque seguimos haciendo agregados cada vez que nos mandan madera y plopus. No será bonito, pero funciona. De todos modos, la mayoría duerme afuera.

Thomas se sentía mareado ante las innumerables preguntas que daban vueltas en su mente.

Por último, le tocó el turno a la esquina del suroeste, la zona del bosque. Tenía adelante varios árboles raquíticos y bancas.

—La llamamos las Lápidas. El cementerio está atrás, en ese rincón, donde el bosque es más denso. No hay mucho más. Puedes ir ahí a sentarte, descansar, lo que quieras —aclaró su garganta, como queriendo cambiar de tema—. Pasarás las próximas dos semanas trabajando un día con cada uno de los Encargados de los diferentes trabajos, hasta que sepamos para qué eres bueno. Fregón, Albañil, Embolsador, Arador. Siempre surge algo. Vamos.

Caminó hacia la Puerta del Sur, ubicada entre lo que él había llamado las Lápidas y el Matadero. Thomas lo siguió, arrugando la nariz ante el súbito olor a suciedad y abono que venía de los corrales. *¿Un cementerio?*, pensó. *¿Para qué necesitarán un cementerio en un lugar lleno de adolescentes?* Eso lo inquietó aún más que algunas de las palabras que Alby repetía, como Fregón o Embolsador, que tampoco le resultaban muy agradables. Una vez más estuvo a punto de interrumpirlo, pero mantuvo la boca cerrada.

Frustrado, desvió su atención hacia los corrales del sector del Matadero. Varias vacas masticaban y rumiaban de un comedero lleno de heno verdoso. Los cerdos retozaban en medio del lodo, y sólo el movimiento ocasional de alguna cola era la señal de que aún estaban vivos. Había un corral de ovejas, un gallinero y jaulas con pavos. Los trabajadores andaban muy atareados por la zona; daba la impresión de que se habían pasado toda la vida en una granja.

¿Por qué será que recuerdo a estos animales?, se preguntó. Nada le parecía nuevo ni interesante: sabía cómo se llamaban, lo que comían normalmente, cuál era su aspecto. ¿Por qué se acordaba de esos detalles y no de dónde había visto antes a esos animales o con quién? Su pérdida de la memoria era desconcertante por lo compleja.

Alby señaló hacia el amplio establo situado en el rincón trasero, cuya pintura roja ya se había decolorado adquiriendo un tono cobrizo pálido.

—Allí atrás trabajan los Carniceros. Una tarea desagradable y asquerosa. Si te gusta la sangre, ése es tu lugar.

Thomas sacudió la cabeza. Esa ocupación no le sonaba nada bien. Mientras continuaban la caminata, dirigió su atención hacia el otro lado del Área, donde estaban las Lápidas. A medida que se internaban en ese rincón, la arboleda se volvía más densa y espesa, más viva y con más follaje. A pesar de la hora del día, unas sombras oscuras cubrían la zona más profunda del bosque. Miró hacia arriba entrecerrando los ojos, y pensó que finalmente el sol debería haber aparecido, pero todo estaba raro, más anaranjado que de costumbre. Consideró que ése era, seguramente, otro ejemplo de su extraña memoria selectiva.

Llevó otra vez la mirada hacia las Lápidas, pero un disco incandescente seguía flotando delante de su vista. Al parpadear para quitarse la imagen, vio las luces rojas otra vez, deslizándose y destellando en la oscuridad del bosque. *¿Qué son esas cosas?*, pensó, disgustado porque el líder se negaba a contestar sus preguntas. El secreto le resultaba irritante.

Alby se detuvo y Thomas descubrió con sorpresa que habían llegado a la Puerta del Sur: los dos muros y la salida se elevaban sobre ellos.

Los gruesos bloques de piedra gris estaban agrietados y cubiertos de una añosa enredadera. Estiró el cuello para divisar la parte superior de las paredes. Su cabeza parecía girar, provocándole la extraña sensación de que estaba mirando hacia abajo y no hacia arriba. Retrocedió un paso tambaleándose, nuevamente impresionado por la estructura de su nueva casa. Luego volvió su atención a Alby, que estaba de espaldas a la salida.

—Allá afuera está el Laberinto —dijo Alby, pasando el pulgar sobre el hombro. Luego hizo una pausa. Thomas miró atentamente en esa dirección, a través del hueco entre las paredes, que servía de salida del Área. Los pasillos de afuera eran muy parecidos a los que había visto desde la ventana junto a la Puerta del Este, temprano en la mañana. Sintió un escalofrío al imaginar que un Penitente podía aparecer y atacarlos en cualquier momento. Se fue hacia atrás antes de darse cuenta de lo que estaba haciendo. *Tranquilo*, se dijo a sí mismo, avergonzado.

Alby prosiguió.

—Hace dos años que estoy aquí. Nadie estuvo más que eso. Los pocos anteriores a mí ya están muertos —los ojos de Thomas se abrieron y se le aceleró el corazón—. Durante dos años tratamos de encontrar una salida a esto, sin suerte. Allí afuera hay unas malditas paredes que se mueven por la noche igual que estas Puertas de aquí. Hacer mapas de la zona tampoco es fácil, nada lo es —señaló con la cabeza en dirección al edificio de concreto en el que habían ingresado los Corredores la noche anterior.

Otra punzada de dolor atravesó su cabeza. Había tantas cosas que procesar de golpe. ¿Llevaban dos años allí? ¿Los muros del Laberinto se movían? ¿Cuántos habían muerto? Se adelantó para ver el Laberinto por sí mismo, como si las respuestas estuvieran impresas en las paredes exteriores.

Alby estiró la mano y le empujó el pecho, haciéndolo retroceder y tropezarse.

—No se pasa hacia allá afuera, larcho.

Tuvo que contener el orgullo.

—¿Por qué no?

—¿Crees que te mandé a Newt antes del despertar sólo por diversión? Ésa es la Regla Número Uno, idiota, la única que no se te perdonará si no la respetas. Nadie, *nadie*, tiene permiso para entrar en el Laberinto excepto los Corredores. Rompe esa regla y si no te matan antes los Penitentes, te matamos nosotros. ¿Me captas?

Thomas asintió, refunfuñando por dentro, seguro de que exageraba. Al menos, eso esperaba. De cualquier manera, si le había quedado alguna duda de lo que había hablado con Chuck la noche anterior, ésta se había esfumado por completo. Quería ser Corredor y nada lo detendría. Muy dentro de sí, sabía que tenía que ir allá afuera y entrar en el Laberinto. A pesar de todo lo que había aprendido y presenciado ese día, sentía que hacerlo era una necesidad.

Un movimiento en lo alto de la pared situada a la izquierda de la Puerta del Sur llamó su atención. Después del sobresalto, reaccionó justo a tiempo para ver un destello plateado que desaparecía entre el follaje.

Apuntó con el dedo hacia arriba del muro.

—¿Qué fue eso? —preguntó, antes de que lo hiciera callar otra vez.

Alby ni se molestó en mirar.

—No hay preguntas hasta el final, larcho. ¿Cuántas veces te lo tengo que decir? —le advirtió. Luego hizo una pausa y lanzó un suspiro—. Son Escarabajos. Es la forma en que los Creadores nos vigilan. Más vale que no…

El sonido de una alarma atronadora interrumpió sus palabras. Thomas se tapó los oídos con las manos. Los latidos de su corazón se aceleraron. Observó a su alrededor, mientras la sirena seguía retumbando. Sus ojos se posaron en Alby. El líder no estaba asustado, más bien… confundido. Asombrado.

—¿Qué pasa? —preguntó. Al ver que su guía no parecía creer que el mundo se iba a acabar, se quedó más tranquilo. Pero aun así, ya estaba cansado de sentirse constantemente atacado por el pánico.

—Eso es raro —fue todo lo que dijo Alby, fijando la vista en el Área con los ojos entrecerrados. Thomas notó que había gente en los corrales del Matadero que miraba hacia todos lados con el mismo desconcierto.

Un niño flaquito cubierto de lodo le gritó a Alby:

—¿Qué es todo eso? —preguntó, echándole una mirada a Thomas por alguna razón.

—No lo sé —le respondió Alby con voz distante.

Pero Thomas ya no podía soportarlo más.

—¡Alby! ¿Qué está pasando?

—¡La Caja, garlopo! —exclamó, y salió disparado hacia el centro del Área con paso tan enérgico que a Thomas le dio la impresión de que tenía miedo.

—¿Y qué pasa con la Caja? —replicó, corriendo para alcanzarlo. *¡Háblame!*, tenía ganas de gritarle. Pero Alby no le contestó ni disminuyó el paso.

Al acercarse al hueco, Thomas pudo ver a decenas de chicos dando vueltas por el patio. Intentó controlar el pánico que iba en aumento, diciéndose a sí mismo que todo estaría bien, que tenía que existir una explicación razonable a todo eso. Cuando divisó a Newt le gritó:

—Newt, ¡¿qué está pasando?!

El chico lo observó rápidamente y se acercó a él. Lucía sorprendentemente calmo en medio del caos y le dio una palmada en la espalda.

—Significa que un maldito Novato está subiendo en la Caja —contestó, y después hizo una pausa, como esperando impresionarlo—. Eso es, ahora mismo.

—¿Y?

Al mirarlo más atentamente, Thomas se dio cuenta de que lo que había confundido con calma era en realidad incredulidad, tal vez hasta entusiasmo.

—¿Y? —repitió Newt, boquiabierto—. Nunca aparecieron dos Novatos en el mismo mes, mucho menos durante dos días seguidos.

No bien dijo eso, se alejó corriendo hacia la Finca.

8

Después de sonar durante dos largos minutos, la alarma finalmente se apagó. Una multitud se había congregado en el patio alrededor de las puertas de acero, a través de las cuales Thomas había llegado el día anterior. *¿Ayer?*, pensó sobresaltado. *¿Fue realmente ayer?*

Alguien lo golpeó en el hombro. Era Chuck, que estaba otra vez a su lado.

—¿Cómo va todo, Novato? —le preguntó.

—Bien —respondió, aunque nada podía estar más lejos de la realidad. Señaló las puertas de la Caja—. ¿Por qué andan tan frenéticos? ¿Acaso no vinieron todos de la misma forma?

Chuck se encogió de hombros.

—No sé. Supongo que siempre fue algo regular. Uno por mes, todos los meses, el mismo día. Tal vez los que están a cargo se dieron cuenta de que no fuiste más que un gran error y mandaron a alguien para reemplazarte —y lanzó una risita traviesa mientras le daba un codazo en las costillas.

El tono agudo de su voz, inexplicablemente, alegró a Thomas: Chuck cada vez le caía mejor.

—Eres un pesado. En serio —contestó, echándole una mirada simulada de disgusto.

—Ya sé. Pero ahora somos amigos, ¿no es cierto? —repuso el niño, con una carcajada que sonó como un resoplido chillón.

—Me parece que no tengo muchas opciones —confesó. Pero la verdad era que él necesitaba un amigo y Chuck le venía muy bien.

El chico cruzó los brazos con aspecto de satisfacción.

—Me alegra que eso ya esté arreglado, Nuevito. Todos necesitan un amigo en este lugar.

Thomas lo tomó del cuello como jugando.

—Muy bien, *amigo*, entonces llámame por mi nombre, Thomas, o te empujo por el hueco después de que la Caja se vaya —bromeó, al tiempo que sus palabras disparaban una idea en su cabeza—. Espera un momento, ¿alguna vez ustedes...?

—Ya lo intentamos —lo interrumpió Chuck, antes de que pudiera terminar.

—¿Qué cosa?

—Escondernos en la Caja después de una entrega —contestó—. No baja hasta que no está totalmente vacía.

Recordó que Alby le había contado lo mismo.

—Lo sabía. Pero ¿y si...?

—Ya lo intentamos.

Thomas reprimió un gruñido. Esto se estaba volviendo muy irritante.

—Hombre, es muy difícil hablar contigo. ¿Qué es lo que ya hicieron?

—Bajar por el agujero después de que la Caja hubiera bajado. No se puede. Las puertas se abren pero sólo hay un vacío negro. Nada. No hay cuerdas. Cero.

Thomas no podía creer que eso fuera posible.

—¿Han...?

—Ya lo intentamos.

Esa vez Thomas sí lanzó un gruñido.

—Está bien. ¿Y ahora qué?

—Arrojamos algunas cosas por el hueco, pero nunca escuchamos que tocaran el piso.

Hizo una pausa antes de responder. No quería que lo interrumpiera de nuevo.

—¿Eres adivino acaso? —comentó, con una gran dosis de sarcasmo.

—No. Soy un tipo brillante. Eso es todo —repuso el gordito, guiñándole el ojo.

—Chuck, no vuelvas a hacer eso —le dijo con una sonrisa.

El chico era realmente exasperante, pero había algo en él que hacía que las cosas fueran más tolerables. Respiró hondo y volvió la vista hacia la multitud reunida en el centro del patio.

—Entonces, ¿cuánto falta para que llegue el envío?

—En general, tarda una media hora después de la alarma.

Thomas pensó un segundo. Tenía que haber algo que ellos no hubieran intentado.

—¿Estás seguro de lo que me dijiste? ¿Alguna vez...? —hizo una pausa esperando una intervención de Chuck, pero no la hubo—. ¿Alguna vez trataron de hacer una soga?

—Sí, con una enredadera. Ellos hicieron una larguísima. Digamos solamente que ese experimento no terminó muy bien.

—¿Qué quieres decir? —*¿Y ahora qué?*, pensó.

—Yo no estaba aquí, pero escuché que el chico que se ofreció como voluntario había bajado sólo unos tres metros cuando algo pasó zumbando y lo cortó en dos.

—¿Qué? —rio Thomas—. No te creo ni por un segundo.

—No me digas, sabelotodo. Yo vi los huesos del pobre desgraciado. Cortado en dos mitades como si fuera una manzana. Lo tienen en una caja como advertencia para que a nadie se le ocurra ser tan estúpido.

Esperó que Chuck se echara a reír y le dijera que todo había sido un chiste. Pero la risa nunca llegó.

—¿Estás hablando en serio?

Chuck lo miró fijamente.

—Yo no miento, Nov... Thomas. Vayamos a ver quién aparece. No puedo creer que te toque ser el Novato sólo por un día, cara de plopus.

Mientras se acercaban, le hizo la pregunta que faltaba.

—¿Cómo saben que no se trata sólo de provisiones o cualquier otra cosa?

—La alarma no se dispara cuando eso pasa —respondió sencillamente el niño—. Los suministros suben cada semana a la misma hora. Hey, mira —dijo, mientras apuntaba a alguien en el grupo. Era Gally, que los observaba con odio.

—Shank —agregó—. Me parece que no le caes nada bien.

—Sí, ya me di cuenta —masculló Thomas. El sentimiento era mutuo.

Chuck le dio un ligero codazo y los dos continuaron caminando hacia el grupo. Después de ver a Gally, cualquier pregunta que tuviera había quedado olvidada. Ya no tenía ganas de hablar.

El niño, aparentemente, sí.

—¿Por qué no vas y le preguntas qué problema tiene? —preguntó, tratando de sonar como un tipo rudo.

Thomas quería creer que tenía las agallas suficientes, pero la propuesta de su amigo le pareció la peor idea del mundo.

—Bueno, para empezar, él tiene muchos más aliados. No es la persona que yo elegiría para iniciar una pelea.

—Ya sé, pero tú eres más listo. Y apuesto a que más rápido. Podrías darle una paliza a él y a todos sus compañeros.

Uno de los chicos que estaba delante de ellos echó una ojeada por arriba del hombro con cara de enojo.

Debe ser un amigo de Gally, pensó.

—¿Puedes callarte? —le advirtió Thomas a Chuck con un bufido.

Una puerta se cerró detrás de ellos: eran Alby y Newt que venían de la Finca. Los dos parecían muy agotados.

Al momento de verlos recordó de inmediato a Ben, esa horrorosa imagen del chico agonizando en la cama.

—Tienes que contarme qué es todo ese tema de la Transformación, hermano. ¿Qué han estado haciendo esos dos ahí dentro con ese pobre chico?

Chuck volvió a poner su expresión de indiferencia.

—No conozco los detalles. Los Penitentes te hacen cosas malas, someten tu cuerpo a algo horrible. Cuando todo termina, quedas... distinto.

Thomas intuyó que ése era el momento para recibir una respuesta en serio.

—¿Distinto? ¿De qué estás hablando? ¿Y qué tiene que ver eso con los Penitentes? ¿Eso es lo que quiso decir Gally con que "había sido pinchado"?

—¡Shh! —contestó, llevándose un dedo a la boca.

Thomas casi aullaba de la desesperación, pero se quedó callado. Resolvió hacer que Chuck le contara todo más tarde, con ganas o sin ellas.

Después de abrirse paso entre la gente, Alby y Newt se ubicaron justo sobre las puertas que conducían a la Caja. Todos guardaron silencio y, por primera vez, Thomas percibió el traqueteo y los chirridos del elevador ascendiendo, que le recordaron la pesadilla de su propio viaje. La tristeza lo inundó al revivir esos breves y terribles minutos en los que despertó en la oscuridad de la memoria perdida. Sintió lástima por el chico nuevo, que estaría pasando por lo mismo.

Un golpe sordo anunció que el extraño montacargas había llegado.

Observó con nerviosismo a dos Habitantes que se colocaban a ambos lados del hueco. Una rajadura dividía el cuadrado de metal justo por la mitad. Las puertas se abrieron con un chirrido metálico, levantando en el aire una nube de polvo de la piedra circundante.

Un silencio profundo se instaló sobre todos. Mientras Newt se agachaba para poder ver mejor el interior de la Caja, se oyó a la distancia el balido apagado de una oveja. Thomas se inclinó hacia delante todo lo que pudo, esperando poder echar un vistazo al recién llegado.

De una brusca sacudida, Newt se enderezó con la cara arrugada por la confusión.

—Diablos… —disparó con un suspiro.

A esa altura, Alby ya había tenido una clara visión y una reacción idéntica.

—No puede ser —murmuró como en un trance.

Un coro de preguntas llenó el aire mientras todos comenzaban a empujar hacia delante para poder ver el interior del hueco. *¿Qué es lo hay allí adentro?*, se preguntó. *¡¿Qué ven?!* Sintió una punzada de miedo, similar a lo que había experimentado aquella mañana cuando se acercó a la ventana para mirar al Penitente.

—¡Tranquilos! —exclamó Alby, callando a todo el mundo—. ¡Esperen un poco!

—¿Cuál es el problema? —alguien interrogó con un grito.

Alby se levantó.

—Dos Novatos en dos días —dijo casi en un susurro—. Y ahora esto. Dos años, todo igual, y de pronto... —giró, y observó directamente a Thomas—. ¿Qué está pasando aquí, Nuevito?

Thomas le devolvió la mirada, aturdido, mientras enrojecía y se le comprimían las tripas.

—¿Cómo podría saberlo?

—Alby, ¿por qué no nos dices de una vez qué garlopo hay ahí abajo? —intervino Gally. Hubo más murmullos y empujones hacia adelante.

—¡Cállense, larchos! —gritó Alby—. Newt, tú diles.

El muchacho miró una vez más dentro de la Caja y luego enfrentó a la multitud con el rostro grave.

—Es una chica —anunció.

Todos comenzaron a hablar al mismo tiempo. Thomas sólo captó comentarios sueltos.

—*¿Una chica?*

—¡La pido para mí!

—¿Cómo es?

—¿Cuántos años tiene?

Thomas estaba sumergido en un mar de asombro. *¿Una chica?* Ni siquiera se le había ocurrido pensar por qué sólo había varones y no mujeres en el Área. En realidad, ni lo había notado. *¿Quién es ella?*, se preguntó. *¿Por qué...?*

Newt hizo silencio otra vez.

—¡Eso no es todo! —repuso, y luego señaló hacia la Caja—. Creo que está muerta.

Un par de chicos tomaron unas cuerdas hechas con las lianas de las enredaderas y bajaron a Alby y a Newt dentro de la Caja para que sacaran el cuerpo. Casi todos los Habitantes del Área habían sido invadidos por la sorpresa y pululaban por ahí con caras solemnes, pateando piedras sin hablar mucho. Ninguno se atrevía a admitir que estaba ansioso por ver a la chica, pero Thomas supuso que sentían la misma curiosidad que él.

Gally era uno de los que sostenían las sogas, preparado para subirlos a ella, a Alby y a Newt. Thomas lo estudió atentamente. Sus ojos tenían un dejo de algo oscuro, como una fascinación turbia; un destello que, de repente, hizo que se sintiera más atemorizado de él que unos minutos antes.

Alby avisó desde el interior del elevador que ya estaban listos, y Gally y los otros comenzaron a jalar de las cuerdas. Después de algunos resoplidos, el cuerpo sin vida de la chica fue arrastrado hacia fuera, hasta uno de los bloques de piedra en el piso del Área. Todos corrieron hacia delante inmediatamente, formando una abarrotada multitud alrededor de ella: un entusiasmo tangible flotaba en el aire. Pero Thomas se quedó atrás. Ese silencio inquietante le daba escalofríos, como si acabaran de abrir una tumba ocupada recientemente.

A pesar de la curiosidad, no se esforzó mucho por mirar, pues todos los chicos se habían apiñado encima del cuerpo. Pero sí había logrado tener una imagen fugaz de ella antes de que le obstaculizaran la vista. Era delgada pero no muy pequeña. Debía medir alrededor de un metro sesenta y cinco. Tendría unos quince o dieciséis años y su pelo era negro como el alquitrán. Pero lo que le había llamado más la atención era la piel: pálida, blanca como las perlas.

Newt y Alby treparon fuera de la Caja y se abrieron paso hasta la chica. La multitud le impedía ver lo que hacían. Unos minutos después, el grupo se separó otra vez y Newt apuntó directo hacia él.

—Nuevito, ven para acá —dijo, sin preocuparse por resultar amable.

Sintió que el corazón se le iba a la garganta y sus manos comenzaron a sudar. ¿Para qué lo querrían? Las cosas continuaban empeorando. Hizo un esfuerzo para caminar con aspecto calmo, pero sin actuar como alguien culpable que trata de hacerse el inocente. *Vamos, tranquis*, se dijo a sí mismo. *No has hecho nada terrible.* Pero tenía el extraño presentimiento de que quizás había hecho algo malo sin darse cuenta.

Los chicos apostados al costado del camino que llevaba hasta Newt y la muchacha lo observaron con indignación, como si él fuera el responsable de todos los problemas del Laberinto, del Área y de los Penitentes. Evitó hacer contacto visual con ellos, por temor a lucir culpable.

Se acercó a Newt y a Alby, que estaban arrodillados junto a la chica. Thomas se concentró en ella, para evadir las miradas de los dos líderes. A pesar de la palidez, era realmente bonita. Más que bonita. Hermosa. Pelo sedoso. Piel perfecta, labios tiernos, piernas largas. Lo ponía muy mal tener semejantes pensamientos ante una persona muerta, pero no podía dejar de mirarla. *No estará así por mucho tiempo*, concluyó, sintiéndose mareado. *Pronto comenzará a pudrirse*. No podía creer que lo invadieran esas ideas tan morbosas.

—¿Conoces a esta chica, larcho? —lo interrogó Alby, con irritación.

Quedó asombrado ante la pregunta.

—¿Si la conozco? Por supuesto que no. No conozco a nadie, excepto a ustedes.

—Eso no es lo que… —comenzó, pero luego se detuvo con un suspiro de frustración—. Lo que quiero decir es: ¿te resulta familiar? ¿Tienes alguna sensación de que ya la has visto antes?

—No. Ninguna —se movió, miró hacia abajo y después la volvió a observar.

Alby arrugó la frente.

—¿Estás seguro? —agregó, enojado. Parecía no creer ni una palabra de lo que él le decía.

¿Por qué pensará que yo tengo algo que ver con esto?, se dijo. Luego le sostuvo la mirada sin alterarse y le contestó de la única manera que conocía.

—Sí. ¿Por qué?

—Shuck —masculló Alby, mirando hacia la chica—. No puede ser una coincidencia. Dos días, dos Novatos, uno vivo, uno muerto.

Entonces Thomas entendió el significado de las palabras de Alby y el terror lo invadió.

—No pensarás que yo… —empezó, pero no pudo terminar la frase.

—Tranquilo, Novato —intervino Newt—. No estamos diciendo que mataste a esta maldita chica.

La cabeza le daba vueltas. Podía asegurar que no la había visto nunca antes, pero luego una ligera sombra de duda se coló en su mente.

—Te juro que no me resulta familiar en absoluto —repuso, de todas maneras. Ya había recibido suficientes acusaciones.

—¿Estás…?

Antes de que Newt terminara, la chica se incorporó de golpe. Respiró profundamente, abrió los ojos y parpadeó, observando a la multitud que la rodeaba. Alby se sobresaltó y cayó hacia atrás; Newt lanzó un grito ahogado y se apartó de un salto; Thomas no se movió, y mantuvo la mirada fija en ella, congelado del susto.

Sus ojos azules se movían de un lado a otro como dardos, al tiempo que respiraba con fuerza. Los labios rosados le temblaban mientras balbuceaba, una y otra vez, algo indescifrable. Luego dijo una frase, con una voz honda y atormentada, pero clara y nítida:

—Todo va a cambiar.

Quedó azorado ante lo que veía: ella giró los ojos hacia arriba y cayó de espaldas al piso. Cuando tocó el suelo, su puño derecho se disparó hacia el aire y permaneció rígido, apuntando al cielo. Luego se quedó inmóvil. Tenía un rollo de papel, apretado firmemente en su mano.

Thomas trató de tragar saliva pero su boca estaba demasiado seca. Newt corrió hacia delante, le separó los dedos y tomó el papel. Con manos temblorosas, lo desdobló y luego se arrodilló en el piso, dejando caer la nota. Thomas se acercó por atrás para poder ver.

Garabateadas en el papel, en gruesas letras negras, había cuatro palabras:

Ella es la última.

9

Un extraño silencio acechaba el Área, como si un viento sobrenatural hubiera barrido el lugar y aspirado todos los sonidos. Newt había leído el mensaje en voz alta para aquellos que no podían ver el papel, pero en vez de provocar el caos, había dejado a los Habitantes con la boca abierta.

Thomas había esperado gritos, preguntas, discusiones, pero nadie dijo una sola palabra. Todas las miradas estaban fijas en la chica, que ahora estaba acostada allí, como dormida, con el pecho subiendo y bajando al compás de una suave respiración. Al contrario de lo que habían pensado en un principio, estaba bien viva.

Thomas esperaba una explicación de Newt, como si fuera la voz de la razón o una presencia tranquilizadora, pero lo único que hizo éste fue quedarse quieto estrujando la nota y apretando el puño, con las venas a punto de estallar. Thomas se sintió desfallecer. No sabía por qué, pero la situación lo inquietaba mucho.

Alby se llevó las manos a la boca y gritó: "¡Docs!".

Segundos después, Thomas recibió un brusco empujón. Dos chicos mayores se abrían paso por la multitud: uno era alto, de pelo bien corto con una nariz que parecía un limón. El otro era bajo y, sorprendentemente, tenía algunas canas a los costados de su cabeza. Esperaba que pudieran aclarar lo que estaba ocurriendo.

—¿Y qué hacemos con ella? —preguntó el más alto, con una voz mucho más aguda de lo que él hubiera esperado.

—¿Cómo puedo saberlo, larchos? —dijo Alby—. Ustedes son los Docs. Resuélvanlo.

Docs, repitió Thomas en su cabeza y se le hizo la luz. *Debe ser lo más cercano a un médico que tienen aquí.* El más bajo ya estaba en el suelo, arrodillado al lado de la chica, tomándole el pulso y escuchando los latidos de su corazón.

—¿Quién dijo que Clint tenía que ser el primero? —se escuchó un grito desde la multitud, seguido de varias carcajadas—. ¡Yo soy el siguiente!

¿Cómo pueden reírse?, pensó. *Está medio muerta.* Sintió náuseas.

Alby frunció el ceño y esbozó una dura sonrisa que demostraba que no estaba de humor.

—El que toque a esta chica —anunció— pasará la noche durmiendo con los Penitentes en el Laberinto. Desterrado y punto —hizo una pausa, girando lentamente para todos pudieran ver su expresión—. Más vale que nadie se acerque a ella.

Era la primera vez que le agradó oír algo que saliera de la boca del líder.

El tipo bajito, al cual se habían referido como *Clint* —por lo que había alcanzado a escuchar—, terminó de examinarla.

—Parece estar bien. Respira perfectamente, la frecuencia cardiaca es correcta, aunque un poco lenta. Quién sabe, pero yo diría que está en coma. Jeff, hay que trasladarla a la Finca.

Su compañero se adelantó para tomarla de los brazos mientras él la sujetaba de los pies. Thomas deseó poder hacer algo más que observar. Cada segundo que pasaba estaba menos seguro de haber dicho la verdad. Ella sí le parecía conocida, sentía que había una conexión entre ellos, pero le resultaba imposible recordar algo. La idea lo puso nervioso y miró alrededor, con temor de que alguien hubiera escuchado sus pensamientos.

—A la cuenta de tres —dijo Jeff—. ¡Uno… dos… tres!

La levantaron de una rápida sacudida, casi arrojándola por el aire —era obviamente mucho más liviana de lo que habían pensado— y Thomas estuvo a punto de gritarles que tuvieran más cuidado.

—Supongo que tendremos que ver cómo sigue —dijo Jeff a nadie en particular—. Si no se despierta pronto, podemos alimentarla con sopa.

—Sólo vigílenla de cerca —dijo Newt—. Debe ser alguien especial, si no ellos no la hubieran enviado aquí.

Se quedó helado. Sabía que él y la chica estaban conectados de alguna manera. Habían llegado con un día de diferencia, ella le resultaba familiar, sentía un impulso irresistible de convertirse en Corredor a pesar de las cosas terribles que había averiguado... ¿Qué significaba todo eso?

Alby se inclinó para mirarla una vez más antes de que se la llevaran.

—Pónganla al lado del cuarto de Ben y hagan guardia día y noche. Tengo que saber todo lo que pasa. No importa que hable dormida o se eche un plopus. Vienen y me lo dicen.

—Bueno —murmuró Jeff. Luego ambos se fueron hacia la Finca arrastrando los pies, mientras transportaban el cuerpo de la chica que rebotaba a cada paso. Los otros Habitantes del Área finalmente comenzaron a hablar de lo ocurrido, esparciendo sus teorías como burbujas en el aire.

Thomas contempló todo eso en silencio. No era el único que sentía esa extraña conexión. Las acusaciones no tan veladas que había recibido unos minutos antes probaban que los demás también sospechaban algo. Pero ¿qué? Ya se encontraba totalmente confundido y esas imputaciones sólo lo hicieron sentir peor. Como si pudiera leer sus pensamientos, Alby se acercó y lo tomó del hombro.

—¿Nunca la has visto antes? —le preguntó.

—No... nunca. Al menos no que yo recuerde —titubeó.

Esperaba que su voz temblorosa no delatara sus dudas. ¿Y si la conociera... qué significaría eso?

—¿Estás seguro? —insistió Newt.

—No, creo que no. ¿Por qué están interrogándome de este modo? —lo único que quería en ese momento era que se hiciera de noche, para poder estar solo e irse a dormir.

Alby sacudió la cabeza y volteó hacia Newt, soltándole el hombro.

—Algo anda mal. Convoca una Asamblea.

Habló bajo, de modo que Thomas pensó que nadie lo había escuchado, pero su voz no presagiaba nada bueno. Luego los dos se alejaron y se sintió aliviado al ver a Chuck que se acercaba a él.

—Dime, amigo, ¿qué es una Asamblea?

Parecía orgulloso de saber la respuesta.

—Es cuando se reúnen los Encargados. Sólo se realiza si sucede algo raro o terrible.

—Bueno, creo que lo de hoy encuadra perfectamente dentro de esas dos categorías —algunos ruidos en su estómago interrumpieron sus pensamientos—. No terminé mi desayuno. ¿Podemos conseguir algo de comer? Estoy muerto de hambre.

Chuck lo miró y levantó las cejas.

—¿Ver a esa niña chiflada te dio hambre? Debes ser más enfermito de lo que imaginaba.

—Dame un poco de alimento y cállate la boca —respondió Thomas tras un largo suspiro.

La cocina era pequeña, sin embargo tenía todo lo necesario para realizar una buena comida. Un horno grande, un microondas, un lavaplatos, un par de mesas. Se veía vieja y deteriorada, pero limpia. Al ver los aparatos electrodomésticos y la disposición familiar de los objetos, sintió que algunos recuerdos —reales, consistentes— afloraban en su memoria. Pero otra vez, faltaba la parte esencial: nombres, caras, lugares, hechos. Era enloquecedor.

—Siéntate —dijo Chuck—. Te voy a traer algo, pero te juro que ésta es la última vez. Puedes estar contento de que Sartén no ande por aquí: odia que ataquemos su refrigerador.

Como no había gente en el lugar, pudo relajarse. Mientras el chiquillo andaba por ahí entre platos y panes, sacó una silla de madera que estaba debajo de una mesita de plástico y se sentó.

—Esto es cosa de locos. ¿Cómo es posible? ¿Quién nos mandó acá? Tiene que ser alguien diabólico.

Chuck se detuvo.

—Deja de quejarte. Acéptalo y no pienses más en eso.

—Sí, perfecto —dijo, mirando por la ventana. Ése era un buen momento para hacer una de las millones de preguntas que daban vueltas por su cabeza—. Entonces, ¿de dónde viene la electricidad?

—¿A quién le importa? Yo la uso y ya.

Pero qué sorpresa, pensó. *Nunca una respuesta.*

Trajo a la mesa dos platos con sándwiches y zanahorias. El pan era grueso y blanco, las zanahorias de un anaranjado brillante. El estómago de Thomas rugió de desesperación: se abalanzó sobre sus sándwiches y comenzó a devorarlos.

—¡Ah! Güey —masculló con la boca llena—, al menos la comida es buena.

Pudo terminar de comer sin que su amigo dijera una sola palabra. Y tuvo suerte de que el chico no tuviera ganas de hablar porque, a pesar de lo raro que había sido todo lo ocurrido dentro del alcance de su memoria, él se sentía tranquilo nuevamente. Con el estómago lleno, la energía recobrada y la mente agradecida por esos breves momentos de paz, decidió que de ahí en adelante dejaría de quejarse y enfrentaría los hechos.

Después del último bocado, se recostó en la silla.

—Bueno —dijo, limpiándose la boca con una servilleta—. ¿Qué tengo que hacer para convertirme en Corredor?

—Otra vez con eso... —Chuck dejó de jugar con las migas del plato mientras soltaba un eructo largo y sonoro que lo sobresaltó.

—Alby dijo que empezaría pronto mis pruebas con los diferentes Encargados. Entonces, ¿cuándo me toca con los Corredores? —insistió, esperando pacientemente recibir algún tipo de información real.

El gordito puso los ojos en blanco con un gesto exagerado, para dejar bien claro lo estúpida que le parecía la idea.

—Deberían estar de vuelta en unas pocas horas. ¿Por qué no les preguntas a *ellos*?

Ignoró el sarcasmo y prosiguió.

—¿Qué hacen todas las noches cuando regresan? ¿Qué pasa en ese edificio de concreto?

—Mapas. Se reúnen en cuanto vuelven, antes de olvidarse de algo.

¿Mapas?, pensó, confundido.

—Pero si tratan de hacer un mapa, ¿por qué no llevan papel para escribir mientras están allí afuera?

Mapas. Hacía tiempo que no se sentía tan intrigado. Eso podía implicar una solución potencial para la situación en que se hallaban.

—Por supuesto que lo hacen, pero siempre quedan cosas que tienen que discutir y analizar y toda esa garlopa. Además —el chico volvió a hacer ese gesto de suficiencia con los ojos— ellos se pasan la mayor parte del tiempo corriendo y no escribiendo. Por eso se llaman *Corredores*.

Thomas pensó en los Corredores y en los Mapas. ¿Acaso el Laberinto podía ser realmente tan inmenso como para que aun después de dos años no hubieran encontrado una salida? Parecía imposible. Pero luego recordó lo que Alby había dicho acerca de las paredes que se movían. ¿Y si estuvieran condenados a vivir allí hasta la muerte?

Condenados. La palabra le provocó una corriente de pánico y la chispa de esperanza que había traído la comida se apagó con un prolongado silbido.

—Chuck, ¿y si todos somos criminales? Quiero decir, ¿y si somos asesinos o algo así?

—¿Qué? —exclamó, mirándolo como si fuera un demente—. ¿Y de dónde vino ese pensamiento tan alegre?

—Reflexiona por un momento. Nuestras memorias fueron borradas. Vivimos en un lugar que parece no tener salida, rodeados por guardias-monstruos sedientos de sangre. ¿No te suena a una prisión? —mientras lo decía en voz alta, le parecía cada vez más posible. Se le revolvieron las tripas.

—Debo tener doce años —dijo Chuck—. Trece como mucho. ¿Realmente crees que pude haber hecho algo que me mande a la cárcel de por vida?

—No me importa lo que hiciste o dejaste de hacer. De cualquier modo, has sido enviado a prisión, ¿o acaso esto te parecen vacaciones?

Diablos, pensó. *Ojalá esté equivocado.*

—No sé. Es mejor que… —comenzó a decir Chuck.

—Sí, ya sé, que vivir en una pila de plopus —agregó, mientras se levantaba y empujaba la silla debajo de la mesa. El chico le caía bien, pero tratar de mantener una conversación inteligente con él era imposible. Por no mencionar también, frustrante y molesto—. Ve a hacerte otro sándwich. Yo voy a explorar. Nos vemos a la noche.

Salió al patio sin darle tiempo a que se ofreciera a acompañarlo. El Área había vuelto a su rutina usual: cada uno en su trabajo, las puertas de la Caja estaban cerradas y el sol brillaba. Cualquier señal de una chica loca trayendo avisos sobre el fin del mundo había desaparecido.

Como la Visita Guiada había sido interrumpida, decidió ir a dar un paseo por el Área, y así poder conocer mejor el lugar y acostumbrarse a él. Se dirigió a la esquina noreste, hacia las hileras altas de maíz, que parecían listas para ser cosechadas. También había jitomates, lechugas, chícharos y mucho más que no alcanzó a reconocer.

Respiró profundamente, disfrutando del olor fresco de la tierra y de las plantas. Estaba seguro de que el aire le traería algún tipo de recuerdo placentero, pero no fue así. Al acercarse, vio que varios chicos estaban desmalezando y trabajando la tierra de los campos. Uno de ellos agitó la mano y le sonrió. Era una sonrisa de verdad.

Quizás este lugar no sea tan malo después de todo, pensó. *No todos deben ser unos idiotas.* Tomó otra bocanada de ese aire agradable y dejó de lado los pensamientos sombríos. Había mucho para ver.

Continuó por el sector sureste, donde habían construido cercos rústicos de madera para contener a los animales: vacas, cabras, ovejas y cerdos. Sin embargo, no había caballos. *Eso es una maldición*, se dijo. *Los jinetes serían muchísimo más rápidos que los Corredores.* Mientras pasaba por los corrales, se le ocurrió que él debía haber estado en contacto con animales en su vida anterior al Área. Los olores, los sonidos, todo le resultaba muy familiar.

Esa parte no olía tan bien como la de los cultivos, pero aun así, creyó que podría haber sido mucho peor. Explorando la zona, comprobó una vez más lo bien que los Habitantes del Área mantenían el lugar y la limpieza que imperaba en todos lados. Estaba impresionado por lo organizados que tenían que ser y lo duro que debían de trabajar. Se imaginó que el lugar sería horrible si todos fueran vagos y estúpidos.

Finalmente, se encaminó hacia el rincón del suroeste, próximo al bosque. Al acercarse a los árboles escasos y esqueléticos que se erguían delante del monte más denso, lo sorprendió un extraño movimiento a sus pies, seguido de una serie de repiqueteos rápidos y constantes. Miró hacia abajo y alcanzó a ver el reflejo del sol sobre algo metálico –una rata de juguete– que pasaba junto a él correteando a toda prisa hacia el bosquecito. Ya estaba a tres metros de distancia cuando se dio cuenta de que no se trataba de una rata, parecía más bien una lagartija, con unas seis patas saliendo del tronco largo y plateado.

Un escarabajo. *Es la forma en que nos vigilan*, había dicho Alby.

Pudo ver un destello de luz rojiza que barría el suelo delante de la criatura, como si viniera de sus ojos. La lógica le dijo que la mente debía estar engañándolo, pero él hubiera jurado que vio la palabra CRUEL escrita en grandes letras verdes sobre la espalda redondeada del animal. Algo tan extraño merecía una investigación.

Corrió detrás del escurridizo espía y, en cuestión de segundos, penetró en la espesura y el mundo se oscureció.

10

No podía creer lo rápido que había desaparecido la luz. Desde el Área propiamente dicha, el bosque no parecía tan grande, poco menos de una hectárea. Sin embargo, los árboles eran altos, de troncos macizos, con copas plagadas de hojas. La atmósfera tenía un tono verdoso apagado, como si restaran sólo algunos minutos de luz diurna.

Era increíblemente hermoso y terrorífico al mismo tiempo.

Thomas se internaba en el follaje tan rápido como podía. Al hacerlo sentía los latigazos de las ramas en su cara. De repente, no pudo evitar tropezar con una gruesa raíz que sobresalía del suelo, pero antes de caer logró estirar la mano y aferrarse a una rama. Se balanceó hacia delante hasta que recuperó el equilibrio. Una acolchada cama de hojas y ramitas crujió debajo de sus pies.

Durante la corrida, nunca perdió de vista al escarabajo, que se escabullía por el suelo del bosque. Al adentrarse en la arboleda, la luz roja brillaba con más fuerza ante la creciente oscuridad.

Ya había recorrido unos doce metros, esquivando obstáculos y perdiendo terreno a cada segundo, cuando el escarabajo saltó a un árbol particularmente alto y trepó por el tronco. Thomas se acercó hasta allí, pero ya no quedaban rastros de él. Había desaparecido entre las hojas, como si nunca hubiera existido.

Había perdido a ese miserable.

–Shuck –susurró, casi en tono de broma. Por extraño que pareciera, la palabra brotó naturalmente de sus labios, como si ya estuviera transformándose en un Habitante del Área.

El chasquido de una rama hacia su derecha le hizo levantar la cabeza en esa dirección. Trató de no respirar mientras escuchaba atentamente.

Luego sonó otro ruido más fuerte, como si alguien hubiera partido una rama con la rodilla.

—¿Quién anda ahí? —gritó, sintiendo un cosquilleo de miedo en la espalda. Su voz rebotó como un eco entre las copas de los árboles. Se quedó congelado en el lugar, mientras todo se acallaba, excepto el canto de unos pájaros a la distancia. Pero nadie contestó su llamado ni volvió a escuchar más sonidos en esa dirección.

Sin pensarlo dos veces, se encaminó hacia el lugar de donde provenía el ruido. Se abrió paso empujando las ramas, sin preocuparse por ser sigiloso. Entornó los ojos, esforzándose por ver en la creciente negrura. Deseó haber llevado una linterna. Ese pensamiento le disparó la memoria. Una vez más, recordó algo tangible de su pasado, sin poder ubicarlo en un determinado tiempo y lugar, ni asociarlo con ninguna otra persona o situación. Era frustrante.

—¿Hay alguien por ahí? —volvió a preguntar. Se sentía más calmado, ya que el ruido no se había repetido. Seguramente había sido un animal o quizás otro escarabajo. Por las dudas, insistió—. Soy yo, Thomas. El Novato. Bueno, el segundo Novato…

Hizo una mueca y sacudió la cabeza, esperando ahora de verdad que no hubiera nadie, porque parecía un completo idiota.

Una vez más, no hubo respuesta.

Rodeó un gran roble y se detuvo en seco. Un escalofrío le recorrió la espalda: había llegado al cementerio.

El lugar era pequeño, tendría unos diez metros cuadrados, y estaba tapizado por una maleza densa que crecía a ras de suelo. Clavadas en el piso, había varias cruces de madera torpemente realizadas. Sus varas horizontales y verticales estaban atadas con un nudo de cáñamo. Las placas con inscripciones habían sido pintadas de blanco por alguien que estaba, obviamente, muy apurado, a juzgar por la calidad del trabajo. Los nombres habían sido tallados en la madera.

Se acercó indeciso a la cruz más cercana y se arrodilló para observar. La luz era tan débil que le parecía estar mirando a través de una niebla oscura. Hasta los pájaros se habían callado, como si se hubieran ido a dormir, y el ruido de los insectos era apenas perceptible. Por primera vez, se dio cuenta de lo húmedo que era el bosque, pues ya tenía la frente y las manos empapadas.

Se inclinó sobre la primera cruz. Parecía recién hecha y llevaba el nombre *Stephen* grabado encima. La n era muy pequeña y estaba justo en el borde porque el tallador no había calculado bien el espacio que necesitaba.

Stephen, pensó, sintiendo una tristeza inesperada pero indiferente. *¿Cuál es tu historia? ¿Acaso Chuck te mató con su conversación?*

Se levantó y caminó hasta la siguiente, que estaba completamente tapada por la hierba, con la tierra firme en la base. Debía pertenecer a uno de los primeros en morir, porque su tumba parecía ser la más vieja de todas. Se llamaba George.

Miró a su alrededor y vio que había unas doce sepulturas más. Un par de ellas lucían tan nuevas como la primera que había examinado. Un centelleo plateado llamó su atención. Era distinto del escurridizo escarabajo que lo había conducido al bosque, pero igual de raro. Caminó entre las lápidas hasta que llegó a una tumba cubierta por una lámina mugrienta de plástico o de vidrio. Entrecerró los ojos para contemplar lo que había del otro lado y lanzó un grito ahogado cuando la imagen se hizo nítida. Era una ventana que dejaba ver los restos polvorientos de un cuerpo en descomposición.

Completamente espantado, pero atraído por la curiosidad, se inclinó hacia delante para ver mejor. La sepultura era más pequeña de lo normal: sólo contenía la mitad de la persona muerta. Recordó la historia de Chuck sobre el chico que había tratado de bajar por una cuerda a través del foso oscuro de la Caja y fue cortado en dos por algo que pasó volando por el aire. Había unas palabras grabadas en el vidrio, que resultaban muy difíciles de leer:

Que este medio larcho sea una advertencia para todos ustedes: no se puede escapar por el Hueco de la Caja.

Sintió el extraño impulso de sonreír; era demasiado ridículo para ser verdad. Pero también estaba disgustado consigo mismo por ser tan simplista y superficial. Había dado unos pasos hacia el costado para leer los nombres de otros muertos, cuando una ramita se quebró justo delante de él, detrás de los árboles ubicados al otro lado del cementerio. Luego otro crujido. Y otro. Cada vez más cerca. Y la oscuridad era impenetrable.

—¿Quién anda ahí? —gritó. Su voz sonó temblorosa y apagada, como si estuviera hablando dentro de un túnel—. En serio, esto es una tontería —agregó. Odiaba tener que admitir lo atemorizado que estaba.

En vez de contestar, la otra persona abandonó cualquier intención de ser sigilosa y se echó a correr a través de la arboleda que estaba enfrente del cementerio, rodeando el lugar donde él se encontraba. El pánico lo paralizó. A sólo unos pocos metros de distancia, pudo distinguir la sombra de un niño flaquito que corría rengueando rítmicamente.

—¿Quién es ese mald…?

El visitante surgió de golpe entre los árboles antes de que terminara la frase. Lo único que alcanzó a distinguir fue una ráfaga de piel pálida y ojos enormes: la imagen fantasmal de una aparición. Entonces gritó y trató de correr, pero ya era muy tarde. La figura saltó en el aire y cayó sobre sus hombros, sujetándolo firmemente con las manos y arrojándolo al suelo. Sintió que una de las placas se incrustaba en su espalda antes de partirse en dos, dejándole un profundo rasguño en la piel.

Comenzó a empujar y golpear a su atacante, un implacable revoltijo de piel y huesos brincando encima de su cuerpo. Parecía un monstruo, un personaje de pesadilla, pero él sabía que tenía que ser un Habitante, alguien que había perdido la razón por completo. Escuchó un sonido de dientes que se abrían y cerraban bruscamente con un constante repiqueteo. Luego sintió una punzada de dolor cuando el lunático le clavó la boca fuertemente en el hombro.

Lanzó un aullido y el sufrimiento se deslizó por su sangre como una corriente de adrenalina. Apoyó las palmas de las manos sobre el pecho de su oponente y presionó, estirando los brazos hasta que los músculos se tensaron contra la figura que luchaba arriba de él. Finalmente, el otro cayó hacia atrás con un fuerte estallido, haciendo pedazos otra lápida.

Thomas, jadeando, se arrastró hacia atrás y observó por primera vez a su desquiciado contrincante.

Era el chico enfermo.

Ben.

11

Thomas pensó que Ben no se había recuperado del todo desde la última vez que lo había visto en la Finca. Vestía sólo pantalones cortos y su piel blanquísima se tensaba sobre sus huesos, como una fina hoja de papel envolviendo un puñado de ramitas. Esas venas verdosas, que latían a lo largo de su cuerpo como si fueran cuerdas, estaban menos marcadas que el día anterior.

De repente, sus ojos inyectados en sangre se posaron en Thomas, como si se tratara de su cena. El pobre lunático se agachó, listo para un nuevo ataque, empuñando un cuchillo en su mano derecha.

A Thomas lo embargó un miedo repugnante; no podía creer lo que estaba sucediendo.

—¡*Ben!*

Miró hacia el lugar de donde provenía la voz y divisó con sorpresa la figura de Alby al borde del cementerio, como un fantasma en medio de las luces que se extinguían. El alivio invadió su cuerpo. El líder sujetaba un gran arco y apuntaba directamente al niño con una flecha lista para matar.

—Ben —repitió—. Detente ahora mismo o éste será tu último día.

Volvió la vista a su atacante, que observaba ferozmente a Alby, mientras se humedecía los labios con la lengua, con movimientos frenéticos. *¿Qué problema tendrá este chico?*, pensó. Se había convertido en un monstruo. ¿Por qué?

—Si me matas —chilló, escupiendo baba tan lejos que alcanzó a Thomas en la cara—, tendrás al tipo equivocado —y volvió bruscamente la mirada hacia él—. Éste es el larcho al que debes matar —anunció. Su voz era la de un demente.

—No seas estúpido —dijo Alby, con voz calma, mientras seguía apuntando la flecha—. Thomas acaba de llegar, no tienes que preocuparte por él. Todavía estás mal por la Transformación. No debiste abandonar la cama.

—¡Él no es uno de nosotros! —gritó—. Yo lo vi, es… malo. ¡Tenemos que matarlo! ¡Déjame arrancarle las tripas!

Thomas dio un paso hacia atrás sin pensarlo, horrorizado ante las palabras del chico. ¿Qué quería decir con que lo había visto? ¿Por qué pensaba que era malo?

Alby seguía sin mover el arma, con los ojos clavados en Ben.

—Deja que los Encargados y yo decidamos qué hacer, shank —le dijo, mientras sus manos continuaban sosteniendo el arco con total firmeza, como si estuviera apoyado sobre una rama—. Trae tu cuerpo esquelético en este instante hacia aquí y ve a la Finca.

—Él querrá llevarnos a casa —exclamó—. Y sacarnos del Laberinto. ¡Para eso es mejor que nos arrojemos todos por el Acantilado o que nos destrocemos el cráneo unos a otros!

—¿Qué estás diciendo…? —comenzó a decir Thomas.

—¡*Cállate!* —chilló el niño—. ¡Cierra esa boca asquerosa y traicionera!

—Ben —intervino Alby, pausadamente—. Voy a contar hasta tres.

—Él es malo, malo, malo —susurró, como si rezara, mientras se mecía, y pasaba el cuchillo de una mano a la otra, con los ojos fijos en Thomas.

—Uno…

—Malo, malo, malo, malo, malo… —Ben sonrió. Sus dientes tenían un brillo verdoso bajo la luz pálida.

Thomas quería mirar hacia otro lado, irse de allí, pero estaba hipnotizado por el miedo y no se podía mover.

—Dos… —exclamó Alby, enfatizando con su voz la advertencia.

—Ben —dijo Thomas, tratando de razonar—. Yo no voy… Ni siquiera sé qué…

Con un aullido bestial, el chico dio un salto mientras agitaba la hoja de su cuchillo.

—¡*Tres!* —exclamó Alby.

Se escuchó el chasquido de una cuerda, el silbido de un objeto zumbando por el aire y, por último, un sonido húmedo y nauseabundo que confirmaba que la flecha había dado en el blanco.

La cabeza de Ben se inclinó bruscamente hacia la izquierda y su cuerpo se retorció hasta que aterrizó sobre el estómago. Luego quedó en silencio.

Thomas dio un brinco y caminó con dificultad hasta el cuerpo inmóvil: de la larga asta de la flecha clavada en la mejilla, brotaba sangre, una cantidad mucho menor que la que él había imaginado. En la oscuridad parecía negra, como el aceite. El último movimiento que vio fue un ligero reflejo nervioso del dedo meñique derecho.

Hizo un esfuerzo por no vomitar. ¿Acaso Ben había muerto por su culpa?

—Vamos —dijo Alby—. Los Embolsadores se ocuparán de él mañana.

¿Qué acaba de pasar?, pensó, sintiendo que el mundo daba vueltas a su alrededor. *¿Alguna vez le habré hecho algo a este chico?*

Levantó la vista buscando respuestas, pero Alby ya se había ido y sólo quedaba el temblor de una rama como única señal de que alguna vez había pasado por allí.

Al emerger del bosque, apretó los ojos ante la luz enceguecedora del sol. Rengueaba al caminar; el tobillo le dolía terriblemente, aunque no recordaba habérselo lastimado. Apoyaba con cuidado una mano sobre la zona de la mordida, y la otra sujetaba su estómago como si eso fuera a detener las irrefrenables ganas de vomitar. La imagen de la cabeza de Ben apareció en su mente: estaba ladeada de forma antinatural y la sangre brotaba por el asta de la flecha a borbotones, desparramándose por el suelo…

Esa visión fue la gota que faltaba.

Cayó de rodillas junto a uno de los árboles raquíticos en las afueras del bosque y devolvió, en medio de arcadas y escupidas, hasta el último resto de bilis que había en su estómago. Le temblaba todo el cuerpo y parecía que el vómito no acabaría nunca.

Luego, como si su cerebro se estuviera burlando de él, tratando de empeorar las cosas, lo asaltó un pensamiento.

Ya llevaba en el Área unas veinticuatro horas, un día entero. Sólo eso. Y cuántas cosas terribles habían sucedido.

Era seguro que a partir de ahora todo empezaría a mejorar.

Esa noche, acostado bajo el cielo estrellado, se preguntó si volvería a dormir alguna vez. Cuando cerraba los ojos, veía el cuerpo monstruoso de Ben saltando sobre él, con el rostro enajenado. Pero aun con los ojos abiertos, seguía escuchando el ruido húmedo de la flecha al incrustarse en la mejilla del niño.

Sabía que no olvidaría nunca esos breves minutos en el cementerio.

—Di algo —insistió Chuck por quinta vez desde que habían dispuesto las bolsas de dormir.

—No —respondió nuevamente.

—Todos saben lo que pasó. Ya ocurrió un par de veces: algún larcho picado por un Penitente se delira y ataca a alguien. No creas que eres especial.

Por primera vez pensó que el chico había pasado de ser ligeramente irritante a intolerable.

—Chuck, puedes estar contento de que no tenga el arco de Alby a mano.

—Sólo estoy jug…

—Cállate y duérmete ya —le exigió. En ese momento, no estaba como para lidiar con él.

Finalmente, el sueño venció a su "amigo" y, a juzgar por el estruendo de ronquidos a través del Área, a los demás también. Algunas horas después, en lo profundo de la noche, él era el único que seguía despierto. Quería llorar, pero no lo hizo. Quería buscar a Alby y darle un golpe, sin ninguna razón en especial, pero no lo hizo. Quería gritar y patear y escupir y abrir la Caja y saltar en la oscuridad. Pero tampoco lo hizo.

Cerró los ojos, trató de ahuyentar los pensamientos lúgubres y, en un momento dado, se durmió.

A la mañana, Chuck tuvo que llevarlo a rastras de la bolsa de dormir hasta las regaderas y de allí, al vestuario. Se sentía desanimado e indiferente, le dolía la cabeza y el cuerpo le reclamaba seguir durmiendo. El desayuno transcurrió en una nebulosa y, una hora después, no podía recordar qué había comido. La acidez de estómago lo estaba matando.

Por lo que pudo ver, la siesta estaba muy mal vista dentro de la actividad en la granja del Área.

Al poco rato, ya se encontraba con Newt frente al establo del Matadero, preparado para su primera sesión de entrenamiento con un Encargado. A pesar de la dura mañana, estaba muy entusiasmado con la idea de aprender más cosas y por la posibilidad de poner su mente en algo que no fuera Ben ni el cementerio. Las vacas mugían, las ovejas balaban y los cerdos gruñían a su alrededor. En algún lugar cercano, un perro ladró. Deseó que Sartén no le diera un nuevo significado a la expresión "perros calientes". *Hot dogs*, pensó. *¿Cuándo fue la última vez que comí uno? ¿Y con quién?*

—Tommy, ¿me estás escuchando?

Despertó de golpe de su aturdimiento y prestó atención a Newt, que hablaba desde hacía quién sabe cuánto tiempo.

—¿Eh? Perdona. No pude dormir anoche.

El chico esbozó una sonrisa patética.

—En eso tienes razón. Lo de ayer fue gran tortura para ti. Seguramente piensas que soy un larcho cabrón por pretender que te mates trabajando después de un episodio así.

Thomas se encogió de hombros.

—Creo que trabajar es lo mejor que puedo hacer. Lo que sea, con tal de pensar en otra cosa.

Esa vez, la sonrisa de Newt fue más genuina.

—Tienes aspecto de ser un tipo inteligente, Tommy. Ésa es una de las razones que nos llevan a mantener este lugar activo y en buen estado. Si estás de vago, te viene la tristeza y empiezas a desmoronarte. Es así de fácil.

Asintió distraídamente, al tiempo que pateaba una piedra por el piso polvoriento y agrietado del Área.

—¿Hay novedades de la chica de ayer? —preguntó fingiendo indiferencia. Si algo había penetrado la niebla de su extensa mañana, había sido pensar en ella. Quería saber más, entender la extraña conexión que los unía.

—Sigue en coma, durmiendo. Los Docs le dan de comer en la boca las sopas que hace Sartén, controlan sus signos vitales y esas cosas. Parece estar bien, sólo que, por ahora, está muerta para el mundo.

—Eso sí fue muy raro —comentó.

De no haber sido por el incidente de Ben, estaba seguro de que tampoco hubiera podido dormir; se habría pasado toda la noche pensando en ella. Quería saber quién era y si realmente la conocía de algún lado.

—Sí —repuso Newt—. Raro es una buena palabra para definirlo, supongo.

Levantó la vista sobre el hombro del muchacho hacia el establo de pintura roja descolorida, dejando a un lado los pensamientos sobre la chica.

—Bueno, ¿por dónde empezamos? ¿Ordeñamos vacas o matamos a algún pobre cerdito?

Newt estalló en una carcajada. Thomas no había escuchado un sonido semejante desde que estaba allí.

—Siempre hacemos empezar a los Novatos por los malditos Carniceros. No te preocupes, cortar las provisiones de Sartén es sólo una parte. Ellos también se ocupan de todo lo que tiene que ver con las bestias.

—Qué lástima que no pueda recordar mi vida anterior. Tal vez me encantaba matar animales.

Era un chiste, pero su compañero no pareció captarlo.

Newt hizo una señal con la cabeza hacia el establo.

—Lo sabrás muy bien para cuando el sol se haya puesto esta noche. Ven, vamos a conocer a Winston. Él es el Encargado.

Winston era bajo y musculoso, con la cara cubierta de acné. Thomas tuvo la sensación de que el chico disfrutaba demasiado de su trabajo. *Quizás lo enviaron aquí por ser un asesino serial*, pensó.

El Encargado le mostró el lugar durante la primera hora, explicándole qué corral le correspondía a cada animal, dónde estaban los gallineros y todo lo que ocurría dentro del establo. El perro, un molesto labrador negro llamado Ronco, se encariñó de inmediato con él y lo siguió durante toda la visita. Intrigado, le preguntó a Winston de dónde había venido la mascota, y éste le contestó que siempre había estado allí. Parecía que su nombre había sido puesto irónicamente, porque tenía unos ladridos muy agudos que destrozaban los oídos.

Durante la segunda hora, ya entraron de lleno en el trabajo con los animales: darles de comer, limpiar, arreglar un cerco, levantar *plopus*. Descubrió que usaba cada vez más el vocabulario de los Habitantes del Área.

La tercera hora fue la más difícil para él. Tuvo que observar cómo Winston mataba a un puerco y preparaba las distintas partes para la comida. Cuando llegó el momento de almorzar, se hizo dos promesas: la primera, que su carrera no estaría relacionada con los animales; y la segunda, que nunca más volvería a comer nada que saliera de adentro de un cerdo.

El Carnicero le había dicho que siguiera solo, porque él tenía que continuar trabajando dentro del Matadero, lo cual le pareció bien. Mientras se dirigía a la Puerta del Este, no podía quitarse de la cabeza la imagen de Winston en un rincón oscuro del establo, mordiendo las patas de un cerdo crudo. Ese tipo le ponía la piel de gallina.

En el instante en que pasaba delante de la Caja, vio que alguien ingresaba al Área desde el Laberinto, por la Puerta del Oeste. Era un chico de aspecto asiático, con brazos musculosos y pelo negro corto; parecía ser un poco mayor que él. El Corredor se detuvo, se inclinó y apoyó las manos en las rodillas, respirando con gran esfuerzo. Daba la impresión de que acababa de correr treinta kilómetros: la cara roja, la piel cubierta de sudor y la ropa empapada.

Thomas lo miraba fijamente. Sentía mucha curiosidad, pues todavía no había visto de cerca a un Corredor ni había hablado con ninguno de ellos. Además, basado en lo que había ocurrido en los dos últimos días, éste había regresado varias horas antes de lo habitual. Se aproximó a él, ansioso por conocerlo y hacerle preguntas.

Antes de que pudiera armar una frase, el chico se desplomó en el piso.

12

El Corredor estaba tendido en el suelo como un muñeco roto, inmóvil. Thomas se quedó quieto durante unos segundos. La indecisión lo había paralizado: ¿y si le pasaba algo malo? ¿O había sido… *picado*? ¿Y si…?

Después de un momento, reaccionó de golpe. El muchacho necesitaba ayuda urgente.

—¡Alby! —gritó—. ¡Newt! ¡Que alguien los llame!

Corrió hacia el chico y se arrodilló a su lado.

—Hey, ¿te encuentras bien? —le preguntó. Tenía la cabeza sobre los brazos extendidos y respiraba con dificultad. Estaba consciente, pero se le veía completamente agotado.

—Estoy bien —replicó con balbuceos—. ¿Quién eres tú, shank?

—Soy nuevo aquí —repuso. En ese momento se le ocurrió que los Corredores pasaban el día en el Laberinto y no habían presenciado los últimos sucesos. ¿Estaría enterado de lo de la chica? Era probable… seguramente alguien le había contado—. Soy Thomas. Hace sólo dos días que llegué.

El Corredor se irguió hasta quedar sentado, con el pelo negro pegoteado por el sudor.

—Ah, sí —dijo con un resoplido—. El Novato. Tú y la chica.

Alby apareció a toda prisa, claramente molesto.

—¿Por qué estás de vuelta, Minho? ¿Qué pasó?

—Tranquila, *nena* —contestó, recuperándose con rapidez—. Sirve para algo y consígueme un poco de agua. La mochila se me cayó por ahí afuera, en algún lado.

Pero Alby no se movió. Le dio una patada en la pierna, demasiado fuerte para ser en broma.

—*¿Qué pasó?*

—¡Apenas puedo hablar, miertero! —gritó Minho con voz áspera—. ¡Tráeme algo de beber!

El líder desvió la vista hacia Thomas. Tenía una levísima sombra de sonrisa en su cara, que al instante se convirtió en una mueca de enojo.

—Él es el único larcho que puede hablarme así, sin que le dé una paliza y termine volando por el Acantilado.

Después, ante la mirada sorprendida de Thomas, dio media vuelta y salió corriendo, aparentemente para traerle el agua.

—¿Alby deja que le des órdenes?

Se alzó de hombros y luego se secó el sudor de la frente.

—¿Le tienes miedo a ese payaso? Güey, te queda mucho por aprender. Malditos Novatos.

El comentario lo lastimó mucho más de lo esperado, teniendo en cuenta que hacía sólo tres minutos que lo conocía.

—¿Acaso no es el líder?

—¿El líder? —repitió con un gruñido que pretendía ser una carcajada—. Puedes llamarlo como quieras. Tal vez deberíamos decirle presidente. No, mejor Almirante Alby. Eso es perfecto —y se frotó los ojos mientras reía.

Thomas no sabía cómo interpretar la conversación. Era difícil saber cuándo hablaba en serio.

—Entonces, ¿quién es el líder?

—Nuevito, mejor deja de hablar si no quieres aumentar tu confusión —dijo, y comenzó a bostezar; luego habló para sí mismo—. ¿Por qué los garlopos siempre vendrán aquí haciendo preguntas estúpidas? Es realmente molesto.

—¿Y qué esperas que hagamos? —exclamó enojado. *Como si tú no hubieras hecho lo mismo cuando llegaste*, pensó, pero no se atrevió a expresarlo.

—Haz lo que se te dice y mantén la boca cerrada. Eso es lo que yo espero —contestó, mirándolo por primera vez a la cara.

Thomas, inconscientemente, retrocedió unos centímetros. Pero enseguida se dio cuenta de que había cometido un error: no podía dejar que ese tipo pensara que podía hablarle en ese tono. Dio unos pasos hacia atrás apoyándose en las rodillas y lo miró desde arriba.

—Sí, claro. Seguro que eso fue lo que hiciste cuando eras un Novato.

Minho lo observó unos segundos. Luego, le habló otra vez directo a los ojos.

—Yo fui uno de los primeros Habitantes del Área, miertero. Cierra el hocico hasta que sepas lo que estás diciendo.

Con una mezcla de miedo y hartazgo, Thomas comenzó a incorporarse. El chico estiró la mano y le sujetó el brazo.

—Siéntate, güey. Sólo estaba jugando contigo. Es que es muy divertido. Ya lo verás cuando llegue el próximo Novato… —su voz se apagó y arrugó la frente, desconcertado—. Creo que no habrá otro, ¿verdad?

Él le hizo caso, se calmó y volvió a sentarse. Pensó en la chica y en la nota que decía que ella era la última de todos.

—Creo que no.

El Corredor entornó los ojos, como estudiándolo.

—Tú la viste, ¿no es cierto? Todos andan diciendo que es probable que la conozcas o algo así.

—La vi. No me resulta para nada conocida —contestó Thomas, de manera defensiva.

De inmediato, se sintió culpable por no decir la verdad, aunque no fuera una gran mentira.

—¿Está buena?

No se le había ocurrido pensar en ella de esa forma desde que la había visto enloquecer, entregar la nota y pronunciar aquellas palabras: *Todo va a cambiar*. Pero recordaba lo bonita que era.

—Sí, supongo que está bien.

El chico se inclinó hacia atrás hasta quedar recostado en el suelo y cerró los ojos.

—Sí, por qué no. Si te atraen las chicas en coma —y volvió a sonreír.

—Seguro.

No tenía muy claro si Minho le caía bien o no, dado que su personalidad cambiaba a cada momento. Después de una larga pausa, decidió aventurarse.

—Bueno —arriesgó con cautela—. ¿Encontraste algo hoy?

—¿Sabes, Nuevito? Ésa es la estupidez más garlopa que podrías preguntarle a un Corredor —replicó, con los ojos muy abiertos—. Pero no hoy.

—¿Qué quieres decir? —insistió, viendo crecer sus esperanzas de obtener información. *Una respuesta*, pensó. *¡Por favor, al menos una vez!*

—Sólo tienes que esperar que regrese nuestro presumido almirante. No me gusta decir las cosas dos veces. Además, tal vez no quiera que te enteres.

Suspiró. La falta de respuesta ciertamente no lo tomaba por sorpresa.

—Bueno, pero al menos cuéntame por qué estás tan cansado. ¿Acaso no haces esto siempre?

Lanzó un gemido mientras se erguía y cruzaba las piernas.

—Sí, Novato. Salgo a correr todos los días. Digamos que me entusiasmé un poco y aceleré de más para llegar antes.

—¿Por qué?

Thomas estaba desesperado por saber qué había pasado en el Laberinto.

Minho levantó las manos hacia arriba.

—Ya te lo dije, shank. Paciencia. Hay que esperar al General Alby.

Algo en su voz suavizó el golpe y Thomas tomó una decisión. El tipo le caía bien.

—Está bien, me callo. Sólo asegúrate de que me permita escuchar las noticias a mí también.

—Perfecto, Novato. Tú mandas —repuso después de unos segundos.

Alby apareció al rato, trayendo un tazón de plástico lleno de agua y se lo dio a Minho, que se lo bebió todo sin parar.

—Bueno —dijo—, dispara. ¿Qué pasó?

El Corredor arqueó las cejas y lo señaló.

—Todo bien —contestó—. No me preocupa que este larcho escuche. ¡Habla de una vez!

Esperó en silencio mientras Minho se levantaba con esfuerzo haciendo muecas de dolor, con un aspecto que denotaba agotamiento. Hizo equilibrio contra la pared y les echó una mirada fría.

—Encontré uno muerto.

—¿Cómo? —preguntó Alby—. ¿Un qué muerto?

Minho sonrió.

—Un Penitente muerto.

13

Thomas quedó fascinado ante la sola mención de un Penitente. Esos monstruos desagradables le causaban terror, pero se preguntó por qué encontrar uno muerto era tan importante. ¿Acaso nunca había ocurrido antes?

Alby puso cara de asombro.

—Shuck. No es un buen momento para bromas —repuso.

—Mira —contestó Minho—, yo tampoco lo creería si fuera tú. Pero es cierto, lo vi. Uno bien grande y asqueroso.

Está claro que es la primera vez que sucede, pensó.

—Encontraste un Penitente *muerto* —repitió el líder.

—Sí —dijo, con irritación en la voz—. A unos tres kilómetros de aquí, cerca del Acantilado.

Dirigió la mirada hacia el Laberinto y luego de vuelta a Minho.

—¿Y por qué no lo trajiste de regreso contigo?

Lanzó de nuevo una sonrisa, mitad gruñido, mitad risita tonta.

—¿Estuviste bebiendo esa salsa irresistible de Sartén? Esas cosas deben pesar media tonelada, hermano. Además, no tocaría uno aunque me dieras un pasaje gratis fuera de este lugar.

Alby insistía con las preguntas.

—¿Qué aspecto tenía? ¿Las púas metálicas estaban dentro o fuera del cuerpo? ¿Hizo algún movimiento? ¿Tenía la piel todavía húmeda?

Thomas estaba repleto de interrogantes: *¿Púas metálicas? ¿Piel húmeda? ¿De qué hablan?*, pero se contuvo, para no recordarles su presencia. Y que quizás deberían hablar en privado.

—Tranquilo, hombre —respondió—. Tienes que verlo por ti mismo. Es… extraño.

—¿Extraño? —Alby lo miró confundido.

—Mira, estoy exhausto, muerto de hambre e insolado. Pero si quieres transportarlo ahora, es posible que podamos ir y regresar antes de que las Puertas cierren.

Alby miró el reloj.

—Mejor esperemos hasta mañana al despertar.

—Es lo más inteligente que has dicho en una semana —concluyó, dándole una palmada en el brazo y dirigiéndose a la Finca con una ligera renguera. Habló por encima de su hombro mientras se arrastraba, con todo el cuerpo adolorido—. Debería volver allá afuera, pero ya no puedo más. Iré a comer un poco del guisado repugnante de Sartén.

Lo invadió la desilusión. Era cierto que Minho realmente merecía un descanso y algo de comer, pero quería saber más.

Después Alby se dio vuelta hacia Thomas.

—Si me estás escondiendo algo…

Ya estaba cansado de que lo acusaran de saber cosas. ¿Acaso no era ése el problema? Él no sabía nada. Miró al chico directo a los ojos y le hizo una pregunta simple.

—¿Por qué me odias tanto?

La reacción fue indescriptible: confusión, enojo, asombro.

—¿*Odiarte*? Larcho, no has aprendido nada desde que llegaste en esa Caja. Esto no tiene nada que ver con odio, amor, amigos o lo que sea. Lo único que nos importa es sobrevivir. Deja ya tu lado de marica y comienza a usar ese cerebro de garlopo, si es que lo tienes.

Sintió como si hubiera recibido una bofetada.

—Pero… ¿por qué sigues acusándome?

—Porque no puede ser una coincidencia, shank. Caes aquí, al día siguiente recibimos a una chica y una nota demente, Ben trata de morderte, aparece un Penitente muerto… Algo está pasando y no voy a descansar hasta que descubra qué es.

—Yo no sé nada —dijo con ardor, sintiendo que le hacía bien descargar el enojo—. Ni siquiera sé dónde estaba hace tres días, mucho menos voy a saber por qué Minho encontró una cosa muerta a la que llaman Penitente. ¡De modo que deja de molestarme!

Alby se inclinó ligeramente hacia atrás y le echó una mirada ausente.

—*Tranquis*, Nuevito. Madura de una vez y empieza a pensar. Aquí no se trata de acusar a nadie de nada. Pero si te acuerdas de algo, cualquier cosa que te resulte apenas familiar, es mejor que lo digas. Prométemelo.

No lo haré hasta que no tenga una memoria firme, pensó. *Y quiera compartirlo.*

—Sí, supongo, pero…

—¡Promételo!

Se detuvo, cansado de Alby y de su actitud.

—Como quieras —exclamó finalmente—. Lo prometo.

Entonces el líder se marchó sin decir una palabra.

Encontró un árbol muy bonito que daba mucha sombra en las Lápidas, al borde del bosque. Sentía terror de volver a trabajar con el Carnicero Winston y sabía que tenía que comer, pero necesitaba estar solo. Se apoyó contra el grueso tronco, deseando que se levantara algo de brisa, pero no ocurrió.

Justo cuando sus párpados comenzaban a cerrarse, apareció Chuck para arruinar la paz y tranquilidad.

—¡Thomas! ¡Thomas! —chilló el niño, corriendo hacia él, con los brazos en alto y la cara iluminada por el entusiasmo.

Se restregó los ojos y refunfuñó. No había nada que quisiera más en el mundo que una siesta de media hora. No levantó la vista hasta que Chuck se detuvo frente a él, con gran agitación.

—¿Qué?

Las palabras brotaron lentamente en medio de su respiración entrecortada.

—Ben… no está… muerto.

Cualquier rastro de fatiga que quedara en el organismo de Thomas salió despedido. Se levantó de un salto y lo enfrentó.

—¿*Qué*?

—No está muerto. Los Embolsadores fueron a buscarlo… la flecha no penetró en el cerebro… y los Docs lo cosieron rápidamente.

Se alejó y miró hacia el bosque, donde apenas la noche anterior había sido agredido por el chico enfermo.

—Tienes que estar bromeando. Yo lo vi…

Lo bombardearon muchas emociones al mismo tiempo: confusión, alivio, miedo de que lo atacara de nuevo…

—Bueno, yo también lo vi —dijo—. Está encerrado en el Cuarto Oscuro con media cabeza vendada.

Volvió a encarar a su amigo.

—El Cuarto Oscuro. ¿Qué quieres decir?

—Es nuestra cárcel. Está al norte de la Finca —respondió, señalando en esa dirección—. Lo arrojaron tan rápido, que los Docs lo tuvieron que emparchar ahí adentro.

Miró hacia abajo y se pasó la mano por el pelo. Cuando se dio cuenta de lo que realmente había en su interior, la culpa se apoderó de él: se había sentido aliviado de que Ben estuviera muerto, de no tener que preocuparse por encontrárselo alguna vez.

—¿Y qué van a hacer con él?

—Esta mañana hubo una Asamblea de los Encargados. Parece que la decisión fue unánime por lo que escuché. Después de todo, creo que hubiera sido mejor que esa flecha entrara en su cerebro larchoso.

Entrecerró los ojos, desconcertado ante las palabras del chico.

—¿De qué estás hablando?

—Será desterrado esta noche. Por tratar de matarte.

—¿Desterrado? ¿Y eso qué significa? —no pudo evitar la pregunta, aunque sabía que no podía ser nada bueno si Chuck pensaba que era peor que estar muerto.

En ese instante, tuvo la sensación más perturbadora desde su llegada al Área. Chuck no contestó, simplemente sonrió. A pesar de todo, a pesar de lo horrible que era esa situación, se rio. Luego salió corriendo, tal vez para contarle a otro las emocionantes noticias.

Esa noche, cuando las primeras luces tenues del crepúsculo se deslizaban sigilosamente por el cielo, Newt y Alby reunieron a todos los Habitantes del Área en la Puerta del Este, media hora antes de que se cerrara. Los Corredores apenas habían regresado y estaban concentrados en la misteriosa Sala de Mapas. Minho ya estaba adentro desde antes. Alby les pidió a todos ellos que se apresuraran con lo que estaban haciendo, pues los necesitaba afuera en veinte minutos.

Thomas seguía muy molesto por la reacción que había tenido Chuck ante la noticia de que Ben sería desterrado. Aunque no sabía qué significaba exactamente, quedaba claro que no era algo agradable. En especial, teniendo en cuenta que el lugar de reunión se encontraba tan cerca del Laberinto. *¿Lo arrojarán allí afuera?*, se preguntó. *¿Con los Penitentes?*

Los demás Habitantes murmuraban y se podía sentir en el aire el nerviosismo ante la expectativa de que algo espantoso estaba por suceder. Permaneció allí con los brazos cruzados, esperando que empezara el espectáculo. Finalmente, los Corredores salieron del edificio, agotados, con las caras fruncidas de tanto pensar. Como Minho fue el primero en aparecer, pensó que debía ser el Encargado de los Corredores.

—¡Tráiganlo afuera! —gritó Alby.

Mientras Thomas se volteaba buscando algún signo de Ben, la inquietud lo embargó al imaginarse qué haría cuando lo viera.

Desde la parte más lejana de la Finca, aparecieron tres muchachos robustos arrastrando al chico por el suelo. Sus ropas colgaban en jirones y una gruesa venda cubría la mitad de la cara y de la cabeza. Se negaba a bajar los pies o a colaborar, y parecía tan muerto como la última vez que lo había visto. Excepto por una cosa: tenía los ojos abiertos, inundados de terror.

—Newt —dijo Alby, bajando la voz; Thomas no lo habría escuchado de no hallarse muy cerca de él—. Ve a buscar el poste.

El joven se encaminó sin vacilar hacia un pequeño cobertizo de herramientas que se utilizaba para trabajar en los Jardines. Era obvio que había estado esperando la orden.

Volvió a concentrarse en Ben y en los guardias. El condenado seguía sin resistirse, dejándose llevar por las piedras polvorientas del patio. Al llegar a la multitud, lo pusieron de pie frente al líder. Se quedó con la cabeza colgando, negándose a establecer contacto visual con alguien.

—Tú te la buscaste, Ben —dijo Alby. Luego sacudió la cabeza y echó un vistazo hacia la cabaña adonde se había dirigido Newt.

Thomas siguió la dirección de su mirada justo a tiempo para ver a Newt atravesando la puerta inclinada. Sostenía varias barras de aluminio. Y al unir los extremos entre sí, obtuvo un poste de unos seis metros. Luego, encajó en uno de los extremos un objeto con forma extraña y se dirigió hacia el grupo. Al escuchar el ruido de la barra de metal rozando el piso de piedra, un estremecimiento le recorrió la espalda.

Estaba horrorizado ante toda la situación. Aunque nunca había hecho nada para provocar a Ben, se sentía responsable. ¿Acaso era el causante de algo de lo que estaba pasando? No obtuvo respuesta, pero la culpa lo torturaba como una enfermedad.

Finalmente, Newt le alcanzó a Alby el extremo del poste que sostenía en su mano. En ese momento pudo ver el raro accesorio: un lazo de cuero rígido sujeto al metal con un enorme gancho. Un gran broche a presión evidenciaba que el cuero podía abrirse y cerrarse. Resultaba obvio cuál era su finalidad.

Se trataba de un collar.

14

Thomas observó cómo Alby desabrochaba el collar y luego lo colocaba alrededor del cuello de Ben. En cuanto la tira de cuero se cerró, el chico levantó la vista. Tenía los ojos llenos de lágrimas y le goteaba la nariz. Los Habitantes lo contemplaban en silencio.

—Alby, por favor —rogó con un temblor tan patético en la voz, que Thomas no podía creer que se tratara del mismo chico que había intentado morderlo en la garganta el día anterior—. Te juro que estaba enfermo de la cabeza por la Transformación. Jamás lo hubiera matado, sólo enloquecí por un segundo. *Te suplico.*

Cada palabra era un puñetazo en el estómago de Thomas, que aumentaba su culpa y su confusión.

Alby no respondió. Tiró del cuero para asegurarse de que estuviera bien abrochado y ajustado firmemente al caño. Pasó delante de Ben, levantó el poste del piso y caminó dejando que se deslizara entre sus manos. Cuando llegó al extremo final, lo sujetó con fuerza y encaró a la multitud. Tenía los ojos inyectados en sangre, la cara apretada por la ira y respiraba con fuerza: Thomas pensó que era un ser diabólico.

La visión hacia el otro lado resultaba extraña. Un chico tembloroso y sollozante, con un collar de cuero alrededor de su cuello pálido y escuálido, amarrado a un palo largo, que se extendía desde su cuerpo hasta Alby, seis metros más allá. El mástil de aluminio se arqueaba un poco en la mitad, pero aun desde donde se encontraba Thomas, parecía increíblemente fuerte.

El líder habló con una voz grave y ceremoniosa, mirando a todos y a nadie en particular.

—Constructor Ben, has sido condenado al Destierro por el intento de asesinato del Novato Thomas. Los Encargados se han pronunciado y su palabra es definitiva. Ya no puedes regresar. Jamás —hizo una larga pausa—. Encargados, tomen su lugar junto al Poste del Destierro.

Thomas detestó que se hiciera público el vínculo que lo unía a Ben tanto como la responsabilidad que sentía. Volver a ser el centro de atención no hacía más que atraer sospechas sobre él, lo cual agregó rabia a la culpa que ya tenía. Lo único que quería era que Ben desapareciera y que todo terminara de una vez.

Los chicos se fueron acercando uno por uno al largo mástil. Lo tomaron con fuerza entre ambas manos, como si se tratara del juego de tira y afloja. Newt era uno de ellos, así como también Minho, confirmando la suposición de Thomas de que era el Encargado de los Corredores. Winston, el Carnicero, también ocupó su lugar.

Una vez que estuvieron listos —diez Encargados ubicados a espacios iguales entre Alby y Ben— la atmósfera se puso tensa y todos enmudecieron. Los únicos sonidos que se percibían eran los sollozos amortiguados de Ben, que se secaba la nariz y los ojos frenéticamente. Miraba a derecha e izquierda; el collar le impedía ver a los Encargados, que se encontraban detrás de él.

Los sentimientos de Thomas cambiaron una vez más. Había algo que no estaba bien. ¿Por qué merecía Ben ese destino? ¿No se podía hacer alguna cosa por él? ¿Acaso tendría que pasarse el resto de su vida sintiéndose responsable por eso? *Terminen ya*, aulló dentro de su cabeza. *¡Que todo se acabe de una vez!*

—Por favor —exclamó el acusado, con creciente desesperación en la voz—. ¡Por favor! ¡Que alguien me ayude! ¡No pueden hacerme esto!

—¡Cállate! —rugió Alby desde atrás.

Pero Ben lo ignoró, implorando ayuda mientras comenzaba a jalar el lazo alrededor de su cuello.

—¡Que alguien los detenga! ¡Socorro! ¡Auxilio! —siguió suplicando, mientras observaba a cada uno de los chicos. Todos apartaron la vista.

Thomas se ubicó de inmediato detrás de un muchacho más alto, para evitar enfrentarse con Ben. *No puedo mirar esos ojos otra vez*, pensó.

—Si hubiéramos permitido que larchos como tú quedaran sin castigo por una cosa así —le advirtió Alby—, no habríamos sobrevivido tanto tiempo. Encargados, prepárense.

—No, no, no, no, no —dijo Ben en voz baja—. ¡Juro que me portaré bien! ¡Nunca más lo volveré a hacer! *¡Por favoooo…!*

Su aullido desgarrador fue interrumpido por el crujido de la Puerta del Este que comenzaba a cerrarse. Las chispas volaban por el aire, mientras la gigantesca pared derecha se deslizaba hacia la izquierda con un sonido atronador. El suelo tembló bajo sus pies y Thomas se preguntó si sería capaz de presenciar lo que sabía que estaba por ocurrir.

—¡Encargados, *ahora*! —gritó Alby.

Los muchachos empujaron el mástil, en dirección al Laberinto. El impulso sacudió bruscamente la cabeza de Ben hacia atrás. Un alarido ahogado brotó de su garganta, por encima del ruido de la Puerta. Y cayó de rodillas, pero el Encargado que se encontraba en la parte delantera, lo incorporó de un tirón.

—¡Noooooooooooo! —berreó, lanzando saliva por la boca, mientras pataleaba y trataba de arrancarse el cuero con las manos. Pero la fuerza conjunta de los Encargados era demasiada para él, que se iba acercando cada vez más al borde del Área, en el momento exacto en el que la pared derecha terminaba su recorrido—. ¡Nooooo! —aullaba sin parar.

Cuando llegó al umbral, intentó mantener los pies en el suelo, pero fue inútil: el poste lo empujó hacia el Laberinto de una sacudida. En un instante, ya estaba más de un metro fuera del Área, moviendo su cuerpo de un lado a otro y luchando por quitarse el collar. Los muros de la Puerta se encontraban a sólo segundos de quedar herméticamente sellados.

Con un último esfuerzo, logró torcer violentamente el cuello dentro del lazo de cuero, girar su cuerpo y enfrentar a los Habitantes. Thomas no podía creer que se tratara todavía de un ser humano: tenía los ojos alucinados, flema saliendo de la boca y la piel blanca tirante sobre las venas y los huesos. Parecía un ser de otro planeta.

—¡Deténganse! —exclamó Alby.

Ben comenzó a gritar sin parar, con un sonido tan penetrante y lastimero que Thomas tuvo que taparse los oídos. Era un aullido bestial, de un lunático que se desgarraba las cuerdas vocales. En el último segundo, el Encargado de adelante aflojó el tramo más largo del caño y lo separó de la parte a la que estaba sujeto Ben, y luego empujó hacia dentro del Área, dejando al chico en el Destierro. Los últimos chillidos se apagaron cuando las paredes se cerraron con un estruendo terrible.

Thomas apretó los ojos, mientras las lágrimas rodaban por sus mejillas.

15

Por segunda noche consecutiva, Thomas se fue a la cama con la imagen del rostro de Ben atormentándolo. *Qué diferentes serían las cosas si no fuera por él*, pensó. Casi se había convencido a sí mismo de que estaría totalmente contento y ansioso por aprender sobre su nueva vida y lograr su objetivo de convertirse en Corredor. Casi. En el fondo sabía bien que Ben era sólo uno de sus muchos problemas.

Pero ahora ya no estaba, había sido desterrado al mundo de los Penitentes, allá donde conducían a sus presas, víctima de quién sabe qué tratos inhumanos. Aunque tenía sobradas razones para detestarlo, sentía lástima por él.

No podía imaginarse cómo sería salir de esa manera, pero a juzgar por los últimos momentos de Ben, aullando y escupiendo como si estuviera en medio de un brote psicótico, ya no ponía en duda la importancia de la regla del Área que decía que nadie debía entrar al Laberinto salvo los Corredores, y aun ellos, sólo durante el día. Ben ya había sido picado una vez, lo que significaba que sabía quizás mejor que nadie lo que le esperaba.

Pobre chico, pensó.

Un estremecimiento le corrió por el cuerpo. Cuanto más lo pensaba, más dudaba de que ser un Corredor fuese una buena idea. Pero, inexplicablemente, ésa seguía siendo su meta.

A la mañana siguiente, el ruido de la actividad del Área lo despertó del sueño más profundo que había tenido desde su llegada. Se incorporó frotándose los ojos para sacudirse el sopor. Como no lo logró, se volvió a acostar, esperando que nadie lo molestara.

La tranquilidad no duró ni un minuto.

Alguien le golpeó el hombro y, al abrir los ojos, se encontró a Newt de pie al lado de él. *¿Y ahora qué?*, pensó.

—Levántate, lagarto.

—Sí, buen día a ti también. ¿Qué hora es?

—Las siete, Novato —le dijo con una sonrisa burlona—. ¡Ajá! Creíste que te dejaría dormir hasta tarde después de dos días muy duros.

Se sentó disgustado por no poder seguir echado allí durante unas horas más.

—¿Dormir hasta tarde? ¿Qué son ustedes? ¿Una banda de granjeros? —exclamó, preguntándose por qué esa palabra le resultaba tan familiar. Una vez más se asombró de la forma en que funcionaba su pérdida de la memoria.

—Exactamente, ahora que lo mencionas —contestó, acomodándose al lado de él y cruzando las piernas. Se quedó en silencio un rato, atento al bullicio que comenzaba a extenderse por el Área—. Nuevito, hoy te pondré con los Aradores. Veamos si eso te gusta más que rebanar a unos miserables cerditos.

Estaba harto de que lo trataran como a un bebé.

—¿No sería hora ya de que dejaras de llamarme así?

—¿Cómo? ¿Miserable cerdito?

Lanzó una risa forzada y sacudió la cabeza.

—No, *Nuevito*. Ya no soy el Habitante más reciente, ¿no es cierto? Es la chica en coma. A ella dile Nuevita, mi nombre es Thomas —contestó con impaciencia.

La imagen de la joven invadió su mente y se acordó de la conexión que había sentido. De repente, la tristeza se apoderó de él, como si la extrañara y quisiera verla. *Eso no tiene sentido*, pensó. *Ni siquiera sé cómo se llama.*

Newt se inclinó hacia atrás, arqueando las cejas.

—¡Caray! Parece que te crecieron un par de huevos de este tamaño durante la noche, güey.

Lo ignoró y continuó hablando.

—¿Qué es un Arador?

—Es la forma en que llamamos a los tipos que se desloman trabajando en los Jardines: cultivan, desmalezan, plantan y cosas así.

Thomas señaló en esa dirección.

—¿Quién es el Encargado?

—Zart. Buen tipo, siempre que no seas vago para el trabajo. Es el grandote que iba adelante ayer a la anoche.

No hizo ningún comentario. Esperaba poder pasar el día sin pensar en Ben o en su Destierro. El recuerdo lo ponía mal y lo hacía sentir culpable, de modo que desvió la conversación.

—¿Y para qué viniste a despertarme?

—¿Qué pasa? ¿Acaso no te gusta ver mi cara apenas abres los ojos?

—No particularmente. Entonces…

Pero antes de que pudiera terminar la frase, se escuchó el estrépito de las paredes que se abrían por el día. Miró hacia la Puerta del Este, como esperando ver a Ben del otro lado. En su lugar, estaba Minho haciendo ejercicios. Lo vio cruzar la salida y recoger algo.

Era el tramo del poste que tenía el collar de cuero adosado a él. Al Corredor no pareció importarle la cuestión y se lo arrojó a otro chico, que lo guardó en el cobertizo de las herramientas, cerca de los Jardines.

Thomas se volteó hacia Newt, confundido. ¿Cómo podía Minho mostrarse tan indiferente?

—¿Cómo…?

—Sólo he visto tres Destierros, Tommy —se adelantó Newt—. Todos tan desagradables como el de anoche. Pero cada condenada vez, los Penitentes dejan el collar en nuestro umbral. Se me ponen los pelos de punta de sólo pensarlo.

—¿Y qué hacen con los chicos que atrapan? —preguntó, aunque no estaba muy seguro de querer saberlo.

Newt levantó los hombros, fingiendo indiferencia. Posiblemente no quería hablar de eso.

—Cuéntame de los Corredores —dijo de repente.

Las palabras parecieron brotar de la nada. Estuvo a punto de disculparse y cambiar de tema, pero se quedó callado. Quería saber todo sobre ellos. Aun después de lo que había visto la noche anterior o de haber observado al Penitente a través de la ventana, no le importaba. La necesidad de saber era muy fuerte, y no entendía bien por qué. Sentía que había nacido para ser Corredor.

El chico se detuvo, con aspecto confundido.

—¿Los Corredores? ¿Por qué?

—Sólo me preguntaba qué harían.

Newt lo miró con suspicacia.

—Esos tipos son los mejores de todos. Tienen que serlo. Todo depende de ellos —comentó, arrojando una piedra y observando cómo rebotaba hasta detenerse.

—¿Y por qué no eres uno de ellos?

La cara de Newt se puso seria de repente.

—Era, hasta que me lastimé esta maldita pierna hace unos meses. Ya nada fue lo mismo después de eso —comentó, con un breve destello de dolor en el rostro, mientras se frotaba distraídamente el tobillo derecho. A juzgar por su expresión, Thomas pensó que el sufrimiento provenía más de la memoria que de un malestar real.

—¿Cómo te lastimaste? —preguntó, considerando que cuanto más lo hiciera hablar, más averiguaría.

—De la única forma posible, huyendo de los jodidos Penitentes. Casi me atrapan —repuso, y luego hizo una pausa—. Todavía me dan escalofríos cuando pienso que podría haber pasado por la Transformación.

La Transformación. Thomas sabía que ese tema podría ser la respuesta a muchas de sus preguntas.

—¿Y qué es eso? ¿Qué es lo que cambia? ¿Todos se convierten en psicópatas y tratan de matar gente como Ben?

—El pobre fue por mucho el peor de todos. Pero yo creía que querías hablar de los Corredores —le advirtió, con un tono de voz que ponía fin a la charla sobre la Transformación.

Eso despertó aún más su curiosidad, aunque le parecía genial volver al tema de los Corredores.

—Bueno, soy todo oídos.

—Ya te dije. Son los mejores.

—¿Y cómo los eligen? ¿Prueban a todos para ver si son rápidos?

Le lanzó una mirada de desprecio y gruñó.

—Vamos, Nuevito... Tommy, como quieras, usa un poco el cerebro. Lo rápido que puedas correr es sólo una parte. Y bastante pequeña, en realidad.

La aclaración despertó su interés.

—¿Qué quieres decir?

—Cuando digo que son los mejores, eso significa en todo. Para sobrevivir en el condenado Laberinto tienes que ser despierto, rápido, fuerte. Debes ser bueno para tomar decisiones, saber cuál es el riesgo exacto que vas a asumir. No puedes ser tímido ni imprudente —estiró las piernas y se apoyó hacia atrás sobre las manos—. El trabajo allá afuera es fatal, ¿sabes? No lo extraño.

—Pensé que los Penitentes sólo salían por la noche —acotó. Por más que fuera su destino, no quería toparse con uno de esos monstruos.

—Sí, en general.

—Entonces, ¿por qué es tan terrible estar allí?

Newt suspiró.

—Presión. Estrés. Mientras tratas de fijar toda la información en tu cabeza con la intención de sacar a todos de este lugar, el diseño del Laberinto varía día por día. Además, estás preocupado por los malditos Mapas. Y lo peor: siempre tienes miedo de no poder regresar. Un laberinto normal ya es difícil, pero uno que cambia todo el tiempo... Un par de errores y pasas la noche al lado de bestias siniestras. No hay lugar para tontos o malcriados.

Thomas frunció el ceño. No entendía el impulso que surgía en su interior, que lo alentaba a continuar. Lo podía sentir en todo el cuerpo.

—¿Y por qué todo ese interés? —preguntó Newt.

Temía decirlo otra vez en voz alta.

—Quiero ser Corredor.

—Llevas aquí menos de una semana, shank. Es un poco rápido para querer morir, ¿no te parece? —dijo Newt, volteándose y mirándolo a los ojos.

—No bromeo —respondió con expresión grave. Aun para él mismo nada de eso tenía mucho sentido. Pero era una sensación muy fuerte. De hecho, el deseo de ser Corredor era lo único que lo animaba a seguir adelante y aceptar su situación.

Newt prosiguió hablando sin quitarle la mirada.

—Yo tampoco. Ni lo pienses. Nadie se convirtió en Corredor en el primer mes, menos todavía en la primera semana. Nos quedan muchas pruebas por hacer antes de recomendarte al Encargado.

Thomas se puso de pie y comenzó a doblar su equipo de dormir.

—Newt, hablo en serio. No puedo pasarme el día plantando jitomates, me volvería loco. No sé qué hacía antes de que me despacharan aquí, pero el instinto me dice que tengo que ser Corredor. Sé que puedo serlo.

El muchacho continuaba sentado allí, mirándolo, sin ofrecerle ayuda.

—Nadie dijo que no pudieras. Pero trata de olvidarte del tema por un tiempo.

Sintió que lo invadía la impaciencia.

—Pero…

—Escucha, Tommy, sé lo que digo. Si comienzas a atropellar por ahí, comentando a todos que eres demasiado bueno como para trabajar de campesino y que ya estás listo para ser un Corredor, ganarás muchos enemigos. Olvídalo por ahora.

Lo último que quería en ese momento era tener enemigos, pero aun así, decidió atacar por otro lado.

—Está bien. Hablaré con Minho sobre esto.

—Buena idea, larcho. La Asamblea es la que elige a los Corredores, de modo que si consideras que yo soy duro, ellos se reirán en tu propia cara.

—¿Qué saben ustedes? Yo podría ser realmente bueno. Creo que es una pérdida de tiempo hacerme esperar.

Newt se levantó.

—Préstame atención, Novato. Escucha bien lo que te voy a decir —le advirtió, mientras lo señalaba con el dedo. En ese momento Thomas descubrió que no se sentía demasiado intimidado. Puso los ojos en blanco, pero luego asintió—. Mejor déjate de tonterías, antes de que los otros te escuchen. Aquí, las cosas funcionan de otra manera, y toda nuestra existencia entera se basa en que todo *funcione*.

Hizo una pausa, pero Thomas no dijo nada, temiendo el sermón que se avecinaba.

—Orden —agregó—. Tienes que grabarte esa palabra en tu cabeza a lo bestia. El motivo por el cual todos estamos cuerdos aquí adentro es porque trabajamos duro para mantener el orden. Por esa razón echamos a Ben. ¿Acaso crees que podemos permitir que haya chiflados dando vueltas, intentando matar gente? *Orden*. Si hay algo que no necesitamos en este momento es alguien que venga a enturbiar las cosas.

Thomas dejó su terquedad de lado, pues se dio cuenta de que era hora de cerrar la boca.

—Claro —fue todo lo que añadió.

Newt lo palmeó en la espalda.

—Hagamos un trato.

—¿Qué? —preguntó, sintiendo renacer sus esperanzas.

—Tú no hablas más del tema y yo te pongo en la lista de posibles candidatos apenas demuestres que tienes algo de poder. Abres la boca y me voy a ocupar de que nunca tengas una maldita oportunidad, ¿de acuerdo?

Detestaba la idea de tener que esperar, sin saber por cuánto tiempo.

—Ese trato es una mierda.

Newt levantó las cejas.

Luego de unos segundos, Thomas hizo una señal afirmativa.

—Trato hecho.

—Vamos pues, vayamos a buscar algo para picar de lo que prepara Sartén. Y espero que no nos agarre una intoxicación brutal.

Esa mañana, por fin conoció al tristemente célebre Sartén, pero sólo de lejos. El tipo estaba muy ocupado preparando el desayuno para un ejército de hambrientos Habitantes. No podía tener más de dieciséis años, pero ya tenía una barba tupida y una cantidad de pelos que le brotaban por todo el cuerpo, como tratando de escapar de los confines de su ropa manchada de comida. *No parece el tipo más limpio del mundo como para supervisar la cocina*, pensó. Se grabó la idea de fijarse siempre que no hubiera pelos negros en su plato.

Thomas y Newt acababan de sentarse con Chuck en una mesa alejada de la Cocina, cuando un numeroso grupo de Habitantes se levantó y corrió hacia la Puerta del Oeste, hablando animadamente entre ellos.

—¿Qué pasa? —inquirió, sorprendido ante la naturalidad de su pregunta. Los nuevos acontecimientos del Área ya formaban parte de su vida.

Newt hizo un gesto de indiferencia y se abalanzó sobre su desayuno.

—Están despidiendo a Minho y a Alby, que van a ver al condenado Penitente muerto.

—Hey —dijo Chuck, mientras un trozo de tocino salía volando de su boca—. Tengo una pregunta sobre eso.

—No me digas, Chucky —repuso Newt con un dejo de sarcasmo—. ¿Y cuál sería tu maldita pregunta?

El chico parecía muy concentrado en sus pensamientos.

—Bueno, es que ellos encontraron a un Penitente muerto, ¿no es cierto?

—Ah, ¿sí? —contestó—. Gracias por la noticia.

El gordito golpeó el tenedor distraídamente contra la mesa.

—Bueno, y entonces ¿quién mató a esa estúpida criatura?

Excelente pregunta, Chuck, pensó Thomas. Esperó que Newt respondiera, pero no se escuchó nada. Era obvio que no tenía la más remota idea.

16

Thomas pasó la mañana con el Encargado de los Jardines, *deslomándose y trabajando,* como hubiera dicho Newt. Zart era el chico alto, de pelo negro, que había estado adelante del poste durante el Destierro de Ben, y que, por alguna razón, olía a leche agria. No hablaba mucho, pero le enseñó las cuestiones básicas para que él pudiera empezar a trabajar solo: desmalezar, podar un árbol de ciruelas, plantar semillas de calabaza, recolectar verduras... No le encantó la actividad, y prácticamente ignoró a los otros chicos del grupo, pero tampoco le disgustó tanto como la tarea que había hecho para Winston en el Matadero.

Se encontraba sacando las malas hierbas de una hilera de maíz con Zart, cuando consideró que había llegado la hora de sacarle información. Ese Encargado parecía mucho más accesible que los demás.

—Dime, Zart —comenzó.

El chico levantó la mirada hacia él y luego continuó trabajando. Tenía ojos caídos y cara alargada. Daba la impresión de estar terriblemente aburrido.

—Sí, Novato, ¿qué quieres?

—¿Cuántos Encargados hay en total? —preguntó, tratando de sonar despreocupado—. ¿Y cuáles son las opciones de trabajo?

—Mira, están los Constructores, los Fregones, los Embolsadores, los Cocineros, los Mapistas, los Docs, los Aradores, los Carniceros. Y los Corredores, por supuesto. No sé, algunos más quizás. Yo en realidad me ocupo de lo mío.

La mayoría de las palabras no requería demasiadas explicaciones, pero había algunas que no le resultaban tan claras.

—¿Qué es un Fregón? —sabía que Chuck lo era, pero el chico se negaba a hablar de eso.

—Son los larchos que no saben hacer otra cosa. Limpian los baños, la Cocina, el Matadero, todo. Pasa un día entero con esos idiotas y se te van a ir las ganas de seguir en esa dirección. Créeme.

Sintió una punzada de culpa por Chuck y también le dio pena. El chico se esforzaba tanto por hacerse amigo de todo el mundo, pero no parecía caerle bien a nadie. Ni siquiera le prestaban atención. También era verdad que hablaba demasiado y vivía en permanente estado de excitación, pero él estaba contento de tenerlo cerca.

—¿Y qué hacen los Aradores? —preguntó, arrancando una maleza impresionante, con pedazos de tierra colgando de las raíces.

Zart se aclaró la garganta y continuó trabajando mientras contestaba.

—Son los que se ocupan de todo el trabajo pesado en los Jardines. Cavar zanjas y todo eso. En su tiempo libre, hacen otras tareas en el Área. En realidad, muchos Habitantes tienen más de un trabajo. ¿Alguien te contó eso?

No prestó atención a la pregunta y siguió adelante, dispuesto a conseguir todas las respuestas que pudiera.

—¿Y los Embolsadores? Sé que se encargan de las personas que mueren, pero tampoco debe ser algo muy frecuente, ¿verdad?

—Esos tipos son horripilantes. Hacen de guardias y también de policías. A todos les gusta llamarlos Embolsadores. Cómo nos divertimos el otro día, hermano... —y soltó una risita, que a Thomas le resultó muy simpática.

Tenía más preguntas. Muchas más. Chuck y los demás chicos del Área nunca habían querido darle respuestas sobre nada. Y aquí estaba Zart, totalmente dispuesto a hacerlo. Pero, de pronto, ya no tuvo más ganas de hablar. Cuando menos se lo esperaba, la chica había vuelto a aparecer en su mente; luego, la imagen de Ben y el Penitente muerto... Su nueva vida era un asco.

Respiró profundamente. *Mejor dedícate a trabajar*, pensó. Y eso hizo.

A media tarde, Thomas estaba a punto de desplomarse del agotamiento. Todo eso de estar inclinado y arrastrarse de rodillas por la tierra era lo peor que había. El Matadero, los Jardines. Dos golpes duros.

Corredor, rogó, a la hora del recreo. *Sólo déjenme ser Corredor*. Una vez más pensó que resultaba absurdo que lo deseara tanto. Pero, aunque no comprendía el porqué de su anhelo ni de dónde venía, era innegable. Sus sentimientos con respecto a la chica también eran muy fuertes, pero hizo un esfuerzo por apartarlos.

Cansado y adolorido, se dirigió a la Cocina por algo de alimento y agua. Era capaz de ingerir una comida completa, a pesar de haber desayunado dos horas antes. Hasta la idea de comer cerdo volvía a sonarle tentadora.

Mordió una manzana y se arrellanó en el suelo, al lado de Chuck. Newt también estaba allí, pero se sentó solo, ignorando a todos los demás. Tenía los ojos rojos y líneas profundas en la frente. Thomas observó cómo se mordía las uñas, cosa que nunca le había visto hacer antes.

Chuck se dio cuenta e hizo la pregunta que él tenía en la cabeza.

—¿Qué le pasa? —susurró—. Tiene la misma cara que tú tenías cuando saliste de la Caja.

—No sé —respondió Thomas—. ¿Por qué no le preguntas?

—Estoy escuchando cada una de sus malditas palabras —dijo Newt en voz alta—. No me extraña que nadie quiera dormir al lado de ustedes.

Sintió como si lo hubieran pescado robando, pero estaba realmente preocupado. Newt era una de las pocas personas del Área que le agradaban.

—¿Qué es lo que anda mal? —quiso saber Chuck—. No es para ofenderte, pero tienes un aspecto de plopus...

—Todas las criaturas del universo... —respondió, y luego se quedó en silencio observando el espacio. Thomas estaba a punto de abrir la boca, pero el muchacho continuó—. La chica de la Caja. Sigue gimiendo y diciendo todo tipo de cosas extrañas, pero no se quiere despertar. Los Docs hacen todo lo posible por alimentarla, pero cada vez come menos. Les aviso desde ahora que hay algo muy malo en toda esta condenada historia.

Thomas le dio otro mordisco a la manzana. Ahora tenía un sabor amargo. Se dio cuenta de que estaba inquieto por la chica, por su bienestar. Como si la conociera.

—Shuck. Pero eso no es lo que me tiene más jodido —dijo Newt, tras un largo suspiro.

—¿Y qué es entonces? —preguntó Chuck.

Thomas se inclinó hacia delante, con tanta curiosidad que fue capaz de sacarse a la chica de la mente.

Newt entornó los ojos mientras miraba hacia una de las entradas del Laberinto.

—Alby y Minho —murmuró—. Debieron estar de vuelta hace horas.

Antes de darse cuenta, ya estaba otra vez en su trabajo, quitando malezas; contaba los minutos que le faltaban para terminar su labor con los Jardineros. Vigilaba constantemente la Puerta del Oeste, esperando ver alguna señal de Alby y de Minho: Newt le había contagiado su intranquilidad. Había dicho que ellos deberían haber vuelto antes del mediodía, el tiempo necesario para llegar hasta el Penitente muerto, explorar durante una hora o dos y luego regresar. Con razón estaba tan molesto. Cuando Chuck trató de tranquilizarlo diciendo que era posible que sólo estuvieran examinando el lugar y divirtiéndose, Newt le había echado una mirada tan dura que Thomas pensó que el chico se desintegraría allí mismo.

Pero tampoco podía olvidar su cara cuando, un minuto después, él le había preguntado por qué no entraban en el Laberinto a buscar a sus amigos. La expresión de Newt fue de horror rotundo: sus mejillas se contrajeron, tornándose oscuras y amarillentas. Una vez que se le pasó, había explicado que estaba prohibido mandar grupos de búsqueda, ya que de esa manera era posible que se perdiera más gente. Pero fue evidente el temor que había cruzado por su rostro.

Newt le tenía terror al Laberinto.

Sea lo que fuere que le hubiera ocurrido allí —quizás relacionado con la persistente lesión del tobillo—, había sido verdaderamente espantoso.

Intentó no pensar en eso y se concentró de nuevo en su trabajo.

La cena resultó ser un momento lúgubre, y el motivo no tenía nada que ver con la comida. Sartén y sus cocineros habían preparado un gran banquete de carne, papas, legumbres y panecillos calientes. Thomas había descubierto rápidamente que las bromas acerca de la comida de Sartén eran sólo eso, bromas. Todos devoraban lo que él servía y en general pedían más. Pero esa noche, los Habitantes comieron como si se tratara de la última cena.

Los Corredores habían retornado a la hora de siempre. La preocupación de Thomas había ido en aumento al ver cómo Newt corría de Puerta en Puerta mientras los Corredores entraban en el Área. Pero Alby y Minho nunca aparecieron. Newt obligó a los Habitantes a ir a comer lo que Sartén había preparado y que tanto se merecían, pero él insistió en quedarse de guardia hasta que llegaran los dos que faltaban. Nadie lo dijo, pero todos sabían que de un momento a otro las Puertas se cerrarían.

Siguiendo las órdenes a regañadientes como el resto de los chicos, Thomas se encontraba compartiendo una mesa con Chuck y Winston, en la parte sur de la Finca. Sólo había logrado ingerir unos pocos bocados, cuando ya no soportó más.

—No puedo estar aquí comiendo mientras ellos están allá afuera —dijo, dejando caer el tenedor en el plato—. Voy a vigilar las Puertas con Newt —agregó, se levantó y salió corriendo.

No le sorprendió que Chuck estuviera pegado a él.

Encontraron a Newt en la Puerta del Oeste, caminando de un lado a otro, mientras se pasaba las manos por el pelo. Levantó la vista cuando los vio acercarse.

—¿*Dónde están?* —dijo, con voz débil y crispada.

A Thomas le enterneció ver a Newt preocupado por Alby y Minho, como si fueran de su propia sangre.

—¿Por qué no mandamos un equipo de búsqueda? —sugirió una vez más. Parecía una tontería estar allí de brazos cruzados y angustiados, cuando podrían salir y encontrarlos.

—La maldita… —comenzó a decir Newt y se detuvo. Cerró los ojos unos segundos y respiró profundamente—. No podemos. ¿Me captas? No vuelvas a sugerirlo. Está en contra de las reglas. Especialmente con las condenadas Puertas a punto de cerrarse.

—Pero ¿por qué? —insistió, sin comprender la terquedad de Newt—. ¿Acaso los Penitentes no los van a atrapar si se quedan allá afuera? ¿No deberíamos hacer algo?

Newt giró hacia él y lo enfrentó, con la cara roja y los ojos brillando de furia.

—¡Nuevito, cierra el hocico! —le gritó—. ¡No hace ni una semana que estás aquí! ¿Crees que yo no arriesgaría mi vida por salvar a esos dos cretinos?

—No… yo… Lo siento, no quise… —balbuceó. No sabía qué decir, sólo estaba tratando de ayudar.

La cara de Newt se suavizó.

—No lo entiendes todavía, Tommy. Ir allá afuera por la noche es como rogar que te maten. Estaríamos malgastando vidas. Si esos larchos no logran volver… —hizo una pausa, como dudando si expresar o no lo que todos estaban pensando—. Los dos hicieron un juramento, como yo y como todos. Tú también lo harás cuando vayas a tu primera Asamblea y seas elegido por un Encargado. Nunca salir de noche. Pase lo que pase. Jamás.

Thomas echó una mirada a Chuck, que estaba tan pálido como Newt.

—Él no quiere decirlo —exclamó el niño—, así que yo lo haré. Que ellos no hayan regresado significa que han muerto. Minho es demasiado inteligente como para perderse. Es imposible. Están muertos.

Newt no abrió la boca. Chuck dio media vuelta y se dirigió a la Finca, con la cabeza baja. *¿Muertos?*, pensó. La situación era tan grave que no sabía cómo reaccionar. Sentía un vacío en el corazón.

—El chico tiene razón —observó Newt con solemnidad—. Es por eso que no debemos salir. No podemos darnos el lujo de empeorar las cosas más de lo que están.

Puso la mano en el hombro del Novato y luego la dejó caer hacia su cuerpo. Tenía los ojos humedecidos y Thomas estaba seguro de que, a pesar de su memoria borrosa, nunca había visto a nadie tan triste. La creciente oscuridad del crepúsculo encajaba justo con lo sombrío de la situación.

—Las Puertas se cierran en dos minutos —dijo Newt. Esa declaración tan breve y definitiva pareció quedar suspendida en el aire como una mortaja llevada por la brisa. Luego se alejó, encorvado y en silencio.

Thomas sacudió la cabeza y miró hacia el Laberinto. Apenas conocía a los dos chicos, pero le dolía el corazón de sólo pensar que estaban allí afuera, en las garras de esa horrenda criatura que había visto a través de la ventana en su primera mañana en el Área.

Un ruido atronador sonó en todas direcciones y lo sacó súbitamente de sus reflexiones. Luego siguieron los crujidos y los chirridos de la piedra contra la piedra. Las Puertas se estaban cerrando. Llegaba la noche.

El muro de la derecha resbalaba por el piso con gran estruendo, arrojando tierra y piedras a su paso. La hilera vertical de conos, tantos que parecían llegar hasta el cielo, se dirigía hacia los orificios correspondientes de la pared izquierda, listos para cerrarse herméticamente hasta la mañana siguiente. Una vez más, observó impresionado el gigantesco muro en movimiento, que desafiaba cualquier ley de la física. Todavía no había podido acostumbrarse.

De pronto, una leve agitación hacia la izquierda llamó su atención.

Algo se movió dentro del Laberinto, en el largo pasadizo frente a él.

Al principio, un brote de pánico lo atravesó. Retrocedió inquieto, pensando que sería un Penitente. Pero luego se fueron delineando dos formas que se acercaban con dificultad por el callejón hacia la Puerta. Una vez que sus ojos pudieron enfocar después de la momentánea ceguera de miedo, se dio cuenta de que era Minho, con uno de los brazos de Alby colgando sobre los hombros, trayéndolo casi a rastras. El Encargado levantó la mirada y vio a Thomas, que lo observaba con ojos exorbitados.

—¡Ellos le dieron! —gritó, con la voz ahogada por el agotamiento. Cada paso que daba parecía ser el último.

Thomas estaba tan aturdido por el giro de los acontecimientos que tardó en reaccionar.

—¡Newt! —exclamó finalmente, obligándose a desviar la vista—. ¡Ya vienen! ¡Puedo verlos! —gritó más fuerte. Quería correr hacia el Laberinto y ayudarlos, pero la regla de no salir del Área estaba grabada en su mente.

Newt ya estaba llegando a la Finca cuando escuchó a Thomas. Dio media vuelta y salió disparado hacia la Puerta.

Thomas volvió a mirar hacia el Laberinto y el terror se apoderó de él. Alby se había zafado del brazo de Minho y había caído. El Corredor trató de levantar al chico sin resultado, entonces comenzó a arrastrarlo de los hombros, por el piso de piedra.

Todavía se encontraban a unos treinta metros. La pared de la derecha se deslizaba velozmente. Sólo quedaban segundos para que se clausurara por completo. No había posibilidad de que llegaran a tiempo. Ninguna.

Echó un vistazo a Newt, que se acercaba rengueando lo más ágilmente posible, pero se encontraba aún a mitad de camino.

Miró otra vez hacia el Laberinto y hacia el muro que se cerraba. Sólo unos pocos metros más y todo habría concluido.

De repente, Minho tropezó y se desplomó. No iban a lograrlo. El tiempo se había acabado. Era el fin.

Escuchó unos gritos de Newt a sus espaldas.

—¡Tommy, no lo hagas! ¡Ni se te ocurra, cabrón!

Los conos de la pared derecha parecían brazos que se estiraban, buscando aferrarse a esos pequeños agujeros donde encontrarían su descanso nocturno. Mientras tanto, los chirridos de las Puertas seguían aturdiendo el aire.

Un metro y medio. Un metro. Sesenta centímetros.

Supo que no le quedaba alternativa. Se movió hacia delante, pasó rozando los conos en el último segundo y entró en el Laberinto.

Los muros se cerraron con fuerza detrás de él. Pudo oír el eco del estruendo, como una carcajada enloquecida resonando por las paredes cubiertas de enredadera.

17

Durante varios segundos, Thomas sintió que el mundo se había congelado. Un gran silencio siguió al trueno de la Puerta y un velo de oscuridad cubrió el cielo, como si hasta el sol hubiera huido temeroso ante lo que acechaba dentro del Laberinto. Las últimas luces del crepúsculo se habían apagado y los muros colosales parecían enormes tumbas en un abandonado cementerio de gigantes. Se recostó contra la roca, abrumado por lo que acababa de hacer y aterrorizado ante las posibles consecuencias.

Un quejido agudo de Alby y los gemidos de Minho lo hicieron volver a la realidad. Se separó de la pared y corrió hacia ellos.

Minho había logrado ponerse de pie con mucho esfuerzo pero, aun en la semioscuridad, su aspecto era horrible: sudoroso, sucio, lleno de rasguños. Alby estaba en el piso y lucía mucho peor, con sus ropas desgarradas y los brazos cubiertos de cortadas y moretones. Le corrió un escalofrío. ¿Acaso habría sido atacado por un Penitente?

—Nuevito —dijo Minho—, si piensas que fuiste valiente al venir acá, vas a tener que escucharme. Eres el garlopo más miertero que conozco. Ya estás muerto, igual que nosotros.

Sintió que la cara se le encendía. Había esperado al menos un poco de gratitud.

—No podía quedarme ahí sentado y abandonarlos a ustedes aquí.

—¿Y de qué nos sirves a nosotros? —prosiguió, con una mueca de irritación—. Como quieras, güey. Rompe la Regla Número Uno, mátate, no me importa.

—De nada. Sólo trataba de ayudar —susurró. Tenía ganas de darle un golpe en la cara.

Minho dibujó una sonrisa forzada; luego se volvió a arrodillar junto a Alby. Thomas lo observó atentamente y se dio cuenta de lo mal que estaban las cosas. El líder parecía estar al borde de la muerte. Su piel oscura estaba perdiendo el color velozmente y su respiración era rápida y poco profunda.

La desesperanza se apoderó de él.

—¿Qué pasó? —preguntó, dejando de lado su enojo.

—No quiero hablar de eso —dijo Minho, mientras le tomaba el pulso y se inclinaba para escuchar el corazón—. Digamos que los Penitentes saben hacerse los muertos muy bien.

Esa afirmación lo tomó de sorpresa.

—¿Entonces, lo… picaron? ¿Lo pincharon? Como sea. ¿Está pasando por la Transformación?

—Te queda mucho por aprender —fue su única respuesta.

Quería gritar. Ya sabía que tenía mucho que aprender, por eso mismo estaba haciendo preguntas.

—¿Se va a morir? —se obligó a decir, sabiendo lo superficial que sonaba.

—Es probable, dado que no logramos regresar antes del atardecer. Podría morir en una hora. Yo no sé cuánto tiempo se puede soportar sin el Suero. Claro que nosotros también estaremos muertos, de modo que no te pongas a llorar por él. Eso mismo, bien muertos en poco tiempo.

Lo dijo tan naturalmente que a Thomas le costó procesar el significado de sus palabras. Pero pronto la dura realidad de la situación lo alcanzó.

—¿En serio nos vamos a morir? —preguntó, incapaz de aceptarlo—. ¿Me estás diciendo que no tenemos ninguna posibilidad de salvarnos?

—Ninguna.

—Vamos, tiene que haber algo que podamos hacer. ¿Cuántos Penitentes nos van a atacar? —preguntó, harto.

Echó un vistazo por el pasillo que llevaba al interior del Laberinto, como esperando que las criaturas aparecieran, atraídas por la mención de su nombre.

—No lo sé.

De pronto, se le ocurrió una idea, que le dio un poco de esperanza.

—Pero… ¿qué pasó con Ben? ¿Y con Gally… y los otros que fueron pinchados y sobrevivieron?

Minho levantó la vista con una expresión que decía que él era más tonto que plopus de vaca.

—¿Es que no me oíste? Todos ellos volvieron antes del atardecer, idiota. Regresaron y recibieron el Suero.

Aunque quería saber cosas sobre el Suero, tenía otras preguntas más importantes que hacer primero.

—Pero yo pensaba que los Penitentes sólo salían de noche.

—Entonces estabas equivocado, shank. Siempre salen de noche, lo que no quiere decir que no aparezcan durante el día.

No se permitía caer en la desesperanza como Minho, no quería rendirse y darse por muerto.

—¿Alguien se quedó fuera de los muros por la noche y logró sobrevivir?

—Nadie.

Frunció el ceño, deseando encontrar algún rayo de esperanza.

—¿Cuántos han muerto ya?

Minho miró hacia abajo. Estaba agachado con el antebrazo sobre la rodilla, completamente exhausto y aturdido.

—Al menos doce. ¿No estuviste en el cementerio?

—Sí —contestó. *Entonces fue así como murieron,* pensó.

—Bueno, ésos son sólo los que encontramos. Hay otros cuyos cuerpos nunca aparecieron —agregó, señalando distraídamente hacia el Área—. Ese maldito cementerio está en el bosque por una razón. Nada arruina tanto los buenos momentos como estar todo el día recordando a tus amigos masacrados.

Se levantó y tomó los brazos de Alby, luego hizo un gesto hacia los pies.

—Sujeta esas cosas apestosas. Tenemos que llevarlo hasta la Puerta. Démosles un cuerpo que será fácil de encontrar en la mañana.

Thomas no podía creer que hiciera un comentario tan morboso.

—¿Cómo puede ser que esto esté ocurriendo de verdad? —gritó hacia las paredes, dando vueltas en círculo. Sintió que estaba a punto de volverse loco.

—Deja de llorar. Deberías haber respetado las reglas y permanecido adentro. Vamos, levanta las piernas.

Con una mueca de dolor por los retortijones en el estómago, se acercó y agarró los pies de Alby. Transportaron el cuerpo casi sin vida, a veces a rastras, unos treinta metros hasta la grieta vertical de la Puerta, donde Minho lo apoyó contra la pared dejándolo semisentado. El pecho de Alby subía y bajaba con una respiración ahogada, pero su piel estaba empapada de sudor. Parecía que no podía durar mucho más.

—¿Dónde lo picaron? —preguntó—. ¿Puedes verlo?

—Ellos no te pican, te pinchan, ¿entiendes de una vez? Y no, no puedes verlo. Podría tener marcas en todo el cuerpo —contestó con impaciencia, cruzándose de brazos y recostándose contra la pared.

Por algún motivo, Thomas pensó que la palabra "pinchar" sonaba mucho peor que "picar".

—¿Te pinchan? ¿Y eso qué quiere decir?

—Sólo tienes que verlos para entender de qué estoy hablando, hermano.

Señaló los brazos de Minho y luego las piernas.

—Bueno, ¿y por qué no te *pinchó* a ti?

Minho estiró las manos.

—Quizás lo hizo y me dé un colapso en cualquier momento.

—Ellos… —comenzó, pero no supo cómo seguir. No sabía si Minho había hablado en serio.

—No hubo *ellos*, sólo el que pensamos que estaba muerto. Se puso como loco, pinchó a Alby y luego huyó —explicó, y después miró hacia el Laberinto, donde reinaba una oscuridad casi completa—. Pero estoy seguro de que ése y otros miserables más van a estar pronto aquí, para acabar con nosotros con sus agujas.

—¿Agujas? —repitió. Las cosas le resultaban cada vez más inquietantes.

—Sí, agujas —afirmó, y no dio más detalles. Su cara reveló que no planeaba hacerlo.

Thomas levantó la mirada hacia los enormes muros cubiertos de enredadera. La desesperación había despertado en él la necesidad de hallar soluciones a los problemas.

—¿No podemos subir a esas moles? —preguntó—. Las *lianas*... ¿por qué no trepamos por ellas?

Minho lanzó un suspiro de frustración.

—Te juro, Nuevito, que creo que nos debes considerar un atado de inútiles. ¿Realmente piensas que nunca se nos ocurrió la ingeniosa idea de trepar las malditas paredes?

Por primera vez, sintió que la furia lo invadía y superaba al miedo.

—Sólo trato de ayudar, güey. ¿Por qué no dejas de rechazar todo lo que digo y me hablas?

El Corredor saltó bruscamente y lo sujetó de la camisa.

—¡Es que no lo entiendes, garlopo! ¡No sabes nada y estás empeorando las cosas al tratar de mantener la esperanza! Estamos muertos, ¿me oyes? ¡Muertos!

No podía decidir qué era más fuerte en ese momento, si la rabia que sentía contra él o la lástima que le provocaba. Se estaba rindiendo muy fácilmente.

Minho observó sus manos, aferradas a la camisa de Thomas, y la vergüenza se apoderó de él. Lo soltó lentamente y retrocedió. Thomas se arregló la ropa con aspecto desafiante.

—Ay, hermano —susurró, desplomándose en el suelo y enterrando la cara entre sus puños apretados—. Nunca tuve tanto miedo en mi vida.

Quería decirle algo, que madurara, que pensara, que le explicara todo lo que sabía. ¡Cualquier cosa!

Abrió la boca para hablar, pero la cerró inmediatamente al escuchar un ruido. Minho alzó la cabeza y dirigió la vista hacia uno de los oscuros pasillos de piedra. Thomas sintió que se le aceleraba la respiración.

Era un zumbido grave y constante, que venía de las profundidades del Laberinto. Producía un sonido metálico cada tres o cuatro segundos, como cuchillos filosos chocando entre sí. Se volvía más fuerte a cada momento, y se unió a él una serie de chasquidos espeluznantes, que parecían uñas largas repiqueteando contra un vidrio. Un gemido apagado llenó el aire, seguido del ruido de cadenas que se arrastraban.

Todo era terrorífico, y el escaso valor que había logrado juntar comenzó a evaporarse.

Minho se levantó, con la cara apenas visible en la luz que agonizaba. Pero cuando habló, Thomas imaginó que sus ojos estaban inundados de terror.

—Tenemos que separarnos, es nuestra única posibilidad. ¡Empieza a correr y no te detengas! —exclamó. Después dio media vuelta y salió a toda velocidad, desvaneciéndose en pocos segundos, tragado por la oscuridad del Laberinto.

18

Thomas se quedó mirando el lugar por donde Minho había desaparecido.

Una repentina antipatía por él se despertó en su interior. Era un veterano, un Corredor. Él, en cambio, apenas un Novato. Llevaba sólo unos días en el Área y unos pocos minutos en el Laberinto. Y, sin embargo, de los dos, Minho había sido el que había entrado en pánico y había huido ante la primera dificultad. *¿Cómo pudo abandonarme aquí?*, pensó. *No puedo creerlo.*

Los ruidos aumentaban. Sonaban como el rugido de motores junto con sonidos metálicos, similares a las cadenas en funcionamiento de una vieja fábrica de maquinaria. Luego llegó el olor, como de algo que ardía, aceitoso. No podía imaginar lo que le aguardaba. Había visto a un Penitente, pero brevemente y a través de un vidrio sucio y empañado. ¿Qué le harían? ¿Cuánto tiempo podría soportar?

Basta, se dijo a sí mismo. Tenía que dejar de perder el tiempo esperando que vinieran a acabar con su vida.

Se dio vuelta hacia Alby, que seguía apoyado contra la pared de piedra. Se arrodilló, buscó el cuello y le tomó el pulso. Algo se escuchaba. Acercó el oído al corazón, como había hecho Minho.

Bum-bum, bum-bum, bum-bum.

Todavía estaba vivo.

Se inclinó hacia atrás sobre los tobillos y se pasó el brazo por la frente, para secar el sudor. En ese momento, en unos pocos segundos, aprendió mucho de sí mismo, del que había sido *antes*.

No podía dejar morir a un amigo, aunque fuera alguien tan malhumorado como Alby.

Se estiró y lo tomó de los brazos. Se puso en cuclillas y pasó los miembros alrededor de su cuello. Cuando consiguió cargar todo el cuerpo sobre su espalda, intentó incorporarse. Lanzó gruñidos por el esfuerzo. Era demasiado peso. Se desplomó de cara contra el suelo y Alby cayó extendido de costado con un gran golpe.

Los sonidos atemorizantes de los Penitentes se acercaban cada vez más, produciendo un eco que se extendía por los muros del Laberinto. Le pareció ver destellos de luces a lo lejos, rebotando por el cielo nocturno. No quería encontrarse con la fuente de esas luces y de esos sonidos.

Decidido a probar una nueva estrategia, volvió a sujetar los brazos de Alby y comenzó a arrastrarlo por el piso. No podía creer lo pesado que era. Le llevó sólo unos tres metros darse cuenta de que eso no iba a funcionar. Pero ¿adónde podría llevarlo?

Empujó el cuerpo hasta la grieta que marcaba la entrada al Área y lo puso otra vez en la misma posición, contra la pared de piedra.

Se sentó con la espalda apoyada en el muro, jadeando del agotamiento y pensando. Mientras observaba los oscuros pasadizos del Laberinto, buscó una solución en su mente. No se veía casi nada y él sabía, a pesar de lo que Minho había dicho, que sería estúpido correr aun cuando pudiera cargar a Alby. No sólo existía la posibilidad de perderse, sino que podría estar corriendo hacia los Penitentes en vez de estar huyendo de ellos.

Pensó en la pared, en la enredadera. Minho no había entrado en detalles, pero pareció dejar claro que trepar las paredes era imposible. Sin embargo…

Comenzó a concebir un plan en su cabeza. Todo dependía de las desconocidas habilidades de los Penitentes, pero fue lo mejor que se le ocurrió.

Caminó unos metros junto a la pared hasta que encontró una enredadera tupida que cubría casi todo el muro. Estiró la mano y tomó una de las lianas que bajaba hasta el suelo. Se envolvió el puño con ella. Parecía más gruesa y fuerte de lo que había imaginado; tendría un centímetro y medio de diámetro. Dio un tirón y pudo escuchar cómo se desprendía de la pared, como un papel que se rasga. Continuó retrocediendo mientras la liana se separaba cada vez más del muro. Cuando ya se encontraba a unos tres metros, no pudo ver más el extremo de la rama que se perdía en la negrura.

Pero como la liana todavía no se había soltado de la planta, supuso que seguía sujeta allá arriba, en algún lado.

Al principio vaciló, pero luego se armó de valor y jaló la enredadera con todas sus fuerzas.

Resistió.

Dio otra sacudida. Y otra, jalando y soltando con las dos manos, una y otra vez. Después levantó los pies y se aferró de la liana. El cuerpo se balanceó hacia delante.

La rama aguantó.

De prisa, tomó más lianas, desprendiéndolas del muro, creando una serie de cuerdas para trepar. Probó cada una. Todas resultaron ser tan fuertes como la primera. Animado ante el resultado, fue a buscar a Alby y lo arrastró hasta la enredadera.

Un fuerte estallido resonó dentro el Laberinto, seguido de un ruido horroroso como un metal que se abolla. Sobresaltado, giró para mirar: su mente estaba tan concentrada en la planta que había olvidado por completo a los Penitentes. Examinó los tres caminos del Laberinto. No alcanzó a divisar nada que se acercara, pero los sonidos se intensificaban: los zumbidos, los gruñidos, el traqueteo del metal. El aire se aclaró apenas y pudo distinguir algunos detalles más.

Recordó las extrañas luces que había observado a través de la ventana del Área con Newt. Los Penitentes se encontraban cerca. Era obvio.

Ahuyentó el pánico creciente y se puso a trabajar.

Tomó una de las lianas y la pasó alrededor del brazo derecho de Alby. La rama no era tan larga, por lo que tuvo que enderezar el cuerpo para lograrlo. Después de darle varias vueltas, le hizo un nudo en el extremo. Luego eligió otra liana y la pasó alrededor del brazo izquierdo, después por ambas piernas, atando bien fuerte cada una. Le preocupó que pudiera cortarle la circulación, pero decidió que valía la pena correr el riesgo.

Siguió adelante, intentando no prestar atención a la posibilidad de que el plan fracasara. Ahora era su turno.

Agarró una liana con ambas manos y empezó a trepar, justo encima del lugar donde acababa de atar a Alby. Las hojas gruesas de la enredadera le servían para sujetarse y descubrió con alegría que las grietas del muro eran soportes ideales para sus pies. Comenzó a pensar lo fácil que sería todo sin...

Se negó a terminar la idea. No podía abandonar a Alby.

Una vez que estuvo unos sesenta centímetros arriba del líder, envolvió su propio cuerpo con una de las lianas, dándole varias vueltas y ajustándola contra las axilas para quedar bien sostenido. Se dejó caer lentamente, soltando las manos pero manteniendo sus pies firmemente apoyados en una gran grieta. El alivio lo inundó al comprobar que la liana resistía.

Ahora venía la parte más difícil.

Las cuatro lianas que sujetaban a Alby colgaban tirantes a su alrededor. Thomas alcanzó la que estaba atada a su pierna izquierda y jaló. Sólo consiguió levantarla algunos centímetros antes de soltarla: el peso era excesivo. No podía hacerlo.

Bajó hasta el suelo del Laberinto, para intentar empujar desde abajo en vez de tirar desde arriba. Para probar, trató de elevar a Alby sólo unos setenta centímetros, un miembro a la vez. Primero, empujó la pierna izquierda hacia arriba y le ató una nueva liana alrededor. Luego la derecha. Cuando ambas estuvieron bien aseguradas, hizo lo mismo con los brazos: primero el derecho, luego el izquierdo.

Retrocedió agotado para observar su obra.

Alby estaba suspendido, aparentemente sin vida, casi un metro más arriba que cinco minutos antes.

Escuchó que se aproximaban los ruidos de metal desde el Laberinto. Chirridos. Zumbidos. Gemidos. Creyó ver un par de destellos rojos hacia su izquierda. Los Penitentes estaban cada vez más cerca, y era evidente que eran varios.

Retomó su tarea.

Empleando el mismo método de empujar hacia arriba cada uno de los miembros de Alby unos sesenta a noventa centímetros por vez, fue subiendo despacio por la pared de piedra. Trepaba hasta quedar justo debajo del cuerpo, ataba una liana alrededor de su propio pecho para quedar bien sujeto y luego empujaba todo lo que podía, miembro por miembro, y remataba con un nudo. Después repetía todo el proceso.

Trepar, atar, empujar, rematar.

Trepar, atar, empujar, rematar. Los Penitentes parecían moverse lentamente por el Laberinto, dándole un poco más de tiempo.

Y así siguió escalando poco a poco, haciendo lo mismo una y otra vez. El esfuerzo era exorbitante: respiraba agitadamente y el sudor lo cubría por completo. Las manos comenzaron a resbalar por las lianas y le dolían los pies por la presión que hacía al apoyarse en las grietas. Y aunque los horrendos sonidos aumentaban, continuó su labor.

Cuando lograron llegar a unos nueve metros del suelo, se detuvo, balanceándose en la liana que había atado alrededor de su pecho. Valiéndose de sus brazos exhaustos, se dio vuelta para observar el Laberinto. Un agotamiento que no había creído posible abarcaba hasta la más mínima parte de su cuerpo. Sus músculos aullaban de dolor. No podía empujar a Alby un centímetro más.

Ése era el lugar donde debía esconderse o resistir.

Se había dado cuenta de que no podían subir más, sólo esperaba que los Penitentes no miraran —o no pudieran mirar— por encima de ellos. De lo contrario, podría combatirlos desde arriba, uno por uno, en vez de que lo atacaran todos juntos allá abajo.

No tenía idea de lo que pasaría. No sabía si llegaría al día siguiente. Pero en ese lugar, Alby y él enfrentarían su destino.

Después de algunos minutos, vio el primer destello de luz que se reflejaba en las paredes interiores del Laberinto. Los ruidos terribles que venían acrecentándose desde hacía una hora, se transformaron en un sonido mucho más agudo y mecánico, como el aullido mortal de un robot.

Un brillo rojizo a su izquierda, en la pared, le llamó la atención. Giró la cabeza y casi lanzó un grito: había un escarabajo a pocos centímetros de él. Se movía por la enredadera con sus pequeñas patas escuálidas adheridas a la piedra. La luz roja de su ojo era como un sol, demasiado brillante como para poder mirarlo directamente. Entrecerró los ojos, tratando de enfocar su cuerpo.

El tórax era un cilindro plateado de unos ocho centímetros de diámetro y veinticinco de largo. Tenía doce patitas articuladas dispuestas en la parte inferior, extendidas hacia fuera, lo cual lo asemejaba a una especie de lagartija. Era imposible ver la cabeza por el haz de luz rojo apuntando hacia él, aunque parecía pequeña y quizás su única función fuera la visión.

Pero luego llegó a la parte más siniestra. Creyó haberla visto antes en el Área, cuando el escarabajo había pasado a toda prisa junto a él perdiéndose en el bosque. Ahora quedaba confirmado: la luz roja de su ojo arrojaba un resplandor sobre cinco letras borroneadas a lo largo del tórax, como si hubieran sido escritas con sangre:

CRUEL

No podía imaginar por qué esa palabra estaría impresa en el escarabajo, si no fuera para anunciarles a los Habitantes que se trataba de algo salvaje. Inhumano.

Sabía que tenía que ser un espía de quienes los habían enviado allí: eso era lo que Alby le había explicado al decirle que era la forma en que los Creadores los vigilaban. Se quedó quieto; contuvo la respiración, esperando que tal vez la criatura sólo detectara el movimiento. Pasaron unos segundos eternos, mientras sus pulmones reclamaban aire desesperadamente.

Con un golpeteo metálico, el escarabajo dio media vuelta y se escurrió por la enredadera. Thomas respiró hondo, sintiendo cómo las lianas le oprimían el pecho.

Otro chirrido se escuchó por el Laberinto, cada vez más cerca, seguido por el traqueteo de máquinas y engranajes trasladándose a gran velocidad. Trató de imitar el cuerpo inerte de Alby, dejándose caer sin fuerzas entre las lianas.

Un momento después, algo rodeó la esquina que se encontraba delante de ellos y se dirigió hacia la pared.

Algo que ya había visto antes, pero detrás de la seguridad de un vidrio grueso.

Algo indescriptible.

Un Penitente.

19

Thomas observó aterrorizado esa criatura monstruosa que se acercaba por el largo pasillo del Laberinto.

Era un personaje de pesadilla, como si fuera un experimento que había salido terriblemente mal. Parte animal, parte máquina, el Penitente rodaba con un traqueteo metálico a lo largo del sendero de piedra. Su cuerpo era como el de una enorme babosa, cubierto de escasos pelos, con un brillo mucoso palpitando grotescamente al respirar. No se podía distinguir si había una cabeza y una cola, pero desde el frente hasta el extremo medía por lo menos un metro ochenta de largo y poco más de un metro de ancho.

Cada diez o quince segundos, unas púas de metal brotaban de su carne bulbosa y se transformaba abruptamente en una pelota, que rodaba hacia delante. Luego volvía a su estado anterior, y las púas se retraían dentro de su piel húmeda con un sonido nauseabundo, como el que se hace al sorber un líquido ruidosamente. Hacía eso una y otra vez, trasladándose muy despacio.

Pero el pelo y las púas no eran los únicos elementos que se proyectaban fuera de su cuerpo. Varios brazos mecánicos dispuestos al azar surgían aquí y allá, cada uno con una función diferente. Algunos tenían unas luces brillantes adosadas a ellos; otros exhibían unas agujas largas y amenazadoras; uno tenía una garra de tres dedos, que se abría y cerraba sin motivo aparente. Cuando la criatura se deslizaba, esos brazos se doblaban y maniobraban para evitar los choques. Se preguntó qué —o quién— podía haber creado unos monstruos tan repugnantes y aterradores.

Quedaba claro el origen de los sonidos que había estado oyendo. Cuando el Penitente rodaba, emitía ese zumbido metálico, como la hoja de una sierra mecánica. Las púas y los brazos explicaban los repiqueteos espeluznantes del metal contra la piedra. Pero nada le causaba más escalofríos que esos gemidos estremecedores y cadavéricos que profería cuando se quedaba quieto, como el estertor de los soldados moribundos en el campo de batalla.

Ahora que lo veía todo a la vez –la bestia junto con los sonidos que producía– no se le ocurrió ninguna pesadilla que pudiera igualar a ese asqueroso monstruo que apuntaba hacia él. Trató de vencer el miedo, obligó a su cuerpo a mantenerse completamente estático, colgando de la enredadera. Estaba seguro de que su única esperanza era evitar que reparara en ellos.

Quizás no nos vea, pensó. *En una de esas...* Pero la realidad de la situación le cayó como una piedra en el estómago. El escarabajo ya había revelado su posición exacta.

El Penitente se desplazaba rodando y repiqueteando, moviéndose en zigzag, gimiendo y zumbando. Cada vez que se detenía, los brazos metálicos se desplegaban y giraban de acá para allá, como un robot buscando señales de vida en un extraño planeta. Las luces proyectaban sombras siniestras a lo largo del Laberinto. Un recuerdo débil trató de escapar de la cárcel de su memoria: había sombras en las paredes, él era un chico, estaba asustado. Ansió regresar a ese lugar dondequiera que fuera, para correr hacia esa mamá y ese papá, que esperaba que estuvieran vivos, en algún lugar, extrañándolo y preguntando por él.

Un fuerte olor a algo quemado le hizo picar la nariz, una mezcla desagradable de motores recalentados y carne calcinada. No podía creer que alguien hubiera creado algo tan espantoso para perseguir niños.

Trató de no pensar en eso, cerró los ojos por un momento y se concentró en permanecer inmóvil y en silencio. La criatura se encontraba cada vez más cerca.

Espió hacia abajo sin mover la cabeza: el monstruo había llegado finalmente a la pared donde estaban ellos. Se detuvo junto a la Puerta cerrada que llevaba al Área, unos pocos metros a su derecha.

Te lo suplico, ve en la otra dirección, imploró para sus adentros.

Da la vuelta.

Vete.

Por allí.

¡Por favor!

Las púas saltaron hacia fuera y continuó rodando.

Rrrrrrrrrrrrrrrrrrrrr.

Clic-clic-clic-clic.

Se quedó en reposo por unos segundos y luego se trasladó hasta el borde del muro.

Thomas dejó de respirar, sin atreverse a hacer el más mínimo ruido. El Penitente estaba justo debajo de ellos. Se moría de ganas de mirar, pero sabía que cualquier movimiento lo delataría. Los rayos de luz brillaron por todo el lugar sin detenerse en ningún punto en especial.

De pronto, sin previo aviso, se apagaron.

En un instante, el universo quedó a oscuras y en silencio. Era como si alguien hubiera desconectado a la criatura. No se movía ni emitía sonidos, hasta los gemidos terroríficos se habían detenido por completo. Y sin las luces, Thomas no podía ver nada.

Estaba ciego.

Respiró un poco por la nariz, pero su acelerado corazón necesitaba oxígeno desesperadamente. ¿Acaso la bestia podría oírlo? ¿Olerlo? El sudor le empapó el pelo, las manos, la ropa, todo. Un terror que nunca antes había sentido comenzó a enloquecerlo.

Nada todavía. Ninguna vibración, ni una luz ni un solo sonido. El nerviosismo de tratar de adivinar cuál sería su próximo movimiento lo estaba matando.

Pasaron los segundos. Algunos minutos. Las lianas se hundían en su piel y su pecho perdía la sensibilidad. Quería gritarle al monstruo: *¡Mátame de una vez o regresa a tu agujero!*

De golpe, con un repentino estallido de luz y sonido, el Penitente volvió a la vida —con sus zumbidos y golpeteos metálicos— y comenzó a trepar el muro.

20

Las púas de la criatura avanzaban deprisa por la piedra, lanzando a su paso vegetación y roca en todas direcciones. Sus brazos se sacudían como las patas del escarabajo y algunos de ellos tenían puntas filosas, que se clavaban en el muro y le servían para sostenerse. Una luz brillante en el extremo de uno de esos miembros apuntaba directamente a Thomas, pero esa vez, el rayo no siguió de largo.

Sintió que la última gota de esperanza se escurría de su cuerpo.

Sabía que la única opción que le quedaba era correr. *Alby, lo siento*, pensó, desatándose la gruesa liana del pecho. Usando la mano izquierda para sujetarse con fuerza del follaje, terminó de desenvolverse y se preparó para entrar en acción. No podía ir hacia arriba, porque eso llevaría al Penitente hasta Alby; hacia abajo… bueno, eso sólo era una posibilidad si quería morir lo antes posible.

Tenía que moverse hacia el costado.

Se estiró y tomó una liana que estaba a sesenta centímetros de donde él se encontraba. La ató alrededor de su mano y le dio un buen tirón. Resistía perfectamente como las otras. Un rápido vistazo hacia abajo le reveló que su perseguidor ya había atravesado la mitad de la distancia que los separaba y se desplazaba rápidamente, sin detenerse.

Dejó ir la cuerda que había llevado alrededor de su pecho y levantó su cuerpo hacia la izquierda con gran esfuerzo, rozando la pared. Antes de que el movimiento pendular lo llevara de nuevo hasta Alby, extendió la mano y agarró otra liana gruesa. La sujetó con ambas manos y giró para apoyar los pies en la pared. Arrastró el cuerpo hacia la derecha tan lejos como la planta se lo permitía, la soltó y tomó otra. Y luego una más. Saltando como si fuera un mono, descubrió que podía moverse más rápido de lo que nunca hubiera imaginado.

Los sonidos del Penitente no cesaban, y ahora había agregado un estruendo de rocas que se partían a su paso, que lo estremecía hasta los huesos. Se balanceó hacia la derecha varias veces más antes de atreverse a mirar hacia atrás.

El monstruo había alterado el rumbo y ahora se enfilaba directamente hacia él. *Por fin*, pensó, *algo salió bien*. Impulsándose con los pies lo más fuerte que podía, balanceo tras balanceo, fue huyendo de la espantosa bestia.

No necesitaba voltear para saber que la criatura ganaba terreno segundo a segundo, porque el ruido era evidente. Tenía que buscar la forma de regresar al piso si no quería que ése fuera el final.

En el próximo cambio, dejó que su mano se deslizara un poco antes de sujetarse fuertemente. La cuerda le quemó la palma, pero había acortado la distancia. Hizo lo mismo con las lianas siguientes. Tres oscilaciones después, ya se hallaba a mitad de camino del suelo del Laberinto. Un ardor intenso se avivó en ambos brazos. Podía sentir la piel de las manos en carne viva. Pero la adrenalina que corría por su cuerpo lo ayudó a expulsar el miedo y seguir adelante.

En el próximo balanceo, la oscuridad le impidió ver una pared que se levantaba delante de él, hasta que fue demasiado tarde. El pasillo terminaba y doblaba hacia la derecha.

Al chocar contra la piedra, soltó la empuñadura de la liana y, estirando los brazos, se sacudió frenéticamente tratando de aferrarse a algo que detuviera su caída. Al mismo tiempo, pudo ver por el rabillo del ojo izquierdo que el Penitente había cambiado el curso y se encontraba muy próximo a él, con su garra extendida, que se abría y se cerraba.

Cuando estaba por caer al suelo, logró sujetarse de una liana. Los brazos casi se le salieron del cuerpo ante la abrupta parada. Empujó la pared fuertemente con los pies, logrando que el cuerpo se alejara oscilando, justo cuando la criatura lo embestía con sus garras y agujas extendidas.

Thomas lanzó una patada con la pierna derecha hacia el brazo de la garra. Un fuerte chasquido reveló una pequeña victoria, pero la euforia terminó pronto cuando se dio cuenta de que el impulso del balanceo lo estaba llevando hacia abajo y aterrizaría justo encima de la bestia.

Con la adrenalina corriendo por sus venas, juntó ambas piernas y las atrajo con fuerza contra el pecho. Tan pronto como hizo contacto con el cuerpo del Penitente, hundiéndose en su inmunda piel viscosa, pateó con los dos pies para alejarse, retorciendo el cuerpo, y así evitó la maraña de agujas y garras que se acercaban a él desde todos los flancos. Giró hacia la izquierda y saltó hacia el muro del Laberinto, intentando agarrar otra liana. Las malvadas armas de la máquina lo atacaron desde atrás. Un rasguño profundo le hirió la espalda.

Sacudiéndose otra vez frenéticamente, buscó otra liana y se aferró a ella con las dos manos. Sujetó la planta sólo lo suficiente para que disminuyera la velocidad del descenso, ignorando las terribles quemaduras. En cuanto los pies tocaron el piso, salió corriendo, a pesar del agotamiento que lo invadía.

Un gran estrépito se escuchó a sus espaldas, seguido de toda la gama de ruidos que acompañaban a la criatura. Pero se negó a mirar hacia atrás, sabiendo que cada segundo contaba.

Doblaba las esquinas del Laberinto a toda velocidad, golpeando la piedra con los pies. Guardó en su mente los movimientos que realizaba, esperando vivir lo suficiente como para usar esa información al regresar a la Puerta.

A la derecha, luego a la izquierda. A través de un largo pasillo y otra vez a la derecha. Izquierda. Derecha. Dos a la izquierda. Otro extenso pasadizo. Los ruidos de la persecución no cesaban ni desaparecían, pero él tampoco perdía terreno.

No dejaba de correr mientras su corazón latía con furia. Tomaba grandes bocanadas de aire para llenar de oxígeno los pulmones, pero sabía que no duraría mucho tiempo. Se preguntó si no sería más fácil detenerse y pelear, para acabar de una vez con todo.

Al doblar un recodo, frenó de golpe y sólo atinó a quedarse mirando, en medio de los jadeos.

Tres Penitentes se dirigían hacia él, rodando por el pasillo, clavando sus púas en la piedra.

21

Thomas giró y vio a su perseguidor original que continuaba acercándose, aunque un poco más lentamente, abriendo y cerrando la garra de metal, como burlándose de él.

Sabe que no tengo salida, pensó. Después de todo el esfuerzo, se encontraba allí, rodeado de Penitentes. Era el final. Su vida se había acabado tan sólo una semana después de haber llegado al Área.

Aunque la pena lo consumía, tomó una decisión: pelearía hasta el último momento.

Considerando que uno era mucho mejor que tres, corrió directamente hacia el Penitente que lo había seguido hasta ahí. El monstruo retrocedió apenas unos centímetros y dejó de mover la garra, como sorprendido ante su audacia. Juntando valor ante esa mínima vacilación, comenzó a gritar mientras arremetía contra él.

La criatura recobró la vida: las púas brotaron de su piel y rodó hacia delante, listo para chocar de frente contra el enemigo. El movimiento súbito casi detiene a Thomas, borrándole esa incipiente audacia demencial que lo había asaltado, pero continuó la carrera.

Un segundo antes del enfrentamiento, cuando pudo ver de cerca el metal, el pelo y la baba, Thomas apoyó el pie izquierdo y se arrojó hacia la derecha. Incapaz de detener el impulso, el Penitente pasó de largo volando y luego frenó con una sacudida. Notó que la criatura se movía ahora mucho más velozmente. Con un aullido metálico, dio vuelta y se preparó para abalanzarse sobre su víctima. Como Thomas ya no estaba rodeado, tenía el camino libre.

Se puso de pie y salió disparado hacia delante por el pasillo. Los sonidos de persecución de los cuatro Penitentes juntos lo seguían de cerca.

Sabiendo que estaba forzando su cuerpo más allá del límite, continuó la huida, tratando de liberarse de esa sensación de que el final era sólo cuestión de tiempo.

Tres pasadizos después, dos manos tiraron de él y lo arrastraron hasta el pasillo contiguo. El corazón le saltó a la garganta mientras luchaba por liberarse. Se calmó cuando descubrió que era Minho.

—Pero qué…

—¡Cállate y sígueme! —gritó, empujándolo hasta que logró ponerse de pie.

Sin perder un segundo, Thomas se recobró y corrieron juntos por el Laberinto. Minho parecía saber exactamente lo que estaba haciendo y hacia dónde se dirigía: nunca se detuvo a pensar qué camino tomar.

Al doblar la esquina siguiente, Minho intentó hablar, con la respiración entrecortada.

—Vi lo que acabas de hacer… cuando te arrojaste… allá atrás… me dio una idea… sólo tenemos que soportar un poco más.

Thomas no se molestó en gastar aire en preguntas y continuó corriendo. Era obvio que los Penitentes ganaban terreno a un ritmo alarmante. Le dolía cada milímetro de su cuerpo. Los miembros le suplicaban que dejara de correr, pero no se detuvo, rogando que el corazón no lo abandonara.

Algunas curvas más tarde, apareció delante de ellos algo que el cerebro de Thomas no alcanzaba a registrar. Era algo… incorrecto. Y la luz débil que provenía de sus perseguidores no hacía más que convertirlo todo en una ilusión.

El pasillo no terminaba en otra pared de piedra. Lo único que se apreciaba era la negrura.

Entornó los ojos mientras se acercaban al muro de oscuridad, intentando comprender qué era aquello. Las dos paredes de hiedra que se encontraban a ambos lados de él parecían cruzarse únicamente con el cielo. Pudo ver algunas estrellas. Al aproximarse, se dio cuenta de que era una abertura: el Laberinto se acababa.

¿Cómo es esto?, se preguntó. *Después de años de búsqueda, ¿cómo puede ser que nosotros lo hayamos encontrado tan fácilmente?*

—No te entusiasmes —le dijo Minho, que parecía percibir sus pensamientos, respirando con dificultad.

A unos dos metros del final del pasadizo, el Corredor se detuvo, apoyando su mano en el pecho de su compañero para asegurarse de que él frenara también. Thomas disminuyó el paso y luego caminó hasta el lugar donde el Laberinto se extendía hacia el cielo. El ruido de la avalancha de Penitentes iba en aumento, pero él tenía que ver eso.

Era cierto que se trataba de una salida del Laberinto pero, ya Minho lo había adelantado, no era como para entusiasmarse. Todo lo que pudo observar en cualquier dirección que mirara era aire vacío y estrellas que perdían intensidad. Era una visión extraña e inquietante, como si se encontrara al borde del universo. Sintió vértigo y se le aflojaron las rodillas.

Estaba por comenzar a amanecer y el cielo se había iluminado considerablemente en el último minuto. Contemplaba todo incrédulo, sin entender cómo era posible eso. Era como si alguien hubiera construido un Laberinto y luego lo hubiera puesto a flotar en el cielo, suspendido en el medio de la nada para toda la eternidad.

—No entiendo —susurró, sin saber si Minho podía oírlo.

—Cuidado —repuso el Corredor—. No serías el primer larcho en caerse por el Acantilado —le advirtió, y lo sujetó del hombro—. ¿Acaso te olvidaste de algo? —preguntó, señalando hacia atrás, al interior del Laberinto.

Recordaba haber escuchado antes la palabra Acantilado, pero no podía ubicar dónde. Ver el vasto cielo que se abría delante y debajo de él lo había puesto en un estado hipnótico. Se obligó a volver a la realidad y giró para enfrentar a los Penitentes, que ya se encontraban a unos diez metros, formando una sola fila, moviéndose increíblemente rápido.

Todo resultó obvio de repente, aun antes de que Minho explicara el plan.

—Estos monstruos serán despiadados —comentó—, pero no pueden ser más tontos. Quédate aquí cerca, frente a…

Thomas lo interrumpió.

—Ya sé. Estoy listo.

Arrastraron los pies hasta que estuvieron pegados uno al lado del otro delante del precipicio, en medio del pasillo. Tenían los tobillos a escasos centímetros del borde del Acantilado, que estaba a sus espaldas, y sólo era aire lo que los esperaba de allí en adelante.

Valor era lo único que les quedaba.

—¡Tenemos que estar sincronizados! —exclamó Minho, y su grito fue ahogado por el ruido ensordecedor de las púas chocando contra la piedra—. ¡Prepárate!

Era un misterio por qué los Penitentes se habían colocado en una sola hilera. Quizás el Laberinto les resultaba muy angosto para trasladarse uno al lado del otro. La cuestión fue que rodaban uno por uno por el pasadizo de piedra, repiqueteando y gimiendo, dispuestos a matar. Los diez metros se habían convertido en cuatro y los monstruos ya estaban a pocos segundos de estrellarse contra los chicos.

—¡Listos! —dijo Minho con firmeza—. Espera, todavía no…

Thomas detestó cada milésima de segundo de espera. Sólo quería cerrar los ojos y no ver a un Penitente más en toda su vida.

—¡Ahora! —gritó.

Justo cuando el brazo de la primera criatura se extendía para pellizcarlos, ambos se arrojaron en direcciones opuestas hacia las paredes externas del pasillo. Un rato antes, la táctica le había dado buenos resultados a Thomas y, a juzgar por el estruendoso frenazo que dio el primer Penitente, funcionó por segunda vez. El monstruo salió volando por el borde del Acantilado. Lo que resultó extraño fue que su grito de guerra se cortara de golpe en vez de ir apagándose gradualmente mientras se deslizaba hacia el abismo.

Thomas aterrizó contra el muro y, al girar, alcanzó a ver al segundo Penitente cayendo por el barranco, sin poder detenerse. El tercero clavó un brazo con varias púas en la piedra, pero el impulso que traía era excesivo. El chirrido escalofriante del filo rasgando el piso hizo que a Thomas le corriera un frío helado por la espalda, pero un segundo después, la criatura se hundía en las profundidades. Una vez más, ninguno de ellos emitió sonido alguno durante el descenso, como si hubieran desaparecido en vez de caer.

El cuarto y último atacante fue capaz de detenerse a tiempo, y quedó tambaleándose al filo del precipicio, sostenido por una púa y una garra.

Thomas supo instintivamente lo que tenía que hacer. Le hizo una seña a Minho y luego se volteó. Ambos corrieron hacia el Penitente y saltaron sobre él con los pies por delante, empujándolo con el último resto de fuerza que encontraron. Los dos chicos unidos mandaron al último monstruo en picada hacia la muerte.

Thomas gateó rápidamente hasta la orilla del barranco y asomó la cabeza para verlos caer. Pero no fue posible porque ya se habían ido, sin que quedara una sola señal de ellos en el vacío que se extendía hacia el fondo. Nada.

No podía comprender adónde llevaba el Acantilado ni qué les había ocurrido a las terribles criaturas.

Habiendo agotado toda su fuerza, se hizo un ovillo en el piso y se cubrió la cara con las manos. Las lágrimas no tardaron en llegar.

22

Transcurrió media hora.

Ninguno de los dos se había movido un centímetro.

Thomas ya había dejado de llorar, pero continuaba preguntándose qué pensaría Minho de él o si les contaría a los demás, llamándolo marica. Había perdido el control de sí mismo: sabía que esas lágrimas habían sido inevitables. A pesar de la falta de memoria, estaba seguro de que acababa de atravesar la noche más traumática de su vida. Además, las manos adoloridas y el profundo agotamiento tampoco colaboraban.

Como el amanecer ya estaba en pleno desarrollo, se arrastró hasta el borde del Acantilado una vez más y estiró el cuello para ver mejor. El cielo que se abría delante de él era de un púrpura intenso, que se fundía gradualmente en el azul brillante del día, con toques de anaranjado del sol, que se encontraba en un horizonte plano y distante.

Miró directamente hacia abajo y observó cómo el muro de piedra del Laberinto caía de manera vertical hasta desaparecer. Pero aun con la claridad que iba en aumento, seguía sin poder distinguir qué había al fondo. Era como si el Laberinto estuviera posado en una estructura varios kilómetros por encima del suelo.

Pero eso es imposible, pensó. *No puede ser. Tiene que ser una ilusión.*

Se puso boca arriba, gimiendo. Le dolían partes del cuerpo que ni sabía que existían. Al menos las Puertas se abrirían pronto y podrían regresar al Área. Desvió la vista hacia su compañero, que estaba echado contra la entrada del pasadizo.

—No puedo creer que estemos vivos —le dijo.

Minho solamente asintió con la cabeza, sin ninguna expresión en el rostro.

—¿Habrá más o los matamos a todos?

—Logramos llegar a la salida del sol, si no hubiéramos tenido diez monstruos más encima de nuestras cabezas —contestó Minho, profiriendo quejidos de dolor—. No puedo creerlo. En serio. Fuimos capaces de soportar toda la noche. Algo nunca visto.

Thomas sabía que debería estar orgulloso por el valor demostrado, pero todo lo que sentía era cansancio y tranquilidad.

—¿Qué fue lo que hicimos distinto?

—No sé. Es medio difícil preguntarle a un tipo muerto qué es lo que hizo mal.

Seguía obsesionado por la manera en que los gritos airados de los Penitentes habían concluido al caer por el Acantilado, y por el motivo que le había impedido verlos desplomarse en picada hacia la muerte. Había algo muy raro y perturbador en todo eso.

—Parecería que, después de pasar el borde, hubieran desaparecido o algo así.

—Sí, eso fue alucinante. Unos Habitantes tenían la teoría de que otras cosas se habían evaporado en el aire, pero nosotros les hicimos ver que estaban equivocados. Mira esto.

Minho tiró una piedra por el Acantilado y Thomas siguió el recorrido con la vista mientras caía hasta que se volvió muy pequeña para poder distinguirla.

—¿Y eso por qué demuestra que no tenían razón? —le preguntó.

Minho alzó los hombros.

—Bueno, la piedra en realidad no desapareció, ¿no es cierto?

—¿Y entonces qué crees que pasó? —preguntó. Estaba seguro de que se hallaban frente a algo importante y significativo.

Volvió a levantar los hombros.

—Tal vez sea magia. Ahora me duele demasiado la cabeza para poder pensar.

De pronto, Thomas se acordó de Alby.

—Tenemos que regresar —exclamó, haciendo un gran esfuerzo para ponerse de pie—. Hay que bajar a Alby de la pared.

Al ver la mirada de confusión de Minho, le explicó rápidamente lo que había hecho con la enredadera.

—Es imposible que esté vivo —repuso, con desaliento.

—¿Cómo puedes estar tan seguro? Vamos ya —replicó, comenzando a renguear por el pasillo.

—Porque nadie lo logró nunca…

Entonces se detuvo, y Thomas supo lo que estaba pensando.

—Eso fue porque cuando ustedes los localizaron, ya los habían matado los Penitentes. Alby sólo fue pinchado por una de esas agujas, ¿no es cierto?

Minho se levantó y marcharon juntos en una lenta caminata de regreso al Área.

—No lo sé, supongo que esto nunca ocurrió antes. Unos pocos tipos recibieron pinchazos durante el día. A ellos les dieron el Suero y pasaron por la Transformación. Los pobres larchos que se quedaron dentro del Laberinto durante la noche fueron encontrados mucho después, a veces varios días después. Y otros nunca aparecieron. Todos ellos murieron de maneras de las que prefiero no hablar.

Thomas se estremeció de sólo pensarlo.

—Luego de lo que nosotros pasamos, me parece que puedo imaginármelo.

Minho miró a su compañero, con la sorpresa dibujada en el rostro.

—Creo que acabas de resolver el problema. Estábamos equivocados… bueno, esperemos que sea así. Como ninguno de los que fueron pinchados y que *no* logró volver antes del atardecer sobrevivió, dimos por sentado que ése era el punto sin retorno: el momento cuando ya es muy tarde para recibir el Suero —explicó. Parecía entusiasmado con esa línea de pensamiento.

Doblaron otro recodo y Minho, de repente, tomó la delantera. Comenzó a acelerar el paso, pero Thomas lo siguió pisándole los talones. Estaba impresionado por lo familiar que le resultaba el camino, aun antes de que Minho indicara por dónde tomar.

—Bueno, con respecto al Suero —continuó—. Ya escuché hablar de él un par de veces. ¿Qué es? ¿Y de dónde viene?

—Es sólo lo que parece, shank. Un suero. El Suero de los Penitentes.

Thomas lanzó una risa forzada y patética.

—Justo cuando comenzaba a pensar que sabía todo acerca de este estúpido sitio. ¿De dónde salió el nombre? ¿Y por qué los Penitentes se llaman así?

Minho continuó la explicación mientras se desplazaban por las innumerables curvas del Laberinto, yendo los dos a la par.

—No sé de dónde sacamos los nombres, pero el Suero viene de los Creadores, o por lo menos, así es como los llamamos. Todas las semanas aparece en la Caja con los suministros, siempre ha ocurrido. Es un remedio o un antídoto, no sé, que ya viene dentro de una jeringa, listo para usar —dijo, haciendo el gesto de clavarse una aguja en el brazo—. Le metes esa porquería a alguien que fue pinchado y lo salva. Atraviesa la Transformación, que es de terror, pero después de eso está curado.

Pasaron un par de minutos en silencio, mientras Thomas procesaba la información. Reflexionaba acerca de la Transformación y seguía pensando en la chica.

—Es raro, ¿no? —prosiguió Minho—. Nunca antes hemos hablamos de esto. Si Alby todavía está vivo, no hay razón para pensar que el Suero no pueda salvarlo. Por algún motivo, se nos metió en nuestras cabezas mierteras que, una vez que las Puertas se cerraban, estabas terminado, eras historia. Tengo que ver con mis propios ojos eso de que colgaste a Alby de la pared. Me parece que me estás engañando.

Los chicos continuaron la marcha: Minho casi con cara de alegría; Thomas, preocupado. Venía evitando el tema, negándoselo a sí mismo.

—¿Qué tal si otro Penitente descubrió a Alby después de que yo distraje al que me perseguía?

Minho le echó una mirada inexpresiva y no contestó.

—Mejor dejemos de pensar y apuremos el paso —repuso, esperando que todo el esfuerzo que había hecho para salvar a Alby no hubiera sido inútil.

Trataron de ir más rápido, pero sus cuerpos les dolían tanto que tuvieron que conformarse con una caminata lenta a pesar de la urgencia. Al doblar la esquina siguiente, a Thomas casi le da un infarto al notar movimiento un poco más adelante. Pero, un instante después, la alegría lo embargó cuando reconoció a Newt con un grupo de Habitantes. La Puerta del Oeste del Área, que se elevaba delante de ellos, estaba abierta. Habían regresado.

Al verlos aparecer, Newt se acercó rengueando.

—¿Qué pasó? —les preguntó, con una pizca de irritación en la voz—. ¿Qué reverenda...?

—Te lo contaremos después —lo interrumpió Thomas—. Tenemos que salvar a Alby.

—¿Qué estás diciendo? ¿Acaso sobrevivió?

—Ven para acá —contestó.

Se dirigió hacia la derecha y estiró el cuello hacia arriba del muro. Buscó entre las gruesas lianas de la hiedra hasta que encontró el lugar en donde Alby colgaba de los brazos y las piernas muy por encima de ellos. Sin decir nada, señaló hacia arriba, sin atreverse aún a relajarse. Seguía allí, entero, pero no había ninguna señal de movimiento.

Newt logró distinguir a su amigo en la enredadera. Si antes parecía sorprendido, ahora estaba completamente apabullado.

—¿Está... vivo?

Ojalá que sí, pensó.

—No sé. Al menos lo estaba cuando lo dejé ahí.

—Cuando *tú* lo dejaste... —Newt sacudió la cabeza—. Vengan con Minho para aquí adentro en este momento y que los Docs los revisen. Tienen un aspecto desastroso. Quiero la historia completa cuando ellos terminen y ustedes hayan descansado.

Thomas quería esperar para ver si Alby estaba bien. Comenzó a hablar pero Minho lo agarró del brazo y lo obligó a caminar hacia el Área.

—Necesitamos dormir. Y unas vendas. *Ya.*

Sabía que él tenía razón. Se calmó, echó una mirada hacia atrás y luego acompañó a Minho lejos del Laberinto.

El viaje de regreso al Área y después hasta la Finca, rodeados por Habitantes que los contemplaban maravillados, pareció interminable. Sus caras eran una mezcla de temor y admiración, como si estuvieran viendo a dos fantasmas paseando por un cementerio. Thomas sabía que ellos habían logrado una hazaña, pero le producía vergüenza ser el centro de atención.

Casi frena de golpe al ver a Gally un poco más adelante con los brazos cruzados, observándolo con odio. Necesitó toda su fuerza de voluntad para mantenerle la mirada. Cuando estuvo apenas a un metro y medio, el chico bajó la vista hacia el piso.

Se sintió un poco mal por la sensación tan agradable que experimentó. Sólo un poco.

Los minutos que siguieron fueron una sucesión de imágenes borrosas. Un par de Docs los escoltaron dentro de la Finca hasta el primer piso; echó un vistazo a través de una puerta entreabierta y vio a alguien alimentando a la chica en coma —sintió un impulso irresistible de saber cómo estaba—; ubicaron a cada uno en su dormitorio, en las camas; comida, agua; vendajes. Dolor. Finalmente, lo dejaron solo, con la cabeza apoyada en la almohada más suave que su limitada memoria pudiera recordar.

Pero mientras se dormía, había dos cosas en las que no podía dejar de pensar. La primera, era la palabra que había visto borroneada en el tórax de los escarabajos: CRUEL, que volvía una y otra vez a su mente. La segunda, era la chica.

Unas horas después —bien podrían haber sido días para él—, Chuck estaba allí, sacudiéndolo para que despertara. Le llevó varios segundos orientarse y ver claramente. Centró la vista en su amigo y se quejó.

—Déjame dormir, shank.

—Pensé que querrías saber.

Se frotó los ojos y bostezó.

—¿Saber qué? —preguntó, confundido ante la gran sonrisa del chico.

—Está vivo —replicó—. Alby está bien, el Suero dio resultado.

El aturdimiento desapareció de inmediato, reemplazado por una gran calma: estaba asombrado de lo feliz que lo había puesto la noticia. Pero las palabras que siguieron le hicieron reconsiderar su emoción.

—Acaba de comenzar la Transformación.

Como convocado por esa última frase, se escuchó desde una habitación cercana un grito que les heló la sangre.

23

Thomas reflexionó largo y tendido acerca de Alby. Había considerado una gran victoria el salvarle la vida y traerlo de vuelta de una noche en el Laberinto. ¿Pero había valido la pena? Ahora el chico estaba sufriendo mucho, atravesando la misma experiencia que Ben. ¿Y si se volvía loco como él? Esos pensamientos lo torturaban.

El crepúsculo cayó sobre el Área y los aullidos de Alby seguían rondando el aire. Era imposible escapar de esos horribles sonidos. Thomas finalmente convenció a los Docs de que lo dejaran ir —exhausto, adolorido y vendado—, harto de los gemidos angustiantes y desgarradores del líder. Newt se había mostrado inflexible cuando le pidió ver a la persona por la cual había arriesgado su vida. *Sólo empeorará las cosas*, había dicho, y no hubo forma de hacerle cambiar de opinión.

Estaba muy cansado como para iniciar una pelea. No tenía idea de que fuera posible sentirse tan agotado aun después de haber dormido algunas horas. No podía trabajar en el estado en que se hallaba, por eso había pasado casi todo el día en una banca en los alrededores de las Lápidas, sumido en la desesperación. La euforia de su fuga se había apagado rápidamente, dejándolo en medio del sufrimiento y las cavilaciones acerca de su nueva vida en el Área. Le dolían todos los músculos, estaba cubierto de cortadas y moretones de la cabeza a los pies. Pero todo eso junto no era tan terrible como la pesada carga emocional de lo que había pasado la noche anterior. Parecía que la realidad de su nueva existencia finalmente se hubiera instalado en su mente, como quien escucha el último diagnóstico de una enfermedad terminal.

¿Cómo puede ser que alguien llegue a ser feliz viviendo de esta forma?, pensó. *¿Cómo puede ser que alguien sea tan diabólico como para hacernos esto?* Ahora

entendía más que nunca la pasión que sentían los Habitantes por encontrar la salida del Laberinto. No era sólo cuestión de huir. Por primera vez, sintió sed de vengarse de los responsables de haberlo enviado allí.

Pero todos esos pensamientos sólo lo conducían otra vez hacia esa desesperanza que ya tantas veces se había apoderado de él. Si Newt y los demás no habían sido capaces de encontrar la solución al enigma del Laberinto después de dos años de búsqueda, parecía imposible que realmente existiera esa solución. El hecho de que los Habitantes no se hubieran rendido, hablaba más de ellos que ninguna otra cosa.

Y ahora él era uno de ellos.

Ésta es mi vida, pensó. *Un Laberinto gigante, rodeado de espantosas bestias.* La tristeza lo inundó como un veneno poderoso. Los gritos de Alby, ahora distantes pero todavía audibles, no hacían más que empeorar su ánimo. Tenía que taparse los oídos con las manos cada vez que los escuchaba.

Finalmente, el día acabó, y la puesta del sol trajo con ella el ahora familiar chirrido de las cuatro Puertas cerrándose. Thomas no tenía memoria de su vida anterior a la Caja, pero podía asegurar que habían concluido las peores veinticuatro horas de su existencia.

Apenas anocheció, Chuck apareció con algo para cenar y un gran vaso de agua fría.

—Gracias —dijo, sintiendo una ola de cariño hacia el chico. Acabó con la carne y los espaguetis del plato tan rápido como se lo permitieron sus adoloridos brazos—. ¡Esto era lo que mi alma necesitaba! —masculló en medio de un enorme bocado. Tomó un gran trago de su bebida y atacó de nuevo la comida. No se había dado cuenta de lo hambriento que estaba hasta que empezó a comer.

—No es un espectáculo muy agradable —comentó Chuck, sentado en la banca, junto a él—. Es como mirar a un cerdo muerto de hambre deglutiendo su propio plopus.

—Eres muy gracioso —replicó, con un dejo de sarcasmo en la voz—. Deberías ir a divertir a los Penitentes, a ver si logras hacerlos reír.

Una expresión fugaz en la cara de su amigo reveló que el comentario lo había herido, pero desapareció tan pronto como había surgido.

—Ah, eso me recuerda algo: eres el tema del día.

Se enderezó. No estaba muy seguro de que la noticia le agradara.

—No sé de qué estás hablando.

—Caray. A ver, déjame pensarlo. Primero, vas al Laberinto por la noche, cuando se supone que no debes hacerlo. Después, te conviertes en una especie de fenómeno de la selva, colgándote de las lianas y atando Habitantes a los muros. Más tarde, te transformas en uno de los primeros en sobrevivir toda una noche fuera del Área y, para rematar, matas a cuatro Penitentes. Realmente no se me ocurre por qué esos larchos andan hablando de ti.

Una ráfaga de orgullo le recorrió el cuerpo, pero se desvaneció enseguida. Se sintió culpable de la alegría que acababa de experimentar. Alby seguía en cama, aullando de dolor, y era probable que deseara estar muerto.

—Pero eso de engañarlos para que cayeran por el Acantilado fue idea de Minho y no mía.

—Bueno, pero no es lo que él dice. Te vio hacer ese truco de esperar y arrojarte, y entonces se le ocurrió hacer lo mismo en el barranco.

—¿*El truco de esperar y arrojarse?* —preguntó Thomas, llevando los ojos hacia arriba en señal de suficiencia—. Cualquier idiota hubiera hecho lo mismo.

—No te hagas ahora el humilde con nosotros. Lo que hicieron es totalmente increíble. Los dos, tú y Minho.

Lanzó al piso el plato vacío, repentinamente enojado.

—¿Entonces por qué me siento como una mierda, Chuck? ¿Podrías contestarme eso?

Miró a su compañero en busca de una respuesta, pero no parecía tener ninguna. El chico se quedó sentado ahí, apretando las manos, mientras se inclinaba hacia delante apoyado en las rodillas, con la cabeza caída. Después de unos segundos, murmuró algo en voz muy baja:

—Por la misma razón que todos nos sentimos como una mierda.

Permanecieron en silencio hasta que apareció Newt con cara de muerto. Se sentó en el piso con la tristeza y la preocupación pintadas en el rostro. Aun así, Thomas estaba contento de tenerlo cerca.

—Creo que ya pasó lo peor —anunció—. Ese desgraciado debería dormir un par de días y despertarse en buenas condiciones. Quizás emitir algún rugido de vez en cuando.

Le costaba imaginarse lo terrible que debía ser todo ese suplicio: el proceso de la Transformación era todavía un misterio para él. Decidió encarar a Newt, tratando de aparentar naturalidad.

—Dime, ¿cómo es exactamente la experiencia que Alby está atravesando? En serio, no entiendo qué es la Transformación.

La respuesta lo dejó perplejo.

—¿Y tú crees que nosotros sí? —le disparó, llevando los brazos hacia arriba y luego golpeando las rodillas al bajarlos—. Todo lo que sabemos es que si los Penitentes te pinchan con sus malditas agujas, te inyectas el Suero o mueres. Si lo recibes, tu cuerpo sufre ataques, se sacude, la piel expele burbujas y se pone verdosa, y te vomitas todo encima. ¿Te parece que esta explicación es suficiente, Tommy?

Arrugó la frente. No quería que el muchacho se pusiera más molesto de lo que estaba, pero él necesitaba respuestas.

—Hey, sé que es muy desagradable tener que ver cómo tu amigo sufre, pero sólo quiero saber realmente lo que está ocurriendo allá arriba. ¿Por qué lo llaman la Transformación?

Newt se relajó —hasta pareció encogerse— y luego suspiró.

—Te trae recuerdos, pequeños fragmentos reales de antes de llegar a este sitio horrendo. Cualquiera que pasa por eso actúa como un maldito desquiciado cuando todo termina… aunque en general no tanto como el pobre Ben. En realidad, es como si te devolvieran tu vida anterior y te la arrancaran nuevamente.

Sentía la cabeza en llamas.

—¿Estás seguro? —le preguntó.

Newt lo miró confundido.

—¿Qué quieres decir? ¿Seguro de qué?

—¿Ellos están transformados porque quieren volver a su existencia anterior o es que se quedaron totalmente deprimidos al descubrir que su antigua vida no era mejor que la que tenemos ahora?

Lo observó durante unos segundos y luego miró hacia otro lado, inmerso en sus pensamientos.

—Los shanks que pasaron por esto no quieren hablar de la experiencia. Ellos se vuelven… diferentes, antipáticos. Hay un puñado por el Área, pero me resulta insoportable estar con ellos —su voz sonaba distante y sus ojos se habían desviado hacia algún lugar indefinido en el bosque. Thomas sabía que estaba pensando que tal vez Alby nunca más volvería a ser el mismo.

—Dímelo a mí —exclamó Chuck, metiéndose en la conversación—. Gally es el peor de todos.

—¿Alguna novedad de la chica? —preguntó Thomas, cambiando de tema. No estaba de ánimo para hablar de Gally. Además, no podía dejar de pensar en ella—. Vi allá arriba a los Docs dándole de comer.

—No —contestó—. Sigue en ese maldito estado de coma, o lo que sea. Cada tanto, susurra algo, cosas sin sentido, como si estuviera soñando. Acepta la comida; parece andar bien. Es todo muy raro…

Se hizo una larga pausa, como si los tres estuvieran buscándole algún sentido a todo eso. Thomas volvió a pensar en la inexplicable conexión que parecía mantener con la chica, que ahora había disminuido un poco, pero podía haber sido por todos los otros hechos que ocupaban su mente.

Finalmente, Newt rompió el silencio.

—Bueno, ahora el siguiente paso es decidir qué hacemos con Tommy.

Se despertó de golpe, desconcertado ante el comunicado.

—¿Qué hacen conmigo? ¿De qué hablas?

Newt se levantó y estiró los brazos.

—Has puesto este lugar patas para arriba, larcho maldito. La mitad de los Habitantes cree que eres Dios y la otra mitad quiere arrojarte por el Hueco de la Caja. Hay mucho que decidir.

—¿Cómo qué? —repuso, sin saber qué le resultaba más inquietante: que algunos pensaran que era una especie de héroe o que otros desearan deshacerse de él.

—Paciencia —le respondió—. Ya te enterarás mañana después del despertar.

—¿Mañana? ¿Por qué?

—Convoqué una Asamblea y tú estarás ahí. Eres el único tema a tratar.

Y después del anuncio, dio media vuelta y se alejó, dejando a Thomas muy confundido, preguntándose por qué sería necesario hacer una Asamblea sólo para hablar de él.

24

A la mañana siguiente, Thomas se acomodó, con aspecto ansioso y preocupado, frente a otros once chicos ubicados en sillas formando un semicírculo a su alrededor. Enseguida se dio cuenta de que ellos eran los Encargados y que, por lo tanto, Gally también formaba parte del grupo. Solamente había un asiento vacío: no hacía falta que le dijeran que pertenecía a Alby.

La reunión se realizaba en una gran sala de la Finca, en la que Thomas nunca había estado antes. Además de las sillas, lo único que había era una mesita en un rincón. Las paredes y el piso eran de madera, y daba la impresión de que nadie se había ocupado de que el ambiente luciera agradable. No había ventanas y la habitación olía a moho y a libros viejos. Aunque no tenía frío, estaba temblando.

Sintió cierto alivio al ver que Newt se encontraba allí, sentado frente a él, a la derecha del sitio que pertenecía a Alby.

—En nombre de nuestro líder, enfermo y en cama, declaro abierta esta Asamblea —anunció, con un gesto sutil en sus ojos, como si detestara cualquier cosa que se acercara a la formalidad—. Como todos ustedes saben, los últimos días han sido una reverenda locura y una buena parte está relacionada con nuestro Novato, Tommy, aquí presente.

Thomas se puso rojo de vergüenza.

—Él ya no es más el Novato —exclamó Gally, con su voz áspera tan grave y cruel que resultaba casi cómica—. Ahora es sólo un transgresor de las reglas.

Eso desencadenó una ola de murmullos y susurros, que Newt acalló. Thomas deseó estar lo más lejos posible de allí.

—Gally —dijo—, trata de mantener un poco el orden. Si no puedes contener tu bocota cada vez que digo algo, tendrás que largarte de aquí, porque no ando de muy buen humor.

Thomas sintió ganas de levantarse y aplaudir.

Gally cruzó los brazos y se reclinó en la silla con una expresión de enojo tan forzada que Thomas casi lanza una carcajada. No podía creer que hasta ayer había estado tan aterrorizado por ese tipo. Ahora parecía tonto e incluso patético.

Newt le echó una mirada dura a Gally y luego continuó.

—Me alegro de que hayamos aclarado las cosas —repuso, poniendo los ojos en blanco—. La razón por la que estamos aquí es la siguiente: gran parte de los chicos del Área se ha acercado a mí en los dos últimos días para quejarse de Thomas o para pedirme su mano. Tenemos que decidir qué haremos con él.

Gally se inclinó hacia delante, pero Newt lo cortó antes de que pudiera decir una palabra.

—Ya tendrás tu oportunidad de hablar. Uno a la vez. Tommy, no estás autorizado a abrir la boca hasta que te lo pidamos, ¿va? —le advirtió, mientras esperaba su consentimiento, que llegó de mala gana. Luego señaló a un chico sentado en la última silla de la derecha— Zart es tu turno.

Zart, el tipo grandote y callado de los Jardines, se movió en el asiento. Parecía sentirse tan fuera de lugar como una zanahoria en una planta de jitomate. Observó un segundo a Thomas y tragó saliva.

—Bueno —comenzó, mirando hacia todos lados como esperando que alguien le soplara qué decir—. No sé. Él quebró una de nuestras reglas más importantes. No podemos dejar que todos piensen que eso está bien… —bajó la vista, se frotó las manos y agregó—: sin embargo, también… cambió muchas cosas. Ahora sabemos que podemos sobrevivir allá afuera y derrotar a los Penitentes.

Se sintió más relajado. Había alguien más que estaba de su lado. Se prometió a sí mismo ser especialmente bueno con Zart.

—Vamos, deja de decir tonterías —intervino Gally—. Estoy seguro de que fue Minho el que realmente se sacó de encima a esos monstruos ridículos.

—¡Gally, cierra el hocico! —gritó Newt, poniéndose de pie para lograr un efecto mayor, provocando de nuevo las ganas de aplaudir de Thomas—.

Yo soy el que preside la Asamblea en este momento y si escucho otra maldita palabra tuya fuera de lugar, voy a preparar otro Destierro para tu asquerosa cara.

—Por favor —susurró Gally con sarcasmo, mientras ponía la expresión de enojo una vez más y se echaba en la silla.

Newt se sentó y apuntó hacia Zart.

—¿Eso es todo? ¿Alguna recomendación oficial?

El Jardinero sacudió la cabeza.

—Muy bien. Sartén, tú eres el próximo.

El Cocinero lanzó una sonrisa a través de su barba y se enderezó en la silla.

—Este larcho tiene más agallas que muchos de los que andan dando vueltas por aquí —comenzó a decir—. Esto es realmente estúpido: le salva la vida a Alby, mata a varios Penitentes y nosotros nos sentamos a parlotear sobre qué hacer con él. Como diría Chuck, esto es una montaña de plopus.

Quería levantarse y darle la mano a Sartén: acababa de decir exactamente lo que él pensaba de todo eso.

—Entonces, ¿cuál es tu recomendación? —preguntó Newt.

—Pónganlo en el Consejo y que se dedique a enseñarnos todo lo que hizo allá afuera.

Las voces se elevaron desde todas las direcciones. A Newt le llevó medio minuto calmar los ánimos. Thomas se estremeció: Sartén se había extralimitado con sus recomendaciones, invalidando de esa forma la opinión que había expuesto tan claramente acerca de ese problema.

—Muy bien, ya la estoy registrando —dijo Newt, mientras escribía algo en un bloc—. Ahora todos hagan silencio de una vez. Hablo en serio. Conocen las reglas: todas las ideas son aceptables y todos podrán expresar lo que piensan cuando votemos —luego señaló al tercer miembro del Consejo, un chico al que Thomas nunca había visto, de pelo negro y pecas.

—Yo en realidad no tengo ninguna opinión —dijo.

—¿Qué? —le preguntó Newt con irritación—. Entonces no sé para qué te elegimos como parte de esta Asamblea.

—Lo siento. Pero lo digo sinceramente —agregó, encogiéndose de hombros—. Si tengo que opinar, supongo que estoy de acuerdo con Sartén. ¿Por qué castigar a un tipo por salvarle la vida a otro?

—Entonces sí tenías algo que decir. ¿Eso es todo? —insistió, con el lápiz en la mano.

El Encargado asintió y Newt garabateó algo en el papel. Thomas se sentía cada vez más relajado, parecía que la mayoría del Consejo estaba a su favor. De todos modos, se encontraba pasando un mal momento y deseaba desesperadamente poder defenderse. Pero se esforzó por respetar las órdenes de Newt y quedarse callado.

El siguiente fue Acné Winston, el Encargado del Matadero.

—Yo creo que debe ser castigado. Lo siento, Nuevito, pero Newt, tú eres el que se la pasa torturándonos con el orden. Si lo dejamos ir sin ninguna sanción será un mal ejemplo para los demás. Él quebró nuestra Regla Número Uno.

—Está claro —aceptó, mientras hacía unas anotaciones—. Entonces sugieres que debe recibir un castigo. ¿De qué tipo?

—Considero que deberíamos ponerlo en el Cuarto Oscuro a pan y agua durante una semana. Y tendríamos que asegurarnos de que todo el mundo se entere, para que a nadie se le ocurra imitarlo.

Gally aplaudió y recibió una mirada de furia de Newt. Thomas sintió una pequeña desilusión.

Después hablaron otros dos Encargados: uno a favor de la idea de Sartén y el otro a favor de la de Winston. Luego llegó el turno de Newt.

—Estoy de acuerdo con la mayoría de ustedes. Debe recibir una sanción, pero también tenemos que encontrar una forma de utilizarlo. Me reservo mi recomendación para el final. El próximo.

Detestaba toda esa charla sobre el castigo aún más que permanecer callado. Pero en el fondo, no podía negar que estaban en lo cierto. Por extraño que pareciera después de todo lo que había logrado, él sabía que no había respetado una de las reglas esenciales.

Los Encargados continuaron diciendo lo que pensaban. Para algunos, Thomas merecía elogio; para otros, castigo. O ambos. Le resultaba difícil mantenerse atento, tratando de imaginar cuáles serían los comentarios de Gally y de Minho, los dos que faltaban. Este último no había dicho una palabra desde su entrada al recinto. Se mantenía encorvado en la silla, con aspecto de no haber dormido en una semana.

Gally habló primero.

—Creo que ya dejé bien claro cuál es mi opinión.

Genial, pensó Thomas. *Entonces mantén la boca cerrada.*

—Va —dijo Newt, volviendo a poner los ojos en blanco—. Minho, es tu turno.

—¡No! —bramó Gally, haciendo saltar de sus asientos a varios Encargados—. Quiero decir algo más.

—Bueno, escúpelo de una vez —respondió.

Le encantó que al Presidente provisional de la Asamblea le disgustara Gally casi tanto como a él. Aunque ya no le tenía mucho miedo, se le revolvía el estómago cada vez que lo veía.

—Piensen un poco —comenzó—. Este cretino llega en la Caja, haciéndose el confundido y asustado. Pocos días después, está corriendo por el Laberinto con los Penitentes, como si fuera el dueño del lugar.

Se encogió en la silla, deseando que los otros no estuvieran de acuerdo.

—Creo que todo eso fue una actuación. ¿Cómo puede haberse comportado allá afuera como lo hizo después de tan pocos días? Yo no me trago ésa.

—¿Qué intentas decir? —preguntó Newt—. ¿Qué tal si eres un poco más específico?

—Yo creo que es un espía de la gente que nos puso aquí.

Otro alboroto explotó en la sala. Lo único que hacía Thomas era sacudir la cabeza: no entendía cómo a ese tipo se le podían ocurrir semejantes ideas. Newt volvió a tranquilizar a todo el mundo, pero Gally no había terminado.

—No podemos fiarnos de este larcho —prosiguió—. Al día siguiente de llegar, aparece una chica chiflada lanzando una sarta de disparates de que las cosas van a cambiar, aferrando una nota extraña. Encontramos a un Penitente muerto. Luego Thomas se halla en el Laberinto justo esa noche —cosa muy conveniente para él— y trata de convencer a todos de que es un héroe. En realidad, ni Minho ni nadie realmente lo vio haciendo algo con las lianas. ¿Cómo sabemos que fue el Nuevito el que ató a Alby allá arriba?

Hizo una pausa. Nadie dijo una palabra durante varios segundos y el pánico se levantó dentro del pecho de Thomas. ¿Podían llegar a creer lo que ese miserable estaba diciendo? Estaba desesperado por defenderse y casi rompe su silencio por primera vez, pero antes de abrir la boca, Gally ya estaba despotricando nuevamente.

—Están sucediendo demasiadas cosas raras, y todo esto empezó cuando apareció este Novato garlopo. Y, qué casualidad, termina siendo el primero en sobrevivir una noche entera afuera en el Laberinto. Hay algo que no está bien, y hasta que no resolvamos qué es, yo recomiendo oficialmente que encerremos a este cabrón en el Cuarto Oscuro durante un mes y luego hagamos otra reunión.

Rugió de nuevo la Asamblea y Newt apuntó algo en su bloc de notas, sin dejar de mover la cabeza, lo cual le dio una pizca de esperanza.

—Capitán Gally, ¿terminaste? —preguntó.

—Deja de hacerte el gracioso, Newt —espetó, con la cara roja—. Hablo en serio. ¿Cómo podemos confiar en este shank en menos de una semana? No descarten lo que digo antes de pensarlo siquiera.

Por primera vez, sintió algo de empatía por Gally. En realidad sí tenía razón en lo que decía acerca de la forma en que Newt lo trataba. Después de todo, también era un Encargado. *Pero igual lo odio*, pensó.

—Muy bien, Gally —dijo—. Lo siento. Ya te escuchamos y todos vamos a considerar tu maldita sugerencia. ¿Listo?

—Sí. Y tengo razón.

Sin decirle nada más, Newt apuntó hacia Minho.

—Adelante. El último, pero no por eso menos importante.

Thomas se sintió feliz de que hubiera llegado finalmente el turno de Minho. Estaba seguro de que lo iba a defender a muerte.

El Corredor se levantó rápido, tomando a todos por sorpresa.

—Estuve allá afuera y vi lo que hizo este loco: se mantuvo entero, mientras yo me acobardé como una gallina. No voy a ponerme a hablar sin parar como Gally. Quiero decir cuál es mi recomendación y terminar de una vez.

Thomas contuvo la respiración, preguntándose qué diría.

—Va —dijo Newt—. Te escuchamos.

Se dirigió a Thomas.

—Propongo a este larcho para que me reemplace como Encargado de los Corredores.

25

Se hizo un silencio total en la sala, como si el mundo se hubiera detenido, y todos los miembros del Consejo permanecieron atónitos mirando a Minho. Thomas se quedó helado, esperando que el Corredor dijera que todo había sido una broma.

Gally finalmente se incorporó y rompió el hechizo.

—¡Eso es absurdo! —exclamó, dirigiéndose a Newt y señalando a Minho, que se había sentado nuevamente—. Se le debería expulsar del Consejo por decir semejante estupidez.

Cualquier clase de lástima que hubiera sentido por Gally, por remota que fuera, se esfumó por completo ante esa afirmación.

Algunos Encargados parecieron estar de acuerdo con la recomendación de Minho, como Sartén, que comenzó a aplaudir para ahogar la voz de Gally, pidiendo a gritos la votación. Pero otros no. Winston sacudió la cabeza con fuerza, mascullando. Cuando todos comenzaron a hablar al mismo tiempo, Thomas se sintió aterrorizado y admirado a la vez. ¿Por qué Minho había dicho eso? *Tiene que ser un chiste,* pensó. *Newt dijo que llevaba muchísimo tiempo convertirse en Corredor, mucho más tomaría entonces ser Encargado.* Volvió a mirar hacia arriba, deseando estar a kilómetros de ese lugar.

Finalmente, Newt dejó de tomar notas y salió del semicírculo, ordenándoles a los asistentes que hicieran silencio. Al principio nadie le prestó atención, pero poco a poco se restauró el orden y todos se sentaron.

—Shuck —dijo—. Nunca había visto tantos larchos portándose como bebés. Aunque no se note, se supone que somos adultos. Actúen como tales o disolvemos este maldito Consejo y empezamos de cero —advirtió, y caminó de una punta a la otra del grupo, mirando a cada uno de los Encargados a los ojos—. ¿Está claro?

De golpe, se quedaron callados. Imaginó que habría más alboroto, pero quedó sorprendido cuando todos, incluso Gally, hicieron un gesto afirmativo con la cabeza.

—Va —dijo, regresando a su silla y apoyando el bloc sobre las piernas. Anotó algo en el papel y luego levantó la vista hacia Minho—. Lo que has dicho es un plopus muy delicado, hermano. Lo siento, pero tienes que aclararlo más para que todos entendamos.

Thomas no podía contener su entusiasmo por escuchar las palabras del Corredor. Minho lucía agotado, pero empezó a defender su propuesta.

—Shanks, es realmente muy fácil para ustedes estar sentados aquí hablando de cosas que desconocen. Yo soy el único Corredor del Consejo y sólo Newt ha estado en el Laberinto.

Gally se interpuso.

—No, si cuentas la vez que yo…

—¡No la cuento! —gritó—. Y créeme, ni tú ni nadie tienen la más remota idea de lo que es estar allá afuera. La única razón por la cual te pincharon es por quebrar esa misma regla, por la cual ahora estás acusando a Thomas. Y eso se llama hipocresía, miertero, pedazo de…

—Suficiente —dijo Newt—. Termina con tu defensa de una vez.

La tensión era evidente. A Thomas le pareció que el aire de la sala se había convertido en cristal y podía hacerse pedazos en cualquier momento. La piel roja y tirante de las caras de Gally y de Minho parecía a punto de reventar, pero luego de unos segundos los dos desviaron la mirada.

—Bueno, en resumidas cuentas —continuó el Corredor, mientras tomaba asiento—, yo nunca vi nada parecido. En ninguna ocasión se dejó llevar por el pánico. Ni lloró, ni se quejó, ni se asustó. Amigos, él lleva aquí sólo unos pocos días… Recuerden cómo estábamos nosotros al principio. Acurrucados en los rincones, llorando sin parar, no confiábamos en nadie, nos negábamos a actuar. Estuvimos así durante semanas o meses, hasta que no tuvimos otra opción que enfrentar la situación y vivir.

Se levantó nuevamente y señaló a Thomas.

—Sólo unos pocos días después de aparecer aquí, este tipo se mete en el Laberinto para salvar a dos larchos que apenas conoce. Todo este plopus de que él quebró una regla es una imbecilidad. Todavía no comprendió las reglas. Pero muchos ya le habían contado lo que era estar en el Laberinto, especialmente por la noche. Y aun así, él salió, justo cuando la Puerta estaba cerrándose, sólo porque dos chicos necesitaban ayuda.

Hizo una pausa para respirar. Parecía ir ganando fuerza a medida que hablaba.

—Pero eso fue sólo el principio. Después, él me vio abandonar a Alby, dándolo por muerto. Y eso que yo era el veterano, el que tenía todo el conocimiento y la experiencia. Al ver esto, no debió haber cuestionado mi manera de actuar, pero lo hizo. Imaginen la voluntad y la fortaleza que necesitó para empujar a Alby arriba de esa pared, centímetro a centímetro. Es un delirio. Parece una locura completa. Pero las cosas no terminaron ahí. Luego llegaron los Penitentes. Le dije que teníamos que separarnos y empecé a correr siguiendo los dibujos de nuestros mapas, empleando las ya conocidas maniobras de evasión. Él, en vez de orinarse encima, se encargó de la situación: desafió todas las leyes de la física y de la gravedad para subir a Alby a esa pared, desvió la atención de los Penitentes hacia él, venció a uno, encontró…

—Ya captamos tu idea —intervino Gally con brusquedad—. Este Tommy es un tipo con suerte.

Minho se acercó a él.

—¡No, garlopo inútil, no entendiste nada! Hace dos años que estoy aquí y nunca vi nada igual. Que tú digas algo…

Se interrumpió, lanzando un gruñido de frustración. Thomas se dio cuenta de que se había quedado con la boca abierta. Lo invadían diversas emociones: aprecio hacia Minho, que se enfrentaba con todos para defenderlo, incredulidad ante la hostilidad de Gally y miedo de la decisión final.

—Gally —dijo Minho con más calma—, tú no eres más que una mariquita que nunca me ha pedido, ni una sola vez, ser Corredor o al menos intentarlo.

No tienes derecho a hablar de cosas que no comprendes. Así que cierra la boca.

El muchacho se puso de pie furioso.

—Si vuelves a hablar así te rompo el cuello aquí, delante de todos —repuso, escupiendo mientras gritaba.

Minho se rio, luego levantó la palma de la mano y la aplastó sobre la cara de Gally. Thomas se irguió mientras observaba al Habitante desplomarse hacia atrás en la silla, que se partió en dos pedazos. Cayó al suelo y enseguida comenzó a hacer grandes esfuerzos para incorporarse. Minho se acercó y apoyó el pie en su espalda, empujándolo con la cara contra el piso.

Thomas se arrojó en su silla, aturdido.

—Te juro, Gally —le dijo con una mueca de desprecio—, no vuelvas a amenazarme. No me dirijas la palabra nunca más. Si lo haces, te romperé tu cuello miertero, una vez que haya terminado con los brazos y las piernas.

Newt y Winston ya se habían acercado y estaban sosteniendo a Minho, antes de que Thomas pudiera entender qué estaba pasando. Lo arrastraron lejos de Gally, quien dio un salto, con el rostro enrojecido por la rabia. Pero no hizo ningún movimiento hacia Minho. Sólo se quedó allí, con el pecho hacia fuera, respirando con fuerza.

Finalmente, se alejó dando traspiés hacia la salida, que estaba detrás de él. Sus ojos iluminados por el odio se movían como flechas por el recinto. Thomas tuvo la horrible sensación de que parecía alguien a punto de cometer un asesinato.

Retrocedió hacia la puerta y estiró la mano para alcanzar la manija de la puerta.

—Las cosas ahora son diferentes —dijo, lanzando un escupitajo hacia el piso—. Minho, no debiste haber hecho eso, *nunca* —le advirtió. Y desvió su mirada maniaca hacia Newt—. Yo sé que me odias, siempre me odiaste. Tendrían que desterrarte por tu vergonzosa incapacidad para liderar este grupo. Eres patético, y el que se quede aquí no es mejor que él. Las cosas van a cambiar. Lo prometo.

Thomas se sintió de pronto muy desanimado. La situación se había puesto muy difícil.

Gally abrió la puerta de un golpe y salió al pasillo, pero antes de que alguien pudiera reaccionar, asomó de nuevo la cabeza dentro de la sala.

—Y tú —dijo, fulminando a Thomas con la mirada—, el Novato que se cree que es un maldito Dios, no olvides que te he visto antes. Yo pasé por la Transformación. Lo que estos tipos decidan no significa nada —hizo una pausa, mirando a cada uno de los presentes.

Cuando su expresión maliciosa volvió a posarse en Thomas, agregó:

—Sea lo que fuera que hayas venido a hacer aquí, te juro por mi vida que voy a impedirlo. Y si es necesario, te mato.

Luego se dio vuelta y abandonó la sala de un portazo.

26

Thomas se quedó inmóvil en la silla, sintiendo que un malestar crecía en su estómago como si fuera un virus. En su corta estadía en el Área, ya había recorrido un amplio espectro de emociones: miedo, soledad, desesperación, tristeza, incluso un ligero toque de alegría. Pero eso era algo nuevo: que alguien le dijera que lo odiaba tanto como para querer matarlo.

Gally está loco, se dijo a sí mismo. *Completamente chiflado*. Pero ese pensamiento sólo consiguió preocuparlo más. Una persona demente era capaz de cualquier cosa.

Los miembros del Consejo se quedaron en silencio, al parecer tan conmocionados como él por lo que acababan de presenciar. Newt y Winston soltaron a Minho y los tres se dirigieron a sus asientos con expresión hosca.

—Ese tipo se desquició por completo —dijo Minho, casi en un susurro. Thomas no sabía con seguridad si lo había dicho para que los demás lo escucharan o no.

—Bueno, tú no eres precisamente un santo —repuso Newt—. ¿En qué estabas pensando? Te pasaste un poco, ¿no crees?

Minho apretó los ojos y echó la cabeza hacia atrás, como desconcertado ante la pregunta.

—No me vengas con esa basura. A todos les encantó que este miertero recibiera lo que se merece y ustedes lo saben. Ya era hora de que alguien le hiciera frente a todo su plopus.

—Bueno, pero por algo está en el Consejo.

—Güey, ¡amenazó con romperme el cuello y matar a Thomas! El tipo está mentalmente trastornado y más vale que manden a alguien ahora mismo para que lo arroje al Cuarto Oscuro. Es peligroso.

Thomas estaba totalmente de acuerdo y casi quebranta la orden de no abrir la boca, pero se contuvo. No quería meterse en más problemas de los que ya tenía, pero no sabía cuánto tiempo más soportaría.

—Quizás tenga algo de razón —sugirió Winston, en voz muy baja.

—¿Qué? —preguntó Minho, reflejando exactamente los pensamientos de Thomas.

El Carnicero se mostró sorprendido al darse cuenta de que había dicho algo. Sus ojos recorrieron velozmente la sala antes de dar una explicación.

—Bueno... él pasó por la Transformación, un Penitente lo pinchó en pleno día, afuera de la Puerta del Oeste. Eso significa que tiene recuerdos y dijo que el Novato le resultaba familiar. ¿Por qué habría de inventar algo así?

Thomas reflexionó acerca de la Transformación y en eso de que se recuperaba parte de la memoria. Era la primera vez que se le ocurría esa idea: ¿valdría la pena dejarse pinchar por un Penitente y atravesar todo ese horrible proceso sólo para acordarse de algo? Le vino a la cabeza la imagen de Ben retorciéndose en la cama y recordó los aullidos de Alby. *Ni muerto*, pensó.

—Winston, ¿estabas aquí hace unos minutos? —preguntó Sartén, con cara de incredulidad—. Gally está enfermo. No puedes tomar en serio toda esa sarta de tonterías que lanzó. ¿Acaso piensas que Thomas es un Penitente disfrazado?

Con reglas o sin ellas, ya había resistido demasiado. No podía mantenerse callado un segundo más.

—¿Puedo decir algo? —exclamó, con la voz cargada de frustración—. Estoy harto de que ustedes hablen como si yo no estuviera presente.

Newt le hizo una seña afirmativa.

—Adelante. Total, esta maldita reunión ya se jodió por completo.

Ordenó de inmediato sus pensamientos, tratando de encontrar los términos correctos dentro del torbellino de frustración, rabia y confusión que giraba en su interior.

—No sé por qué Gally me odia y no me importa. Creo que está loco. Y en cuanto a quién soy realmente, ustedes saben tanto como yo. Pero si mal no recuerdo, estamos aquí por lo que yo hice allá afuera, en el Laberinto, y no porque algún idiota crea que soy la encarnación del mal.

Se escuchó una risita y él dejó de hablar, esperando haber aclarado las cosas. Newt asintió con satisfacción.

—Va. Acabemos ya con esta reunión y ocupémonos de Gally más adelante.

—No podemos votar si no están presentes todos los miembros —insistió Winston—. A menos que estén verdaderamente enfermos como Alby.

—Mi querido Winston —respondió Newt—. Yo diría que Gally está hoy un poquitín enfermo también, así que continuaremos sin él. Thomas, haz tu defensa y después votaremos qué vamos a hacer contigo.

Se dio cuenta de que tenía los puños apretados sobre las rodillas. Se relajó y luego se secó el sudor de las manos en los pantalones. Empezó a hablar sin estar muy seguro de lo que diría.

—No hice nada malo. Todo lo que sé es que vi a dos personas que luchaban por atravesar estas paredes y no lo lograron. Ignorar lo que estaba pasando sólo por una estúpida regla me parece egoísta y cobarde y… bueno, tonto. Si quieren meterme en la cárcel por tratar de salvarle la vida a alguien, háganlo. Les prometo que la próxima vez los señalaré con el dedo y me burlaré de ellos, y después me iré alegremente a cenar lo que Sartén haya preparado.

No trataba de resultar gracioso. Simplemente estaba asombrado de que todo eso fuera motivo de discusión.

—Ésta es mi recomendación —dijo Newt—. Rompiste nuestra Regla Número Uno, por lo tanto te corresponde un día en el Cuarto Oscuro. Ése es tu castigo. También sugiero que te nombremos Corredor y que el cargo se haga efectivo desde el momento en que termine esta Asamblea. Creo que has demostrado en una noche más capacidad de la que muestra la mayoría de los principiantes en semanas. Y en cuanto a ser el Encargado de los Corredores, eso olvídalo —dirigió su mirada hacia Minho—. Gally tenía razón: es una idea ridícula.

Thomas se sintió herido ante ese comentario, aunque no podía negar que estaba de acuerdo. Echó una mirada a Minho para ver su reacción.

Éste, aunque no pareció sorprenderse, empezó a discutir de todas maneras.

—¿Por qué? Es el mejor Corredor que tenemos, lo juro. Por ese motivo debería ser el Encargado.

—Perfecto —respondió Newt—. Si eso es cierto, haremos el cambio más adelante. Pongámoslo un mes a prueba.

A Minho le pareció bien.

—Va.

Thomas lanzó un suspiro disimuladamente. Mantenía su deseo de ser Corredor —lo cual le resultaba extraño dada su experiencia en el Laberinto—, pero convertirse de golpe en Encargado sonaba disparatado.

Newt abarcó el recinto con la mirada.

—Muy bien, nos quedan varias recomendaciones, así que continuemos.

—Vamos —dijo Sartén—. Votemos y ya. Yo estoy con Newt.

—Yo también —repuso Minho.

Todos dieron su aprobación. Eso lo llenó de orgullo y lo tranquilizó. Winston fue el único que no estuvo de acuerdo.

Newt se dirigió a él.

—No necesitamos tu voto, pero cuéntanos tus dudas.

—Para mí está bien, pero no deberíamos ignorar por completo lo que dijo Gally. No creo que haya sido un invento. Y es cierto que desde que él llegó aquí, todo se ha ido al demonio.

—De acuerdo —dijo Newt—. Reflexionen acerca de lo que Winston ha dicho. Si todo se calma, quizás podamos tener otra Asamblea. ¿Va?

Winston hizo un gesto afirmativo.

Thomas lanzó un resoplido de impaciencia.

—Me encanta verlos opinar sobre mí como si yo no estuviera en la sala.

—Mira, Tommy —intervino Newt—. Acabamos de nombrarte Corredor, así que termina con tu llantito y vete de aquí. Tienes mucho entrenamiento que hacer con Minho.

Fue justo en ese momento cuando cayó en cuenta de que sería Corredor y que tendría que explorar el Laberinto. A pesar de todo, sintió entusiasmo; estaba seguro de que podrían evitar quedarse atrapados allá afuera por la noche otra vez. Quizás ya se había cortado su racha de mala suerte.

—¿Y qué pasa con mi castigo?

—Mañana —contestó—. Desde el despertar hasta el atardecer.

Un día, pensó. *No será tan terrible, después de todo.*

Se dio por concluida la reunión y todos salieron deprisa, excepto Newt y Minho. El líder no se había movido de la silla y continuaba con sus apuntes.

—Qué buen momento hemos pasado, ¿no les parece? —murmuró.

Minho se acercó a Thomas y le pegó amistosamente en el brazo.

—Este larcho es el culpable de todo.

Thomas le devolvió el golpe.

—¿Encargado? ¿Eso fue en serio? Estás más trastornado que Gally.

Puso una sonrisa maléfica.

—Pero funcionó, ¿no es cierto? Hay que apuntar alto. No hace falta que me agradezcas ahora.

Thomas no pudo evitar una carcajada ante la inteligencia demostrada por Minho. Un ruido en la puerta llamó su atención y se volteó para ver de qué se trataba. Era Chuck, con cara de que había sido atrapado por un Penitente. Se le pasaron las ganas de reír.

—¿Qué pasa? —preguntó Newt, poniéndose de pie.

Chuck movía las manos nerviosamente.

—Me mandaron los Docs.

—¿Por qué?

—Supongo que es porque Alby se está retorciendo en la cama, actuando como un loco y diciendo que necesita hablar con alguien.

Newt se dirigió hacia la puerta, pero Chuck levantó la mano.

—Pero… no te quiere a ti.

—¿Qué quieres decir?

—Pregunta por él —contestó, señalando a Thomas.

27

Por segunda vez en el día, Thomas se quedó mudo de la sorpresa.

—Despierta —dijo Newt, tomándolo del brazo—. Ni sueñes que vas a ir solo.

Se fue tras él, con Chuck pegado a sus espaldas. Salieron de la sala del Consejo y caminaron por el pasillo hasta una escalera de caracol muy angosta. Newt puso el pie en el primer peldaño y luego echó una mirada fría hacia atrás.

—Tú quédate —le advirtió a Chuck.

El niño asintió sin quejarse. Thomas supuso que algo en la conducta de Alby lo habría puesto muy nervioso.

—Arriba el ánimo —comentó—. Me acaban de nombrar Corredor, así que ahora tienes un amigo importante —trató de hacer una broma para disimular el terror que le causaba la idea de ver al líder. ¿Y si le hacía acusaciones como Ben? ¿O peores?

—Sí, claro —murmuró Chuck, mirando aturdido los escalones de madera.

Thomas comenzó a subir. Le transpiraban las manos y una gota de sudor se deslizaba por su sien.

Newt, serio y solemne, lo esperaba arriba en el largo pasillo situado en el extremo opuesto de la escalera principal, aquélla por la cual Thomas había trepado el primer día para ver a Ben. El recuerdo le produjo un cierto mareo. Deseó que Alby ya hubiera superado ese momento traumático, para no tener que volver a presenciar algo tan horrible: la piel enferma, las venas, las sacudidas. Pero se preparó para lo peor.

Newt fue hasta la segunda puerta de la derecha, golpeó suavemente y recibió un gemido como respuesta. Empujó para abrir, produciendo un leve crujido. Ese ruido hizo que Thomas reviviera vagas imágenes de casas embrujadas vistas en el cine. Sucedía una vez más: vistazos fugaces de su pasado. Podía recordar las películas, pero no las caras de los actores o con quién las había visto. También se acordaba de los cines, pero no del aspecto de ninguno en particular. Le resultaba imposible explicar esa sensación, aun a sí mismo.

Newt ya estaba adentro de la habitación y le hacía señas de que lo siguiera. Mientras entraba, se fue imaginando el horror que seguramente lo esperaba allí. Pero cuando levantó los ojos, todo lo que vio fue un adolescente muy débil tirado en su cama con los ojos cerrados.

—¿Está dormido? —murmuró, tratando de evitar la verdadera pregunta que había asomado en su mente. *¿Estará muerto?*

—No sé —contestó Newt en voz muy baja. Caminó hasta la cama y se sentó en una silla de madera que estaba junto a ella. Él tomó asiento del otro lado.

—Alby —susurró Newt, y luego levantó la voz—. Chuck dijo que querías hablar con Tommy.

Los párpados de Alby comenzaron a temblar y se abrieron bruscamente. Sus ojos inyectados en sangre brillaban bajo la luz. Miró primero a Newt y luego a Thomas. Con un quejido, se movió en la cama y se enderezó, apoyándose en el respaldo.

—Sí —masculló con voz áspera.

—Dijo que estabas sacudiéndote y actuando como un loquito —repuso Newt, inclinándose hacia delante—. ¿Qué pasa? ¿Sigues enfermo?

Las palabras de Alby brotaron lentamente entre los silbidos de su respiración, como si cada una de ellas le costara una semana de su vida.

—Todo… va a cambiar… La chica… Thomas… los vi —parpadeó varias veces y luego volvió a abrir los ojos, dejándose caer en la cama mirando al techo—. No me siento muy bien.

—¿Cómo es eso de que los viste…? —comenzó Newt.

—¡Yo dije que quería hablar con Thomas! —gritó con un repentino estallido de energía—. ¡No te llamé a ti! ¡Yo pedí ver al maldito Thomas!

Newt levantó la mirada y le hizo una señal inquisitoria con las cejas. Thomas se encogió de hombros, sintiéndose cada vez peor. ¿Para qué querría Alby hablar con él?

—Bueno, miertero gruñón —replicó Newt—. Él está aquí al lado. Háblale.

—Vete —dijo Alby, con los ojos cerrados y jadeando.

—De ninguna manera, quiero escuchar.

—Newt —murmuró, y luego hizo una pausa—. Vete ya.

Thomas se sintió muy incómodo, preocupado por lo que Newt estaba pensando, y temía por lo que Alby iba a decirle.

—Pero… —protestó Newt.

—¡Afuera! —gritó Alby con la voz cascada del esfuerzo, sentándose en la cama. Se acomodó hacia atrás de nuevo para quedar con la espalda apoyada—. ¡Sal de aquí!

Thomas pudo ver cómo Newt contraía el rostro, herido por las palabras de Alby, pero se asombró de no ver ninguna señal de rabia. Después de un momento largo y tenso, Newt se puso de pie y se dirigió a abrir la puerta. *¿Se va a ir de verdad?*, pensó.

—No creas que te voy a estar esperando con los brazos abiertos cuando vengas a pedirme perdón —le advirtió, y dio un paso fuera del cuarto.

—¡Cierra la puerta! —aulló Alby, como insulto final. Newt obedeció y la cerró con fuerza.

A Thomas se le aceleró el corazón: ahora estaba solo, con un tipo que ya tenía muy mal carácter antes de ser atacado por un Penitente y pasar por la Transformación. Esperaba que le dijera lo que quería y que todo terminara lo antes posible. La pausa se extendió varios minutos. Las manos le temblaban de miedo.

—Yo sé quién eres —dijo Alby finalmente.

Thomas no sabía cómo responder. Trató de decir algo, pero sólo le salió un murmullo incoherente. Estaba completamente confuso y asustado.

—Yo sé quién eres —repitió lentamente—. Lo vi todo. De dónde venimos, quién eres tú, quién es la chica. Recuerdo la Llamarada.

—¿La Llamarada? —preguntó Thomas, haciendo un esfuerzo para hablar—. No sé a qué te refieres. ¿Qué fue lo que viste? Me encantaría saber quién soy.

—No es muy bonito —contestó y, por primera vez desde que Newt se había marchado, clavó la vista en Thomas, con los ojos llenos de una tristeza oscura—. Es horrible. ¿Por qué querrían esos garlopos hacernos recordar? ¿Por qué no podremos simplemente vivir acá y ser felices?

—Alby… —intervino Thomas, deseando poder espiar la mente del chico y ver lo que él había visto—. La Transformación… ¿Qué pasó? ¿Qué recuerdos volvieron? No te entiendo.

—Tú… —dijo Alby, y de repente se agarró la garganta, emitiendo sonidos ahogados. Comenzó a dar patadas al aire y se puso de costado, sacudiéndose de un lado a otro, como si alguien estuviera tratando de ahorcarlo. La lengua se proyectó fuera de su boca, y él se la mordía una y otra vez.

Thomas se paró de inmediato y retrocedió horrorizado, tambaleándose. Alby se retorcía como si estuviera sufriendo un ataque y agitaba las piernas en todas direcciones. La piel oscura de su cara, extrañamente pálida un minuto antes, se había vuelto púrpura, y sus ojos giraban tan hacia arriba que parecían unas bolitas blancas brillantes.

—¡Alby! —exclamó, sin atreverse a tocarlo—. ¡*Newt!* —gritó, ahuecando las manos alrededor de la boca—. ¡Ven aquí!

La puerta se abrió de golpe antes de que él terminara la frase.

Newt corrió hacia Alby y lo agarró de los hombros, empujando con todo el peso de su cuerpo para afirmarlo a la cama y detener la convulsión.

—¡Sujétale las piernas!

Thomas intentó acercarse, pero Alby se sacudía tan frenéticamente que le resultó imposible. Recibió una patada en la mandíbula y el dolor se extendió por todo el cráneo. Retrocedió, frotándose la herida.

—¡Hazlo de una maldita vez! —rugió Newt.

Juntó fuerzas y se arrojó sobre el cuerpo, aferrando ambas piernas y tratando de mantenerlas contra la cama. Pasó los brazos alrededor de los muslos y los apretó, mientras Newt apoyaba una rodilla en uno de los hombros y luego se concentraba en separar las manos, que seguían presionando su propio cuello.

—¡Suéltate! —aullaba Newt—. ¡Te estás matando a ti mismo, idiota!

Los músculos de Newt se tensaban y le estallaban las venas al hacer tanta fuerza para abrir las manos de Alby. Poco a poco logró despegarlas y las empujó firmemente contra el pecho. El cuerpo resistió unos segundos más, haciendo algunos movimientos bruscos para intentar alejarse de la cama. Luego se fue calmando lentamente hasta que la respiración se normalizó y quedó acostado, quieto, con la mirada vidriosa.

Thomas sujetaba las piernas con firmeza, sin animarse a liberarlas, temiendo que Alby tuviera otro ataque. Newt esperó un minuto antes de comenzar a soltar las manos de su amigo. Y luego otro, para sacar su rodilla y ponerse de pie. Thomas lo tomó como una indicación para hacer lo mismo, deseando que el suplicio hubiera terminado de verdad.

Alby miró hacia arriba con los párpados caídos, como si estuviera por hundirse en un sueño profundo.

—Lo siento, Newt —susurró—. No sé qué me pasó. Fue como si… algo controlara mi cuerpo. Perdóname…

Thomas respiró hondo. Esperaba no tener una experiencia tan incómoda y perturbadora nunca más en su vida.

—Nada de "lo siento" —respondió Newt—. Estabas tratando de matarte, cretino.

—No era yo, lo juro —murmuró Alby.

Newt levantó las manos al aire.

—¿Y entonces quién era? —preguntó.

—No lo sé… No era yo —repitió. Lucía tan confundido como Thomas.

Newt pareció pensar que no valía la pena tratar de entender lo que había pasado. Al menos por el momento. Tomó las mantas que se habían caído de la cama durante el forcejeo y las colocó sobre el cuerpo del líder.

—Intenta dormir. Hablaremos de esto más tarde —dijo, dándole una palmada en la cabeza—. Estás hecho un desastre, shank.

Pero Alby ya se encontraba cabeceando y asintió levemente mientras sus ojos se cerraban.

Newt miró a Thomas y señaló la puerta. No necesitaba que se lo pidieran dos veces. Cuando estaban a punto de salir, Alby balbuceó algo desde la cama.

Los dos chicos frenaron de golpe.

—¿Qué? —preguntó Newt.

Alby abrió los ojos un instante y repitió lo que había dicho un poco más fuerte.

—Tengan cuidado con la chica —y sus párpados se cerraron por completo.

Otra vez con lo mismo. La chica. Por algún motivo, todo siempre conducía hacia ella. Newt le lanzó una mirada cuestionadora, pero él sólo levantó los hombros como respuesta. No tenía idea de lo que estaba sucediendo.

—Vámonos —dijo Newt en voz baja.

—¿Newt? —Alby lo llamó otra vez desde la cama, sin molestarse en abrir los ojos.

—¿Qué?

—Protege los Mapas —contestó, y se puso de espaldas. La conversación había terminado.

A Thomas le pareció que nada de eso sonaba bien. Nada bien. Abandonaron la habitación y cerraron la puerta suavemente.

28

Bajaron deprisa las escaleras y salieron a la claridad de la tarde. Ninguno de los dos pronunció una palabra durante un rato. Thomas tenía la sensación de que las cosas se estaban poniendo cada vez peor.

—¿Tienes hambre?

No podía creer la pregunta que acababa de hacerle Newt.

—¿Hambre? Después de lo que acabo de ver, tengo ganas de vomitar. No. No tengo hambre.

—Bueno, yo sí, larcho. Vamos a buscar las sobras de la comida. Tenemos que hablar.

—Sabía que dirías algo así —repuso. Cada día estaba más involucrado con todo lo que ocurría en el Área. Y eso lo entusiasmaba.

Se dirigieron hacia la cocina y, a pesar de los gruñidos de Sartén, consiguieron sándwiches de queso y verduras. Thomas no podía ignorar la forma extraña en que lo observaba el Encargado de los cocineros, quien, además, desviaba la vista cada vez que se cruzaban sus miradas.

Algo le dijo que ése sería el tratamiento normal de ahora en adelante. Por alguna razón, él era diferente a los demás Habitantes del Área. Aunque sólo llevaba allí una semana, sintió como si ya hubiera vivido una existencia completa desde que se había despertado con la memoria borrada.

Decidieron comer afuera y, pocos minutos después, se encontraban en la pared del oeste, contemplando las diversas actividades que se llevaban a cabo en el lugar, apoyados contra la enredadera. Se obligó a comer algo porque, de acuerdo con los acontecimientos, debía tener la fuerza necesaria para enfrentar la siguiente locura que se le presentara.

—¿Ya habías visto eso antes? —le preguntó a Newt mientras comían.

La expresión de su amigo se volvió sombría de repente.

—¿Lo que Alby acaba de hacer? Jamás. En realidad, ninguno de los pinchados intentó contarnos lo que había recordado durante la Transformación. Siempre se negaron. Alby trató… debe ser por eso que se volvió loco.

Thomas se detuvo en el medio de un bocado. ¿Acaso la gente que estaba detrás del Laberinto tendría alguna forma de controlarlos? Era un pensamiento terrorífico.

—Tenemos que buscar a Gally —dijo Newt cambiando de tema, mientras mordía una zanahoria—. Ese miserable desapareció y debe estar escondido en algún lado. Apenas terminemos de comer, tengo que encontrarlo y meterlo en la cárcel.

—¿En serio? —Thomas no pudo impedir una ráfaga de euforia ante la idea. Estaría feliz de cerrar él mismo la puerta de un golpe y arrojar la llave.

—Ese larcho amenazó con matarte y tenemos que asegurarnos de que no vuelva a suceder. Ese garlopo va a pagar muy caro haber actuado de esa manera. Tiene suerte de que no lo destterremos. No te olvides de lo que te dije acerca del orden.

—Claro —repuso, distraídamente. Su única preocupación era que Gally lo odiaría aún más si lo ponían en prisión. *No me importa*, pensó. *Ya no le tengo miedo.*

—Tommy, así es como siguen las cosas —anunció Newt—: te quedas conmigo el resto del día pues hay varias cuestiones que resolver. Mañana, el Cuarto Oscuro. Después, Minho se ocupará de ti. Y quiero que te mantengas alejado del resto de los shanks por un tiempo. ¿Entendiste?

Se sentía feliz de obedecer. Estar solo la mayor parte del tiempo le parecía una genialidad.

—Suena maravilloso. ¿Así que Minho me va a entrenar?

—Exacto. Ahora eres un Corredor. Él te enseñará todo. El Laberinto, los Mapas. Hay mucho que aprender. Espero que te deslomes trabajando.

Estaba impresionado de que la idea de entrar al Laberinto otra vez no lo asustara gran cosa. Decidió hacer exactamente lo que su compañero decía, con la esperanza de distraerse y no pensar en los últimos sucesos. En el fondo, deseaba salir del Área lo antes posible. Su nuevo objetivo en la vida era evitar al resto de los Habitantes.

Se quedaron en silencio, terminando la comida, hasta que Newt consideró que había llegado el momento de hablar en serio. Hizo una pelota con la basura y lo miró fijamente.

—Thomas —comenzó—. Tienes que aceptar algo. Ya lo hemos escuchado muchas veces como para seguir negándolo, y es hora de discutirlo.

Sabía lo que se venía, pero le causaba espanto hablar de ese tema.

—Gally lo dijo; Alby lo dijo; Ben —continuó—; la chica también lo dijo, después de que la sacamos de la Caja…

Hizo una pausa, quizás esperando que le preguntara a qué se refería. Pero él había captado inmediatamente.

—Todos ellos mencionaron que las cosas iban a cambiar —repuso Thomas.

Newt desvió la mirada un momento y luego lo encaró otra vez.

—Exactamente. Y Gally, Alby y Ben dicen que te vieron en sus recuerdos después de la Transformación. Y, por lo que deduzco, no estabas plantando flores ni ayudando a unas pobres ancianitas a cruzar la calle. Según Gally, hay algo fatal acerca de ti, por lo cual quiere matarte.

—Newt, no lo sé —empezó, pero su amigo no lo dejó terminar.

—¡Thomas, yo sé que no te acuerdas de nada! Basta de decir eso. No lo menciones nunca más. Todos perdimos la memoria y estamos hartos de que nos lo recuerdes todo el tiempo. La cuestión es que tienes algo diferente, y ahora debemos descubrir de qué se trata.

Una ola de ira se apoderó de él.

—Perfecto. ¿Y cómo lo hacemos? Yo quiero saber quién soy tanto como cualquiera de ustedes. Es obvio.

—Necesito que abras tu cabeza. Tienes que decirme sinceramente si hay algo, por pequeño que sea, que te resulte conocido.

—Nada… —comenzó a hablar, pero se detuvo. Habían ocurrido tantas cosas desde su llegada que casi había olvidado cuán familiar le había parecido el Área esa primera noche, mientras dormía al lado de Chuck. Se había sentido tan cómodo, como si ésa fuera su casa. Muy lejos del terror que debería haber experimentado.

—Puedo ver cómo trabaja tu mente —dijo Newt, en voz baja—. Habla.

Vaciló, temiendo las consecuencias de lo que estaba por decir. Pero ya se había cansado de guardar secretos.

—Bueno… no puedo ser demasiado específico —prosiguió, lenta y cuidadosamente—. Pero sí es cierto que, cuando llegué, tuve la sensación de que ya había estado aquí —miró a Newt, esperando alguna señal de reconocimiento en su rostro—. ¿A alguien le pasó lo mismo?

Pero la cara de Newt no mostraba expresión alguna. Sólo llevó los ojos hacia arriba.

—Humm… no, Tommy. La mayoría de nosotros nos pasamos una semana entera haciéndonos plopus en los pantalones y berreando como bebés.

—Sí, claro —replicó e hizo una pausa, molesto y repentinamente avergonzado. ¿Qué significaba todo eso? ¿Acaso él era distinto de los demás? ¿Tenía algún problema?—. Todo me pareció familiar y sabía que quería ser un Corredor.

—Eso es súper interesante —repuso, observándolo por un momento, sin ocultar sus sospechas—. Bueno, sigue buscando, rómpete la cabeza, ocupa tu tiempo libre rondando tus pensamientos y reflexiona sobre este sitio. Sumérgete en ese cerebro que tienes y lanza todo afuera. Hazlo por nosotros.

—Lo haré —repuso, y cerró los ojos, para explorar la oscuridad de su mente.

—Ahora no, garlopo inútil —rio Newt—. Quiero decir que lo hagas de aquí en adelante. Durante tu tiempo libre, en las comidas, al irte a dormir, cuando des vueltas por ahí, en el tren, yendo al trabajo. Tenme al tanto de cualquier cosa que te suene remotamente conocida. ¿Está claro?

—Sí, por supuesto —respondió, sin poder evitar la preocupación que le causaba haberle mostrado a Newt algunas señales de peligro, además de saber que él disimulaba la inquietud que le provocaban.

—Va —dijo, con una expresión demasiado agradable—. Para empezar, más vale que vayamos a ver a alguien.

—¿A quién? —quiso saber Thomas, pero sabía la respuesta antes de terminar de hablar. El terror lo inundó nuevamente.

—A la chica. Quiero que la mires hasta que te exploten los ojos, para ver si se dispara algo dentro de esa cabeza miertera que tienes —insistió Newt, juntando los restos de su comida y poniéndose de pie—. Luego debes contarme palabra por palabra lo que te dijo Alby.

—Perfecto —dijo, y se levantó dando un gran suspiro.

No sabía si se atrevería a contar toda la verdad sobre las acusaciones de Alby, por no mencionar lo que sentía por la chica. Todo hacía pensar que le iba a resultar imposible revelar la totalidad de sus secretos.

Regresaron a la Finca, donde ella descansaba en estado de coma. Thomas no podía dejar de preocuparse por lo que Newt debía estar pensando. Él le había dicho cosas importantes y realmente le caía bien. Pero si se volvía en su contra, no estaba seguro de poder soportarlo.

—Si todo lo demás falla —dijo Newt, interrumpiendo sus reflexiones—, te mandaremos con los Penitentes, así ellos te pinchan y tienes que pasar por la Transformación. Necesitamos tus recuerdos.

Thomas lanzó una carcajada sarcástica ante la propuesta, pero Newt no sonrió.

La chica parecía estar durmiendo plácidamente, como si fuera a despertar en cualquier momento. Había esperado encontrarse con casi un esqueleto, alguien al borde de la muerte. Pero tenía una respiración acompasada y su piel estaba rozagante.

Uno de los Docs, el bajito —Thomas no podía recordar el nombre—, estaba al lado de ella, dándole agua en la boca mediante un gotero. En la mesa de luz, había dos platos con los restos de la comida: sopa y papilla. Estaban haciendo todo lo posible para mantenerla viva y saludable.

—Hey, Clint —dijo Newt, con un tono muy natural, como si pasara seguido por allí—. ¿Va a sobrevivir?

—Sí —respondió—. Está bien, aunque habla dormida todo el tiempo. Creemos que pronto saldrá del coma.

Sintió que se le ponían los pelos de punta. Nunca había considerado realmente la posibilidad de que la chica despertara, que pudiera hablar con todos ellos. No sabía por qué, de golpe, la idea lo alteraba tanto.

—¿Han anotado cada palabra que ella pronuncia? —preguntó Newt.

Clint asintió.

—La mayor parte de lo que dice es imposible de entender. Pero sí, cuando podemos lo hacemos.

Newt señaló un bloc que se encontraba en la mesita.

—Denme un ejemplo.

—Bueno, lo mismo que dijo cuando la sacamos de la Caja, eso de que las cosas iban a cambiar. Algo sobre los Creadores y cómo "todo tiene que terminar". Y, ah... —Clint miró a Thomas como si no supiera si debía continuar hablando en su presencia.

—Está bien. Él puede oír lo mismo que yo.

—Es que no puedo entender todo, pero... —continuó, desviando la mirada de nuevo hacia Thomas—. Ella repite el nombre de *él* una y otra vez.

Casi se cae al piso al escuchar eso. ¿Es que nunca dejarían de nombrarlo? ¿De dónde conocía a esa chica? Era como un hormigueo exasperante en el cerebro, que se negaba a desaparecer.

—Gracias, Clint —repuso Newt, con una obvia indicación de que se retirara—. Haznos un informe de todo esto, ¿está bien?

—No hay problema —contestó el Doc. Saludó a ambos con la cabeza y dejó la habitación.

—Acércate una silla —le dijo a Thomas mientras se sentaba en el borde de la cama.

Tomó la del escritorio y la puso justo al lado de la cabeza de la chica, aliviado porque Newt no había irrumpido todavía con las acusaciones. Se sentó, inclinándose hacia delante para estudiar el rostro.

—¿Hay algo que te suene? —preguntó Newt—. ¿Por mínimo que sea?

Thomas no respondió y siguió observando. Intentaba romper la barrera de su memoria para encontrar a esa chica dentro de su pasado.

Volvió al momento en que ella había abierto los ojos, justo después de salir de la Caja. Eran azules, con una intensidad que no recordaba haber visto nunca antes en otra persona. Trató de imaginar esos ojos en la cara dormida, superponiendo las dos imágenes en su mente. El pelo negro, la piel blanca y perfecta, los labios gruesos...

Mientras la miraba atentamente, se dio cuenta una vez más de lo hermosa que era.

Una fuerte sensación de reconocimiento surgió brevemente en el fondo de su mente, como un aleteo oculto en algún rincón. Duró sólo un instante antes de desaparecer en el abismo de todos los otros recuerdos capturados. Pero había sentido algo de verdad.

—Sí, la conozco —murmuró, reclinándose en la silla. Admitirlo en voz alta lo hizo sentir muy bien.

Newt se levantó.

—¿Qué? ¿Quién es ella?

—Ni idea —pero algo se disparó en su mente—. La conozco de algún lugar.

Cerró los ojos y buscó su cara en el oscuro vacío de su cabeza. ¿Quién era ella? La ironía de la pregunta le cayó como un rayo: ni siquiera sabía quién era él.

Se echó hacia delante en el asiento y respiró profundamente. Luego miró a Newt, haciendo un gesto negativo en señal de renuncia.

—En realidad no...

Teresa.

Pegó un salto en la silla, arrojándola hacia atrás y luego dio una vuelta como buscando algo. Había oído...

—¿Qué pasa? ¿Te acordaste de algo?

No le prestó atención mientras sus ojos vagaban confusos por la habitación. Sabía que había escuchado una voz.

—Yo… —dijo en un susurro. Se sentó otra vez, se inclinó hacia delante y la observó—. Newt, ¿tú dijiste algo antes de que yo me pusiera de pie?

—No.

Por supuesto que no.

—Es que me pareció oír algo… no sé. Quizás fue adentro de mi cabeza. ¿Ella tampoco habló?

—¿Ella? —contestó, y sus ojos se iluminaron—. No. ¿Por qué? ¿Qué fue lo que oíste?

Tenía miedo de admitirlo.

—Yo… te juro que escuché un nombre. Teresa.

—¿Teresa? No, para nada. ¡Seguro fue algo que se liberó del bloqueo de tu memoria! Es el nombre de ella, Tommy. Teresa. Tiene que serlo.

Se sintió raro, molesto, como si acabara de suceder algo sobrenatural.

—Fue… te juro que lo escuché. Pero dentro de mi mente, güey. No sé cómo explicarlo.

Thomas.

Ahora empujó la silla y se alejó de la cama lo más que pudo, golpeando la lámpara de la mesa, que cayó haciéndose pedazos. Una voz. De chica. Susurrante, dulce, tranquila. La había escuchado. Estaba totalmente seguro.

—¿Y ahora qué diablos te pasa?

El corazón le latía a mil kilómetros por hora. La cabeza le retumbaba y tenía el estómago revuelto.

—Ella… me está hablando. Adentro. ¡Acaba de decir mi nombre!

—¿Qué?

—¡Te lo juro! —gritó. El mundo giraba a su alrededor y oprimía su cerebro—. Estoy escuchando la voz de ella en mi mente, o algo así… no es realmente una voz…

—Tommy, siéntate. ¿Qué rayos estás diciendo?

—Newt, estoy hablando en serio. No es… una voz de verdad… pero sí lo es.

Tom, nosotros somos los últimos. Todo terminará pronto. Tiene que ser así.

Las palabras repiqueteaban como un eco dentro de su cabeza y rozaban sus tímpanos. Sin embargo, no sonaban como si vinieran del dormitorio, del exterior de su cuerpo: estaban literalmente dentro de su mente.

Tom, no te vuelvas loco por lo que digo.

Se tapó los oídos con las manos y apretó los ojos. Todo era muy extraño, se negaba a aceptar racionalmente lo que estaba ocurriendo.

Mi memoria ya se está desvaneciendo, Tom. No voy a recordar mucho cuando despierte. Podemos pasar las Pruebas. Esto tiene que terminar. Ellos me enviaron como detonante.

No soportó más. Ignorando las preguntas de Newt, caminó dando traspiés hasta la puerta y la abrió con fuerza. Bajó las escaleras de un salto y abandonó la Finca sin mirar atrás. Pero no logró acallar las palabras que brotaban en su interior.

Todo va a cambiar, agregó ella.

Quería gritar, correr hasta no poder más. Se dirigió hacia la Puerta del Este y salió del Área a toda velocidad. Con reglas o sin ellas. Continuó andando, recorriendo uno tras otro todos los pasadizos, hacia el centro mismo del Laberinto. Aun así, no pudo escapar de la voz.

Fuimos tú y yo, Tom. Nosotros les hicimos esto a ellos. Y a nosotros.

29

Thomas no se detuvo hasta que la voz se apagó por completo. Se soprendió al ver que llevaba corriendo casi una hora. Las sombras de las paredes se alargaban hacia el este: pronto llegaría el atardecer y las Puertas se cerrarían. Tenía que volver. Entonces se dio cuenta de que se había orientado perfectamente en el tiempo y en el espacio. Sus instintos eran fuertes.

Ya era hora de regresar.

Pero no sabía si podría enfrentar a la chica otra vez: la voz en su cabeza, todas esas cosas extrañas que había dicho.

No tenía opción. Negar la verdad no resolvería nada. Y por más terrible —y rara— que hubiera sido la invasión a su cerebro, siempre era mejor que otra cita con los Penitentes.

Mientras corría hacia el Área, descubrió muchas cosas acerca de sí mismo. Al escapar de la voz, se había ido formando en su mente la imagen exacta de la ruta a través del Laberinto, sin siquiera reparar en ello. Durante el camino de regreso, no dudó ni una vez mientras doblaba a la izquierda y a la derecha y atravesaba velozmente esos largos pasillos, a la inversa de lo que había hecho a la ida. Sabía lo que eso significaba.

Minho tenía razón. En poco tiempo sería el mejor Corredor.

Hizo otro descubrimiento. Como si la noche dentro del Laberinto no hubiera sido prueba suficiente, comprobó que su cuerpo estaba en muy buen estado. Apenas el día anterior había arribado al límite de sus fuerzas, adolorido de la cabeza a los pies. Se había recuperado muy rápido y corría casi sin esfuerzo, a pesar de que llevaba casi dos horas en movimiento. No había que ser un genio de las matemáticas para calcular que la combinación de la velocidad y el tiempo empleados implicaba que habría corrido casi medio maratón al momento de llegar al Área.

Fue en ese momento que lo asaltó la verdadera magnitud del Laberinto. Eran kilómetros y kilómetros, con sus muros que se movían cada noche. Entendió finalmente por qué era tan difícil encontrar una salida. Hasta entonces había tenido sus dudas y había llegado a preguntarse por qué los Corredores serían tan ineptos.

Continuó andando sin pausa, a la izquierda, a la derecha, hacia delante. Cuando cruzó el umbral del Área, faltaban pocos minutos para que las Puertas se clausuraran. Completamente agotado, se dirigió directamente a las Lápidas y penetró en lo profundo del bosque hasta que llegó al lugar donde los árboles se amontonaban contra la esquina del suroeste. Estar a solas era lo que más deseaba en el mundo.

Cuando sólo pudo escuchar algunas voces lejanas del Área y los ecos débiles del balido de las ovejas y de los gruñidos de los cerdos, el deseo le fue concedido. Ubicó la intersección de los dos muros gigantes y se derrumbó en el rincón para descansar. Nadie se acercó a molestarlo. La pared del sur finalmente se deslizó para cerrarse durante la noche. Se inclinó hacia delante hasta que el ruido se apagó. Unos minutos después, con su espalda apoyada cómodamente contra la enredadera espesa, se quedó dormido.

A la mañana siguiente, sintió que lo sacudían suavemente para despertarlo.

—Thomas, levántate.

Era Chuck. Parecía que el chico era capaz de encontrarlo donde fuera.

Se enderezó refunfuñando y estiró los brazos y la espalda. Tenía un par de mantas extendidas sobre él. Durante la noche, alguien había estado haciendo de Madre del Área.

—¿Qué hora es? —preguntó.

—Ya es muy tarde para el desayuno —respondió, tomándolo del brazo—. Vamos. Tienes que empezar a actuar normalmente, si no las cosas se pondrán peor.

Los eventos del día anterior irrumpieron con violencia en su cabeza y sintió que se le retorcía el estómago. *¿Qué me harán?*, pensó. *Las cosas* *que dijo la chica. Eso de que ella y yo les hicimos esto a ellos. A nosotros. ¿Qué significa?*

Luego se le ocurrió que podría estar demente. Quizás el estrés del Laberinto lo había vuelto loco. De cualquier manera, sólo *él* había oído la voz. Nadie más estaba enterado de las cosas extrañas que Teresa le había contado ni de las acusaciones. Ni siquiera sabían que ella le había dicho su nombre. Bueno, nadie excepto Newt. Y él iba a mantener las cosas de esa manera. Ya estaba todo bastante mal como para arruinarlo más contándoles a los otros que oía voces dentro de su cabeza. El único problema era Newt. Tendría que buscar la forma de convencerlo de que la tensión lo había sobrepasado y que una buena noche de sueño había resuelto todo. *No estoy chiflado*, se dijo. Seguramente no lo estaba.

Chuck lo miraba con asombro.

—Lo siento —se disculpó, poniéndose de pie y actuando lo más naturalmente posible—. Estaba pensando. Vamos a comer, estoy muerto de hambre.

—Va —repuso Chuck, dándole una palmada en la espalda.

Su amigo habló durante todo el trayecto hasta la Finca, pero él no se quejó: eso era lo más cercano a una vida normal que se podía tener en el Área.

—Newt te encontró anoche y les dijo a todos que te dejaran dormir. Y… nos contó a nosotros cuál había sido la decisión del Consejo: una noche en la celda y luego comenzar el programa de entrenamiento de los Corredores. Algunos larchos abuchearon y otros aplaudieron. Pero a la mayoría pareció importarle un pito. Para mí, es genial —hizo una pausa para respirar y luego continuó—. Esa primera noche, cuando alardeabas de que querías ser Corredor y todo ese plopus… Shuck, yo me estaba muriendo de risa por dentro. Me decía todo el tiempo: "Este inútil se va a dar contra la pared un día de estos". Bueno, al final tenías razón, ¿verdad?

Thomas no deseaba hablar de eso.

—Yo sólo hice lo que hubiera hecho cualquiera. No es mi problema si Minho y Newt quieren que yo sea Corredor.

—Sí, claro. Deja ya de hacerte el modesto.

En ese momento ser Corredor no era su preocupación. No podía dejar de pensar en Teresa, en la voz dentro de su mente, en lo que ella había dicho.

—Creo que estoy muy entusiasmado con eso —dijo, con una sonrisa forzada, aunque le disgustaba la idea de tener que pasarse todo el día solo en el Cuarto Oscuro, antes de empezar.

—Ya veremos cómo te sientes después de partirte el lomo corriendo. De todos modos, quiero que sepas que el viejo Chucky está orgulloso de ti.

Thomas sonrió ante la satisfacción de su amigo.

—Si fueras mi madre —repuso—, la vida sería perfecta.

Mi mamá, pensó. El universo pareció oscurecerse por un segundo. Ni siquiera podía acordarse de su propia madre. Alejó ese pensamiento, antes de que lo consumiera.

Se encaminaron hacia la cocina para desayunar algo rápido y se ubicaron en dos lugares vacíos en la gran mesa del interior. Todos los Habitantes que entraban o salían observaban de reojo a Thomas. Unos pocos se acercaron y lo felicitaron. Salvo algunas miradas de enojo aquí o allá, la mayoría pareció estar de su lado. Luego recordó a Gally.

—Hey, Chuck —preguntó, después de llevarse a la boca una montaña de huevos revueltos, procurando sonar natural—. ¿Al final encontraron a Gally?

—No. Estaba por contártelo. Alguien dijo que lo vio correr hacia el Laberinto tras abandonar la Asamblea. Después de eso no se supo nada más.

Dejó caer el tenedor, no sabía bien qué era lo que había esperado escuchar. De todos modos, la noticia lo dejó aturdido.

—¿Qué? ¿Hablas en serio? ¿Entró en el Laberinto?

—Sí. Todos saben que se volvió loco. Algún garlopo llegó a acusarte de haberlo matado ayer, cuando saliste volando hacia allá.

—No puedo creer… —dijo distraídamente, con los ojos fijos en el plato como tratando de entender por qué Gally haría algo así.

—No te preocupes por eso, hermano. No le cae bien a nadie, excepto a sus pocos amiguitos mierteros. Ellos son lo que te andan acusando.

Le resultaba increíble la forma tan normal en que Chuck se refería a todo eso.

—Hey, es probable que el tipo esté muerto, y tú hablas de él como si se hubiera ido de vacaciones.

Chuck puso cara de reflexión.

—No creo que esté muerto.

—¿Eh? ¿Y entonces dónde está? ¿Acaso Minho y yo no éramos los únicos que sobrevivimos una noche allá afuera?

—Eso es lo que estoy diciendo. Yo pienso que sus amigos lo tienen escondido en algún lado adentro del Área. Gally será idiota, pero tampoco tanto como para permanecer en el Laberinto toda la noche. Como tú.

—Tal vez fue exactamente por eso que se quedó allá. Para probar que era capaz de hacer todo lo que yo hice. El tipo me odia... —se detuvo un instante—. Me odiaba.

—Bueno, lo que tú digas —repuso Chuck, como si estuvieran discutiendo qué iban a desayunar—. Si está muerto, lo más probable es que ustedes lo encuentren. Si no, tendrá hambre y aparecerá para comer. No me importa.

—Todo lo que quiero es un día normal, para relajarme —agregó, mientras levantaba su plato y lo llevaba a la mesa.

—Entonces tu maldito deseo se hará realidad —intervino una voz a sus espaldas.

Al darse vuelta encontró a Newt, que le sonreía. Esa expresión fue como una ráfaga de seguridad, como si el mundo volviera a acomodarse.

—Vamos, preso —exclamó—. Podrás disfrutar de un día completo de tranquilidad dentro del Cuarto Oscuro. Chucky te llevará algo para comer al mediodía.

Se dirigió hacia la puerta detrás de Newt. De repente, un día en la cárcel sonaba de maravillas. Nada que hacer salvo sentarse y descansar.

Aunque algo le decía que era más probable que Gally le regalara flores que pasar un día entero en el Área sin sobresaltos.

30

El Cuarto Oscuro se encontraba en un sitio sombrío entre la Finca y la pared del norte del Área, escondido detrás de unas matas desiguales de arbustos espinosos, que parecían no haber sido podados en años. Era un gran bloque de concreto alisado toscamente, con una ventanita enrejada y una puerta de madera con un amenazante pasador de metal oxidado, como salido de la Edad Media.

Newt sacó una llave, abrió y le hizo una señal a Thomas para que pasara.

—Sólo tienes una silla y no hay nada para hacer. Disfrútalo.

Lanzó un bufido con disimulo mientras entraba y contemplaba el único mueble: una silla horrible y desvencijada con una pata notoriamente más corta que las otras, lo cual tal vez hubiera sido hecho a propósito.

—Que te diviertas —dijo su compañero, antes de cerrar la puerta.

Thomas observó su nuevo hogar, mientras escuchaba el ruido del pasador y de la cerradura a sus espaldas. La cabeza de Newt surgió detrás de la ventanita sin vidrio, a través de las rejas, con una sonrisa en el rostro.

—Linda recompensa por romper las reglas. Salvaste algunas vidas, Tommy, pero todavía tienes que aprender…

—Sí, ya lo sé. *Orden.*

Newt se rio.

—Tú no eres malo, shank. Pero a pesar de ser amigos, tenemos que manejar las cosas correctamente para seguir vivos. Piensa en eso mientras contemplas la maldita pared.

Y después se marchó.

Cuando pasó la primera hora, Thomas sintió que el aburrimiento se deslizaba sigilosamente como las ratas por debajo de la puerta. Una hora después quería golpearse la cabeza contra la pared. Dos horas más, y empezó a pensar que cenar con Gally y los Penitentes sería mejor que estar sentado en ese estúpido Cuarto Oscuro. Trató de recordar pero sus esfuerzos se evaporaban en la niebla del olvido antes de que algo pudiera formarse con nitidez.

Por suerte, llegó Chuck con la comida y lo liberó de sus pensamientos. Le pasó un poco de pollo y un vaso de agua por la ventana; y comenzó, como siempre, a hablar hasta por los codos.

—Todo está volviendo a la rutina —anunció—. Los Corredores están en el Laberinto, los demás se encuentran trabajando. Quizás sobrevivamos, después de todo. No hay señales de Gally todavía. Newt les dijo a los Corredores que regresaran enseguida si encontraban su cuerpo. Ah, cierto, Alby ha retomado su vida normal. Parece estar bien, y Newt está contento de no tener que ser más el jefe.

La mención de Alby desvió su atención de la comida. Apareció la imagen del líder retorciéndose e intentando estrangularse a sí mismo el día previo. Luego se acordó de que nadie más sabía lo que le había dicho antes del ataque. Pero eso no significaba que Alby lo mantendría en secreto, ahora que se había recuperado.

Chuck seguía hablando, pero sus palabras habían tomado un giro inesperado.

—Estoy medio confundido, güey. Es raro sentirse triste y extrañar la casa de uno, si no tienes ni idea de adónde es que deseas volver, ¿captas lo que digo? Lo único que sé es que no quiero estar aquí. Quiero regresar con mi familia donde sea que quede eso, al lugar del que me sacaron. Quiero *recordar*.

Se sorprendió un poco. Nunca había escuchado a Chuck decir algo tan profundo y tan cierto.

—Te comprendo —murmuró.

El chico era muy bajito y Thomas no alcanzaba a ver sus ojos desde la ventana pero, por su siguiente declaración, imaginó que debían de estar inundados de tristeza, y, tal vez, de lágrimas.

—Yo solía llorar. Todas las noches.

Al escuchar esa revelación, los pensamientos sobre Alby huyeron de su mente.

—¿Sí?

—Como un bebé de pañales. Prácticamente hasta el día en que tú apareciste. Luego me acostumbré, supongo. Aunque estemos siempre esperando huir, esto finalmente se convirtió en mi casa.

—Yo sólo lloré una vez desde que llegué, pero fue cuando casi me comen vivo. Es posible que sea simplemente un garlopo superficial —no lo habría admitido si su amigo no le hubiera confesado antes cosas tan personales.

—¿Tú también? —escuchó que Chuck preguntaba a través de la ventana—. ¿En ese momento?

—Sí. Cuando el último Penitente terminó de caer por el Acantilado, me derrumbé y me eché a llorar —contestó, con el recuerdo todavía muy fresco—. Todo se me vino encima de golpe. Estoy seguro de que me hizo bien. No te sientas mal por llorar. Nunca.

—Parece que te hace sentir mejor, ¿no? Es raro cómo funciona.

Pasaron unos minutos en silencio. Se dio cuenta de que no quería que Chuck se fuera.

—Hey, ¿Thomas?

—Sigo aquí.

—¿Crees que tengo padres? ¿Padres de verdad?

Se rio, más que nada para alejar la ola de tristeza que causaba la pregunta.

—Por supuesto, larcho. ¿No me digas que tengo que explicarte lo de las flores y las semillitas? —bromeó Thomas, mientras sentía que el dolor le llenaba el corazón. Se acordaba de esa charla, pero no con quién la había tenido.

—No estoy hablando de eso —exclamó, con una voz muy desanimada. Sonaba baja y lúgubre, como si hablara entre dientes—. La mayoría de los tipos que pasaron por la Transformación recuerdan cosas terribles de las cuales prefieren ni hablar, lo cual me hace dudar de que me espere algo bueno allá, en mi hogar. Lo que quiero decir es: ¿piensas que es posible que tenga una mamá y un papá que me echen de menos, allá afuera en el mundo, en algún lugar? ¿Crees que ellos lloren por las noches?

Conmocionado, Thomas comprobó que sus ojos se habían llenado de lágrimas. La vida había sido tan delirante desde su llegada al Área que nunca se le había ocurrido pensar en los Habitantes como si fueran chicos reales, con familias de verdad que los extrañaran. Era muy raro, pero ni siquiera había pensado en sí mismo de esa manera. Sólo reflexionaba acerca del significado de todo, sobre quiénes los habían mandado allí o cómo saldrían alguna vez de ese lugar.

Por primera vez, sintió algo por Chuck que lo enojó de tal modo que tenía deseos de matar a alguien. El chico debería estar en la escuela, en su hogar, jugando con los amigos. Tenía derecho a tener una casa y una familia que lo amara, que se preocupara por él. Una mamá que se encargara de que se bañara todos los días y un papá que lo ayudara con la tarea.

Detestó a las personas que habían arrancado a ese pobre chico inocente de su familia. Los odió con una pasión que no sabía que un ser humano pudiera sentir. Quería que los mataran, incluso que los torturaran. Deseaba que Chuck fuera feliz.

Pero la felicidad había sido extirpada de sus vidas. Y también el amor.

—Escúchame, Chuck —contestó, haciendo una pausa para calmarse y que no se le quebrara la voz—. No me cabe la menor duda de que tienes padres. Lo sé. Suena horrible, pero estoy seguro de que tu mamá está sentada ahora en tu cuarto, sosteniendo tu almohada, observando por la ventana ese mundo que te arrebató de ella. Y sí, te apuesto que está llorando. Con fuerza. Los ojos hinchados, los mocos en la nariz: un llanto como debe ser.

No dijo nada, pero Thomas oyó unos ligerísimos gemidos.

—No debes rendirte, Chuck. Vamos a solucionar todo y salir de aquí. Ya soy un Corredor y te prometo por mi vida que te voy a llevar de vuelta a tu habitación. Y tu mamá dejará de llorar.

Lo decía en serio. Esa promesa le quemaba el corazón.

—Espero que tengas razón —dijo Chuck con voz temblorosa. Hizo el gesto del pulgar hacia arriba en la ventana y se alejó.

Thomas se levantó y caminó por el pequeño recinto, ardiendo en deseos de cumplir su palabra.

—Créeme, Chuck —susurró al aire—. Te juro que te llevaré de vuelta a tu casa.

31

Apenas Thomas escuchó el estruendo y el chirrido de la piedra contra la piedra, anunciando el cierre de las Puertas, Alby apareció para dejarlo en libertad, lo cual resultó una gran sorpresa. Escuchó el tintineo del metal de la llave en la cerradura y la puerta de la celda se abrió por completo.

—¿No estás muerto, larcho? —preguntó.

Su aspecto había mejorado mucho desde el día anterior y Thomas no pudo evitar observarlo fijamente. La piel ya tenía muy buen color, las venas rojas que atravesaban sus ojos habían desaparecido; parecía haber aumentado como siete kilos en veinticuatro horas.

El líder notó sus ojos desorbitados.

—Shuck, ¿qué significa esa mirada?

Sacudió apenas la cabeza, como si hubiera estado en trance. Su mente funcionaba a toda velocidad, preguntándose qué recordaría Alby y qué diría acerca de él.

—¿Qué...? Nada. Es alucinante que te hayas curado tan rápido. ¿Estás bien ahora?

Flexionó los bíceps.

—Nunca estuve mejor. ¡Afuera!

Obedeció, deseando que sus ojos no pestañearan para no delatar su preocupación.

Alby cerró la puerta del Cuarto Oscuro y bloqueó el pasador de metal.

—En realidad, no es más que una gran actuación. Me siento como un poco de plopus de Penitente.

—Sí, así estabas ayer —repuso Thomas, notando enseguida la expresión dura de Alby. Por las dudas, hizo rápidamente una aclaración—. Pero hoy pareces como nuevo. Te lo juro.

Puso las llaves en el bolsillo y se apoyó contra la puerta del Cuarto Oscuro.

—Bueno, qué charlita tuvimos ayer.

El corazón de Thomas comenzó a latir aceleradamente. En ese momento ya no sabía qué esperar de Alby.

—Eh… sí, me acuerdo.

—Nuevito, yo vi lo que vi. Se va borrando poco a poco, pero nunca voy a olvidarlo. Fue terrible. Cuando trato de hablar de eso, siento que algo comienza a ahogarme. Ahora las imágenes se están yendo, como si a ese mismo algo no le gustara que yo recuerde.

La escena del día anterior surgió fugazmente en su mente. Alby sacudiéndose, intentando estrangularse a sí mismo. No lo hubiera creído de no haberlo visto. A pesar de que temía la respuesta, sabía que tenía que hacer la siguiente pregunta.

—¿Qué fue lo que pasó conmigo? Repetías todo el tiempo que me habías visto. ¿Qué estaba haciendo?

Alby se quedó con la vista perdida antes de contestar.

—Estabas con los…Creadores. Ayudándolos. Pero eso no es lo que me alteró.

Fue como si alguien le hubiera dado un puñetazo en el estómago. *¿Ayudándolos?* No podía articular las palabras necesarias para averiguar qué significaba eso.

—Es posible —prosiguió Alby— que los recuerdos que obtenemos a través de la Transformación sean falsos. Algunos sospechan esto, yo sólo tengo la esperanza de que así sea. Si el mundo es como yo lo vi… —dejó de hablar, haciendo un silencio que no presagiaba nada bueno.

Thomas estaba confundido, pero siguió insistiendo.

—¿Puedes decirme lo que viste que tuviera que ver conmigo?

Alby movió la cabeza de un lado a otro.

—Ni loco, shank. No voy a correr el riesgo de estrangularme yo mismo otra vez. Es posible que hayan puesto algo dentro de nuestras mentes para controlarnos, igual que nos borraron la memoria.

—Bueno, si soy un ser maligno, deberías dejarme encerrado —dijo, con expresión seria.

—Nuevito, tú no eres malvado. Podrás ser un garlopo miertero, pero no eres malo —bromeó, insinuando una ligera sonrisa en su habitual cara de piedra—. Lo que hiciste, arriesgando tu maldito pellejo para salvarnos a Minho y a mí, no fue maldad precisamente. No, sólo me hace pensar que el Suero de los Penitentes y la Transformación huelen raro. Por ti y por mí, espero que así sea.

Thomas se sintió muy aliviado al escuchar que él no era un mal tipo.

—¿Eran muy terribles? Me refiero a los recuerdos.

—Me acordé de cuando era chico, dónde vivía, ese tipo de cosas. Y si Dios en persona bajara del cielo en este mismo momento y me dijera que puedo volver a mi casa… —miró hacia el piso y sacudió la cabeza de nuevo—. Si lo que vi fue real, te juro que me voy a vivir con los Penitentes antes que regresar.

No podía creer que fuera todo tan aterrador, deseaba que Alby le diera detalles, alguna descripción, cualquier cosa. Pero sabía que el estrangulamiento estaba todavía demasiado fresco en su mente como para hacerlo cambiar de opinión.

—Bueno, quizás los recuerdos no sean reales. Tal vez el Suero es una droga que trae alucinaciones —Thomas sabía que estaba buscando desesperadamente algo a qué aferrarse.

Alby pensó un minuto.

—Una droga… alucinaciones… —luego hizo un gesto negativo—. Lo dudo.

El intento había valido la pena.

—Tenemos que lograr escapar de este lugar.

—Sí, gracias Nuevito —dijo Alby con sarcasmo—. No sé qué haría sin tus charlas de aliento —ese intento de sonrisa apareció otra vez.

El cambio de humor de Alby lo sacó de la melancolía.

—Deja de llamarme Nuevito. La chica es ahora la Novata.

—Muy bien, Nuevito —Alby lanzó un suspiro y con eso dio por terminada la conversación—. Ve a buscarte algo para cenar, tu horrible sentencia de un día ha terminado.

—Uno fue suficiente —contestó. A pesar de querer respuestas, ya deseaba salir del Cuarto Oscuro. Además, estaba hambriento. Le hizo un saludo a Alby y se encaminó hacia la cocina.

La cena estuvo increíble.

Sartén se había enterado de que él llegaría tarde, así que le había guardado un plato lleno de carne y papas, con una nota que avisaba que había galletas en la alacena. El Cocinero parecía estar totalmente decidido a mantener el apoyo que le había demostrado en la Asamblea. Minho se unió a él mientras comía, para estimularlo un poco antes de su gran primer día de entrenamiento como Corredor. Le pasó algunas estadísticas y datos interesantes: cosas en que pensar al irse a dormir.

Cuando terminaron, Thomas se dirigió nuevamente al rincón detrás de las Lápidas, donde había pasado la noche anterior. Pensó en la conversación con Chuck y se preguntó cómo sería tener padres que le dieran las buenas noches.

Varios chicos dieron vueltas alrededor del Área, pero en general todo estuvo muy silencioso, como si sólo quisieran irse a dormir y terminar el día de una buena vez. No se quejó: eso era exactamente lo que necesitaba.

Todavía seguían allí las mantas que alguien le había dejado la noche anterior. Se cubrió y se acomodó, acurrucándose en el confortable colchón de hiedra. Los olores del bosque le dieron la bienvenida mientras respiraba profundamente tratando de relajarse. El aire era perfecto. Eso lo llevó a reflexionar otra vez acerca del clima de ese lugar. Nunca llovía ni nevaba, no hacía ni mucho frío ni mucho calor. De no haber sido por el pequeño detalle de que habían sido arrancados de sus familias y amigos y encerrados en un Laberinto con una banda de monstruos, eso muy bien podría ser el paraíso.

Algunas cosas allí eran demasiado perfectas. Lo sabía, pero no tenía una explicación.

Sus pensamientos se desviaron hacia lo que Minho le había dicho durante la cena sobre el tamaño y la escala del Laberinto. Él le creyó porque ya se había dado cuenta de lo inmenso que era esa vez que había estado en el Acantilado. Pero no podía entender cómo habían podido construir una estructura semejante. El Laberinto se extendía por kilómetros y kilómetros. Los Corredores tenían que ser casi sobrehumanos para llevar a cabo su tarea diaria.

Sin embargo, *nunca* habían encontrado una salida. Y, a pesar de eso y de lo desesperado de la situación, aún no se habían rendido.

Minho también le había contado una vieja historia —uno de esos extraños y azarosos recuerdos de su vida anterior— sobre una mujer atrapada en un laberinto. Para poder escapar, ella no había levantado nunca la mano derecha de las paredes del laberinto, deslizándola sobre éstas mientras caminaba. De esa forma, estaba obligada a doblar a la derecha en todas las esquinas, y las leyes elementales de la física y de la geometría le garantizaban que, a la larga, encontraría la salida. Tenía sentido.

Pero no en ese Laberinto. Allí, todos los pasillos llevaban de vuelta al Área. Tenía que haber algo que se les había escapado.

Al día siguiente empezaría su entrenamiento y entonces podría ayudarlos a encontrar ese algo que no habían tenido en cuenta. En ese mismo momento, tomó una decisión. Debía olvidarse de todo lo extraño y de todo lo malo. No iba a detenerse hasta resolver el enigma y encontrar el camino de regreso.

El día siguiente. Las palabras quedaron flotando en su mente hasta que por fin se durmió.

32

Con una lámpara de mano, Minho despertó a Thomas antes del amanecer y le hizo señas para que lo acompañara hasta la Finca. Se sacudió fácilmente la modorra de la mañana, entusiasmado por comenzar el entrenamiento. Se arrastró fuera de las mantas y siguió con ansiedad a su maestro, eludiendo a la multitud de Habitantes que dormían en el césped. Los ronquidos eran la única señal de que no estaban muertos. Un levísimo resplandor iluminaba el Área, cubriendo todo de sombras de un tono azul oscuro. El lugar nunca había tenido un aspecto tan pacífico. Se escuchó el canto de un gallo en el Matadero.

Finalmente, Minho sacó una llave de una ranura oculta, cercana a la pared trasera de la Finca y abrió una puerta destartalada que conducía a un pequeño depósito de almacenamiento. La curiosidad por saber qué había allí llenó a Thomas de nerviosismo. Mientras Minho iluminaba el lugar, alcanzó a ver cuerdas, cadenas y otros materiales en desuso, hasta que enfocó una caja llena de calzado para correr. Parecía tan normal que casi se echa a reír.

—Eso que está ahí es el suministro más importante que recibimos —aclaró—. Al menos para nosotros. Ellos nos mandan zapatos nuevos en la Caja de vez en cuando. Si no tuviéramos calzado bueno, nuestros pies ya estarían destruidos —continuó, mientras se agachaba y revolvía en la pila—. ¿Qué número calzas?

—¿Número? —pensó unos segundos—. No lo sé —contestó, mientras se sacaba uno de los zapatos que venía usando desde su llegada al Área—. Cuarenta y tres.

—Guau, larcho, ¡qué pata tan grande tienes! —exclamó, poniéndose de pie con un par de color plateado brillante en las manos—. Pero creo que encontré unos de ese tamaño. Güey, creo que podríamos usarlos de canoa.

—Ésos me gustan.

Los tomó y salió del cuarto. Se sentó en el piso, impaciente por probárselos. Minho buscó algunas cosas más y luego se unió a él.

—Éstos son sólo para los Corredores y los Encargados —explicó. Antes de que Thomas levantara la vista de su nuevo calzado, un reloj de plástico cayó sobre sus rodillas. Era negro y muy sencillo: no mostraba más que la hora digital—. Póntelo y no te lo quites nunca más. Tu vida podría depender de él.

Estaba contento de tenerlo. Si bien el sol y las sombras le habían bastado para tener una idea aproximada de la hora, ser Corredor posiblemente requeriría más precisión. Se abrochó el reloj a la muñeca y luego continuó ajustándose el calzado.

—Aquí tienes una mochila, botellas de agua, algo de comida, pantalones cortos, playeras… y algunas cosas más —agregó, dándole un codazo. Cuando levantó la mirada, vio que Minho sostenía varios calzoncillos ajustados hechos de un material blanco brilloso—. A éstos los llamamos Calzones de Corredor. Te mantienen… eh, todo bien sujeto y confortable.

—¿Qué?

—Sí, ya sabes, tus…

—Sí, ya caigo en cuenta —dijo Thomas, llevándose la ropa interior y el resto de las cosas—. Ustedes realmente han pensado en todo, ¿no es cierto?

—Cuando te pasas dos largos años corriendo como un miserable todos los días, descubres qué necesitas y lo pides —contestó, mientras comenzaba a llenar su propia mochila.

Thomas no podía contener el asombro.

—¿Quieres decir que puedes hacer pedidos? ¿Las provisiones que necesitas? —preguntó con incredulidad.

¿Por qué aquellos que los habían enviado a ese lugar habrían de ayudarlos tanto?

—Claro que podemos. Simplemente arrojamos una nota en la Caja, y ahí va nomás. Eso no significa que los Creadores nos manden todo lo que queremos. A veces sí y a veces no.

—¿Alguna vez les pidieron un mapa?

Minho se rio.

—Sí, probamos esa posibilidad. También un televisor, pero no tuvimos suerte. Me parece que esos garlopos no quieren que veamos lo maravillosa que puede ser la vida cuando no vives en un maldito Laberinto.

Thomas tenía sus dudas de que la vida fuera tan maravillosa en otro lugar. ¿Qué clase de mundo podría permitir que algunas personas obligaran a unos chicos a vivir de esa forma? El pensamiento lo sorprendió, como si en realidad se hubiera originado en su memoria: un rayo de luz en la oscuridad de su mente. Pero desapareció en un segundo. Terminó de atarse los zapatos y se puso a trotar en círculos, dando saltos para probarlos.

—Me quedan perfectos. Creo que estoy listo.

Minho seguía en el suelo, inclinado sobre su mochila. Levantó la vista con una expresión de disgusto.

—Pareces un idiota, dando vueltas como una bailarina. Te deseo buena suerte allá afuera sin desayuno, sin comida y sin armas.

Sintió un escalofrío.

—¿Armas?

—Exactamente —respondió el Corredor y volvió al depósito—. Ven aquí, te las mostraré.

Minho arrastró unas cajas de la pared trasera. Debajo de ellas había una pequeña puerta-trampa. Cuando la levantó, Thomas vio una escalera de madera que descendía en la oscuridad.

—Las guardamos en el sótano para que tipos como Gally no puedan encontrarlas. Vamos.

Los peldaños, que no serían más de doce, crujieron bajo el peso de sus cuerpos. A pesar del polvo y del fuerte olor a moho, el aire frío le resultó agradable. No pudo ver nada hasta que Minho encendió un foco jalando un cordel.

La habitación era más grande de lo que había supuesto: tendría unos diez metros cuadrados. Había muchos estantes alineados en los muros y varias mesas de madera apilables. Todo lo que se encontraba a la vista estaba cubierto por basura de todo tipo. Había postes de madera, púas de metal, grandes trozos de malla —como la que cubre los gallineros—, rollos de alambre de púas, sierras, cuchillos, espadas. Una pared entera estaba dedicada a la arquería: arcos de madera, flechas, cuerdas sueltas. Ver todo eso le trajo de inmediato la imagen de Ben recibiendo el disparo de Alby en las Lápidas.

—Guau —murmuró, y su voz sonó como un ruido sordo en el encierro del sótano. Al principio sintió terror de que necesitaran tantas armas, pero se tranquilizó al ver que casi todas estaban cubiertas por una capa gruesa de polvo.

—Usamos sólo algunas —aclaró Minho—. Pero uno nunca sabe. Todo lo que solemos llevar encima es un par de cuchillos filosos.

Hizo una seña hacia un gran baúl de madera en el rincón, que tenía la tapa levantada y apoyada contra la pared. Cuchillos de todos los tipos y tamaños estaban apilados al azar hasta el borde.

Esperaba que la existencia de ese lugar se mantuviera en secreto para la mayoría de los Habitantes.

—Parece un poco peligroso tener todo esto —dijo—. ¿Qué hubiera pasado si Ben venía aquí abajo justo antes de volverse loco y atacarme?

Minho sacó las llaves del bolsillo y se las mostró haciéndolas tintinear.

—Sólo unos pocos afortunados las tienen en su poder.

—Aun así…

—Deja de quejarte y elige un par. Asegúrate de que tengan buen filo. Luego iremos a desayunar y a buscar provisiones para la comida. Antes de salir, quiero pasar un rato por la Sala de Mapas.

Se sintió muy animado: había sentido curiosidad por ese edificio desde la primera vez que había visto a un Corredor atravesar su amenazadora puerta. Se decidió por una daga corta y plateada con mango de goma y otra con una hoja larga y negra. Su entusiasmo languideció un poco. Aunque sabía muy bien lo que lo esperaba en el Laberinto, no quería ponerse a pensar por qué necesitaba llevar armas.

Media hora después, ya comidos y aprovisionados, se encontraban delante de la puerta de metal ribeteada de la Sala de Mapas. Estaba desesperado por entrar. El amanecer había irrumpido con toda su gloria y los Habitantes ya daban vueltas, preparándose para el día que comenzaba. El olor a tocino flotaba en el aire: Sartén y su equipo se apuraban para satisfacer a decenas de estómagos hambrientos. Minho quitó el cerrojo de la puerta e hizo girar la rueda hasta que un sonoro "clic" se escuchó desde adentro, y entonces empujó. El pesado bloque metálico chirrió y se abrió con una sacudida.

—Después de usted —dijo el Corredor, con una reverencia burlona.

Thomas ingresó sin decir nada. Un terror helado y una intensa curiosidad se apoderaron de él y casi lo paralizaron.

La habitación olía a humedad combinada con un aroma a cobre tan fuerte que casi podía saborearlo. Eso disparó un recuerdo débil y lejano en su cabeza: se vio de niño chupando las monedas de un centavo.

Minho apretó un interruptor y varias filas de luces fluorescentes comenzaron a parpadear hasta que se encendieron por completo, mostrando el recinto con todo detalle.

Thomas quedó admirado por la simplicidad. De unos seis metros de ancho, la Sala tenía paredes desnudas de concreto. Una mesa de madera estaba ubicada justo en el centro con ocho sillas a su alrededor. Había pilas de papeles y lápices dispuestos ordenadamente sobre la mesa, delante de cada asiento. Además de eso, la habitación sólo contenía ocho baúles exactamente iguales al de los cuchillos en el sótano de las armas. Estaban cerrados, ubicados a la misma distancia unos de otros, dos en cada pared.

—Bienvenido a la Sala de Mapas —dijo Minho—. El lugar más alegre que hayas conocido.

Thomas estaba ligeramente desilusionado: había esperado algo más impactante. Tomó una gran bocanada de aire.

—Qué lástima que huela como una mina de cobre abandonada.

—A mí no me desagrada el olor —repuso, sacando dos sillas y sentándose en una de ellas—. Toma asiento. Quiero que tengas un par de imágenes en tu cabeza antes de que vayamos allá afuera.

Minho tomó una hoja de papel y un lápiz y comenzó a dibujar. Thomas se inclinó para observar mejor: había hecho un gran cuadrado que ocupaba casi toda la hoja. Luego lo llenó de casillas más pequeñas hasta que quedó exactamente igual a un tablero para jugar gato: tres filas de tres cuadrados, todos del mismo tamaño. Escribió la palabra ÁREA en el centro, y luego numeró los recuadros exteriores del uno al ocho, comenzando por la esquina superior izquierda y siguiendo el sentido de las agujas del reloj. Por último, dibujó unas rayitas aquí y allá.

—Éstas son las Puertas —aclaró—. Tú conoces las del Área, pero hay otras cuatro dentro del Laberinto que conducen a las Secciones Uno, Tres, Cinco y Siete. Permanecen en el mismo sitio, pero la ruta hacia ellas cambia cada noche con el movimiento de los muros —terminó y le deslizó el papel a Thomas.

Éste lo levantó completamente fascinado ante la idea de que el Laberinto tuviera semejante estructura, y lo estudió mientras Minho seguía con su explicación.

—Tenemos el Área rodeada por ocho Secciones, cada una es un cuadrado independiente e imposible de resolver en los dos años que llevamos en este maldito juego. Lo único que se parece remotamente a una salida es el Acantilado, y no es muy buena a menos que quieras tener una muerte horrible cayendo por él —Minho dio unos golpecitos en el Mapa—. Las paredes se mueven por todo este lugar al caer la tarde, a la misma hora en que nuestras Puertas se cierran. Al menos, eso es lo que pensamos, ya que nunca hemos escuchado ninguna pared que se moviera en otro momento.

Thomas levantó la vista, feliz de poder ofrecer un poco de información.

—La noche en que nos quedamos encerrados allá afuera, yo no noté ningún movimiento.

—Los pasillos principales que se encuentran justo afuera de las Puertas nunca cambian. Los que sí lo hacen son los que están más adentro.

—Ah —murmuró, y volvió al plano, tratando de visualizar el Laberinto e imaginar muros de piedra donde Minho había trazado líneas con el lápiz.

—Siempre tenemos por lo menos ocho Corredores, incluyendo al Encargado. Uno por Sección. Nos toma un día entero hacer el mapeo de la zona asignada, buscando desesperadamente una salida. Luego regresamos y la dibujamos, usando una hoja distinta para cada día —comentó, dirigiendo la mirada detrás de ellos—. Así es como esos baúles están repletos de Mapas.

A Thomas lo asaltó un pensamiento deprimente y atemorizante.

—¿Acaso estoy reemplazando a alguien? ¿Hubo algún muerto?

—No, sólo te estamos entrenando: es posible que alguien necesite un descanso. Tranquilo, hace tiempo que no muere ningún Corredor.

Por alguna razón, la última afirmación lo preocupó, aunque esperó que no se le notara en la cara.

—De modo que… ¿les toma todo un día recorrer cada una de estas casillas?

—Divertidísimo, ¿no? —exclamó Minho y fue hasta el baúl más cercano. Se arrodilló, levantó la tapa y la apoyó contra la pared —. Ven acá.

Thomas se inclinó sobre el hombro del Encargado y echó una mirada. Contenía cuatro pilas de Mapas que llegaban hasta el borde. Los que alcanzó a ver eran muy similares: un esbozo de un laberinto cuadrado que cubría casi toda la hoja. En la esquina superior derecha, se leía *Sección 8* seguido del nombre *Hank*, y luego la palabra *Día*, y un número a continuación. El último decía: *día número 749*.

—Al principio, nosotros llegamos a la conclusión de que las paredes se movían hacia la derecha. Desde ese momento, comenzamos a seguir esa pista y a anotar todo. Siempre pensamos que si comparábamos lo que veíamos día tras día, semana tras semana, eso nos ayudaría a descubrir pautas que se repitieran. Y fue así. Los Laberintos básicamente se repiten aproximadamente todos los meses. Pero todavía nos queda por encontrar una salida que nos conduzca fuera del cuadrado. Hasta ahora, nunca apareció.

—Ya pasaron dos años —comentó Thomas—. ¿No están lo suficientemente desesperados como para optar por quedarse afuera por la noche y ver si algo se abre mientras las paredes se mueven?

Minho levantó los ojos con una expresión de rabia.

—Eso es casi un insulto, güey. En serio.

—¿Qué?

Estaba perplejo pues no lo había dicho con esa intención.

—Nos hemos roto el lomo durante dos años y, ¿todo lo que se te ocurre preguntar es por qué somos tan maricas que no nos atrevemos a quedarnos afuera toda la noche? Unos pocos lo hicieron, muy al principio, y todos aparecieron muertos. ¿Quieres pasarte otra noche allá? Tal vez tengas posibilidades de sobrevivir.

Se puso rojo de vergüenza.

—No, perdóname —dijo. De pronto, se sentía como un pedazo de plopus. Y realmente estaba de acuerdo: prefería volver sano y salvo al Área todas las noches que tener otra batalla segura con los Penitentes. Se estremeció de sólo pensarlo.

—Sí, bueno —masculló Minho, volviendo la mirada hacia los Mapas del arcón, para alivio de Thomas—. La vida en el Área no será perfecta, pero al menos es segura. Hay mucha comida, estamos protegidos de los Penitentes. No podemos pedirles a los Corredores que se arriesguen a pasar la noche afuera, de ningún modo. Al menos, no todavía. No, hasta que estos planos nos den alguna pista de que podría aparecer alguna salida, aunque sea temporalmente.

—¿Y están cerca? ¿Hay algo que estén estudiando?

Minho se encogió de hombros.

—No sé. Es un poco desalentador, pero no sabemos qué más hacer. No podemos confiar en que algún día, vaya uno a saber dónde, tal vez aparezca una forma de escapar. No podemos rendirnos. Jamás.

Thomas hizo un movimiento afirmativo con la cabeza, aseverando esa actitud. Por malas que fueran las cosas, renunciar sólo las empeoraría.

Minho sacó varias hojas del baúl, correspondientes a los Mapas de los últimos días. Mientras las hojeaba, fue haciendo algunas acotaciones.

—Como te estaba diciendo, nosotros comparamos un día con otro, una semana con la otra y un mes con otro mes. Cada Corredor está a cargo del Mapa de su propia Sección. Si tengo que serte sincero, todavía no hemos descubierto nada de nada. Y lo que es peor, no sabemos qué estamos buscando. Esto es realmente una mierda, hermano.

—Pero nosotros no podemos rendirnos —dijo Thomas de una manera realista, como repitiendo resignadamente lo que Minho había afirmado un momento antes. Había dicho "nosotros" sin pensarlo siquiera, y de pronto se dio cuenta de que ya se consideraba realmente un integrante del Área.

—Tienes razón, güey. No podemos entregarnos —afirmó Minho, mientras guardaba los papeles con cuidado y se ponía de pie—. Bueno, tenemos que darnos prisa porque nos entretuvimos un rato largo aquí. Los primeros días, lo único que harás es seguirme. ¿Listo?

Sintió que el nerviosismo crecía en su interior y le apretaba las tripas. Ése era el momento que tanto había esperado; ahora iba en serio, no más charlas ni reflexiones.

—Eh… claro.

—Nada de "eh" en este lugar. ¿Estás listo o no? —preguntó Minho con una expresión repentinamente dura en los ojos.

Thomas le sostuvo la mirada.

—Estoy listo.

—Entonces, vayamos a correr.

33

Salieron por la Puerta del Oeste hacia la Sección Ocho y marcharon a lo largo de varios pasillos. Thomas siempre se mantenía al lado de Minho, mientras él doblaba hacia la izquierda y hacia la derecha sin pensar en lo que estaba haciendo y sin dejar de correr. La luz de la mañana tenía un brillo tan nítido que hacía que todo luciera radiante y fresco: la hiedra, las paredes agrietadas, los bloques de piedra del piso. Aunque todavía faltaban varias horas para el mediodía —cuando el sol alcanza el punto más alto—, había mucha luminosidad. Trataba de mantener el ritmo de su compañero, pero a cada momento tenía que acelerar el paso para ponerse a la par.

Por fin llegaron a un muro largo que se dirigía hacia el norte, con un corte rectangular, que parecía una entrada sin puerta. Minho lo atravesó sin detenerse.

—Esto lleva de la Sección Ocho, que es la casilla del medio de la izquierda, a la Uno, que es la de arriba a la izquierda. Como ya te dije, este pasaje está siempre en el mismo lugar, pero la ruta puede resultar un poquito diferente porque las paredes se mueven.

Thomas lo siguió, impresionado por lo fuerte que se había vuelto su respiración. Supuso que sería por los nervios y que ya se le pasaría.

Anduvieron por un extenso pasadizo que torcía hacia la derecha, dejando atrás varias curvas que se dirigían a la izquierda. Cuando llegaron al extremo del pasillo, Minho disminuyó mucho la velocidad y se estiró hacia atrás para sacar un bloc y un lápiz de un bolsillo lateral de la mochila. Apuntó algo y luego lo guardó, sin frenar del todo. Thomas se preguntó qué habría escrito, pero recibió la respuesta antes de interrogarlo.

—Yo confío… más que nada en mi memoria —jadeó el Encargado, hablando con gran esfuerzo—. Pero más o menos después del quinto giro, anoto algo que me ayudará más adelante. La mayoría tiene que ver con el día anterior y las diferencias con lo que ocurre ahora. Luego puedo utilizar el Mapa de ayer para hacer el de hoy. Pan comido, amigo.

Corrieron un rato más hasta que llegaron a una intersección. Tenían tres opciones posibles, pero Minho tomó hacia la derecha sin vacilar. Al hacerlo, extrajo uno de sus cuchillos y, sin perder el ritmo, cortó un gran trozo de enredadera de la pared. Lo tiró al suelo detrás de él y continuó su carrera.

—¿Migas de pan? —preguntó Thomas, recordando el antiguo cuento infantil. Esos extraños relámpagos de su pasado ya casi no lo asombraban.

—Exacto. Yo soy Hansel y tú eres Gretel.

Y así continuaron, siguiendo el rumbo del Laberinto, unas veces doblando a la derecha, otras a la izquierda. Después de cada recodo, cortaba y arrojaba una rama de hiedra de un metro de largo. Thomas no podía evitar sentirse impresionado: Minho ni siquiera tenía que disminuir el paso al hacerlo.

—Muy bien —dijo, respirando con más dificultad—. Tu turno.

—¿Qué? —exclamó Thomas, que había supuesto que el primer día no haría más que correr y mirar.

—Corta la hiedra ahora. Tienes que acostumbrarte a hacerlo sin detenerte. Las recogemos al regresar o las pateamos a un costado.

Estaba feliz de tener algo que hacer; aunque le llevó un tiempo dominar la tarea. Las primeras veces tuvo que acelerar tras cortar la rama para no quedar atrás, y en una ocasión se cortó el dedo. Pero al décimo intento, lo hacía prácticamente igual que su maestro.

Después de haber andado durante un rato largo —Thomas no tenía idea de cuánto llevaban ya en el Laberinto, pero supuso que habían recorrido unos cinco kilómetros—, Minho redujo el paso hasta detenerse.

—Hora de descanso —dijo, mientras se descolgaba la mochila y sacaba agua y una manzana.

No necesitó que se lo dijeran dos veces. Se tragó el agua, deleitándose con la frescura que descendía por su garganta.

—Espera, cabeza de pescado —gritó Minho—. Guarda un poco para más tarde.

Dejó de beber, tomó una gran bocanada de aire y eructó. Le dio un mordisco a la manzana, sintiéndose sorprendentemente renovado. Sus pensamientos volvieron al día en que Minho y Alby se habían ido a ver al Penitente muerto, cuando todo se había ido al plopus.

—Nunca me contaste lo que realmente le pasó a Alby ese día, por qué estaba tan mal. Es obvio que el Penitente se despertó, pero ¿qué sucedió?

Minho ya se había puesto la mochila. Estaba listo para continuar.

—En realidad, ese garlopo no estaba muerto. Alby lo tocó con el pie como un idiota, y ese monstruo maldito volvió a la vida de golpe con las púas desplegadas y rodó con todo su gordo cuerpo encima de él. Sin embargo, le pasaba algo raro, porque no atacó de manera normal. Más bien parecía que estaba tratando de irse de allí, y el pobre Alby se interpuso en su camino.

—¿Así que él huyó de ustedes?

Por lo que había visto apenas unas noches atrás, le resultaba imposible imaginarse una cosa semejante.

Minho puso cara de duda.

—Sí, supongo… quizás necesitaba recargar energía o algo así. No lo sé.

—¿Qué problema podrá haber tenido? ¿Viste alguna herida?

No sabía qué respuesta andaba buscando, pero estaba seguro de que allí debía existir alguna clave o tal vez una lección que aprender.

Minho reflexionó un minuto.

—No. Ese garlopo parecía muerto, como si fuera una estatua de cera. Y luego, ¡bum!, resucitó.

La mente de Thomas trabajaba con frenesí, intentando llegar a alguna conclusión. El problema era que no tenía idea de por dónde empezar ni qué dirección tomar.

—Me pregunto adónde fue. Al lugar de siempre, supongo —murmuró, como hablando para sí—. ¿Nunca pensaron en seguirlos y ver hacia dónde se dirigían?

—Güey, realmente tienes delirios suicidas, ¿no es cierto? Vamos, tenemos que continuar —contestó, después giró y empezó a correr.

Mientras andaba tras él, trató de comprender qué era lo que daba vueltas en su cabeza. Tenía que ver con eso de que el Penitente estaba muerto y luego había vuelto a la vida. También quería saber adónde habría ido una vez que resucitó.

Frustrado, puso todos sus pensamientos a un lado y apuró el paso para alcanzar a su compañero.

Corrió detrás de Minho durante dos horas, intercaladas con algunos breves recreos, que se acortaban cada vez más. A pesar de estar en buena forma, ya se sentía adolorido.

Finalmente, el Encargado se detuvo y se quitó nuevamente la mochila. Ambos se sentaron en el piso, reclinados contra el colchón de enredadera, y comenzaron a comer, sin hablar mucho. Thomas disfrutó cada bocado del sándwich y de las verduras, masticando lo más lentamente posible. Se tomó su tiempo, porque sabía que Minho lo haría levantarse y continuar apenas terminara la comida.

—¿Encontraste algo diferente hoy? —inquirió con curiosidad.

Minho se estiró y golpeó la mochila, donde estaban sus anotaciones.

—Sólo los movimientos usuales de los muros. Nada para que te pongas a saltar de alegría.

Tomó un sorbo largo de agua mientras observaba la parte superior de la pared cubierta de hiedra que tenían enfrente. Un resplandor rojo y plateado llamó su atención, algo que ya le había ocurrido varias veces ese mismo día.

—¿Qué es lo que pasa con esos escarabajos? —preguntó. Parecían estar por todos lados. Luego recordó lo que había visto en el Laberinto: habían sucedido tantas cosas desde entonces que no había tenido oportunidad de mencionarlo—. ¿Y por qué llevan la palabra *CRUEL* escrita en el tórax?

—Nunca pude atrapar a uno —respondió, al tiempo que terminaba su comida y guardaba el recipiente—. Y no sabemos qué quiere decir esa palabra, probablemente sólo sea algo para asustarnos. Pero tienen que ser espías. Para *ellos*. Seguro.

—Pero ¿y quiénes son *ellos*? —agregó, esperando más respuestas. Odiaba a la gente que estaba detrás del Laberinto—. ¿Tienen alguna idea?

—No sabemos nada sobre esos estúpidos Creadores —repuso con la cara enrojecida, mientras apretaba sus manos como si estuviera estrangulando a alguien—. Me muero por romperles…

Pero antes de que terminara la frase, Thomas ya se encontraba de pie, al otro lado del pasillo.

—¿Qué es eso? —lo interrumpió, dirigiéndose hacia una débil luz grisácea que acababa de distinguir detrás de la enredadera, a la altura de la cabeza.

—Ah… sí, eso —dijo Minho con tono de indiferencia.

Se acercó, corrió la cortina de hiedra y se quedó mirando fijamente el cuadrado de metal remachado a la piedra, que tenía varias palabras estampadas encima en grandes letras mayúsculas. Estiró la mano y pasó los dedos sobre ellas, como si no pudiera creer lo que veía.

CATÁSTROFE Y RUINA UNIVERSAL: EXPERIMENTO LETAL

Leyó las palabras en voz alta y luego se dio vuelta.

—¿Qué es esto?

Sintió un escalofrío. Eso tenía que estar relacionado con los Creadores.

—No lo sé, shank. Están por todos lados, como unas malditas etiquetas del hermoso Laberinto que ellos construyeron. Hace mucho tiempo que dejé de prestarles atención.

Volvió a mirar el cartel, tratando de reprimir la sensación de fatalidad que se había despertado dentro de él.

—Nada de lo que dice aquí suena demasiado bien. *Catástrofe. Letal. Experimento.* Qué bonito.

—Sí, muy bonito, Nuevito. Ya vámonos.

Muy a su pesar, soltó las lianas y se colgó la mochila sobre los hombros. Prosiguió su camino, con esas seis palabras taladrándole el cerebro.

Una hora después de la comida, Minho se detuvo al final de un largo pasadizo. Era recto, de sólidas paredes, sin ningún pasillo que se desprendiera de él.

—Es el último callejón sin salida —le dijo—. Hora de regresar.

Thomas respiró hondo e intentó no pensar que apenas había pasado la mitad del día.

—¿Algo nuevo?

—Sólo los cambios normales en el camino que nos trajo hasta aquí. Ya pasó media jornada —contestó, echando un vistazo a su reloj sin demostrar ninguna emoción—. Tenemos que regresar —ordenó, y sin esperar una respuesta, salió disparado en la dirección en la que habían venido.

Thomas lo siguió, desilusionado por no haber tenido tiempo de examinar los muros y explorar un poco. A los pocos segundos, corrían al mismo ritmo.

—Pero...

—Olvídalo, hermano. Recuerda lo que dije antes: no podemos arriesgarnos. Además, piénsalo un poco. ¿Realmente crees que existe una salida en algún lugar? ¿Una puerta secreta o algo así?

—No lo sé... tal vez. ¿Por qué me lo preguntas de esa manera?

Minho sacudió la cabeza y lanzó un escupitajo asqueroso hacia su izquierda.

—Porque no existe. Es sólo más de lo mismo. Una pared tras otra. Siempre igual.

—¿Cómo lo sabes? —volvió a insistir. Aunque comprendía la terrible verdad que se escondía en las palabras de Minho.

—Porque unas personas que están dispuestas a hacernos perseguir por Penitentes, no nos van a facilitar una salida así nomás.

Thomas quedó perplejo.

—¿Entonces para qué nos molestamos en venir aquí?

—¿Nos *molestamos*? Porque está aquí. Tiene que haber una razón. Pero si piensas que vamos a encontrar una hermosa verja que nos lleve a la Ciudad de la Alegría, es que has estado fumando plopus de vaca.

Miró fijo hacia delante con tanta desesperación que casi se detiene por completo.

—Esto es una mierda.

—Es lo más inteligente que has dicho hasta ahora, Nuevito.

Minho lanzó una gran bocanada de aire y continuó la carrera; y Thomas hizo la única cosa que se le ocurrió: seguirlo.

El resto del día fue nada más que una sucesión de imágenes confusas por el agotamiento. Volvieron al Área, fueron a la Sala de Mapas, trazaron la ruta del Laberinto de esa jornada y la compararon con la del día anterior. Se cerraron las Puertas y llegó la cena. Chuck intentó hablarle varias veces, pero Thomas estaba tan cansado que todo lo que atinó a hacer fue sacudir la cabeza, escuchando sólo la mitad de lo que le decía.

Antes de que las luces del crepúsculo se transformaran en oscuridad, ya se encontraba en su nuevo lugar favorito en el rincón del bosque, acurrucado contra la hiedra, preguntándose si podría volver a correr alguna vez. No estaba seguro de continuar al día siguiente, en especial ahora que parecía carecer totalmente de sentido. Después del primer día, ser Corredor había perdido por completo el atractivo.

Cada gota de aquella noble valentía que había sentido, la decisión de cambiar las cosas, la promesa que se había hecho a sí mismo de reunir a Chuck con su familia; todo se desvaneció en una gran nube de cansancio y desesperanza.

Estaba a punto de dormirse cuando escuchó algo dentro de su cabeza. Era una hermosa voz femenina que parecía venir de una diosa de cuento de hadas atrapada en su cerebro. A la mañana siguiente, ante el comienzo del descontrol general, él se preguntaría si la voz había sido real o parte de un sueño. Pero la había escuchado de todas maneras, y recordaba cada palabra:

Tom, acabo de activar el Final.

34

Cuando Thomas abrió los ojos la luz era débil, como sin vida. Lo primero que se le ocurrió era que debía haberse despertado más temprano de lo acostumbrado y que faltaba todavía una hora para el amanecer. Pero luego escuchó gritos y miró hacia arriba, a través del toldo tupido de ramas y hojas.

En vez de la pálida luz natural de todas las mañanas, se encontró con un cielo que parecía una losa de color gris opaco.

Se levantó de un salto, se apoyó en la pared para estabilizarse y estiró el cuello para contemplar las alturas. No había azul, ni negro, ni estrellas, ni el abanico púrpura del sol asomándose. Todo el cielo estaba gris. Sin color. Muerto.

Echó un vistazo a su reloj: ya había pasado una hora de su horario obligatorio para levantarse. El brillo del sol debería haberlo despertado: siempre le había resultado muy fácil hacerlo desde su llegada al Área. Pero ese día no.

Volvió a mirar hacia lo alto, como esperando que hubiera vuelto todo a la normalidad. Pero seguía gris. Ni nublado, ni neblinoso, ni la luz de los primeros minutos del alba. Sólo gris.

El sol había desaparecido.

Encontró a la mayoría de los Habitantes cerca de la entrada de la Caja, señalando hacia el cielo muerto y hablando todos a la vez. Si confiaba en la hora, el desayuno ya debería de haberse servido y todos tendrían que estar trabajando. Pero había algo relacionado con la desaparición del centro del sistema solar que tendía a trastocar los horarios normales.

En verdad, mientras observaba la conmoción, no se sintió ni remotamente asustado como sus instintos le indicaban que debía estar. Y comprobó con asombro que la mayoría de los chicos parecían pollitos perdidos lejos del gallinero. Todo era, de hecho, ridículo.

Obviamente, el sol no se había esfumado, eso resultaba imposible. Aunque no había rastros de la bola de fuego, y las sombras inclinadas de la mañana estaban ausentes, tanto él como el resto de los Habitantes eran lo suficientemente racionales e inteligentes como para no llegar a semejante conclusión. No, tenía que existir una explicación científica aceptable para lo que estaba presenciando. De cualquier modo, claramente el hecho de que ya no pudieran ver el sol significaba que, en realidad, nunca lo habían visto. No podía desaparecer así como así. El cielo bajo el cual vivían tenía que haber sido —y todavía lo era— fabricado. Artificial.

En otras palabras, aquello que había brillado arriba de ellos durante dos años, proporcionándoles calor y vida, no era el sol de verdad. Se trataba de algo falso. Todo ese lugar era falso.

No entendía qué quería decir eso ni cómo había sucedido, pero sabía que era verdad: resultaba la única explicación que su mente racional podía aceptar. Y, a juzgar por la reacción de los demás Habitantes, ninguno de ellos había reflexionado sobre el tema hasta ese momento.

Cuando se encontraba en medio de esas especulaciones, apareció Chuck con tal expresión de miedo pintada en el rostro que le oprimió el corazón.

—¿Qué crees que ocurrió? —preguntó el chico con voz temblorosa y lo ojos clavados en el cielo, lo cual le hizo pensar que debía de tener un tremendo dolor de cuello—. Da la impresión de ser un enorme techo gris, tan cercano que casi podrías tocarlo con la mano.

Siguió la mirada de su amigo.

—Sí, te hace pensar sobre este lugar —murmuró Thomas, absorto.

Por segunda vez en veinticuatro horas, Chuck había dado en el clavo: el cielo realmente parecía un techo, como si fuera el cielo raso de una sala gigantesca.

—Quizás haya algo roto. Digo, tal vez vuelva a componerse.

Chuck finalmente dejó de contemplar asombrado hacia arriba e hizo contacto visual con él.

—¿Roto? ¿De qué estás hablando?

Antes de que pudiera contestar, lo invadió el recuerdo tenue de la noche anterior, previo a dormirse. Las palabras de Teresa dentro de su mente: "Acabo de activar el Final". No podía ser una coincidencia. Sintió náuseas. Cualquiera fuera la explicación, aquello que había en el cielo, fuera el sol real o no, ya no estaba más. Y eso no podía ser algo bueno.

—¿Thomas? —preguntó Chuck, dándole una palmada ligera en el brazo.

—¿Sí? —contestó, con la mente confusa.

—¿Qué quieres decir con "roto"? —repitió.

Sintió que necesitaba tiempo para pensar sobre todo lo ocurrido.

—No lo sé. Es que hay cosas en este sitio que es obvio que no comprendemos. No se puede borrar el sol del espacio así nomás. Además, por débil que sea, todavía hay luz suficiente para ver. ¿De dónde vendrá?

Los ojos de Chuck se abrieron de golpe, como si el secreto más profundo y oscuro del universo le acabara de ser revelado.

—Es cierto, ¿de dónde vendrá? ¿Qué está sucediendo, amigo?

Estiró la mano y apretó el hombro del chico. Se sentía incómodo.

—No tengo idea, Chuck. Pero estoy seguro de que Alby y Newt encontrarán una explicación.

—¡Thomas! —gritó Minho, acercándose hacia ellos—. Se acabó tu recreo con Chucky. Tenemos que irnos, ya es tarde.

Estaba atónito. Había creído que ese cielo raro arrojaría todos los planes normales por la ventana.

—¿Van a ir allá afuera a pesar de todo? —exclamó Chuck, claramente sorprendido a su vez.

Estaba contento de que el chico hubiera hecho la pregunta por él.

—Por supuesto, larcho. ¿No tienes nada que limpiar? —contestó, y desvió la mirada hacia Thomas—. Esto nos da más razones para salir al Laberinto. Si el sol se fue realmente, en poco tiempo las plantas y los animales se morirán. Creo que el nivel de desesperación acaba de elevarse un poco.

La última afirmación lo golpeó con fuerza. A pesar de todas sus ideas —las sugerencias que le había lanzado a Minho—, él no estaba dispuesto a cambiar la forma en que había funcionado todo en los últimos dos años. Cuando se dio cuenta de lo que estaba diciendo el Corredor, lo invadió una mezcla de entusiasmo y terror.

—¿Quieres decir que vamos a quedarnos a pasar la noche para examinar más de cerca los muros?

—Todavía no. Pero puede ser que lo hagamos pronto —respondió mirando al cielo—. Qué manera de despertarnos, campeón. Vámonos ya.

Thomas desayunó rapidísimo y preparó sus cosas sin abrir la boca. Estaba muy ensimismado como para participar de cualquier conversación, pensando en el cielo gris y en lo que Teresa —al menos él creía que había sido ella— le había comunicado en su cabeza.

¿Qué habría querido decir con el Final? No podía evitar la sensación de que debía decírselo a alguien. A todos.

Pero no sabía qué significaba y no quería que los demás se enteraran de que tenía la voz de una chica dentro de su mente. Pensarían que sufría alucinaciones y quizás lo encerrarían. Para siempre.

Después de mucho deliberar, decidió mantener la boca cerrada y se marchó con Minho en su segundo día de entrenamiento, bajo un cielo triste y descolorido.

Divisaron un Penitente antes de llegar a la puerta que conducía de la Sección Ocho a la Sección Uno.

Minho iba un poco más adelante que Thomas. Acababa de doblar una esquina hacia la derecha, cuando se detuvo de golpe y casi da un patinazo. Saltó hacia atrás y sujetó a Thomas de la camisa, empujándolo contra la pared.

—Shh —susurró—. Hay un maldito Penitente a la vuelta.

Aunque su corazón ya venía latiendo duro y parejo, con esa noticia se aceleró más.

Minho se llevó el dedo a los labios. Soltó la camisa de Thomas, retrocedió un paso y luego se arrastró hasta el rincón detrás del cual había visto al Penitente. Se inclinó hacia delante muy despacio para espiar. Thomas quería gritarle que tuviera cuidado.

La cabeza de Minho se sacudió bruscamente hacia atrás y giró para mirarlo. Su voz era todavía un murmullo.

—Está sentado allí. Me recuerda al que nosotros vimos, que parecía muerto.

—¿Qué hacemos? —preguntó lo más bajo que pudo, tratando de ignorar el pánico que crecía en su interior—. ¿Viene hacia nosotros?

—No, idiota. Te dije que estaba sentado.

—¿Y entonces? —levantó las manos con frustración—. ¿Qué hacemos?

Estar tan cerca de un Penitente parecía en verdad una pésima idea.

Minho hizo una pausa para pensar.

—Tenemos que ir en esa dirección para llegar a nuestro objetivo. Veamos qué pasa: si nos sigue, volvemos corriendo al Área —explicó y echó otro vistazo. Luego miró rápidamente sobre su hombro—. ¡Mierda! ¡Ya no está! ¡Vámonos! —gritó, y sin esperar respuesta ni ver la expresión de espanto de su compañero, salió volando hacia el lugar en donde había visto a la bestia.

Thomas corrió detrás de Minho por el largo pasadizo. Antes de cada recodo, disminuían la velocidad para que el Encargado mirara primero lo que había más adelante. Todas las veces, le susurraba que acababa de ver la parte trasera del monstruo desaparecer tras la esquina siguiente. Continuaron así durante diez minutos hasta que llegaron al pasillo que terminaba en el Acantilado. Más allá de eso sólo se veía el cielo sin vida. El Penitente se dirigía hacia allí.

Minho se detuvo tan violentamente que Thomas casi lo atropella. A continuación, observaron horrorizados cómo la criatura clavaba sus púas en el piso, rodaba hasta el borde del Acantilado y luego se arrojaba hacia el abismo gris. El Penitente desapareció de la vista como una sombra tragada por el vacío.

35

—Esto lo aclara todo —dijo Minho.

Thomas se encontraba de pie al lado de él, al borde del Acantilado, contemplando esa vasta extensión grisácea que se desplegaba delante de ellos. No había ningún indicio, ni rastro, ni señal de nada a la izquierda, a la derecha, hacia arriba, hacia abajo o hacia delante hasta donde alcanzaba la vista. Sólo un muro blanco.

—¿Qué cosa? —preguntó.

—Ya es la tercera vez que vemos lo mismo. Algo pasa.

—Sí —murmuró Thomas.

Entendió lo que Minho quería decir, pero prefirió esperar su explicación.

—Primero, el Penitente muerto que yo encontré. Corrió en esta dirección y nunca lo vimos regresar o adentrarse en el Laberinto. Luego, esos cabrones a los que engañamos para que cayeran por el precipicio.

—¿Habrá sido así? —dijo Thomas—. Quizás no existió tal engaño.

Minho lo miró con expresión reflexiva.

—Bueno, de cualquier modo, después viene éste —comentó, señalando el abismo—. Ya no quedan muchas dudas: no sabemos cómo, pero los Penitentes pueden salir del Laberinto de esta forma. Parece magia, pero también lo es que el sol desaparezca.

—Si ellos pueden, nosotros también —intervino Thomas, continuando con el mismo razonamiento. La emoción le recorrió el cuerpo.

Minho se rio.

—Otra vez con tus instintos suicidas. ¿Quieres salir con los Penitentes? No sé, ¿ir con ellos a comer una hamburguesa, tal vez?

Sintió que sus ilusiones se derrumbaban.

—¿Tienes alguna idea mejor?

—Una cosa por vez, Nuevito. Juntemos unas rocas y examinemos la zona. Tiene que haber alguna salida secreta.

Hurgaron por todos los rincones del Laberinto, levantando cuanta piedra suelta encontraron. También consiguieron varias al escarbar las grietas de las paredes. Una vez que recolectaron una buena cantidad, las transportaron hasta el borde del barranco y se sentaron, con los pies colgando.

Minho sacó papel y lápiz, y los ubicó en el piso junto a él.

—Muy bien, tenemos que hacer unas buenas anotaciones. Y también memorizar todo en esa cabeza de garlopo que tienes. Si existe algún tipo de ilusión óptica que esconda una salida de este lugar, no quiero ser el que meta la pata cuando el primer larcho trate de saltar por ella.

—Ese larcho debería ser el Encargado de los Corredores —bromeó Thomas, tratando de esconder el miedo detrás del humor. Estar tan cerca de un lugar de donde podrían salir los Penitentes en cualquier momento lo estaba poniendo muy nervioso—. Vas a necesitar una linda cuerda de la cual agarrarte.

Minho tomó una piedra de la pila.

—Sí. Bueno, arrojemos por turnos para un lado y para el otro. Si existe alguna salida mágica, con suerte también funcionará con rocas.

Thomas comenzó, apuntando con cuidado hacia la izquierda de donde se encontraban, justo enfrente del sitio donde la pared izquierda del pasillo que llevaba al Acantilado se unía con el borde. La piedra fue cayendo hasta desaparecer en el vacío gris.

Luego le tocó el turno a Minho. Lanzó una roca unos treinta centímetros más lejos que la anterior. Siguió Thomas, treinta centímetros hacia delante. Todos los proyectiles se hundían en las profundidades. Continuaron así hasta que completaron una fila que llegaba hasta unos cuatro metros del Acantilado, y entonces movieron su objetivo unos treinta centímetros hacia la derecha y comenzaron a volver hacia el Laberinto.

Todas las piedras caían. Lanzaron tantas como para cubrir toda la mitad izquierda de la zona que estaba delante de ellos, abarcando la distancia que cualquier persona —o cosa— podría llegar a saltar. El desaliento de Thomas aumentaba con cada tiro y no dejaba de recriminarse que había sido una idea estúpida.

Entonces Minho tomó impulso. La piedra salió volando y esa vez sí desapareció. Fue la cosa más extraña y difícil de creer que Thomas hubiera presenciado en su vida.

Minho había lanzado un trozo grande de roca, un pedazo que había salido de una de las grietas del muro. Thomas había observado con total concentración cada uno de los proyectiles. Éste dejó la mano de Minho, voló hacia delante casi en el centro mismo de la línea del Acantilado y comenzó a descender hacia el suelo oculto más abajo. Pero luego se esfumó como si hubiera caído a través de una masa de niebla.

En un momento estaba allí, cayendo. Y al otro, no estaba más.

Thomas se quedó mudo.

—Nosotros ya hemos arrojado cosas desde el barranco —dijo Minho—. ¿Cómo se nos pudo pasar eso? Yo nunca vi nada que desapareciera. Jamás.

—Hazlo de nuevo, tal vez parpadeamos o algo así.

Lanzó una piedra al mismo lugar y otra vez se desvaneció en el aire.

—Es posible que las otras veces no miraras atentamente —dijo Thomas—. Lo que quiero decir es que como debería ser algo imposible… A veces uno no presta mucha atención a aquello que no cree que pueda suceder.

Agotaron el resto de las rocas, apuntando al lugar original y cubriendo todo el espacio que lo rodeaba. Para sorpresa de Thomas, el sitio por donde se esfumaban las piedras no podía medir mucho más de un metro cuadrado.

—No es raro que no lo hayamos visto antes —dijo Minho, anotando frenéticamente detalles y dimensiones, y hasta dibujando un diagrama—. Es bastante pequeño.

—Los Penitentes deben pasar muy justos por allí —comentó Thomas, con los ojos clavados en el área donde flotaba el cuadrado invisible, tratando de grabar en su mente la distancia y la ubicación exactas—. Y cuando salen de allí, deben de hacer equilibrio en el costado del agujero y saltar al vacío hasta el borde del Acantilado. No es muy lejos. Yo creo que podría atravesarlo de un salto. Si es fácil para ellos…

Minho terminó de dibujar y levantó los ojos hacia el sitio específico.

—¿Cómo puede ser esto factible, güey? ¿Qué es lo que tenemos delante?

—Como tú dijiste, no es magia. Debe ser algo parecido a lo que ocurrió con nuestro cielo. Alguna especie de ilusión óptica o quizás un holograma, que esconde una entrada. Este lugar es un desastre.

Tuvo que reconocer en su interior que también le resultaba alucinante. Ansiaba saber qué tipo de tecnología se ocultaba detrás de todo eso.

—Tienes razón, es un completo desastre. Vámonos —repuso el Encargado. Se levantó con un gruñido y se puso la mochila—. Mejor aprovechemos el tiempo para recorrer un rato más el Laberinto. Con nuestro nuevo decorado, tal vez hayan ocurrido más cosas extrañas a nuestro regreso. Hablaremos esta noche con Newt y Alby sobre todo esto. No sé en qué puede ayudar, pero al menos ahora sí sabemos adónde van esos Penitentes garlopos.

—Y probablemente también de dónde vienen —agregó Thomas, echándole una última mirada a la entrada secreta—. La Fosa de los Penitentes.

—Sí, es un nombre tan bueno como cualquier otro. Larguémonos de aquí.

Thomas se quedó sentado observando, esperaba que Minho tomara la iniciativa. Pasaron varios minutos en silencio: debía de estar tan fascinado como él. Finalmente, sin decir una palabra, Minho se dio vuelta para marcharse. Y Thomas lo siguió de mala gana hacia el Laberinto gris.

Todo lo que encontraron antes de regresar no fue más que paredes de piedra y enredadera. Thomas se encargó de cortar las ramas y tomar notas. Le resultó difícil descubrir los cambios ocurridos desde el día anterior, pero Minho le señaló, sin pensarlo siquiera, los lugares donde los muros se habían movido. Cuando llegaron al último callejón sin salida, Thomas sintió un impulso casi incontrolable de quedarse a pasar la noche para ver qué ocurría.

Minho pareció notarlo y le apretó el hombro.

—Todavía no, güey. Ten paciencia.

Entonces iniciaron la vuelta. Un ánimo sombrío se había instalado sobre el Área, algo nada raro teniendo en cuenta que todo era gris. La luz pálida era la misma desde que se habían despertado esa mañana, y Thomas se preguntó si algo cambiaría cuando llegara el "atardecer".

En cuanto atravesaron la Puerta del Oeste, Minho se encaminó directamente a la Sala de Mapas.

A Thomas le pareció extraño: pensó que era lo último que debían hacer.

—¿No te mueres de ganas de ir a contarles a Alby y a Newt acerca de la Fosa de los Penitentes?

—Hey, nosotros todavía somos Corredores. Y tenemos un trabajo que hacer —contestó, y esbozó una leve sonrisa—. Pero sí, lo haremos rápido, así podremos hablar con ellos cuanto antes.

Cuando entraron a la Sala, ya había otros Corredores pululando, enfrascados en sus Mapas. Nadie abrió la boca, como si todas las especulaciones acerca del nuevo cielo ya se hubieran agotado. El desaliento que reinaba allí adentro era palpable, pero Thomas no se sintió afectado. Aunque sabía que también debería estar exhausto, tenía demasiada emoción encima como para reparar en ello: estaba desesperado por ver las reacciones de Alby y de Newt ante las noticias del Acantilado.

Se sentó a la mesa y dibujó el Mapa del día basándose en su memoria y en las anotaciones. Minho le daba indicaciones por encima del hombro: "Creo que el corte en ese pasillo estaba más adelante", "Cuidado con las proporciones", "Shank, haz líneas más rectas". Era muy molesto, pero de gran ayuda y, quince minutos más tarde, examinó el producto terminado. El orgullo lo inundó: el plano era tan bueno como cualquiera de los que había visto.

—No está mal —dijo Minho—. Para ser un Novato.

Se puso de pie y fue hasta el baúl de la Sección Uno y lo abrió. Thomas sacó el Mapa del día anterior y lo puso al lado del que acababa de dibujar.

—¿Qué estoy buscando? —preguntó.

—Patrones, pautas que se repitan en forma sistemática. Pero no te va a ser muy útil comparar solamente dos días, tienes que estudiar los planos de varias semanas. Yo sé que ahí hay algo importante que nos va a ayudar, pero todavía no he podido descubrir qué. Ya te dije que esto era una mierda.

Volvió a sentir la misma curiosidad que la primera vez que había entrado en ese recinto. Los muros del Laberinto que se movían. Los modelos que se repetían. Todas esas líneas rectas, ¿acaso insinuaban la existencia de un tipo de mapa completamente distinto? ¿Indicaban algo? Tenía una sensación muy fuerte de que estaba pasando por alto alguna clave o tal vez una pista.

Minho le dio una palmada en el hombro.

—Después de cenar, puedes regresar y devanarte los sesos examinando esto, una vez que hablemos con Newt y Alby. Vámonos.

Thomas guardó los papeles en el arcón, irritado ante la sensación de inquietud que se había instalado en todo su cuerpo. Paredes que se movían, líneas rectas, patrones… Tenía que existir una respuesta.

—Muy bien. Vamos.

En cuanto dieron un paso fuera de la Sala de Mapas y la pesada puerta se cerró de un golpe tras ellos, aparecieron Newt y Alby con rostros preocupados. El entusiasmo se evaporó de inmediato.

—Hey —dijo Minho. Estábamos por…

—Sigan trabajando —lo interrumpió Alby—. No hay tiempo que perder. ¿Descubrieron algo? ¿Cualquier cosa?

Minho retrocedió ante la dureza de sus palabras, pero Thomas notó en su cara más confusión que enojo.

—Sí, yo también estoy encantado de verte. Pero, en realidad, sí encontramos algo —contestó Minho.

Curiosamente, Alby parecía casi decepcionado.

—Porque todo este lugar miertero se está cayendo a pedazos —repuso, lanzándole una mirada de furia a Thomas, como si él fuera el culpable de todo.

¿Qué problema tiene?, pensó, mientras la rabia se encendía en su interior. Habían estado trabajando como locos todo el día, ¿y así se lo agradecían?

—¿De qué hablas? —preguntó Minho—. ¿Qué más ocurrió?

Newt señaló hacia la Caja.

—Hoy no llegaron los malditos suministros. Durante dos años, han venido todas las semanas, el mismo día y a la misma hora. Pero hoy no.

Los cuatro dirigieron la vista hacia las puertas de acero pegadas al piso. A Thomas le pareció que había una sombra flotando sobre ellas, más oscura que el aire gris que los rodeaba.

—Shuck, ahora sí que estamos jodidos —murmuró Minho, y su reacción alertó a Thomas de lo grave que era la situación.

—No hay sol para las plantas —dijo Newt—, ni provisiones en la Caja… Sí, yo diría que estamos completamente jodidos.

Alby se había cruzado de brazos y miraba con odio la Caja, como tratando de abrir las puertas con la mente. Thomas deseó que no se le ocurriera contar lo que había visto en la Transformación, o cualquier cosa que estuviera relacionada con él. Especialmente ahora.

—Claro, pero de todos modos —continuó Minho—. Descubrimos algo raro.

Thomas esperaba que Newt y Alby tuvieran una reacción positiva ante las noticias, quizás hasta podrían ampliar la información para echar luz sobre el misterio.

—¿Qué? —preguntó Newt, arqueando las cejas.

Minho se tomó tres largos minutos para explicar todo, empezando por el Penitente al que habían seguido y terminando con el resultado de su experimento de arrojar piedras.

—Debe conducir al sitio donde… ya saben… viven los Penitentes —concluyó.

—La Fosa de los Penitentes —agregó Thomas.

Los tres lo miraron, irritados, como si no tuviera derecho de hablar. Pero, por primera vez, no le molestó que lo trataran como el Novato.

—Tengo que ver eso por mí mismo, caray —dijo Newt, y luego murmuró—. Es difícil de creer.

Thomas estaba totalmente de acuerdo.

—No sé qué podamos hacer —exclamó Minho—. Tal vez construir algo para bloquear ese pasadizo.

—Ni lo sueñes —contestó Newt—. Esos monstruos pueden trepar las malditas paredes, ¿recuerdas? Nada que nosotros podamos levantar los mantendría alejados de allí.

Un gran alboroto afuera de la Finca distrajo su atención de la conversación. Un grupo de Habitantes se encontraban en la puerta de entrada, hablando acaloradamente. Chuck era uno de ellos y, apenas los divisó, se acercó corriendo muy excitado. Thomas se preguntó qué nueva locura habría sucedido.

—¿Qué pasa? —preguntó Newt.

—¡Está despierta! —gritó—. ¡La chica despertó!

A Thomas se le retorció el estómago y se apoyó contra la pared de concreto de la Sala de Mapas. La chica. La que hablaba en su cabeza. Quería salir corriendo antes de que ocurriera otra vez, antes de que entrara en su mente.

Pero era demasiado tarde.

Tom, no conozco a esta gente. ¡Ven a buscarme! Todo se está esfumando… Me estoy olvidando de todo menos de ti… ¡Tengo mucho que contarte! Pero mi memoria se está desvaneciendo…

No comprendía cómo hacía ella para estar dentro de su cabeza.

Teresa hizo una pausa, y luego le dijo algo que no alcanzó a comprender:

El Laberinto es un código, Tom. El Laberinto es un código.

36

No quería verla. Ni a ella ni a nadie.

Apenas Newt se dirigió a la Finca, Thomas se escabulló sigilosamente, esperando que no notaran su ausencia en medio de la excitación. Y no le resultó difícil. Bordeó el extremo del Área y huyó hacia su rincón aislado, detrás del bosque de las Lápidas.

Se acomodó en el nido de hiedra y se cubrió con una manta hasta taparse la cabeza. Creyó que sería una buena forma de evitar la intromisión de Teresa en su mente. En pocos minutos, su corazón se había calmado.

—La peor parte fue olvidarme de ti.

Se apretó los oídos con los puños, pensando que se trataba de otro mensaje dentro de su cerebro. Pero no… esa vez había sido distinto. Lo había escuchado fuera de su cabeza. Era la voz de una mujer. Un estremecimiento le recorrió la espalda mientras retiraba la manta de su cara.

Teresa se encontraba a su derecha, apoyada contra la gran pared de piedra. Tenía un aspecto muy diferente. Estaba despierta, alerta y *de pie*. Con una camisa blanca de manga larga, jeans y zapatos cafés, lucía mucho más atractiva que cuando estaba inconsciente. El pelo negro enmarcaba la piel blanca de la cara, en la que brillaban esos ojos de un azul profundo.

—Tom, ¿en serio no te acuerdas de mí? —le preguntó. Tenía una voz suave que en nada se parecía a ese sonido duro y demencial que había escuchado el día de su llegada, cuando ella había entregado el mensaje de que *todo iba a cambiar.*

—¿Quieres decir que… tú te acuerdas de mí? —repuso, avergonzado por el tono agudo que se le había escapado al final de la frase.

—Sí. No. Puede ser —contestó, levantando los brazos en señal de disgusto—. No sé cómo explicarlo.

Thomas abrió la boca, pero luego la cerró sin decir nada.

—Yo me acuerdo que recordaba —murmuró. Emitió un largo suspiro mientras se sentaba, encogía las piernas y ponía los brazos alrededor de ellas—. Sentimientos. Emociones. Como si tuviera en mi cabeza estantes con etiquetas para los recuerdos y las caras, pero vacíos. Como si todo lo anterior a esto se encontrara del otro lado de una cortina blanca. También tú.

—¿Pero cómo es que me conoces?

Sentía que las paredes daban vueltas a su alrededor.

—No lo sé —respondió Teresa, observándolo fijamente—. Es algo anterior a llegar al Laberinto. Tiene que ver con nosotros. Pero, como ya te dije, es un recuerdo casi vacío.

—¿Tú conocías el Laberinto? ¿Quién te habló de él? Acabas de despertarte.

—Yo… Es todo muy confuso en este momento —confesó, estirando la mano—. Pero yo sé que eres mi amigo.

Aturdido, se destapó por completo y se inclinó hacia delante para tomar su mano.

—Me gusta cuando me dices Tom.

Apenas la frase brotó de su boca, se dio cuenta de que había dicho una estupidez.

Teresa puso los ojos en blanco.

—Bueno, es tu nombre, ¿no?

—Sí, pero casi todos me llaman Thomas, excepto Newt que me dice Tommy. Tom me hace sentir como si estuviera en mi casa o algo así. Aunque tampoco sé cómo es realmente tener un hogar —comentó con una risa amarga—. Creo que estamos metidos en un gran lío.

Ella sonrió por primera vez y él casi tuvo que desviar la mirada, como si no tuviera derecho de contemplar su expresión. Pensó que no podía ocurrir algo tan lindo en un lugar tan sombrío y gris.

—Sí, es cierto —dijo Teresa—. Y tengo miedo.

—Yo también, puedes creerme —y se había quedado muy corto con el comentario.

Permanecieron un largo rato mirando al piso.

—¿Qué...? —comenzó a decir él, sin saber cómo formular la pregunta—. ¿Cómo... hiciste para hablarme dentro de la mente?

Hizo un gesto de ignorancia. *Ni idea, simplemente me sale*, dijo en la cabeza de Thomas. Luego volvió a hablar en voz alta.

—Es como si trataras de andar en bicicleta aquí, si hubiera. Estoy segura de que podrías hacerlo sin pensar. ¿Pero acaso te acuerdas de haber aprendido?

—No, quiero decir... recuerdo que andaba en bicicleta, pero no haber aprendido —hizo una pausa y lo asaltó una ola de tristeza—. Ni quién me enseñó.

—Bueno —dijo ella, mientras sus ojos parpadeaban como si tuviera vergüenza de la repentina melancolía de él—. Nada, es algo así.

—Ahora está todo clarísimo.

Teresa alzó los hombros.

—No le habrás contado a nadie, ¿verdad? Dirían que estamos delirando.

—Cuando ocurrió por primera vez, lo pensé. Pero creo que Newt creyó que yo estaba agotado o algo por el estilo —respondió, sintiéndose inquieto, como si fuera a enloquecer si no se movía. Se levantó y empezó a caminar en círculos—. Tenemos que tratar de entender lo que está sucediendo: esa extraña nota que decía que serías la última persona en venir aquí, tu estado de coma, el hecho de que puedas hablarme telepáticamente. ¿Se te ocurre algo?

Ella lo seguía con los ojos mientras él no dejaba de ir de un lado a otro.

—Puedes ahorrarte el esfuerzo y dejar de hacer preguntas. Todo lo que tengo son impresiones vagas: que tú y yo éramos importantes, que nos *usaron* de alguna manera. Que somos inteligentes, que vinimos acá por algún motivo. Sé que fui la que activé el Final, aunque no sé lo que eso significa —lanzó un gruñido y se sonrojó—. Mis recuerdos son tan inútiles como los tuyos.

Se arrodilló delante de ella.

—No es así. Estabas al tanto de que mi memoria fue borrada sin preguntármelo, y de otros datos. Tú sabes mucho más que yo y que todos los demás.

Sus miradas se encontraron durante un buen rato; parecía que la mente de ella daba vueltas, intentando hallar una explicación.

Realmente no lo sé, le dijo en la cabeza.

—Otra vez con lo mismo —exclamó Thomas en voz alta, aunque se sentía aliviado de que el truco ya no lo volviera loco—. ¿Cómo lo haces?

—Lo ignoro, me sale solo. Y estoy segura de que tú también puedes hacerlo.

—Bueno, no estoy demasiado ansioso por probar —bromeó, sentándose y levantando las piernas como ella—. Mencionaste algo en mi mente, justo antes de encontrarme aquí. Algo así como "El Laberinto es un código". ¿Qué quisiste decir?

—Cuando me desperté, fue como si estuviera en un manicomio: unos chicos raros revoloteaban alrededor de mi cama, los recuerdos giraban como un torbellino dentro de mi cabeza. Traté de aferrar algunos y eso fue lo que tú escuchaste. No puedo recordar por qué lo dije.

—¿Te acuerdas de algo más?

—En realidad, sí —respondió mientras se subía la manga del brazo izquierdo y mostraba el bíceps. Había algo escrito en su piel con tinta negra muy fina.

—¿Qué es eso? —preguntó, inclinándose para observar mejor.

—Léelo tú mismo.

Las letras eran garabatos pero, al acercarse, pudo descifrar lo que decían.

CRUEL es bueno

Su corazón comenzó a latir aceleradamente.

—*CRUEL*... yo ya he visto esa palabra antes —murmuró, tratando de entender el significado de la frase—. En unas criaturas que viven aquí. Los escarabajos.

—¿Qué son?

—Unas maquinitas con aspecto de lagartijas que son espías de los Creadores, las personas que nos mandaron acá.

Teresa reflexionó un momento acerca de lo que acababa de escuchar, con la mirada perdida. Luego clavó los ojos en su brazo.

—No puedo recordar por qué lo anoté —dijo, mientras se chupaba el pulgar y comenzaba a borrar las palabras—. Pero no dejes que lo olvide, tiene que significar algo.

Las tres palabras se repetían una y otra vez en la cabeza de Thomas.

—¿Cuándo las escribiste?

—Al despertar. Había un bolígrafo y un bloc al lado de la cama. Las anoté en medio del caos.

Estaba desconcertado ante esa chica: primero, la conexión que había sentido hacia ella desde el principio; luego, lo de hablar en su mente y ahora eso.

—Todo lo que tiene que ver contigo es raro. ¿Te das cuenta, no?

—A juzgar por tu pequeño escondite, yo podría pensar que tampoco eres muy normal que digamos. Eso de vivir en el bosque…

Trató de poner cara de enojado pero luego sonrió. Esconderse le resultaba un poco patético y se sentía algo avergonzado.

—Bueno, tú me resultas familiar y afirmas que somos amigos. Supongo que voy a confiar en ti —concluyó y extendió la mano otra vez. Ella la tomó, y la sostuvo un rato largo. Thomas sintió que un temblor muy agradable recorría su cuerpo.

—Lo único que quiero es volver a casa —dijo Teresa, soltándole por fin la mano—. Igual que todos ustedes.

Regresó de manera brusca a la realidad y recordó lo negro que se había vuelto el universo.

—Sí, últimamente todo es un asco. El sol desapareció y el cielo se puso gris, no nos enviaron las provisiones semanales… de una manera o de otra, parece que todo va a terminar.

Pero antes de que ella pudiera contestar, Newt apareció corriendo a través del bosque.

—¿Pero dónde…? —exclamó, mientras se detenía delante de ellos y miraba a Teresa. Alby y algunos más se encontraban detrás—. ¿Cómo llegaste hasta aquí? El Doc me dijo que desapareciste en un maldito segundo.

Ella se levantó, sorprendiendo a Thomas por la seguridad con que lo hizo.

—Creo que se olvidó de un pequeño detalle, la parte en que le di una patada en la entrepierna y salí trepando por la ventana.

Thomas casi se echa a reír mientras Newt se volteaba hacia un muchacho mayor, que tenía la cara del color de un jitomate.

—Felicitaciones, Jeff —le dijo—. Eres oficialmente el primer tipo de este lugar que recibe una paliza de una *chica*.

Pero Teresa no se detuvo allí.

—Si sigues hablando así, tú serás el próximo.

Newt los encaró, sin demostrar miedo alguno. Se quedó en silencio, observándolos. Thomas le sostuvo la mirada, preguntándose qué estaría pasando dentro de su cabeza. Alby se acercó.

—Ya estoy harto de esto —exclamó, apuntando al pecho de Thomas como si fuera a golpearlo—. Quiero saber quién eres tú, quién es esta larcha y cómo es esto de que ustedes se conocen.

Thomas se puso muy mal.

—Alby, te juro…

—¡Garlopo, ella vino directo hacia ti apenas se despertó!

Lo invadió la ira pero, al mismo tiempo, sintió temor de que Alby explotara como Ben.

—¿Y con eso qué? Yo la conozco y ella me conoce, o al menos, eso solía ocurrir. Pero no me acuerdo de nada y ella tampoco.

—¿Qué hiciste? —preguntó Alby mirando fijamente a Teresa.

Thomas, confundido ante la pregunta, la observó para ver si sabía de qué estaba hablando Alby. Pero ella no respondió.

—¡¿Qué hiciste?! —gritó el líder—. Primero el cielo y ahora esto.

—Activé algo —contestó ella pausadamente—. No fue a propósito, lo juro. Detoné el Final, pero no sé lo que eso significa.

—¿Qué ocurrió, Newt? —preguntó Thomas, evitando hablar directamente con el líder—. ¿Cuál es el problema?

Alby lo tomó de la camisa.

—¿Qué pasó? Yo te voy a contar qué pasó, larcho. Estabas tan ocupado acá haciéndole ojitos a esta chica que no te molestaste en mirar a tu alrededor. Bueno, ¡fue por eso que no te diste cuenta de la hora que es!

Thomas miró su reloj y descubrió con horror qué era lo que se le había pasado por alto. Supo lo que Alby diría a continuación, antes de que las palabras brotaran de sus labios.

—Las *paredes*, shank. Las *Puertas*. Hoy no se cerraron.

37

Thomas se quedó mudo. La vida sería diferente a partir de ese momento. Sin sol, sin provisiones y sin nada que los protegiera de los Penitentes. Teresa había estado en lo cierto desde el principio: todo había cambiado. Sintió como si el aire de sus pulmones se solidificara y se alojara en la garganta.

Alby apuntó hacia la chica.

—La quiero encerrada. Ahora. ¡Billy! ¡Jackson! Pónganla en el Cuarto Oscuro e ignoren cualquier palabra que salga de su boca de garlopa.

Teresa no dijo nada, pero Thomas reaccionó por los dos.

—¿Qué estás diciendo, Alby? Tú no puedes… —exclamó, pero se detuvo al percibir la expresión de furia—. Pero… ¿cómo puedes culparla a ella por lo de las paredes?

Newt se adelantó, apoyó su mano suavemente en el pecho de Alby y lo empujó hacia atrás.

—¿Y por qué no podemos, Tommy? Ella misma lo admitió.

Se volteó y observó a Teresa, impactado por la tristeza que vio instalada en sus ojos azules. Sintió un dolor en el pecho y se le estrujó el corazón.

—Alégrate de que no te mande con ella —dijo Alby, fulminándolos a ambos con la mirada antes de alejarse. Thomas nunca había tenido tantas ganas de golpear a alguien.

Billy y Jackson se acercaron, tomaron a Teresa de ambos brazos y la acompañaron hacia la cárcel. Pero antes de que entraran al bosque, Newt hizo que se detuvieran.

—Quédense con ella. Pase lo que pase, nadie debe tocarla. Tienen que jurarlo por sus vidas.

Los dos guardias asintieron y se marcharon, escoltándola. A Thomas le dolió aún más verla ir de tan buena gana. No podía creer lo triste que se había puesto: quería seguir hablando con ella. *Acabo de conocerla*, pensó. *No sé ni quién es*. Pero sabía que eso no era cierto. Ya existía una proximidad entre ellos que debía de haber surgido antes de su existencia sin memoria en el Área.

Ven a verme, le dijo ella.

No sabía cómo hacer para contestarle, pero decidió intentarlo.

Lo haré. Al menos estarás segura allí adentro.

No respondió.

¿Teresa?

Nada.

En los treinta minutos que siguieron, se desencadenó una confusión total. Aunque no se había percibido ningún cambio de luz desde la mañana, parecía que la oscuridad se hubiera extendido sobre el Área. Newt y Alby congregaron a los Encargados para repartirles distintas tareas e informarles que debían estar en la Finca en una hora con los grupos formados. Thomas, por su lado, se sentía como un espectador sin saber cómo colaborar.

Los Constructores —sin Gally, su líder, que seguía sin aparecer— recibieron la orden de levantar barricadas en cada Puerta abierta. Mientras ellos llevaban a cabo la tarea, Thomas comprendió que no había tiempo ni materiales suficientes como para hacer algo bueno. Tuvo la impresión de que los Encargados en realidad sólo trataban de mantener a los chicos ocupados, para demorar los inevitables ataques de pánico. Ayudó a los Constructores a juntar cualquier elemento suelto que encontraran y apilarlo en las aberturas, sujetando todo con clavos, lo más firmemente posible. Las defensas lucían patéticas y lastimosas. Estaba aterrorizado: no podrían mantener alejados a los Penitentes de esa forma.

Mientras trabajaba, fue observando las distintas tareas que se realizaban en el Área.

Reunieron todas las linternas que encontraron y las distribuyeron entre los Habitantes. Newt dijo que todos debían dormir esa noche en la Finca y que las luces se usarían sólo en caso de emergencia. La labor de Sartén consistió en sacar los alimentos no perecederos de la cocina y guardarlos en la Finca, en caso de que quedaran atrapados allí. Imaginó lo horrible que sería una situación semejante. Otros amontonaban suministros y herramientas. Distinguió a Minho trasladando armas desde el sótano hasta el edificio principal. Alby había dejado muy claro que no podían correr riesgos: convertirían la Finca en un fuerte y harían lo imposible por defenderlo.

Se alejó disimuladamente de los Constructores y se unió a Minho para transportar cajas de cuchillos y rollos de alambre de púas. Un rato después, el Encargado le comunicó que tenía una misión especial que le había encomendado Newt y le dio a entender que se fuera, negándose a contestar cualquiera de sus preguntas.

Aunque se sintió herido, fue a buscar a Newt pues necesitaba hablar con él. Lo encontró en medio del Área cuando se dirigía al Matadero.

—¡Newt! —le gritó, mientras corría para alcanzarlo—. Tienes que escucharme.

Frenó tan bruscamente que casi lo atropella. Luego lo miró con tanta irritación que Thomas pensó si valdría la pena abrir la boca.

—Habla rápido —repuso.

—Tienes que soltar a la chica —le dijo con cautela—. A Teresa.

Sabía que ella podía ser útil, ya que era posible que recordara algo valioso.

—Ah, no sabes lo feliz que me pone que ustedes ahora sean amigos —comentó Newt continuando su camino—. No me hagas perder el tiempo, Tommy.

Thomas lo agarró del brazo.

—¡Escúchame! La chica sabe algo… Creo que ella y yo fuimos enviados aquí para ayudar a ponerle fin a todo esto.

—Seguro… dejando que los malditos Penitentes entren aquí alegremente y nos maten, ¿no es cierto? He escuchado planes espantosos en otras épocas, pero éste les gana a todos.

Lanzó un gruñido, esperando que Newt notara su frustración.

—No, no creo que signifique eso… digo, el hecho de que las paredes ya no se cierren.

Newt se cruzó de brazos. Se veía que había perdido la paciencia.

—Nuevito, ¿qué tonterías estás diciendo?

Desde que había visto las palabras en el muro del Laberinto —*Catástrofe y Ruina Universal, Experimento Letal*— no había dejado de pensar en ellas. Sabía que si alguien podría llegar a creerle, ése sería Newt.

—Me parece… creo que estamos aquí como parte de un extraño experimento, o prueba, no sé. Pero se supone que eso debe concluir de alguna manera. No podemos vivir así para siempre: quienquiera que nos haya enviado aquí *quiere* que esto termine. De una forma o de otra.

Sintió un gran alivio al poner afuera todo lo que tenía en su mente.

Newt se frotó los ojos.

—¿Y crees que eso es suficiente para convencerme de que la situación es maravillosa y que, por lo tanto, debo liberar a la chica? ¿Ella llega y de repente todo es luchar o morir?

—No, no entiendes lo que quiero decir. Yo pienso que ella no tiene nada que ver con el hecho de que nosotros estemos aquí. Es sólo un peón: ellos la enviaron al Área como nuestra última herramienta o pista o lo que sea, para ayudarnos a salir de este lugar —respiró hondo—. Y creo que ellos me enviaron a mí también. Que haya activado el Final no significa que sea mala.

Newt desvió la vista hacia el Cuarto Oscuro.

—¿Sabes algo? En este momento, todo eso me importa un reverendo pito. Ella puede soportar una noche allí dentro. Además, estará más segura que nadie.

Thomas asintió, presintiendo que había logrado un acuerdo.

—Muy bien: pasaremos la noche como sea. Mañana, cuando hayamos superado todo un día a salvo, decidiremos qué hacer con ella… y también qué haremos nosotros.

Newt lanzó un resoplido.

—Tommy, ¿qué es lo que va a cambiar mañana? Ya pasaron dos malditos años, ¿entiendes?

Tenía una sensación irresistible de que todos esos cambios no eran más que un estímulo, un catalizador para la jugada final.

—Porque ahora tenemos que descifrar el misterio. Estamos forzados a hacerlo. Ya no podemos vivir de esa manera, día tras día, pensando que lo más importante es regresar al Área sanos y salvos antes de que las Puertas se cierren.

Newt reflexionó un minuto en medio del alboroto de los preparativos.

—Sigue buscando una solución. Quédate allá afuera mientras las paredes se mueven.

—Claro —exclamó—. Eso es exactamente lo que estoy diciendo. Quizás podamos armar barricadas o volar la entrada a la Fosa de los Penitentes. Tenemos que ganar tiempo para examinar el Laberinto.

—Alby es el que no quiere soltar a la chica —dijo Newt, señalando la Finca—. Ese tipo no les tiene mucho aprecio a ustedes dos. Pero ahora debemos tranquilizarnos y esperar hasta el despertar.

Thomas hizo un gesto positivo.

—Podemos derrotarlos.

—Hércules, ya lo has hecho antes, ¿no es cierto?

Sin sonreír ni esperar una respuesta, se alejó, gritándole a todo el mundo que terminara e ingresara a la Finca.

Estaba contento con la conversación: había resultado mejor de lo esperado. Decidió apurarse y hablar con Teresa antes de que fuera demasiado tarde. Mientras corría hacia el Cuarto Oscuro, observó cómo los Habitantes comenzaban a entrar a la Finca, con los brazos cargados.

Se detuvo fuera de la pequeña prisión y trató de recuperar el aliento.

—¿Teresa? —llamó finalmente, a través de la ventana enrejada.

La cara de ella surgió de golpe del otro lado, sobresaltándolo.

Lanzó un grito antes de poder reprimirlo y le tomó un segundo recuperarse.

—Puedes ser realmente terrorífica cuando quieres, ¿sabías?

—Eres muy dulce —respondió—. Gracias.

En la oscuridad, sus ojos azules brillaban como los de una gata.

—De nada —contestó, ignorando el sarcasmo—. Escúchame, he estado pensando... —hizo una pausa para reflexionar.

—Eso es más de lo que puedo decir de ese cretino de Alby —masculló ella.

Thomas estaba de acuerdo, pero se moría por contarle sus ideas.

—Tiene que haber una forma de salir de aquí. Sólo tenemos que buscarla. No sé... Quedarnos más tiempo en el Laberinto. Y lo que te escribiste en el brazo y lo que dijiste sobre el código, todo eso tiene que tener un significado, ¿verdad?

Tiene que tenerlo, pensó. Sintió que renacían sus esperanzas.

—Sí, estuve pensando lo mismo. Pero primero, ¿no podrías sacarme de aquí? —le rogó, apoyando las manos en los barrotes de la ventana.

Thomas sintió un impulso ridículo de estirarse y tocarle las manos.

—Bueno, Newt dijo que tal vez mañana —le contó, feliz de haber logrado esa concesión—. Tendrás que pasar la noche ahí adentro. En realidad, es posible que sea el lugar más seguro del Área.

—Gracias por pedírselo. Será divertido dormir sobre este piso frío —bromeó—. Aunque supongo que un Penitente no puede colarse a través de esta ventana, así que estaré bien, ¿no?

La mención de los Penitentes lo sorprendió: no recordaba haber tocado el tema con ella aún.

—Teresa, ¿estás segura de que te has olvidado de todo?

Ella pensó durante unos segundos.

—Es raro, creo que sí recuerdo algunas cosas. A menos que haya escuchado a la gente hablando mientras estaba en coma.

—Bueno, supongo que no es importante en este momento. Sólo quería verte antes de irme adentro para pasar la noche —le confesó.

En realidad, no quería dejarla. Casi deseaba que lo metieran en el Cuarto Oscuro con ella. Rio en su interior: podía imaginarse la respuesta de Newt ante semejante solicitud.

—¿Tom? —dijo Teresa.

Thomas se dio cuenta de que estaba en las nubes.

—Ah, perdón. ¿Qué?

Las manos de ella se deslizaron hacia dentro y desaparecieron. Sólo podía ver sus ojos y el pálido resplandor de su piel blanca.

—No sé si voy a poder quedarme en esta cárcel toda la noche.

Lo invadió una tristeza insondable. Quería robarle las llaves a Newt y ayudarla a escapar. Pero sabía que era una idea ridícula. Ella iba a tener que sufrir y arreglárselas. Sostuvo la mirada de esos ojos relucientes.

—Al menos, no estará completamente oscuro. Parece que vamos a tener esta especie de asqueroso atardecer durante las veinticuatro horas del día.

—Sí... —murmuró, mirando hacia la Finca, y luego volvió a posar los ojos en él—. Soy una chica fuerte. Estaré bien.

Se sentía muy mal por tener que dejarla allí, pero no tenía opción.

—Me aseguraré de que te dejen salir mañana a primera hora, ¿de acuerdo?

Ella sonrió, haciéndolo sentir un poco mejor.

—¿Me lo prometes?

—Prometido —dijo Thomas, golpeándose la sien derecha—. Y si te sientes sola, puedes hablar conmigo con tu... truco, todo lo que quieras. Intentaré responderte.

Ya lo había aceptado, hasta lo deseaba. Sólo esperaba poder descubrir la forma de contestarle, así podrían mantener una conversación.

Ya te va a salir, dijo Teresa en su mente.

—Ojalá —exclamó. Se quedó allí, sin querer marcharse.

—Es mejor que te vayas —dijo ella—. No quiero cargar con tu horrenda muerte en mi conciencia.

Esbozó una sonrisa forzada.

—Muy bien. Nos vemos mañana.

Y antes de arrepentirse, se escabulló hacia la esquina, para entrar a la Finca por la puerta delantera junto con los dos últimos Habitantes, mientras Newt los arreaba como vacas hacia el corral, cerrando la puerta tras de sí.

Justo antes de poner el cerrojo, creyó oír el primer gemido aterrador de los Penitentes, que provenía de las profundidades del Laberinto.

La noche había comenzado.

38

La mayoría de los Habitantes solía dormir afuera en épocas normales, de modo que acomodar todos esos cuerpos dentro de la Finca trajo como resultado que todos quedaran bastante amontonados. Los Encargados habían organizado y distribuido a los chicos en las distintas habitaciones, junto con mantas y almohadas. A pesar de la cantidad de personas y del caos producido por semejante cambio, un silencio inquietante rondaba la casa, como si nadie quisiera llamar la atención.

Una vez que estuvieron instalados, Thomas subió a reunirse con Newt, Alby y Minho, para terminar la conversación que había comenzado más temprano en el patio. Alby y Newt se sentaron en la única cama que había en la sala, mientras que Thomas y Minho se ubicaron cerca de ellos en dos sillas. El resto del mobiliario consistía en una cómoda de madera torcida y una mesita con una lámpara, que era la única luz que tenían. La oscuridad grisácea del exterior parecía apoyarse en la ventana, como una promesa de que se acercaban momentos terribles.

—Esto es lo más cerca que he estado de rendirme —decía Newt—. Mandar todo al demonio y despedirnos de la posibilidad de vencer a los Penitentes. Suministros cortados, malditos cielos grises, paredes que no se cierran. Pero todos sabemos que no podemos abandonar ahora. Los miserables que nos enviaron aquí nos quieren ver muertos o nos están provocando. De cualquier forma, tenemos que partirnos el alma para seguir vivos o morir de verdad.

Thomas hizo un gesto afirmativo, pero no dijo nada. Estaba totalmente de acuerdo pero no tenía ningún plan para proponer. Si lograba llegar a la mañana siguiente, tal vez a Teresa y a él se les ocurriría alguna forma de colaborar.

Echó un vistazo a Alby, que tenía la mirada fija en el suelo, aparentemente perdido en sus propios pensamientos lúgubres. Mantenía esa expresión de cansancio y de depresión, con los ojos hundidos y apagados. La Transformación había resultado un nombre muy adecuado para esa experiencia, a juzgar por lo que había provocado en él.

—¿Alby? —lo interrumpió Newt—. ¿No vas a decir nada?

El líder levantó la vista sorprendido, como si no hubiera notado que había más gente en la habitación.

—¿Eh? Ah, sí. Va. Pero ustedes vieron lo que ocurre por la noche. Sólo porque Thomas, el maldito superchico, lo logró, no quiere decir que el resto de nosotros lo haga.

Thomas le hizo a Minho un leve gesto de impaciencia con los ojos, harto ya de la actitud de Alby.

Si Minho sentía lo mismo, se cuidó muy bien de demostrarlo.

—Yo estoy con Thomas y Newt. Tenemos que dejar de quejarnos y de sentir lástima por nosotros mismos —se frotó las manos y se inclinó hacia delante en la silla—. Mañana por la mañana, lo primero que tienen que hacer es asignar equipos para que estudien los Mapas a toda hora mientras los Corredores salen al Laberinto. Vamos a llevar suficientes provisiones como para quedarnos afuera varios días.

—¿Qué? —preguntó Alby, mostrando finalmente algo de emoción en la voz—. ¿Qué quieres decir con "días"?

—Eso: días. Con las Puertas abiertas y sin atardecer, no tiene sentido regresar. Es el momento de permanecer allá afuera y ver si algo se abre cuando los muros se mueven. Si es que todavía esto ocurre.

—Ni lo sueñes —dijo Alby—. Tenemos la Finca donde escondernos y, si eso no funciona, nos quedan la Sala de Mapas y el Cuarto Oscuro. ¡Minho, no podemos pedirles a los Habitantes que vayan allá afuera a morir! ¿Quién se va a ofrecer para algo así?

—Yo —respondió Minho—. Y el Novato.

Todos miraron a Thomas, que asintió con la cabeza. Aunque lo aterrorizaba la idea, hacer una exploración profunda del Laberinto era su deseo desde la primera vez que había oído hablar de él.

—Si es necesario, yo también voy —intervino Newt, lo cual llenó a Thomas de asombro. A pesar de que él nunca hablaba del tema, la renguera era un recordatorio constante de que algo horrible le había sucedido dentro del Laberinto—. Y estoy seguro de que todos los Corredores harán lo mismo.

—Tú, ¿con tu pata coja? —preguntó Alby, dejando escapar una risa áspera. Newt frunció el ceño y miró hacia el piso.

—A mí no me parece bien pedirles a los demás que hagan algo que yo mismo no estoy dispuesto a hacer.

Alby se acomodó y apoyó los pies sobre la cama.

—Hagan lo que quieran. Me da lo mismo.

—¿Que hagamos lo que queramos? —repitió Newt, poniéndose de pie—. ¿Cuál es tu problema, güey? ¿Acaso piensas que tenemos alguna opción? ¿Crees que deberíamos quedarnos aquí sentados esperando que los malditos Penitentes vengan a lincharnos?

Thomas quería levantarse y aplaudir. Estaba seguro de que Alby tendría que reaccionar en algún momento y salir de su depresión. Pero el líder no parecía afectado en lo más mínimo por las palabras de Newt.

—Bueno, al menos eso suena mejor que correr hacia ellos.

—Alby, ya es hora de que empieces a ser razonable.

Por más que detestara tener que admitirlo, Thomas sabía que necesitaban a Alby para cualquier cosa que intentaran llevar a cabo, pues los Habitantes lo respetaban mucho.

Por fin, Alby respiró profundamente y fue mirando uno por uno a todos los presentes.

—Chicos, ustedes saben que estoy jodido. En serio… lo siento. Pienso que yo ya no debería ser el líder.

Thomas contuvo la respiración: no podía creer lo que Alby acababa de manifestar.

—Shuck… —comenzó a decir Newt.

—¡No! —gritó Alby, con expresión humilde, de entrega—. Eso no es lo que quise decir. Escúchenme. No estoy sugiriendo que deberíamos cambiar, ni nada de esas tonterías. Sólo creo que tengo que dejar que ustedes tomen las decisiones. No confío en mí. Así que... haré lo que quieran.

Thomas notó que Minho y Newt estaban tan sorprendidos como él.

—Eh... bueno —dijo Newt lentamente, no muy seguro—. Todo va a salir bien. Lo prometo. Ya verás.

—Sí —masculló Alby.

Después de una larga pausa, comenzó a hablar más fuerte y con un extraño entusiasmo en la voz.

—Hey, les digo lo que haremos. Pónganme a cargo de los Mapas. Haré que todos los Habitantes del Área se maten analizando esos dibujos.

—A mí me parece bien —dijo Minho.

Thomas quería decir que estaba de acuerdo, pero no tenía claro si le correspondía.

Alby apoyó los pies en el piso otra vez y se enderezó.

—Creo que fue bastante estúpido esto de dormir adentro. Deberíamos habernos quedado trabajando en la Sala de Mapas.

Thomas pensó que eso era lo más inteligente que Alby había dicho en mucho tiempo.

Minho se encogió de hombros.

—Seguramente tienes razón.

—Bueno, yo voy a ir —dijo Alby, con un gesto de confianza—. Ahora mismo.

Newt sacudió la cabeza.

—Olvídalo. Ya oí los gemidos de los malditos Penitentes allí afuera. Podemos esperar hasta que llegue el despertar.

Alby se inclinó hacia delante, con los codos en las rodillas.

—Oigan, larchos, ustedes son los que comenzaron las charlas de aliento. No vengan a quejarse ahora que les hago caso. Si voy a hacerlo, tiene que ser ahora. El viejo Alby está de vuelta. Necesito concentrarme en algo.

Thomas se sintió aliviado, pues estaba harto de la discordia.

—Hablo en serio, necesito hacerlo —dijo Alby, poniéndose de pie y dirigiéndose hacia la puerta de la habitación.

—Tienes que estar bromeando —señaló Newt—. ¡No puedes salir ahora!

—Voy a ir y listo —lo desafió Alby, tomando la argolla con sus llaves y haciéndolas sonar en actitud burlona. Thomas no podía creer su repentino valor—. Shanks, los veo en la mañana —dijo, y se retiró.

Era extraño saber que, a pesar de que la noche avanzaba y que la oscuridad debería haberse tragado todo lo que los rodeaba, al asomarse sólo se veía una pálida luz gris. Eso desequilibraba a Thomas, como si la necesidad de dormir que aumentaba a cada minuto no fuera algo natural. El tiempo se arrastraba tan lentamente como en una agonía. Tenía la sensación de que el día siguiente no llegaría nunca.

Los demás Habitantes se instalaron con sus mantas y almohadas para la imposible tarea de conciliar el sueño. Nadie hablaba mucho: había una atmósfera de tristeza y abatimiento. Sólo se oían los ruidos de los pies que se arrastraban suavemente y algunos susurros.

Hizo un esfuerzo para dormir, sabiendo que de esa manera el tiempo pasaría más rápido; pero, después de dos horas, seguía sin tener suerte. Estaba echado en el piso de una de las habitaciones de arriba, sobre una gruesa manta, con otros Habitantes apiñados a su alrededor. Newt se había quedado con la cama.

Chuck había terminado en otro dormitorio y Thomas se lo imaginaba acurrucado en un rincón oscuro, llorando y apretando la manta contra el pecho, como si fuera un osito de peluche. Eso lo puso tan triste que intentó, sin suerte, quitarse la imagen de la cabeza.

Casi todos los chicos tenían una linterna para usar en caso de emergencia. Por lo demás, Newt había dado orden de mantener las luces apagadas. Todo lo que se había podido hacer con tan poco tiempo para estar preparados ante un ataque de los Penitentes, se había hecho: las ventanas se habían sellado con tablas, los muebles se habían apoyado contra las puertas, se habían distribuido cuchillos para usar como armas…

Pero Thomas no se sentía seguro.

La expectativa de lo que podía ocurrir era apabullante y flotaba en el ambiente, como una masa de miedo y sufrimiento que lo sofocaba. Casi deseaba que esos cabrones llegaran pronto y que todo se acabara de una vez. La espera era insoportable.

Los aullidos lejanos de los Penitentes se acercaban a medida que avanzaba la noche; cada minuto parecía más largo que el anterior.

Transcurrió una hora más. Y luego otra. Finalmente, el sueño llegó, pero de manera intermitente. Supuso que serían las dos de la madrugada cuando cambió de posición por millonésima vez. Puso las manos debajo del mentón y dirigió la mirada hacia los pies de la cama, una sombra en la tenue luz de la habitación.

Luego todo cambió.

Un estallido de maquinaria que provenía del exterior comenzó a sonar dentro de la Finca, seguido de los familiares repiqueteos metálicos: un Penitente rodaba sobre el piso de piedra. Era como si alguien hubiera desparramado un puñado de clavos encima de la roca. Se levantó de un salto, al igual que todos los demás.

Pero Newt ya estaba de pie antes que nadie, agitando los brazos y haciendo callar a todos, llevándose el dedo a los labios. Caminó de puntillas hacia la solitaria ventana del recinto, cubierta por tres tablas de madera clavadas apresuradamente. Grandes rendijas permitían espiar hacia fuera. Con cuidado, se agachó para echar una mirada y Thomas se arrastró hasta él.

Se ubicó debajo de Newt contra la tabla más baja, presionando el ojo sobre la grieta. Era aterrador estar tan cerca de la pared, pero no vio más que el Área delante de sí. No tenía lugar suficiente para mirar hacia arriba o hacia abajo, o a los costados; sólo hacia delante. Después de un rato, abandonó la tarea y se quedó con la espalda apoyada contra la pared mientras Newt se sentaba en la cama.

Pasaron unos minutos. Los sonidos de los Penitentes penetraban los muros con espacios de diez a veinte segundos: el chirrido de los motores acompañado del zumbido metálico, el golpeteo de las púas contra la dura piedra, el chasquido de las garras que se abrían y cerraban bruscamente. Cualquier ruido lo estremecía de terror.

Parecía que había por lo menos tres o cuatro monstruos en el patio.

Podía sentir a esos animales mecánicos esperando allá afuera. Puros zumbidos y traqueteos de metal.

Se le secó la boca: había estado cara a cara con ellos y los recordaba muy bien. Hizo un esfuerzo para respirar. Los otros chicos dentro de la habitación se mantenían quietos, rodeados de una tensión mortal. El miedo rondaba el aire cual humareda negra.

Uno de los Penitentes emitió un ruido como si se estuviera trasladando hacia la casa. De pronto, el repiqueteo de las púas contra la piedra se transformó en un sonido más profundo y hueco. Se imaginó todo claramente: las púas metálicas clavándose en la madera de las paredes laterales de la Finca, la enorme bestia haciendo girar su cuerpo, trepando hacia la habitación donde ellos se hallaban, desafiando la gravedad con su fuerza descomunal. Escuchó cómo las agujas trituraban la madera y luego rotaban para volverse a afirmar. El edificio entero se sacudía con el movimiento.

Los crujidos, gemidos y chasquidos se convirtieron en los únicos sonidos existentes en el mundo, causándole horror. Con la cercanía, aumentaban el volumen. Los demás chicos se habían arrastrado a través del dormitorio, lo más lejos posible de la ventana. Después de unos minutos, fue tras ellos, con Newt pegado a su lado. Todos quedaron amontonados contra la pared, mirando atentamente la ventana.

Cuando la situación llegó a su punto de mayor tensión —el Penitente se encontraba justo detrás del vidrio— sobrevino un silencio inquietante. Podía escuchar hasta el latido de su corazón.

Unas luces parpadearon afuera, proyectando rayos extraños a través de las rendijas de las maderas. Luego una sombra muy delgada interrumpió el resplandor, moviéndose de un lado a otro. Comprendió que los sensores y las armas del monstruo se habían desplegado en busca de su festín. Presintió a los escarabajos ayudando a las criaturas a encontrar el camino. Unos segundos más tarde, la sombra se detuvo y la luz se paralizó, proyectando tres planos inmóviles de resplandor dentro de la habitación.

El nerviosismo que había en el aire era espeluznante: se podía escuchar la respiración de todos. Pensó que lo mismo debía estar ocurriendo en los demás dormitorios de la Finca. Entonces recordó a Teresa dentro del Cuarto Oscuro.

Estaba deseando que ella le hablara cuando, de golpe, la puerta del pasillo se abrió, despertando gritos y jadeos a su alrededor. Los Habitantes habían imaginado que algo ocurriría en la ventana y no detrás de ellos. Thomas se volteó para ver de quién se trataba, esperando encontrar a Chuck atemorizado o, quizás, a Alby arrepentido. Pero cuando descubrió quién estaba de pie en el umbral, su mente sufrió una conmoción.

Era Gally.

39

Los ojos de Gally irradiaban una furia demencial. Tenía la ropa rasgada y sucia. Cayó de rodillas y se quedó en el piso, mientras su pecho subía y bajaba al ritmo de su agitada respiración. Echó una mirada por el dormitorio cual si fuera un perro rabioso buscando a quien morder. Nadie dijo una palabra. Era como si todos creyeran —al igual que Thomas— que Gally era sólo producto de su imaginación.

—¡Ellos los van a matar! —gritó, escupiendo saliva hacia todos lados—. ¡Los Penitentes los asesinarán: uno cada noche hasta que todo esto termine!

En el más completo mutismo, Thomas observó que el chico trastabillaba hasta lograr incorporarse. Luego caminó hacia delante, arrastrando la pierna derecha con una cojera evidente. Nadie movió un músculo. Todos contemplaban perplejos lo que ocurría sin atinar a hacer nada. Hasta Newt. Thomas casi tenía más miedo del sorpresivo visitante que de los Penitentes que acechaban detrás de la ventana.

Gally se detuvo muy cerca de los dos chicos y señaló a Thomas con un dedo ensangrentado.

—Tú —dijo con una mueca de desprecio tan exagerada que de tan cómica resultó completamente perturbadora—. ¡Tú tienes la culpa de todo!

Sin previo aviso, levantó la mano izquierda y estrelló el puño en la oreja de Thomas, que se desmoronó de un grito. Movido más por el desconcierto que por el dolor, en un segundo ya estaba de pie.

Newt había salido finalmente de su aturdimiento y echó a Gally de un empujón. Éste retrocedió tambaleándose y chocó contra el escritorio, que se encontraba junto a la ventana. La lámpara que estaba encima cayó al piso y se rompió en pedazos. Thomas supuso que Gally querría vengarse, pero el chico sólo se enderezó, y los contempló con sus ojos de lunático.

—No existe una solución —dijo, con la voz ahora más baja y distante, pero igual de siniestra—. El Laberinto miertero los matará a todos ustedes, larchos… Los Penitentes los aniquilarán… uno cada noche hasta que todo termine… Yo… Es mejor así… —titubeó, y sus ojos descendieron hacia el suelo—. Ellos sólo matarán uno por noche… sus estúpidas Variables…

Thomas lo escuchaba horrorizado, tratando de controlar el terror para poder memorizar todo lo que decía.

Newt dio un paso adelante.

—Gally, cierra tu maldito hocico. Hay un Penitente junto a la ventana. Siéntate y no hables. Quizás se vaya.

Miró hacia arriba, entornando los ojos.

—Tú no entiendes, Newt. Eres muy estúpido, siempre lo has sido. No existe una salida. ¡No hay forma de ganar! ¡Ellos te van a matar a ti y a todos, uno por uno!

Después de emitir las últimas palabras con un aullido, se arrojó contra la ventana y comenzó a tironear de las tablas como un animal salvaje intentando escapar de la jaula. Antes de que nadie pudiera reaccionar, ya había arrancado una madera.

—¡No! —gritó Newt, corriendo hacia delante. Thomas lo siguió para ayudar, sin poder creer lo que sucedía.

Cuando Newt lo alcanzó, Gally ya había desclavado la segunda tabla. La hizo girar hacia atrás con ambas manos golpeando la cabeza de Newt, que quedó tendido en la cama. Unas gotas de sangre rociaron las sábanas. Thomas se acercó, listo para pelear.

—¡Gally! —exclamó—. ¿Qué estás haciendo?

El chico lanzó un escupitajo, jadeando como un perro agitado.

—Thomas, ¡cierra tu boca de garlopo! Sé quién eres, pero ya no me importa. Yo sólo puedo hacer lo correcto.

Mientras escuchaba asombrado las palabras de Gally, sintió que sus pies estaban pegados al piso. El chico se estiró hacia atrás y arrancó la última madera. En el momento en que la tabla tocó el suelo de la habitación, el vidrio de la ventana explotó hacia dentro como un enjambre de avispas de cristal. Thomas se cubrió la cara y cayó al piso. Se fue arrastrando hacia atrás hasta que chocó con la cama. Juntó fuerzas y levantó la vista preparado para enfrentar el final de su mundo.

El cuerpo vibrante y bulboso de un Penitente se había introducido por la ventana rota, con las pinzas metálicas sacudiéndose y arañando en todas las direcciones. Su espanto era tan grande que apenas registró que los demás chicos habían huido hacia el pasillo. Todos menos Newt, que se hallaba tendido inconsciente en la cama.

Paralizado por el miedo, observó que uno de los largos brazos del engendro se estiraba hacia el cuerpo inmóvil. Eso fue suficiente para sacarlo de su estupor. Se levantó con dificultad y buscó un arma, pero sólo encontró algunos cuchillos. El pánico lo invadió hasta consumirlo por completo.

De pronto, Gally empezó a hablar nuevamente. El Penitente retrajo su brazo como si estuviera observando y prestando atención, pero su cuerpo todavía se agitaba, intentando entrar en la habitación.

—¡Nunca entendieron nada! —gritaba por encima de los horrendos ruidos de la criatura—. ¡Nadie comprendió lo que yo vi, lo que la Transformación produjo en mí! ¡Thomas, no vuelvas al mundo real! ¡No te conviene recordar!

Gally le echó una mirada de angustia prolongada, con los ojos cargados de terror, y luego se arrojó sobre el cuerpo retorcido del Penitente. Thomas lanzó un aullido mientras los brazos extendidos del monstruo se retraían de inmediato y sujetaban firmemente los miembros de Gally, haciéndole imposible la huida. El cuerpo del chico se hundió varios centímetros en la piel viscosa emitiendo un dramático sonido de succión. Después, con una velocidad sorprendente, el Penitente retrocedió por el marco destrozado de la ventana y comenzó a descender.

Thomas corrió hacia el hueco de la pared justo a tiempo para ver cómo el Penitente aterrizaba y se movía por el Área, mientras el cuerpo de Gally aparecía y desaparecía con el rodar de la bestia. Las luces del monstruo brillaban con fuerza, proyectando un resplandor fantasmal de color amarillo sobre la piedra de la Puerta del Oeste, a través de la cual ingresó en el Laberinto. Segundos después, varios Penitentes más salieron tras su compañero, con chirridos y zumbidos que parecían los festejos de la victoria.

Creyó que iba a vomitar. Comenzó a alejarse de la ventana, pero algo allá afuera llamó su atención: una figura solitaria corría a través del patio del Área hacia la salida por la cual se habían llevado a Gally.

A pesar de la distancia, se dio cuenta enseguida de quién se trataba. Le gritó que se detuviera, pero ya era tarde.

Minho se perdió en el Laberinto a toda velocidad.

40

Reinaba el caos. La Finca estaba completamente iluminada. Los Habitantes andaban de un lado a otro hablando sin parar. Un par de chicos lloraba en un rincón.

Thomas ignoró lo que estaba ocurriendo, se lanzó al pasillo y bajó los peldaños de tres en tres. Se abrió paso a empujones entre la multitud de la planta baja y corrió rápidamente hacia la Puerta del Oeste. Frenó delante del umbral del Laberinto, pues sus instintos le decían que debía pensarlo dos veces antes de cruzar. El llamado de Newt demoró su decisión.

—¡Minho salió detrás de él! —le explicó Thomas, al verlo llegar con una toalla teñida de sangre en la cabeza.

—Ya lo vi —repuso, haciendo una mueca al notar la mancha roja en la tela blanca—. Shuck, esto duele como el demonio. A Minho se le debe haber quemado la última neurona que le quedaba, por no mencionar a Gally. Aunque siempre supe que ése estaba loco.

Thomas estaba muy preocupado por Minho.

—Voy tras él.

—¿Parece que otra vez llegó la hora de hacerte el héroe?

Lo miró duramente, herido por el comentario.

—¿Piensas que todo lo que hago es sólo para impresionarlos? Shank, a mí lo único que me importa es salir de aquí.

—Bueno, eres un tipo duro. Pero en este momento tenemos problemas más graves.

—¿Qué?

Thomas sabía que si quería alcanzar a Minho no tenía tiempo para seguir conversando.

—Alguien… —comenzó Newt.

—¡Ahí está! —exclamó, al ver a Minho doblando la esquina. Puso las manos alrededor de la boca para gritarle—. ¿Qué estabas haciendo, idiota?

El Encargado esperó hasta atravesar la Puerta. Luego se inclinó con las manos en las rodillas y tomó aire antes de contestar.

—Sólo… quería… estar seguro.

—¿De qué? —indagó Newt—. Sería fantástico que te llevaran con Gally. Se enderezó y apoyó las manos en las caderas. Seguía muy agitado.

—¡Basta, chicos! Yo sólo quería ver si se dirigían hacia el Acantilado. A la Fosa de los Penitentes.

—¿Y? —preguntó Thomas.

—Bingo —contestó Minho, secándose el sudor de la frente.

—No puedo creerlo —dijo Newt, casi en un susurro—. Qué noche.

Thomas trató de pensar en la Fosa y en el significado de todo eso, pero recordó que Newt estaba por decirle algo antes de que regresara Minho.

—¿Qué ibas a contarme? Decías que teníamos peores…

—Sí —dijo y señaló con el pulgar sobre su hombro—. Todavía pueden ver el maldito fuego.

Thomas miró en esa dirección: la puerta de metal de la Sala de Mapas estaba ligeramente abierta y una estela de humo negro emergía de ella y se elevaba hacia el cielo gris.

—Alguien quemó los baúles —anunció Newt—. No quedó ni uno.

A Thomas no le importaban mucho los Mapas, pues creía que no eran demasiado útiles. Cuando Newt y Minho se dirigieron a investigar el sabotaje a la Sala de Mapas, él se encaminó hacia el Cuarto Oscuro. Había notado un extraño intercambio de miradas entre ellos antes de separarse, como comunicándose algún secreto con los ojos. Pero, en ese momento, sólo podía pensar en una cosa.

—¿Teresa? —llamó, desde el lado exterior de la ventana.

Ella apareció, frotándose los ojos con las manos.

—¿Mataron a alguien? —inquirió, un poco aturdida.

—¿Estabas *durmiendo*? —exclamó, experimentando un gran tranquilidad al verla en perfecto estado.

—Sí —respondió—. Hasta que oí que algo destruía por completo la Finca. ¿Qué pasó?

—No entiendo cómo pudiste haber dormido con todo el estruendo de los Penitentes allá afuera —preguntó incrédulo.

—Prueba salir de un coma alguna vez y luego me cuentas. *Ahora contesta mi pregunta*, dijo adentro de su cabeza.

Parpadeó. La voz lo había tomado por sorpresa, ya que hacía algún tiempo que no se comunicaban de esa manera.

—No sigas con eso.

—Sólo dime qué pasó.

Era una historia tan larga que no tenía ganas de contarla en detalle.

—Tú no conoces a Gally, pero él es un chico trastornado que se escapó. Apareció de golpe, saltó sobre un Penitente y se largaron todos juntos hacia el Laberinto. En realidad fue muy raro —resumió rápidamente, sin poder creer todavía que eso hubiera pasado de verdad.

—Lo cual es mucho decir —repuso Teresa.

—Sí —comentó distraído, mirando hacia atrás, esperando ver a Alby en algún lugar. Estaba seguro de que ahora la dejaría libre. Los Habitantes estaban desperdigados por todo el complejo, pero no había rastros de su líder—. No comprendo por qué se fueron los Penitentes después de atrapar a Gally. Él dijo que nos matarían uno a uno cada noche hasta que no quedara ninguno. Lo mencionó por lo menos dos veces.

Teresa puso las manos en los barrotes y apoyó los antebrazos contra el alféizar de concreto.

—¿Sólo uno cada noche? ¿Por qué?

—No lo sé. También dijo que tenía que ver con… pruebas o variables… Algo así.

Tuvo el mismo impulso extraño de la noche anterior: estirarse y tomar una de las manos de ella, pero se contuvo.

—Tom, estuve pensando en lo que me contaste que yo había dicho. Eso de que el Laberinto es un código. Estar encerrada aquí dentro te hace usar la mente mucho más de lo normal.

—¿Qué crees que significa?

Estaba tan interesado que ignoró el alboroto que se había levantado por el incendio en la Sala de Mapas.

—Bueno. Las paredes se mueven todas las noches, ¿no es cierto?

Supo de inmediato que ella había descubierto algo.

—Y Minho dijo que ellos piensan que existe un mismo esquema que se repite, como si fuera un patrón, ¿verdad? —continuó ella.

—Exacto.

La cabeza de Thomas también había empezado a trabajar, como si una memoria previa comenzara a liberarse.

—En realidad, no puedo recordar por qué te dije eso del código. Sé que cuando estaba saliendo del coma, se arremolinaban dentro de mi cabeza pensamientos y recuerdos de todo tipo, de manera frenética, como si alguien estuviera vaciando mi mente, llevándose todo lo que había en ella. Y sentí que tenía que decir eso del código antes de perderlo. De modo que debe existir algún motivo importante.

Apenas la oía, pues estaba enfrascado en sus propias reflexiones.

—Ellos siempre comparan el Mapa de cada sección con el del día anterior, día por día: cada Corredor examina solamente su propia Sección. ¿Qué pasaría si cotejaran los Mapas con los de las *otras* secciones…? —dijo, y se detuvo con la sensación de que había llegado a algo importante.

Teresa tampoco parecía prestarle atención, inmersa en sus teorías particulares.

—Lo primero que me trae a la mente la palabra "código" son letras. Las del alfabeto. Quizás el Laberinto esté tratando de formar una palabra.

Todo se unió tan rápido en la mente de Thomas que casi le pareció escuchar un sonoro "clic", como si las piezas del rompecabezas se pusieran en su lugar al mismo tiempo.

—¡Tienes razón! ¡Los Corredores lo estuvieron analizando todo el tiempo de manera incorrecta!

Teresa se aferró firmemente a las rejas con los nudillos blancos y la cara presionada contra los hierros.

—¿De qué estás hablando?

Apretó los dos barrotes desde el exterior y se acercó lo suficiente como para olerla: tenía un aroma muy agradable a flores y a sudor.

—Minho dijo que los dibujos se repetían, y que no podían descubrir qué significaban. Pero ellos siempre los estudiaron sección por sección, contrastando un día con el siguiente. ¿Qué pasaría si cada día fuera una pieza separada del código y tuvieran que usar las ocho secciones a la vez?

—¿Piensas que es posible que cada día esté tratando de revelar una palabra? —exclamó—. ¿Con los movimientos de las paredes?

Thomas asintió.

—O quizás una letra por día, no sé. Pero ellos siempre pensaron que los movimientos les revelarían la manera de escapar y no que formaran una palabra. Han estado estudiando todo como un mapa y no como la imagen de algo. Tenemos que... —luego se detuvo, recordando lo que Newt acababa de decirle—. ¡Ay, no!

—¿Qué pasa? —preguntó ella con preocupación.

—No-no-no-no-no...

Al caer en la cuenta de su descubrimiento, soltó los barrotes y retrocedió con dificultad. Se volteó y observó la Sala de Mapas. El humo había disminuido, pero seguía saliendo una nube oscura que cubría toda el Área.

—Dime, ¿cuál es el problema? —insistió Teresa, que no alcanzaba a ver nada desde la ventana de la celda.

—No pensé que fuera importante...

—¡¿Qué?! —le exigió la chica.

—Alguien *quemó* todos los Mapas. Si existía algún código, ya desapareció.

41

—Ahora regreso —dijo Thomas, sintiendo náuseas—. Tengo que encontrar a Newt para averiguar si se pudo salvar algo del incendio.

—¡Espera! —le gritó Teresa—. ¡Sácame de aquí!

Pero ya no quedaba más tiempo.

—No puedo… Vuelvo enseguida, te lo prometo.

Se dio vuelta antes de que ella protestara y comenzó a correr hacia el bloque de concreto, que estaba sumergido en una neblina negra. Un dolor punzante recorrió su interior. Si Teresa tenía razón y habían estado a un paso de descubrir alguna clave para salir de allí, pero ésta había terminado literalmente haciéndose humo… El enojo y la desilusión eran tan grandes que le hacían daño.

Lo primero que distinguió fue a un grupo de Habitantes apiñados frente a la puerta de acero, que se encontraba todavía entreabierta y tenía el borde externo negro por el hollín. Pero al acercarse más, se dio cuenta de que estaban rodeando algo, con las miradas fijas en el piso. Newt se encontraba de rodillas en el centro, inclinado sobre un cuerpo.

Minho, parado detrás de él, con aspecto sucio y desconsolado, fue el primero en verlo llegar.

—¿Dónde te habías metido? —le preguntó.

—Fui a hablar con Teresa, ¿qué pasó?

Esperó angustiado la siguiente andanada de malas noticias.

La frente de Minho se arrugó de rabia.

—¿La Sala de Mapas se está incendiando y tú te vas corriendo a charlar con tu novia garlopa? ¿Qué te pasa? ¿Estás loco?

Estaba demasiado preocupado para sentirse ofendido.

—Yo pensé que ya no eran importantes, como a esta altura no habían encontrado ninguna pista…

Minho lucía disgustado, pero la luz pálida y la humareda le daban una apariencia casi siniestra.

—Claro, éste sería un momento ideal como para abandonar todo. ¿Qué te...?

—Lo siento... dime de una vez qué pasó —insistió, inclinándose sobre el hombro de un chico delgadito que se hallaba delante de él.

Tirado de espaldas, con una herida profunda en la frente, se encontraba Alby. La sangre chorreaba por ambos lados de la cabeza y por los ojos, formando una costra. Newt lo limpiaba cuidadosamente con un trapo húmedo, haciéndole preguntas en un susurro imposible de adivinar. Afligido, a pesar del mal genio que había demostrado recientemente el líder, Thomas se volteó hacia Minho y repitió la pregunta.

—Winston lo encontró aquí afuera, medio muerto, con el fondo de la Sala de Mapas en llamas. Algunos larchos apagaron el incendio, pero ya era demasiado tarde. Todos los baúles quedaron carbonizados. Primero sospeché de Alby, pero quienquiera que haya hecho esto le golpeó la cabeza contra la mesa. Puedes ver dónde. Es de terror.

—¿Quién crees que fue? —inquirió Thomas, dudando si contarle acerca de lo que habían descubierto con Teresa. Sin los Mapas, la cuestión era más difícil de comprobar.

—Quizás fue Gally antes de aparecer en la Finca y volverse loco, o tal vez los Penitentes. No sé ni me importa. Da lo mismo.

Thomas se sorprendió ante el repentino cambio de actitud.

—¿Y ahora quién es el que se rinde?

La cabeza de Minho se sacudió tan bruscamente que lo hizo retroceder. Hubo un fogonazo de furia que pronto se disolvió en una rara mezcla de confusión y asombro.

—Eso no fue lo que quise decir, shank.

Thomas entornó los ojos en señal de curiosidad.

—¿Y qué...?

—Cierra el hocico por ahora —le advirtió el Corredor, llevándose el dedo a los labios, mientras sus ojos se movían como flechas a su alrededor para comprobar si alguien lo estaba mirando–. Sólo cállate la boca. Ya lo sabrás a su debido tiempo.

Respiró hondamente y se puso a reflexionar. Si esperaba sinceridad de los demás, él debía actuar de la misma manera. Decidió que era mejor compartir lo que habían descubierto acerca del código del Laberinto, con o sin Mapas.

–Tengo algo que contarles a ti y a Newt. Y es necesario que liberemos a Teresa: seguramente está muerta de hambre y puede ayudarnos.

–No me preocupa esa estúpida chica.

Optó por dejar pasar el insulto.

–Sólo danos unos minutos. Tenemos una idea. Si los Corredores recuerdan sus Mapas, tal vez funcione.

Las palabras de Thomas parecieron atrapar la atención de Minho, pero apareció otra vez esa extraña mirada, como si a él se le estuviera pasando algo muy obvio.

–¿Una idea? ¿Cuál?

–Vengan al Cuarto Oscuro. Tú y Newt.

Minho pensó un segundo.

–¡Newt! –gritó.

–¿Qué? –preguntó, mientras se ponía de pie y giraba la tela ensangrentada hasta encontrar una parte que no estuviera roja.

Minho señaló a Alby.

–Deja que los Docs se ocupen de él. Tenemos que hablar.

Newt le lanzó una mirada inquisitiva y luego le pasó la tela al Habitante más próximo.

–Ve a buscar a Clint. Dile que tenemos problemas más importantes que unos chicos con astillas –le ordenó. Cuando el chico salió corriendo a cumplir el encargo, Newt se alejó de Alby–. ¿Hablar de qué?

–Vengan conmigo –les pidió Thomas, y se dirigió hacia el Cuarto Oscuro sin esperar respuesta.

–Suéltenla –exclamó delante de la puerta de la prisión, con los brazos cruzados–. Créanme, les interesará lo que van a escuchar.

Newt estaba cubierto de hollín y suciedad, con el pelo apelmazado por el sudor. No parecía estar de muy buen humor.

—Tommy, esto es…

—Por favor, sólo abre la puerta y déjala ir.

Esa vez no iba a darse por vencido.

—¿Cómo podemos confiar en ella? —preguntó Minho—. En cuanto se despertó, este lugar se vino abajo. Hasta *admitió* haber activado algo.

—Eso es cierto —repuso Newt.

—Podemos confiar en ella —aseguró Thomas—. Cada vez que hemos hablado ha sido sobre algo relacionado con tratar de escapar. Fue enviada aquí igual que el resto de nosotros, es estúpido pensar que es la responsable de lo que está ocurriendo.

—¿Entonces qué mierda quiso decir con eso de que había activado algo? —espetó Newt con un gruñido.

Thomas hizo un gesto de impaciencia: se negaba a admitir que Newt tenía razón.

—Quién sabe, su mente se comportó de manera muy extraña al despertar. Tal vez todos pasamos por lo mismo mientras estábamos adentro de la Caja, diciendo incoherencias antes de estar completamente despiertos. Déjala salir y listo.

Newt y Minho intercambiaron una larga mirada.

—Vamos —insistió—. ¿Qué puede hacer? ¿Acaso saldrá corriendo a clavarle un cuchillo a cada uno de los Habitantes hasta matarlos a todos?

—Está bien. Libera a esta estúpida chica de una vez —respondió Minho con un profundo suspiro.

—¡Yo no soy estúpida! —gritó Teresa, con la voz amortiguada por las paredes—. ¡Y además puedo escuchar cada palabra que están diciendo, idiotas!

Los ojos de Newt se abrieron de la impresión.

—Qué chica tan dulce te conseguiste, Tommy.

—Date prisa. Estoy seguro de que tenemos mucho que hacer antes de que los Penitentes regresen esta noche. Si es que no vienen durante el día…

Newt se acercó bufando hasta el Cuarto Oscuro, mientras sacaba las llaves. Unos segundos después, la puerta se abrió de par en par.

—Vamos, ya estás libre.

Teresa salió del pequeño recinto y sonrió a Newt de manera desafiante. Echó una mirada similar a Minho y luego se detuvo al lado de Thomas, rozándole el brazo. Estaba muerto de vergüenza y sentía cosquilleos en la piel.

—Bueno, hablen —dijo Minho—. ¿Qué es tan importante?

Thomas miró a Teresa, preguntándose cómo empezar.

—¿Qué? —exclamó ella—. Habla tú, porque es obvio que ellos creen que soy una asesina serial.

—Sí, pareces tan peligrosa —respondió, pero enseguida encaró a los dos chicos—. Bueno, cuando Teresa comenzaba a salir de su profundo sueño, los recuerdos brotaban fugaces en su mente. Ella... —se interrumpió justo a tiempo para no mencionar que Teresa se lo había dicho *dentro de su cabeza*— ella me contó después que recordaba que el Laberinto era un código, que quizás, en vez de tener que resolver los enigmas que presenta para encontrar una salida, esté tratando de enviarnos un mensaje.

—¿Un código? —preguntó Minho—. ¿Cómo sería eso?

—No estoy totalmente seguro, tú conoces los Mapas mucho mejor que yo. Pero tengo una teoría. Es por eso que tenía la esperanza de que ustedes pudieran recordar algunos de ellos.

Minho desvió la mirada hacia Newt con las cejas arqueadas en señal de interrogación. Newt asintió.

—¿Qué pasa? —preguntó, harto de que ellos siguieran reteniendo información—. Larchos, ustedes siguen comportándose como si tuvieran un secreto.

Minho se frotó los ojos con las dos manos y tomó aire.

—Thomas, nosotros escondimos los Mapas.

Le llevó unos segundos computar la frase.

—¿Qué?

Minho apuntó hacia la Finca.

—Guardamos los malditos Mapas en el cuarto de las armas y pusimos otros falsos en su lugar. Por el aviso de Alby y por el supuesto *Final* que tu novia activó.

Estaba tan entusiasmado ante la noticia que olvidó por un momento lo horrible que se había vuelto todo. Recordó a Minho actuando de manera muy sospechosa el día anterior, cuando le había dicho que tenía una tarea especial que hacer. Echó una mirada a Newt, que confirmó las palabras del Corredor.

—Están todos sanos y salvos —afirmó Minho—. Hasta el último de esos miserables. De modo que si tienes una teoría, queremos oírla.

—Llévenme adonde los han guardado —repuso Thomas, desesperado por empezar a trabajar.

42

Cuando Minho encendió la luz, Thomas tuvo que entornar los ojos unos segundos hasta que se acostumbraron a la claridad. Sombras amenazadoras parecían aferrarse a las cajas de armas distribuidas sobre las mesas y por el piso. Cuchillas, palos y otros aparatos de aspecto agresivo esperaban allí, listos para cobrar vida y matar a la primera persona lo suficientemente estúpida como para acercarse. El olor a humedad y a encierro no hacía más que agregar una sensación tenebrosa al lugar.

—Hay un armario de almacenamiento escondido ahí atrás —explicó Minho, pasando delante de unos estantes hasta llegar a un oscuro rincón—. Sólo unos pocos sabemos de su existencia.

Se escuchó el crujido de una vieja puerta de madera y luego Minho se acercó arrastrando una caja de cartón por el piso.

—Puse el contenido de cada baúl en una caja diferente. Son ocho en total. Están todas allí adentro.

—¿Cuál es ésta? —preguntó, arrodillándose junto a la que acababa de traer Minho, ansioso por comenzar.

—Tienes que abrirla y mirar. ¿Recuerdas que cada hoja estaba marcada?

Tiró de las solapas entrecruzadas de la caja hasta que se abrieron: eran los Mapas de la Sección Dos. Introdujo la mano y sacó una pila.

—Muy bien —comenzó a explicar—. Los Corredores siempre compararon los Mapas día por día, buscando un esquema que se repitiera y que los llevara a descubrir una salida. Tú llegaste a decir que en realidad no sabían *qué* estaban buscando, pero seguían analizándolos de todas maneras. ¿No es cierto?

Minho asintió, con los brazos cruzados. Parecía que estaba esperando que alguien le revelara el secreto de la inmortalidad.

—Bueno —continuó—, ¿qué pasaría si los movimientos de los muros no tuvieran nada que ver con un plano o un laberinto? ¿Qué pensarían si en cambio el dibujo que se repite formara *palabras*? Algún tipo de pista que nos ayudara a escapar.

Minho señaló los Mapas que Thomas tenía en la mano, lanzando un suspiro de frustración.

—Güey, ¿tienes una idea de cuánto hemos estudiado estas cosas? ¿No crees que deberíamos habernos dado cuenta si formaban unas miserables *palabras*?

—Tal vez es difícil notarlo a simple vista, confrontando solamente un día con el que sigue. Y quizás no deberían haber comparado un día con el siguiente, sino analizar un día a la vez.

Newt se rio.

—Tommy, es posible que yo no sea el tipo más listo del Área, pero me parece que estás diciendo unas reverendas tonterías.

Mientras hablaba, la mente de Thomas seguía trabajando aceleradamente. Tenía la respuesta ahí nomás, a su alcance, lo sabía. Lo difícil era ponerla en palabras.

—Está bien —dijo, empezando de nuevo—. Siempre asignaron un Corredor a cada sección, ¿sí?

—Correcto —repuso Minho, que parecía interesado de verdad y dispuesto a entender.

—Y ese Corredor hace un Mapa cada día y luego lo contrasta con los Mapas de días anteriores, *de esa sección*. Pero ¿qué pasaría si, en cambio, comparáramos los de las ocho secciones de un mismo día entre sí? Como si cada día fuera una clave separada o un código. ¿Alguna vez hicieron eso?

Minho se frotó el mentón, mientras asentía con la cabeza.

—Sí, más o menos. Intentamos ver si pasaba algo cuando los poníamos todos juntos. Claro que lo hicimos. Probamos todo.

Thomas apoyó los Mapas en sus rodillas para estudiarlos mejor. Apenas alcanzaba a ver los trazos del Laberinto de la segunda hoja a través de la que estaba encima. En ese momento, supo lo que tenían que hacer.

—Papel encerado.

—¿Eh? —preguntó Minho—. ¿Qué demonios…?

—Confía en mí. Necesitamos papel encerado y tijeras. Y todos los marcadores y lápices negros que encuentres.

Sartén no se mostró muy feliz de que le sacaran una caja entera de rollos de papel encerado, especialmente ahora que habían cortado los suministros. Explicó que era esencial para él porque lo usaba para hacer pasteles y panes en el horno. Al final, tuvieron que contarle para qué lo iban a utilizar y así lo convencieron de entregarlo.

Después de diez minutos de búsqueda de lápices y marcadores —casi todos estaban en la Sala de Mapas y habían sido destruidos por el incendio— Thomas se sentó en la mesa de trabajo del sótano de las armas con Newt, Minho y Teresa. Como las tijeras habían desaparecido, eligió el cuchillo más filoso que encontró.

—Más vale que esto sirva para algo —dijo Minho, con tono de advertencia.

Newt se inclinó hacia delante, apoyando los codos sobre la mesa, como esperando un truco de magia.

—Empieza de una vez, Nuevito.

—Bueno —dijo, ansioso por hacerlo pero también mortalmente asustado de que no resultara. Le pasó el cuchillo a Minho y luego señaló el papel encerado—. Comienza a cortar rectángulos del tamaño de los planos. Newt y Teresa, ustedes pueden ayudarme a sacar de sus respectivas cajas los primeros diez Mapas de cada sección.

—¿Qué es esto? ¿Una clase de manualidades? —bromeó Minho, contemplando con desagrado el cuchillo—. ¿Por qué no nos dices para qué plopus estamos haciendo esto?

—La explicación se acabó —dijo Thomas, sabiendo que ellos tenían que ver la imagen que él se había formado en la mente. Se levantó y fue a hurgar en el armario de almacenamiento—. Será más fácil si se los muestro. Si estoy equivocado, bueno, siempre podemos volver a correr como ratones alrededor del Laberinto.

Minho suspiró, claramente irritado. Luego murmuró algo. Teresa se había quedado callada por un rato, pero expresó lo que pensaba dentro de la cabeza de Thomas.

Creo que sé lo que estás haciendo. Es brillante.

Se sobresaltó pero hizo lo posible por no demostrarlo. Sabía que tenía que disimular que escuchaba voces en su cerebro: los otros pensarían que era un demente.

Ven... a... ayudarme, trató de responderle, pensando cada palabra por separado, tratando de visualizar el mensaje y luego enviarlo. Pero ella no contestó.

—Teresa —dijo en voz alta—. ¿Puedes ayudarme un momento? —y señaló hacia el armario.

Los dos entraron en el pequeño recinto polvoriento y abrieron todas las cajas, tomando una pequeña pila de Mapas de cada una. Al regresar a la mesa, vio que Minho ya había cortado veinte hojas de papel encerado, las había amontonado desordenadamente a su derecha, y seguía arrojando cada nuevo recorte arriba de la pila.

Thomas se sentó y tomó varios papeles. Sostuvo uno de ellos contra la luz y vio cómo pasaba el resplandor blancuzco a través de él. Era exactamente lo que necesitaba. Luego, buscó un marcador.

—Muy bien, calquen los últimos diez días en estos papeles. Asegúrense de anotar la información arriba para que podamos saber a qué corresponde cada uno. Cuando terminemos, creo que va a aparecer algo.

—¿Qué...? —comenzó a decir Minho.

—Sigue cortando y cierra esa maldita boca —le ordenó Newt—. Creo que sé adónde quiere llegar con esto.

Thomas se alegró de que por fin alguien empezara a comprender.

Los cuatro se pusieron a trabajar, calcando los Mapas originales al papel encerado, uno por uno, tratando de hacerlo correcta y meticulosamente, pero apurándose lo más posible. Thomas utilizó el costado de un trozo suelto de madera como regla, para hacer líneas rectas. En poco tiempo ya había completado diez planos. Los otros mantenían el mismo ritmo, trabajando febrilmente.

Mientras dibujaba, comenzó a sentir pánico, una horrible sensación de que todo eso fuera una pérdida de tiempo. Pero Teresa, que estaba sentada a su lado, era un ejemplo de concentración, con la lengua estirada por el costado de la boca, mientras trazaba líneas por todo el papel. Se le veía muy segura de lo que estaban haciendo.

Y así continuaron: caja por caja y sección por sección.

—Yo ya no puedo más —anunció Newt finalmente, rompiendo el silencio—. Me duelen las manos. Fíjate si se ve algo.

Thomas dejó el marcador y flexionó los dedos, rogando que su teoría fuera correcta.

—Muy bien. Tomen los últimos días de cada sección y hagan pilas sobre la mesa por orden, desde la Sección Uno hasta la Ocho. La Uno aquí —y señaló un extremo—, y la Ocho acá —y apuntó hacia el otro.

Trabajaron sin hablar, clasificando lo que habían calcado hasta que hubo ocho pilas de papel encerado alineadas sobre la mesa.

Muy nervioso, Thomas recogió una hoja de cada grupo, asegurándose de que fueran todas del mismo día y respetando el orden. Luego las colocó una arriba de la otra, de modo que cada dibujo del Laberinto coincidiera con el del mismo día arriba y debajo de él, hasta tener delante de sí las ocho secciones del Laberinto todas juntas. Quedó maravillado ante lo que vio. Casi mágicamente, como una imagen que se iba enfocando, se formó un dibujo. Teresa dejó escapar un grito.

Las líneas se entrecruzaban unas con otras, hacia arriba y hacia abajo, de tal manera que lo que sostenía en sus manos parecía una cuadrícula. Pero ciertas líneas de la mitad —que aparecían con más frecuencia que cualquiera de las otras— formaban una imagen ligeramente más oscura que las demás. Era algo muy sutil, pero no quedaba duda de que estaba allí.

Ubicada en el centro mismo de la página, se podía distinguir claramente la letra C.

43

Thomas se sintió relajado y excitado a la vez al comprobar que su teoría había funcionado, pero también se preguntó adónde los llevaría el descubrimiento.

—Guau —comentó Minho, resumiendo esos sentimientos en una interjección.

—Podría ser una coincidencia —acotó Teresa—. Sigue probando, rápido.

Thomas apiló las ocho hojas de cada día en orden, empezando por la Sección Uno hasta la Ocho. Todas las veces se fue formando una letra de manera evidente en el centro de la maraña de líneas entrecruzadas. Después de la C, aparecieron una O, una R, otra R, una E y, por último, una R. Luego C… A… P… T… U… R… A.

—Mira —dijo Thomas, señalando las pilas que habían formado, confundido pero contento de que las letras fueran tan claras—. Dice CORRER y CAPTURA.

—¿Correr captura? —preguntó Newt—. No me parece que eso suene como un maldito código de rescate.

—Tenemos que seguir trabajando.

Al realizar un nuevo par de combinaciones, se dieron cuenta de que la segunda palabra era, en realidad, CAPTURAR. CORRER y CAPTURAR.

—Es obvio que no se trata de una coincidencia —exclamó Minho.

—Realmente no —concordó Thomas.

Teresa hizo una seña hacia el depósito de almacenamiento.

—Tenemos que hacer lo mismo con todos los que están dentro de esas cajas.

—Sí —dijo Thomas—. Busquemos más.

—Nosotros no podemos colaborar —intervino Minho.

Los tres lo miraron con asombro.

—Por lo menos, Thomas y yo no. Tenemos que llevar a los Corredores al Laberinto.

—¿Qué? —exclamó Thomas—. ¡Esto es mucho más importante!

—Puede ser —respondió—, pero no podemos perder un día sin estar allá afuera. Especialmente ahora.

Se sintió decepcionado. Comparado con resolver el código, correr por el Laberinto parecía una pérdida total de tiempo.

—Tú dijiste que el esquema se ha venido repitiendo básicamente durante meses. Un día más no va a cambiar las cosas.

Minho dio un manotazo en la mesa.

—¡Eso es una tontería! Precisamente hoy debería ser el día más importante para ir. Algo podría haber cambiado o haberse abierto. De hecho, ahora que las paredes ya no se cierran más, creo que tendríamos que poner en práctica tu idea: quedarnos afuera durante la noche y explorar más profundamente.

La propuesta despertó su interés y le planteó un dilema, porque hacía rato que esperaba esa oportunidad.

—Pero ¿y qué pasará con el código? —preguntó.

—Tommy —dijo Newt, intentando tranquilizarlo—. Minho tiene razón. Ustedes vayan afuera a correr. Juntaré a varios Habitantes de confianza y seguiremos trabajando en esto.

Newt ya hablaba como un líder.

—Yo también —dijo Teresa—. Me quedo ayudando a Newt.

Thomas le echó una mirada.

—¿Estás segura?

Estaba desesperado por descubrir el código él mismo, pero sabía que Newt y Minho tenían razón.

Ella sonrió y se cruzó de brazos.

—Si van a descifrar un código escondido dentro de un complejo conjunto de laberintos, estoy segura de que van a necesitar el cerebro de una chica para encargarse de todo —afirmó, con una expresión de suficiencia y satisfacción.

—Si tú lo dices —repuso Thomas, cruzando los brazos a su vez y mirándola fijamente con una sonrisa en la cara. De repente, se le fueron las ganas de marcharse otra vez.

—Va —dijo Minho y se dio vuelta para irse—. Todo está de maravilla, así que vámonos.

Se dirigió hacia la puerta, pero se detuvo al notar que Thomas no lo seguía.

—No te preocupes, Tommy —bromeó Newt—. Tu novia estará muy bien aquí conmigo.

En ese momento, le cruzaron millones de pensamientos por la cabeza: ansiaba enterarse del código, sentía vergüenza por lo que Newt acababa de insinuar acerca de él y de Teresa, estaba intrigado por lo que encontrarían afuera en el Laberinto y… tenía miedo.

Pero puso a un lado todas las emociones y se marchó sin siquiera decir adiós, subiendo las escaleras detrás de su amigo.

Thomas ayudó a Minho a reunir a los Corredores para darles la noticia y organizar el gran viaje. Quedó sorprendido de que todos estuvieran de acuerdo en pasar la noche en el Laberinto y llevar a cabo una exploración más minuciosa del lugar. Aunque estaba nervioso y atemorizado, le dijo al Encargado que él podía ocuparse de una Sección. Minho se negó, diciendo que tenían ocho Corredores experimentados para realizar la tarea. Cuando le explicó que irían juntos, Thomas se sintió avergonzado del alivio que eso le causó.

Cargaron las mochilas con más provisiones que de costumbre, pues no sabían cuánto tiempo pasarían afuera. A pesar del miedo, estaba muy entusiasmado: quizás ese día encontraran una salida.

Los dos chicos estiraban las piernas delante de la Puerta del Oeste cuando Chuck se acercó a despedirlos.

—Yo iría con ustedes —dijo el chico en un tono demasiado jovial—, pero no tengo ganas de morir de manera truculenta.

Thomas se echó a reír.

—Gracias por las palabras de aliento.

—Tengan cuidado —agregó, mostrando preocupación en la voz—. Ojalá pudiera ayudarlos.

Se sintió emocionado: podía apostar que, de ser realmente necesario, Chuck los acompañaría al Laberinto.

—Gracias, campeón. Puedes estar seguro de que seremos cautelosos.

Minho emitió un gruñido.

—Ser cuidadosos no nos ha llevado a ningún lado. Ahora es todo o nada, *baby*.

—Ya es hora de irnos —anunció Thomas.

Sentía mariposas en el estómago y necesitaba ponerse en movimiento y dejar de pensar. Después de todo, salir al Laberinto no era peor que permanecer en el Área con las Puertas abiertas. Aunque ese pensamiento no le resultó de gran consuelo.

—Sí —respondió Minho con calma—. Vámonos.

—Bueno —dijo Chuck, levantando la vista del suelo y mirando a Thomas—. Buena suerte. Si tu novia te extraña y se siente sola, yo le daré un poco de amor.

Thomas puso los ojos en blanco.

—Ella no es mi novia, garlopo.

—Anda —exclamó—. Ya estás usando las malas palabras de Alby. En serio, buena suerte.

—Gracias, eso significa mucho para mí —contestó Minho, haciendo el mismo gesto de Thomas con los ojos—. Nos vemos, shank.

—Sí, nos vemos —masculló Chuck.

Dio media vuelta y se alejó.

Thomas sintió una punzada de tristeza: quizás no volvería a ver a Chuck o a Teresa o a cualquiera de ellos otra vez. Lo atacó un impulso repentino.

—¡No te olvides de mi promesa! —le gritó—. ¡Yo te llevaré a tu casa!

Chuck se dio la vuelta con el pulgar en alto y los ojos llenos de lágrimas.

Thomas levantó los dos pulgares. Luego, los Corredores se colgaron las mochilas y entraron al Laberinto.

44

Los dos Habitantes no se detuvieron hasta estar a mitad de camino del último callejón de la Sección Ocho. Thomas estaba contento con su reloj, pues el cielo gris no le permitía guiarse por la luz. Mantuvieron un buen ritmo ya que pronto quedó claro que las paredes no se habían movido desde el día anterior. Todo estaba exactamente igual. No era necesario hacer Mapas o tomar notas: su única tarea era llegar hasta el final y realizar el camino de regreso, buscando datos que antes se les hubieran pasado por alto. Hicieron un descanso de veinte minutos y continuaron la marcha.

Corrían en silencio. Minho le había enseñado que hablar consumía energía, de modo que puso toda su atención en que el paso y la respiración fueran regulares. Rodeados por sus pensamientos y el sonido de los pies golpeando contra la roca dura, se adentraron en las profundidades del Laberinto.

Después de dos horas, se sobresaltó al escuchar la voz de Teresa que le hablaba desde el Área.

Estamos progresando, ya encontramos un par de palabras más. Pero todavía no les hemos hallado un significado.

El primer instinto fue ignorarla, negar una vez más que alguien tuviera la capacidad de penetrar en su mente e invadir su privacidad. Pero quería hablar con ella.

¿Puedes oírme?, le preguntó, imaginándose las palabras y enviándoselas mentalmente de una forma que le resultó inexplicable. Hizo un esfuerzo y volvió a decirlas. *¿Puedes oírme?*

¡Sí!, contestó ella. *Y la segunda vez, te escuché muy claramente.*

Estaba tan perplejo que casi deja de correr. ¡Había funcionado!

Me pregunto cómo podemos hacer esto, le comentó. El esfuerzo mental de hablar con ella era extenuante: comenzó a dolerle la cabeza.

Tal vez fuimos amantes, dijo Teresa.

Thomas tropezó y aterrizó en el suelo. Sonrió tímidamente a Minho, que se había volteado para mirar. Se levantó con rapidez y alcanzó a su compañero. *¿Qué?*, preguntó al fin.

Le pareció notar que reía, como en una imagen borrosa pero llena de color. *Esto es tan raro*, dijo ella. *Es como si fueras un extraño, pero sé que no lo eres.*

Pese a que estaba sudando, sintió un escalofrío. *Lamento tener que darte la noticia: sí somos extraños. Acabo de conocerte, ¿recuerdas?*

No seas estúpido, Tom. Creo que alguien alteró nuestras mentes y puso algo ahí adentro para que pudiéramos comunicarnos por telepatía. Antes de venir aquí. Lo cual me hace pensar que ya nos conocíamos.

Había estado reflexionando sobre eso y consideró que Teresa debía de tener razón. Al menos, eso esperaba. Le gustaba mucho. *¿Mentes alteradas?*, preguntó. *¿Cómo?*

No sé… hay un recuerdo que no alcanzo a retener. Creo que hicimos algo importante.

Pensó que se había sentido conectado con Teresa desde su llegada al Área. Quería profundizar más ese tema y ver qué decía ella. *¿De qué estás hablando?*

Ojalá supiera. Estoy tratando de lanzarte ideas para ver si se dispara algo dentro de tu mente.

Recordó lo que Gally, Ben y Alby habían dicho de él: esas sospechas de que estaba en contra de ellos, que no era de fiar. También se acordó de lo que Teresa le había dicho la primera vez, que ella y él les habían hecho todo eso a los demás.

Este código tiene que significar algo, agregó ella. *Y eso que escribí en mi brazo: "CRUEL es bueno".*

Quizás no sea importante, contestó. *Tal vez encontremos una salida. Quién sabe.*

Apretó los ojos con fuerza durante unos segundos mientras se movía, buscando concentración. Una burbuja de aire parecía flotar en su pecho cada vez que hablaban: una sensación que era a la vez molesta y emocionante. Pero sus ojos se abrieron de golpe al descubrir que Teresa podría estar leyendo sus pensamientos aun cuando él no estuviera tratando de comunicarse con ella. Esperó una respuesta, pero no llegó ninguna.

¿Estás allí todavía?, le preguntó.

Sí, pero esto siempre hace que me duela la cabeza.

Le tranquilizó saber que no era el único. *A mí también.*

Bueno, dijo ella. *Nos vemos después.*

¡No, espera! No quería que se fuera, le estaba ayudando a pasar el tiempo, haciendo más fácil la corrida.

Adiós, Tom. Te aviso si descubrimos algo más.

Teresa, ¿qué piensas de lo que escribiste en tu brazo?

Pasaron varios segundos y no hubo respuesta.

¿Teresa?

Se había ido. Fue como si hubiera explotado esa burbuja de aire que tenía en el pecho, liberando toxinas dentro de su cuerpo. Le dolía el estómago y la idea de correr durante el resto del día le resultó deprimente.

Por un lado, quería contarle a Minho la forma en que Teresa y él podían comunicarse y compartir lo que le ocurría antes de que eso hiciera estallar su mente. Pero no se atrevió. Agregar telepatía a la situación no le pareció que fuera lo más aconsejable. Todo era suficientemente extraño así como estaba.

Bajó la cabeza y respiró profundamente. Decidió que sería mejor mantener la boca cerrada y seguir trotando.

Luego de dos descansos más, Minho redujo el paso mientras recorrían un largo pasadizo que terminaba en una pared. Unos segundos después, se sentó contra el muro. La enredadera era especialmente tupida allí y hacía que el mundo pareciera verde y exuberante.

Se sentó al lado de él y ambos atacaron su modesta comida que consistía en sándwiches y trozos de fruta.

—Esto es todo —dijo Minho, después del segundo bocado—. Ya cubrimos toda la sección y, ¡oh sorpresa!, no hay salida.

Él ya lo sabía, pero escucharlo hizo que su ánimo decayera. Sin una sola palabra terminó su comida y se dispuso a explorar. Para buscar quién sabe qué. Durante las horas que siguieron, rastrearon la zona: examinaron los muros, treparon la hiedra en sitios elegidos al azar. Nada. Se sentía cada vez más desalentado. Lo único interesante fue ver otro de esos extraños carteles que decían: CATÁSTROFE Y RUINA UNIVERSAL, EXPERIMENTO LETAL. Minho ni siquiera se molestó en echarle una segunda mirada.

Hicieron una última pausa para comer e investigaron otro poco. Al no hallar nada, Thomas comenzó a prepararse para aceptar lo inevitable: no había nada que encontrar. Cuando se acercó la hora en que se cerraban las Puertas, empezó a buscar señales de las criaturas, pero ni rastros de ellas. Ambos llevaban siempre los cuchillos aferrados en ambas manos. Pero nada ocurrió hasta casi la medianoche.

Minho alcanzó a ver a un Penitente desapareciendo detrás de una esquina más adelante, pero nunca regresó. Treinta minutos después, Thomas vio a otro, que hizo exactamente lo mismo. Una hora más tarde, uno más se acercó a toda velocidad desde el Laberinto y pasó junto a ellos sin detenerse. Thomas casi se desmaya del terror.

Los dos amigos siguieron corriendo.

—Creo que están jugando con nosotros —dijo Minho un rato después.

Thomas se dio cuenta de que había dejado de examinar los muros y se dirigía de regreso al Área con aspecto desanimado. Al parecer, Minho se encontraba igual.

—¿Qué quieres decir? —preguntó.

El Encargado suspiró.

—Creo que los Creadores quieren que sepamos que no existe una salida. Las paredes ya ni se mueven. Es como si esto hubiera sido sólo un juego estúpido, que tiene que terminar. Y quieren que volvamos y se lo contemos a los demás Habitantes. ¿Cuánto quieres apostar que cuando regresemos un Penitente se habrá llevado a uno de ellos igual que anoche? Me parece que Gally tenía razón: van a seguir matándonos uno por uno.

No respondió. Podía sentir la verdad que se ocultaba detrás de las palabras de Minho. Cualquier expectativa que hubiera tenido al salir se había esfumado hacía largo rato.

—Volvamos a casa —dijo Minho con voz cansada.

Odiaba tener que admitir la derrota, pero le hizo una seña afirmativa. El código era la única esperanza que les quedaba y decidió poner toda su energía en eso.

Regresaron al Área en silencio. No se cruzaron con ningún otro Penitente en todo el trayecto.

45

Según el reloj de Thomas, era media mañana cuando Minho y él cruzaron la Puerta del Oeste e ingresaron al Área. Estaba tan cansado que quería echarse ahí mismo y dormir una siesta. Habían permanecido en el Laberinto unas veinticuatro horas.

Sorprendentemente, a pesar de la luz mortecina y de que todo se estaba viniendo abajo, la actividad en el Área parecía estar desarrollándose con toda normalidad, tanto el trabajo en la granja como la jardinería y la limpieza. Algunos chicos notaron de inmediato la presencia de los Corredores y Newt no tardó en aparecer.

—Ustedes son los primeros en llegar —les anunció—. ¿Qué pasó?

Thomas sintió que se le partía el corazón al ver el brillo de esperanza en su rostro. Era obvio que pensaba que habían descubierto algo importante.

—Por favor, díganme que tienen buenas noticias.

Los ojos de Minho estaban como muertos, con la vista clavada en algún lugar en la distancia gris.

—Nada —respondió—. El Laberinto es una maldita broma.

Newt miró a Thomas, confundido.

—¿De qué está hablando?

—Sólo está desanimado —explicó con un gesto de desgano—. No encontramos nada distinto: los muros no se movieron, no hay salidas, nada. ¿Anoche vinieron los Penitentes?

La expresión de Newt se oscureció y sacudió la cabeza.

—Sí. Se llevaron a Adam.

No sabía de quién se trataba y se sintió culpable de su indiferencia. *Uno más,* pensó. *Quizás Gally tenía razón.*

Antes de que Newt pudiera agregar una palabra, a Minho le dio un ataque y perdió el control.

—¡Estoy harto de todo esto! —exclamó, escupiendo hacia la hiedra con las venas del cuello a punto de estallar—. Ya está. ¡Se acabó! —gritó, quitándose la mochila y arrojándola al suelo—. No existe una salida. Nunca la hubo y nunca la habrá. Estamos jodidos.

Con la garganta seca, Thomas observó a su compañero que se alejaba furioso hacia la Finca. Su rostro revelaba preocupación: si Minho dejaba de pelear, todos estarían en un gran problema.

Newt se quedó callado y dejó a Thomas enfrascado en sus pensamientos.

La desesperación flotaba en el aire como el humo denso y áspero de la Sala de Mapas.

Una hora después, los otros Corredores ya estaban de regreso. Por lo que Thomas pudo escuchar, no habían encontrado nada y, a la larga, se habían dado por vencidos. Casi todos los trabajadores habían abandonado su tarea y deambulaban por el Área con caras apesadumbradas.

Sabía que la única esperanza que les quedaba era el código. Tenía que revelarles algo importante. Sí o sí. Luego de vagar sin rumbo escuchando las historias de los otros Corredores, decidió sacarse el desaliento de encima.

¿Teresa?, dijo adentro de su mente, cerrando los ojos como si eso activara la comunicación. *¿Dónde estás? ¿Descubrieron algo?*

Luego de una larga pausa sin respuesta, ya estaba por renunciar.

¿Tom? ¿Me hablaste?

Sí, respondió, contento de haber hecho contacto nuevamente. *¿Me oyes? ¿Estoy haciéndolo bien?*

A veces se escucha un poco entrecortado, pero se entiende. Es medio alucinante, ¿no?

Pensó que, en realidad, ya se estaba acostumbrando. *No está del todo mal. ¿Siguen todavía en el sótano? Vi a Newt pero luego volvió a desaparecer.*

Aún estamos aquí. Newt llamó a tres o cuatro Habitantes para que nos ayudaran a calcar los Mapas. Creo que ya hemos resuelto todo el código.

Su corazón comenzó a latir rápidamente.

¿En serio?

Ven para acá.

Ya voy.

De pronto, no se sentía tan agotado.

Newt lo hizo pasar.

—Minho no apareció todavía —le dijo, mientras descendían al sótano—. A veces, ese cretino se exalta un poco.

Thomas no podía creer que Minho perdiera el tiempo poniéndose de mal humor, justo en el momento en que estaban por descifrar el código. Pero alejó el pensamiento de su cabeza al entrar en la habitación. Varios Habitantes que él no conocía se encontraban de pie alrededor de la mesa con caras de agotamiento. Había Mapas desperdigados por todos lados, incluso en el piso, como si un tornado hubiera arrasado el lugar.

Teresa estaba apoyada contra unos estantes, con una hoja en la mano. Levantó la vista cuando ellos entraron, y luego continuó la lectura. Eso lo entristeció un poco porque había esperado que demostrara alegría al verlo. Luego se sintió estúpido por haber pensado semejante cosa: era obvio que ella estaba tratando de resolver el código.

Tienes que ver esto, le dijo ella, mientras Newt despedía a sus colaboradores, que subieron los escalones de madera refunfuñando por haber trabajado inútilmente.

No hables en mi cabeza cuando Newt está cerca. No quiero que se entere de nuestro… don.

—Ven a observar algo —le pidió en voz alta, tratando de ocultar la sonrisa que asomaba en su rostro.

—Si resuelves esto, te juro que me pongo de rodillas y te beso los pies —aseguró Newt.

Thomas se acercó a Teresa, deseoso de ver lo que habían descubierto. Ella sostenía el papel con el ceño fruncido.

—No me cabe la menor duda de que esto está bien —aclaró—. Pero no tengo idea de lo que significa.

Tomó la hoja y le echó una mirada rápida. En el lado izquierdo del papel, había seis palabras numeradas del uno al seis, escritas en grandes letras mayúsculas:

CORRER

CAPTURAR

SANGRAR

MORIR

ESTIRAR

OPRIMIR

Seis palabras. Nada más.

Estaba completamente decepcionado. Había creído que una vez que descifraran el código, su finalidad sería obvia. Miró a Teresa desilusionado.

—¿Esto es todo? ¿Están seguros de que están en el orden correcto?

Ella le sacó la hoja.

—El Laberinto ha estado repitiendo esas palabras durante meses. Una vez que eso quedó claro, interrumpimos la búsqueda. Después de la palabra OPRIMIR, siempre pasa una semana entera sin mostrar ninguna letra, y luego, con CORRER, vuelve a comenzar. Entonces llegamos a la conclusión de que ésa era la primera palabra y ése era el orden.

Cruzándose de brazos, se apoyó contra la estantería al lado de Teresa. Sin darse cuenta, había memorizado las seis palabras, grabándolas en su mente. *Correr. Capturar. Sangrar. Morir. Estirar. Oprimir*. Eso no sonaba nada bien.

—Alentador, ¿no crees? —dijo Newt, reflejando sus pensamientos con exactitud.

—Sí —respondió con un gruñido de frustración—. Tenemos que traer a Minho aquí abajo, quizás él sepa algo que nosotros ignoramos. Si tuviéramos más pistas…

De repente se quedó petrificado y sintió que la cabeza le daba vueltas. Se hubiera caído al piso de no haberse apoyado en los estantes. Se le acababa de ocurrir una idea completamente terrible. La peor del mundo. Pero su instinto le decía que estaba en lo cierto, que era algo que tenía que hacer.

—¿Tommy? —preguntó Newt, acercándose con cara de preocupación—. ¿Te pasa algo malo? Te pusiste pálido.

Sacudió la cabeza y trató de controlarse.

—Ah… no es nada, lo siento. Me duelen los ojos, creo que necesito dormir un poco —contestó, frotándose las sienes para resultar más creíble.

¿Te encuentras bien?, le preguntó Teresa dentro de su mente. La observó para verificar si estaba tan preocupada como Newt, lo cual le resultó muy agradable.

Sí, estoy algo agotado, en serio. Sólo tengo que descansar un poco.

—Bueno —dijo Newt, mientras le apretaba el hombro—. Te pasaste toda la noche afuera en ese maldito Laberinto. Ve a echarte una siesta.

Miró primero a Teresa y luego a Newt. Quería compartir su idea con ellos, pero decidió que era mejor no hacerlo. Se despidió y se dirigió hacia las escaleras.

Al menos, ahora tenía un plan. No sería genial, pero era mejor que nada.

Necesitaban más claves acerca del código. Precisaban *recuerdos*.

Se dejaría pinchar por un Penitente para pasar por la Transformación. Deliberadamente.

46

Thomas no quiso hablar con nadie durante el resto del día. Teresa trató de verlo varias veces, pero él repetía que no se sentía bien y que deseaba estar solo en su refugio del bosque. Necesitaba tiempo para dormir y también para pensar un poco: estaba seguro de que debía existir algún secreto oculto dentro de su mente que los ayudaría a decidir qué camino tomar.

Pero en verdad, estaba juntando fuerzas para lo que había planeado hacer esa noche, intentando convencerse de que era lo correcto. Tal vez, lo único que podía hacer. Además, estaba absolutamente aterrorizado y no quería que los demás lo notaran.

Finalmente, cuando el reloj le mostró que ya había llegado la hora, se fue a la Finca con todo el grupo. No se había dado cuenta de lo hambriento que estaba hasta que comenzó a comer las galletas y la sopa de jitomate que Sartén había preparado a toda prisa.

A partir de ese momento, tenía por delante otra noche sin dormir.

Los Constructores habían cerrado con tablas los huecos dejados por los Penitentes al llevarse a Gally y a Adam. Pensó que el trabajo parecía hecho por un ejército de borrachos, pero daba la impresión de que resistiría. Alby también se encontraba allí, con la cabeza vendada, pues ya se sentía mejor. Él y Newt ordenaron a los Habitantes que rondaran todas las noches el lugar en donde dormían.

Thomas terminó en la gran sala de la planta baja de la Finca con los mismos chicos con los cuales había estado dos noches antes. El silencio pronto se instaló en la habitación, aunque no quedaba claro si era porque todos estaban en realidad dormidos o simplemente asustados, deseando que las criaturas no regresaran. A diferencia de la otra vez, a Teresa se le había permitido quedarse en el edificio con el resto de los Habitantes. Se hallaba cerca de él, acurrucada bajo dos mantas. Tuvo la sensación de que ella había logrado conciliar el sueño. De verdad.

Pero él no podía dormir, aunque sabía que su cuerpo se lo pedía con desesperación. Hizo un gran esfuerzo por mantener los ojos cerrados y relajarse, pero no tuvo suerte. La noche transcurría lentamente y el nerviosismo de la espera era un gran peso sobre su pecho.

De pronto, como todos habían esperado, se oyeron los horrorosos sonidos mecánicos en el exterior. Había llegado la hora.

Se agruparon contra la pared más alejada de la ventana, haciendo lo imposible por mantenerse callados. Thomas se apartó en un rincón junto a Teresa, con los brazos alrededor de las rodillas y los ojos clavados en la ventana. La realidad de la terrible decisión que había tomado le oprimía el estómago como si hubiera recibido un golpe. Pero sabía que seguramente todo dependería de eso.

La tensión iba en aumento. Los Habitantes estaban mudos, no se movía ni un alma. Un roce distante del metal contra la madera sonó por toda la casa. Pensó que un Penitente debía de estar trepando por la pared trasera de la Finca, en el lado opuesto de donde ellos se encontraban. Unos segundos después, se escucharon más ruidos que venían de todas las direcciones. El más cercano se oyó fuera de la ventana. El aire del recinto pareció congelarse. Apoyó los puños contra sus ojos, temiendo el horror que se avecinaba.

Una explosión de maderas despedazadas y vidrios rotos en el piso de arriba sacudió toda la casa como si se tratara de un trueno. Quedó paralizado mientras escuchaba algunos alaridos, seguidos de pisadas que huían. Fuertes crujidos y gemidos anunciaron que una horda de Habitantes se dirigía hacia el primer piso.

—¡Atraparon a Dave! —gritó alguien, con la voz atravesada por el terror.

En el dormitorio de Thomas nadie movió un músculo. Sabía que todos se sentían culpables por el alivio que experimentaban al comprobar que, al menos, no les había tocado a ellos. Quizás estarían seguros por una noche más. Se habían llevado un chico por vez durante dos noches seguidas y los Habitantes habían empezado a creer que lo que Gally había dicho era verdad.

Thomas dio un salto al escuchar un estruendo justo del otro lado de la puerta, acompañado de aullidos y madera que se astillaba, como si un monstruo con mandíbula de hierro se estuviera comiendo todo el hueco de la escalera. Un segundo después, vino otro estallido de madera que se partía: la puerta del frente. El Penitente había atravesado toda la casa y ahora se marchaba.

El miedo se apoderó de él: era ahora o nunca.

Se incorporó bruscamente, fue hasta la puerta de la habitación y la abrió de un golpe. Escuchó que Newt gritaba, pero no le prestó atención y corrió a lo largo del pasillo esquivando cientos de trozos de madera desparramados por el piso. En el lugar donde había estado la puerta, ahora podía ver un gran orificio con los bordes dentados que se abría hacia la noche gris. Lo atravesó velozmente y salió al Área.

¡Tom!, gritó Teresa en su cabeza. *¡¿Qué estás haciendo?!*

Ignoró la pregunta y continuó su carrera.

La criatura que llevaba a Dave —un chico con el cual nunca había hablado— se deslizaba con sus púas hacia la Puerta del Oeste, agitándose y emitiendo zumbidos. Los otros monstruos ya se habían reunido en el patio y siguieron a su compañero hacia el Laberinto. Sin vacilar y sabiendo que los demás pensarían que eso era un suicidio, se apuró hasta ubicarse en medio de la manada de Penitentes. Tomados por sorpresa, éstos titubearon unos segundos.

Saltó sobre el que tenía a Dave, trató de liberar al chico con un movimiento brusco, esperando que el monstruo buscara vengarse. El alarido de Teresa en su mente sonó con tal fuerza que le pareció que un puñal le había perforado el cerebro.

Tres Penitentes se lanzaron en tropel hacia él revoleando sus largas pinzas y agujas. Sacudió frenéticamente los brazos y las piernas, bloqueando las horribles garras de metal y arrojando patadas a la asquerosa grasa burbujeante que cubría a las criaturas. No quería que se lo llevaran como a Dave, sólo que lo pincharan. El ataque implacable de las bestias se intensificaba y sintió que el dolor atravesaba todo su cuerpo: los pinchazos de las agujas le confirmaron que su plan había resultado. Lanzando gritos, comenzó a patear y retorcerse por el suelo, tratando de alejarse. Siguió luchando y, en un desborde de adrenalina, encontró finalmente un espacio abierto a través del cual, una vez de pie, salió huyendo con todas sus fuerzas y agilidad.

Apenas estuvo fuera del alcance de los Penitentes, ellos abandonaron la pelea y se perdieron dentro del Laberinto. Thomas se desplomó aullando de dolor.

Newt apareció de inmediato junto a él, seguido de cerca por Chuck, Teresa y varios más. Lo levantó de los hombros, tomándolo por debajo de ambos brazos.

—¡Sujétenle las piernas! —gritó.

Parecía que el mundo daba vueltas. Sentía náuseas y estaba mareado. Alguien —no podía decir quién— obedeció la orden de Newt. Lo transportaron por el patio, entraron a la Finca por la puerta delantera y lo depositaron en el diván de una de las habitaciones. Todo seguía girando sin parar.

—¡¿Qué estabas haciendo?! —le preguntó Newt desesperado—. ¿Cómo puedes ser tan estúpido?

Tenía que hablar antes de perderse en la oscuridad.

—No… Newt… Tú no comprendes…

—¡Cállate! —le ordenó—. ¡No gastes energía!

Notó que alguien revisaba sus brazos y piernas, le quitaba la ropa y examinaba cuál había sido el daño. Escuchó la voz de Chuck y se alegró de que su amigo se encontrara bien. Uno de los Docs mencionó que había recibido más de doce pinchazos.

Teresa estaba a sus pies, apretando su tobillo derecho con la mano. *¿Por qué, Tom? ¿Por qué hiciste semejante cosa?*

Porque… No tenía la fuerza necesaria para concentrarse.

Newt pidió a gritos que le trajeran el Suero de los Penitentes y, un minuto después, sintió la aguja en el brazo. Una ola de calor se extendió por todo el cuerpo, calmándolo y aplacando el sufrimiento. Pero el universo seguía desmoronándose a su alrededor. Sabía que desaparecería en unos pocos segundos.

La habitación giraba, los colores se confundían unos con otros, agitándose cada vez más rápidamente. Utilizó toda la fuerza que le quedaba para decir algo antes de caer para siempre en las tinieblas.

—No se preocupen —murmuró, esperando que pudieran oírlo—. Lo hice a propósito.

47

Durante la Transformación, Thomas perdió por completo la noción del tiempo.

Comenzó de manera similar a su primer recuerdo dentro de la Caja: en medio del frío y la oscuridad. Pero esta vez, sus pies y su cuerpo no parecían estar en contacto con nada. Flotaba en el vacío, con la mirada fija en un agujero negro. No escuchaba voces ni ruidos, tampoco percibía olores. Era como si alguien le hubiera robado los cinco sentidos, dejándolo en medio de las tinieblas.

El tiempo se alargaba. El miedo se convirtió en curiosidad y ésta, en aburrimiento.

Finalmente, tras una espera interminable, todo comenzó a cambiar.

Un viento fuerte se levantó a lo lejos. No lo sentía pero podía oírlo. Enseguida surgió una bruma blanca distante: parecía un tornado de humo que giraba formando un embudo tan grande que no permitía ver dónde terminaba el remolino. Luego aparecieron huracanes, que fueron absorbidos por un gran ciclón, y pasaron volando detrás de él, rasgando su ropa y su pelo como banderas destrozadas por una tormenta.

La espesa bruma era como una torre gigantesca, que comenzó a acercarse hacia él —o era él el que se movía hacia ella, no estaba seguro— aumentando la velocidad a un ritmo alarmante. Donde segundos antes había podido ver la forma nítida del embudo, ahora sólo quedaba una extensa planicie blanca.

Entonces la niebla lo devoró. Sintió que se llevaba su mente y que los recuerdos inundaban sus pensamientos.

Todo lo demás no fue más que sufrimiento.

48

−Thomas.

La voz era distante, casi un murmullo, y sonaba como el eco dentro de un largo túnel.

−Thomas, ¿puedes oírme?

No quería contestar. Su mente había dejado de funcionar cuando ya no pudo soportar más el dolor. Temía que todo comenzara otra vez si volvía a estar consciente. Le pareció que había luz al otro lado de sus párpados, pero supo que sería intolerable abrirlos. No hizo nada.

−Thomas, soy Chuck. ¿Estás bien? Por favor, no te mueras, güey.

De pronto, todo el pasado explotó en su mente. El Área, los Penitentes, la aguja punzante, la Transformación. Recuerdos. El Laberinto no tenía salida. La única posibilidad era algo que ellos nunca habían imaginado. Algo terrorífico. Lo invadió la desesperación.

Con un gruñido se obligó a abrir los ojos poco a poco. La cara redonda de Chuck estaba allí observándolo con mirada asustada. Su rostro se iluminó de inmediato y desplegó una gran sonrisa. Se mostraba alegre a pesar de lo terrible de la situación.

−¡Está despierto! −gritó, sin dirigirse a nadie en particular−. ¡Thomas se despertó!

Hizo una mueca de dolor ante la voz atronadora del chico y cerró nuevamente los ojos.

−Chuck, ¿es necesario que des esos alaridos? Todavía no estoy muy bien.

−Lo siento, es que estoy feliz de ver que estás vivo. Tienes suerte de que no te dé un gran beso.

−Ni se te ocurra −masculló, abriendo los ojos otra vez.

Se sentó en la cama empujando la espalda contra la pared y estirando las piernas. Le dolían mucho las articulaciones y los músculos.

—¿Cuánto tiempo transcurrió? —preguntó.

—Tres días —contestó Chuck—. Te poníamos en el Cuarto Oscuro por la noche para que estuvieras seguro y te traíamos de vuelta acá durante la jornada. Pensé que estabas muerto unas treinta veces desde que todo empezó. Pero mírate ahora: ¡estás como nuevo!

Thomas sabía que eso no era precisamente cierto.

—¿Vinieron los Penitentes?

El júbilo de Chuck desapareció de golpe.

—Sí, se llevaron a Zart y a un par más. Uno cada noche. Minho y los Corredores han registrado el Laberinto intentando hallar una salida o utilizar ese estúpido código que ustedes descubrieron, pero sin resultado. ¿Por qué piensas que las criaturas se están llevando a un larcho por vez?

A Thomas se le revolvieron las tripas: ahora sabía la respuesta exacta a esa pregunta, y a algunas otras. Lo suficiente como para haber comprendido que a veces saber era un asco.

—Ve a buscar a Newt y a Alby —dijo, finalmente, a modo de contestación—. Diles que tenemos que hacer una Asamblea. Lo antes posible.

—¿En serio?

Lanzó un suspiro.

—Chuck, acabo de pasar por la Transformación, ¿no te parece que hablo en serio?

Se levantó de un salto y salió de la habitación sin decir una palabra.

Thomas cerró los ojos, inclinó la cabeza contra la pared y se concentró. *Teresa.*

Tardó un poco en responder, pero pronto pudo escuchar su voz claramente dentro de sus pensamientos, como si ella estuviera sentada junto a él. *Tom, eso fue muy estúpido. De verdad.*

Tenía que hacerlo, contestó.

Te odié mucho durante los últimos dos días. Tendrías que haberte visto. La piel, las venas...

¿Me odiaste? Estaba emocionado de que Teresa se hubiera preocupado tanto por él.

Ella hizo una pausa. *Ésa es mi manera de decir que te habría matado si hubieras muerto.*

Una repentina ola de calidez subió por su pecho. *Bueno... gracias. Supongo. Entonces, ¿cuánto recuerdas?*

Tardó unos segundos en responder. *Suficiente. Lo que dijiste acerca de nosotros dos y lo que les hicimos a ellos...*

¿Era cierto?

Percibió frustración en la voz de ella, como si tuviera miles de preguntas, pero no supiera por dónde empezar.

Hicimos algunas cosas malas, Teresa.

¿Averiguaste algo que nos ayude a salir de aquí?, preguntó, y parecía no querer enterarse de qué papel había jugado ella misma en todo eso. *¿La forma de usar el código?*

Thomas no respondió de inmediato, antes quería organizar sus pensamientos. La única posibilidad que tenían de escapar sería a través de un acto suicida. *Quizás*, contestó después de unos segundos, *pero no será fácil. Tenemos que hacer una Asamblea. Les pediré que te permitan estar presente. No tengo fuerzas para decir todo dos veces.*

Ninguno de los dos habló durante un rato, como si una sensación de desaliento flotara en sus mentes.

¿Teresa?

¿Sí?

El Laberinto no tiene solución.

Ella tardó mucho en responder. *Creo que ahora ya todos lo sabemos.*

Thomas no soportaba el dolor que había en su voz. Lo podía sentir en su mente. *No te preocupes, la intención de los Creadores es que nos escapemos. Tengo un plan.* Quería darle algo de esperanza, por poca que fuera.

¿Sí? No me digas.

Sí. Es terrible y algunos podríamos morir. ¿Suena alentador?

Totalmente. ¿Qué es?

Tenemos que...

Antes de que terminara la frase, Newt entró al cuarto e interrumpió la conversación.

Te lo contaré después, concluyó rápidamente.

¡Date prisa!, dijo ella y desapareció.

—Tommy, casi no tienes aspecto de enfermo —exclamó, sentándose en la cama junto a él.

—Me siento un poco mareado, pero aparte de eso estoy bien. Pensé que sería mucho peor —repuso con una sonrisa.

Newt sacudió la cabeza con una mezcla de enojo y admiración.

—Lo que hiciste fue medio valiente y medio estúpido. Parece que tienes una habilidad especial para eso —hizo una pausa—. Yo sé por qué decidiste hacerlo. ¿Qué recuerdos recuperaste? ¿Algo que nos pueda ayudar?

—Hay que reunir a la Asamblea —respondió, acomodando el cuerpo. Sorprendentemente, no se sentía muy dolorido, sólo un poco atontado—. Antes de que empiece a olvidarme de algo.

—Sí, Chuck me contó. Lo haremos. Pero ¿qué descubriste?

—Es una prueba, Newt. Todo esto es una prueba.

Pareció comprender.

—Como un experimento.

—No, no entiendes. Ellos nos están eliminando, observando si nos rendimos para quedarse con los mejores. Arrojándonos Variables, tratando de que abandonemos. Están probando nuestra capacidad para resistir y pelear. Mandar a Teresa aquí y cortar todo fue sólo la última parte, el último examen. Llegó la hora de la prueba final: escapar.

Newt tenía la frente fruncida por la confusión.

—¿Qué quieres decir? ¿Conoces una salida?

—Sí. Reúne a la Asamblea. Ahora.

49

Una hora después, Thomas estaba sentado delante de los Encargados en la Asamblea, igual que la vez anterior, una o dos semanas atrás. No habían dejado entrar a Teresa, lo cual los había irritado mucho tanto a él como a ella. Newt y Minho ahora confiaban en la chica, pero los demás todavía tenían sus dudas.

—Muy bien, Nuevito —dijo Alby, luciendo muy recuperado, mientras se ubicaba en el centro del semicírculo de sillas, junto a Newt. El resto de los asientos estaban todos ocupados, excepto dos: un cruel recordatorio de que Zart y Gally habían sido llevados por los Penitentes—. Evita todo ese plopus de irte por las ramas y empieza a hablar.

Todavía un poco débil por la Transformación, se tomó unos segundos para serenarse. Tenía mucho que decir, pero quería asegurarse de que no sonara como una tontería.

—Es una larga historia —explicó—. No hay tiempo para repasarla toda, pero les voy a contar lo esencial. Durante la Transformación, pasaron fugazmente por mi mente cientos de imágenes como si fuera una proyección de diapositivas con avance rápido. Muchos recuerdos volvieron, pero sólo algunos están lo suficientemente claros para mí como para hablar de ellos. Hay otros que ya desaparecieron o que se van esfumando poco a poco —hizo una pausa para ordenar su mente—. Pero retuve bastantes datos. Los Creadores nos están probando. El Laberinto no fue pensado como un enigma a resolver. Es una prueba. Ellos quieren que los ganadores, o sobrevivientes, hagan algo importante.

Se detuvo, un poco confundido con respecto al orden en que debía contar los hechos.

—¿Qué? —preguntó Newt.

—Déjame empezar desde el principio —respondió, frotándose los ojos—. A todos los que estamos aquí nos llevaron de nuestros hogares cuando éramos muy pequeños. No me acuerdo cómo ni por qué, sólo tengo imágenes fugaces y sensaciones de que las cosas en el mundo han cambiado, que ocurrió algo realmente malo. No tengo idea de qué fue. Los Creadores nos robaron y, aparentemente, ellos piensan que tienen una justificación por haberlo hecho. Parece que llegaron a la conclusión de que nosotros tenemos una inteligencia por encima del promedio normal y es por eso que nos eligieron. La mayor parte de esta información es fragmentaria y no es demasiado importante. No puedo recordar nada acerca de mi familia o qué ocurrió. Pero después de que se apropiaron de nosotros, pasamos varios años aprendiendo en escuelas especiales y llevando vidas más o menos normales hasta que ellos finalmente estuvieron en condiciones de financiar y construir el Laberinto. Nuestros nombres son estúpidos apodos que ellos inventaron: Alby por Albert Einstein, Newt por Isaac Newton y yo, Thomas, por Edison.

Alby estaba completamente asombrado.

—Nuestros nombres... ¿ni siquiera son los verdaderos?

Thomas sacudió la cabeza.

—Y por lo que sé, es probable que nunca lleguemos a conocerlos.

—¿De qué estás hablando? —preguntó Sartén—. ¿Acaso somos unos malditos huérfanos criados por científicos?

—Sí —contestó, deseando que su expresión no demostrara lo deprimido que se sentía—. Teóricamente, somos muy inteligentes y ellos están estudiando todo lo que hacemos. Observan quiénes se rinden y quiénes no, y así analizan cuáles lograrán sobrevivir hasta el final. No es extraño entonces que haya tantos escarabajos correteando por todo este lugar. Además, las mentes de algunos de nosotros... han sido alteradas.

—Yo creo que toda esta garlopa es tan buena como la comida de Sartén —interrumpió Winston con un gruñido, con aspecto cansado e indiferente.

—¿Por qué habría de inventar algo así? —exclamó, levantando la voz. ¡Él se había hecho pinchar a propósito para recordar todo eso!—. Díganme,

¿cuál piensan ustedes que es la explicación? ¿Que vivimos en un planeta de extraterrestres?

—Sigue hablando —dijo Alby—. Pero yo no entiendo por qué ninguno de nosotros recordó nada de esto. Yo pasé por la Transformación, pero todo lo que vi era… —echó una rápida mirada a su alrededor, como si acabara de decir algo que no debía—. No me enteré de nada.

—Enseguida te voy a contar por qué pienso que yo averigüé más cosas que los demás —contestó, temiendo llegar a esa parte del relato—. ¿Continúo?

—Sigue adelante —repuso Newt.

Respiró profundamente como si fuera a comenzar una carrera.

—Muy bien. De alguna forma, nos borraron la memoria; no sólo nuestra infancia, sino todo lo anterior a la llegada al Laberinto. Nos pusieron en la Caja y nos mandaron aquí arriba. Enviaron un grupo grande para empezar y luego uno por mes durante los últimos dos años.

—Pero ¿por qué? —preguntó Newt—. ¿Cuál es el maldito sentido de hacer todo esto?

Levantó la mano para pedir silencio.

—Ya estoy llegando a eso. Como dije, ellos querían ponernos a prueba, ver cómo reaccionábamos a lo que llaman las Variables y a un problema sin solución. Querían probar si podíamos trabajar juntos e, incluso, llegar a construir una comunidad. Nos proporcionaron todo, y el problema se dispuso con la forma de uno de los rompecabezas más comunes que conoce la civilización: un Laberinto. Todo esto contribuyó a hacernos creer que tenía que existir una solución, alentándonos a trabajar todavía más duro para encontrarla pero, al mismo tiempo, aumentando nuestro desaliento al ver que ello no ocurría —hizo una pausa para asegurarse de que lo estuvieran escuchando—. Lo que quiero decir es que no hay una solución.

Todos se pusieron a hablar y a hacer preguntas al mismo tiempo.

Reclamó otra vez que se callaran, deseando que fuera posible simplemente cargar sus pensamientos en las mentes de los otros.

—¿Ven? La reacción de ustedes demuestra que tengo razón. A esta altura, la mayoría de las personas ya se hubiera rendido. Pero yo creo que nosotros somos distintos. No podíamos aceptar que un problema no tuviera solución, especialmente si se trataba de algo tan sencillo como un Laberinto. Y seguimos luchando por más que ya casi no queden esperanzas de encontrar la salida.

Thomas se dio cuenta de que había ido levantando gradualmente la voz a medida que hablaba, y sintió que el calor encendía su rostro.

—Cualquiera sea la razón, ¡de todas maneras me enferma! Todo esto: los Penitentes, las paredes que se mueven, el Acantilado… son solamente elementos de una prueba estúpida. Fuimos usados y manipulados. Los Creadores querían que mantuviéramos nuestras mentes ocupadas en buscar una solución que nunca existió. Actuaron de la misma manera al mandar a Teresa aquí y al utilizarla para que detonara el Final —sea lo que sea que eso signifique—, al desactivar todo el lugar, el cielo gris, y todo lo demás. Nos proponen cosas delirantes para ver cómo reaccionamos, evaluar nuestra voluntad y también ver si nos peleamos entre nosotros. Al final, ellos quieren a los sobrevivientes para algo importante.

Sartén se puso de pie.

—¿Matando gente? ¿Ése también es un simpático detalle del plan?

Sintió miedo de que los Encargados arrojaran su furia hacia él por saber tanto. Y, para colmo, las cosas se iban a poner peor.

—Sí, Sartén, matando gente. El único motivo por el cual los Penitentes están llevándonos uno a uno es para no eliminarnos a todos antes de que esto termine como se supone que debe terminar. La supervivencia del más fuerte o del más apto. Sólo escaparán los mejores.

Sartén dio una patada a la silla.

—Bueno, ¡entonces más vale que empieces a explicar esa forma mágica de escapar!

—Ya lo hará —dijo Newt con calma—. Cierra la boca y escucha.

Minho, que se había mantenido callado la mayor parte del tiempo, se aclaró la garganta.

—Algo me dice que no me va a gustar lo que está por venir.

—Es probable que no —dijo Thomas. Cerró los ojos unos segundos y se cruzó de brazos. Los próximos minutos serían cruciales—. Los Creadores quieren a los mejores de nosotros para aquello que planearon. Pero tenemos que ganárnoslo —la habitación quedó en silencio, todos los ojos clavados en él—. El código.

—¿El código? —repitió Sartén, con un dejo de esperanza en la voz—. ¿Qué pasa con él?

Thomas lo miró e hizo una pausa para lograr mayor efecto.

—Existía una razón para que estuviera escondido en los movimientos de los muros del Laberinto. Yo debía saberlo... estaba allí cuando los Creadores lo diseñaron.

50

Por un rato largo no se escuchó ni una voz y todos se quedaron observando a Thomas, confundidos. El sudor corría por su frente y sentía las manos resbaladizas: tenía terror de continuar.

Newt, incrédulo, fue el primero en reaccionar.

—¿Qué estás diciendo?

—Primero, hay algo que quiero compartir con ustedes sobre Teresa y sobre mí. Existe una razón para que Gally me acusara de tantas cosas, que también explica por qué todos los que pasaron por la Transformación me reconocieron.

Esperaba que le hicieran preguntas, que gritaran, pero reinaba un silencio mortal en la sala.

—Teresa y yo somos… diferentes —continuó—. Fuimos parte de las Pruebas del Laberinto desde el comienzo, pero contra nuestra voluntad. Lo juro.

Esta vez, fue Minho el que habló.

—Thomas, ¿cómo puedes afirmar algo así?

—Los Creadores nos usaron a los dos. Si ustedes recuperaran todos sus recuerdos, probablemente querrían matarnos. Pero tenía que confesarles esto yo mismo para demostrarles que ahora pueden confiar en mí. Así me creerán cuando les explique cuál es la única manera de salir de aquí.

Contempló los rostros de los Encargados, preguntándose por última vez si debía decirlo y si ellos entenderían. Pero sabía que tenía que hacerlo. Sí o sí.

Tomó aire y disparó lo que había venido a confesar.

—Teresa y yo ayudamos a diseñar el Laberinto y a crear todo esto.

Quedaron demasiado aturdidos como para reaccionar. Una vez más recibió miradas inexpresivas. Supuso que no entendían o, simplemente, no creían que fuera cierto.

—¿Qué quieres decir? —preguntó Newt finalmente—. Tienes sólo dieciséis malditos años. ¿Cómo puedes haber creado el Laberinto?

Él también tenía algunas dudas, pero sabía cuáles habían sido sus recuerdos. Por loco que pareciera, era la verdad.

—Éramos… inteligentes. Y pienso que también podría ser parte de las Variables. Pero lo más importante es que Teresa y yo tenemos un… don, que nos hizo muy valiosos mientras ellos diseñaban y construían este sitio —se detuvo allí, sabiendo que todo debía sonar absurdo.

—¡Dilo de una vez! —gritó Newt—. ¡Habla ya!

—¡Tenemos telepatía! ¡Podemos hablar entre nosotros adentro de nuestras cabezas!

Al decirlo en voz alta se sintió un poco avergonzado, como si acabara de admitir que era un ladrón.

Newt pestañó varias veces de la sorpresa; alguien tosió.

—Pero escúchenme —prosiguió, intentando defenderse rápidamente—, nos obligaron a colaborar. No sé cómo ni por qué, pero lo hicieron. Quizás fue para ver si podíamos ganarnos la confianza de ustedes a pesar de haber sido parte de ellos. Tal vez siempre fuimos los elegidos para revelar la forma de escapar. Cualquiera sea la razón, con los Mapas de ustedes desciframos el código y ahora tenemos que usarlo.

Hizo un paneo general de la sala y, para su sorpresa y asombro, nadie parecía enojado. Algunos Habitantes continuaban mirándolo con rostros carentes de expresión y otros sacudían las cabezas maravillados o incrédulos. Y por alguna extraña razón, Minho sonreía.

—Es la verdad y les pido perdón —continuó—. Pero puedo asegurarles algo, ahora estamos todos en el mismo barco. Teresa y yo fuimos enviados aquí igual que ustedes, y también podemos morir tan fácilmente como cualquiera. Pero los Creadores ya han visto suficiente: es la hora de la prueba final. Supongo que yo necesitaba la Transformación para agregar las últimas piezas del rompecabezas. De todos modos, quería que ustedes supieran la verdad, que comprendieran que existe una posibilidad de escapar.

Newt se movía nerviosamente de un lado a otro. Luego se quedó quieto y abarcó con la vista al resto de los Encargados.

—Los Creadores, esos larchos miserables, nos hicieron esto. Ni Tommy ni Teresa. Los Creadores. Y lo van a lamentar.

—Como sea —dijo Minho—, todo eso me importa una garlopa. Empecemos de una vez con la fuga.

A Thomas se le hizo un nudo en la garganta. Se sentía tan aliviado que casi no podía hablar. Hubiera jurado que lo someterían a algún tipo de tortura por su confesión o que lo arrojarían por el Acantilado. Lo que le quedaba por decir parecía entonces mucho más sencillo.

—Hay una terminal de computadoras en un lugar en el que nunca antes miramos. El código abrirá una puerta para que nosotros salgamos del Laberinto. También desactivará a los Penitentes para que no puedan seguirnos, si es que logramos sobrevivir lo suficiente como para llegar hasta ese punto.

—¿Un lugar en el que nunca antes miramos? —preguntó Alby—. ¿Qué piensas que hemos estado haciendo estos dos años?

—Créeme, nunca estuviste en este sitio.

Minho se levantó.

—Bueno, ¿y dónde queda?

—Es casi un suicidio —contestó Thomas, sabiendo que estaba posponiendo la respuesta—. Los Penitentes nos van a perseguir cuando intentemos hacerlo. Todas las criaturas juntas. Es la prueba final.

Quería estar seguro de que entendieran cuáles serían los riesgos. La posibilidad de que se salvaran todos era escasa.

—Bueno, dinos dónde está —intervino Newt, inclinándose hacia delante en la silla.

—Después del Acantilado —respondió—. Tenemos que entrar a la Fosa de los Penitentes.

51

Alby se levantó tan bruscamente que la silla se cayó hacia atrás. Los ojos inyectados en sangre se destacaban contra el vendaje blanco que cubría su frente. Dio dos pasos hacia delante y se detuvo, como si hubiera estado a punto de atacar a Thomas.

—Ahora sí te estás comportando como un idiota miertero —le dijo, fulminándolo con la mirada—. O un traidor. ¿Cómo podemos confiar en lo que dices si ayudaste a diseñar este lugar y a ponernos aquí? Si no podemos enfrentar a un Penitente en nuestro propio terreno, mucho menos lograremos pelear contra una horda completa en su propia cueva. ¿Qué es lo que estás tramando?

Thomas se puso furioso.

—No puedo creer lo que dices. No estoy tramando nada. ¿Por qué habría de inventar todo esto?

Alby puso los brazos rígidos y apretó los puños.

—Por lo que nosotros sabemos, podrías haber sido enviado aquí para matarnos a todos. ¿Por qué deberíamos confiar en ti?

Lo miró con incredulidad.

—¿Acaso te está fallando la memoria a corto plazo? Arriesgué mi vida para salvarte allá afuera en el Laberinto. ¡Si no fuera por mí, estarías muerto!

—Tal vez eso fue un truco para ganar nuestra confianza. Si estuvieras aliado con los garlopos que nos mandaron aquí, no tendrías que haberte preocupado de que los Penitentes te hirieran. Quizás todo no fue más que una actuación.

La furia de Thomas se apagó un poco ante ese comentario y se transformó en lástima. Había algo raro y sospechoso en todo su comportamiento.

—Alby —intervino Minho, relevando a Thomas—. Ésa es una de las teorías más tontas que he escuchado en mi vida. Hace tres noches, él casi termina destrozado. ¿Piensas que eso también fue parte de la actuación?

Alby asintió bruscamente.

—Es posible.

—Lo hice… —dijo Thomas, mostrando en su voz todo el disgusto que sentía— con la intención de recuperar mi memoria para lograr que pudiéramos salir de aquí. ¿Es necesario que te muestre las heridas y los moretones que tengo en todo el cuerpo?

Alby no contestó pero su cara todavía temblaba de furia. Tenía los ojos vidriosos y las venas del cuello parecían a punto de estallar.

—¡No podemos regresar! —exclamó con un alarido, volteándose para mirar a todos los presentes—. Yo vi cómo era nuestra vida antes, ¡no podemos volver a eso!

—¿Ése es el problema? —preguntó Newt—. ¿Estás bromeando?

Alby lo encaró con ferocidad, levantando el puño. Luego se detuvo, fue hasta su asiento, se hundió en él y se echó a llorar. Thomas no podía creerlo: el temible líder de los Habitantes envuelto en lágrimas.

—Alby, habla —insistió Newt, quien no estaba dispuesto a pasar por alto la reacción—. ¿Qué te pasa?

—Fui yo —contestó, con un sollozo de angustia—. Yo lo hice.

—¿Qué cosa? —preguntó Newt, tan confundido como Thomas.

—Yo quemé los Mapas. Me golpeé la cabeza contra la mesa para que pensaran que había sido otro. Les mentí. Fui yo quien les prendió fuego.

Los Encargados intercambiaron miradas intensas de desconcierto. Para Thomas, en cambio, ahora todo tenía sentido: Alby recordó lo terrible que había sido su vida antes de llegar allí y no quería regresar.

—Bueno, qué suerte que pudimos salvar esos Mapas —comentó Minho, con sinceridad y un dejo de burla—. Gracias a que, después de la Transformación, nos indicaste que los protegiéramos.

Thomas miró a Alby para ver cómo reaccionaba ante el comentario sarcástico y casi cruel de Minho, pero él hizo como si no hubiera escuchado.

Newt, en vez de enojarse, le pidió una explicación. Thomas sabía por qué no estaba molesto: los Mapas estaban a salvo y habían resuelto el código. En ese momento, ya no importaba.

—Acabo de decírtelo —las palabras de Alby sonaron como un ruego casi histérico—. No podemos volver al lugar de donde vinimos. Yo lo vi y recuerdo cosas realmente horribles. La tierra quemada, una enfermedad, algo conocido como la Llamarada. Fue horroroso, no se puede comparar con lo que tenemos aquí.

—¡Si nos quedamos en este lugar moriremos todos! —gritó Minho—. ¿Puede ser peor que eso?

Alby se quedó mirándolo fijamente durante un rato largo antes de responder. Thomas no podía dejar de pensar en lo que apenas había dicho. *La Llamarada*. El término le resultaba familiar, le disparó una imagen dentro de la mente. Pero estaba seguro de que no había recordado nada de eso durante la Transformación.

—Sí —contestó finalmente—. Es peor. Prefiero morir que volver a casa.

Minho esbozó una sonrisa y se recargó en la silla.

—Hombre, déjame decirte que eres una montaña de optimismo. Yo estoy completamente de acuerdo con Thomas. Si vamos a morir, que sea luchando como unos condenados.

—Adentro o afuera del Laberinto —agregó Thomas, contento de que Minho estuviera de su lado. Se dio vuelta y enfrentó a Alby con expresión seria—. Todavía vivimos adentro del mundo que tú recordaste.

Alby volvió a levantarse, esta vez con cara de derrota.

—Hagan lo que quieran. No tiene importancia —repuso con un suspiro—. Moriremos de todas formas.

Después de decir eso, caminó hacia la puerta y salió de la habitación.

Newt respiró profundamente, con aire preocupado.

—Nunca volvió a ser el mismo desde que lo pincharon. Debe haber sido un recuerdo muy cabrón. ¿Qué es eso de la Llamarada?

—No me importa —dijo Minho—. Cualquier cosa es mejor que morir aquí. Una vez que estemos afuera, podremos ocuparnos de los Creadores. Pero, por el momento, tenemos que hacer lo que ellos planearon: entrar a la Fosa de los Penitentes y escapar. Si alguno de nosotros tiene que morir, así será.

Sartén lanzó un resoplido.

—Shanks, me están volviendo loco. No podemos salir del Laberinto, y esta idea de caernos en la casa de los Penitentes creo que es lo más estúpido que he escuchado en mi vida. Sería preferible cortarse las venas.

Los demás Encargados comenzaron a discutir a gritos y Newt les ordenó que guardaran silencio.

Thomas volvió a hablar, una vez que las cosas se calmaron:

—Yo voy a entrar a la Fosa o moriré en el intento. Me parece que Minho también viene, al igual que Teresa. Si logramos resistir a las criaturas el tiempo suficiente para que alguien ingrese el código y las desactive, podremos atravesar la puerta por la que ellas pasan. Entonces habremos concluido las pruebas y ya estaremos en condiciones de enfrentar a los mismos Creadores.

Newt hizo una mueca de pesimismo.

—¿Y realmente piensas que podremos combatir a los Penitentes? Aunque no nos maten, seguramente recibiremos los pinchazos. Es muy posible que estén todos esperándonos al llegar al Acantilado. Tú sabes que los escarabajos andan correteando constantemente allá afuera, de modo que los Creadores sabrán que nos dirigimos hacia allá.

A Thomas le aterraba lo que estaba por decir, pero se dio cuenta de que ya había llegado la hora de revelarles la última parte del plan.

—No creo que nos vayan a pinchar. La Transformación era una Variable pensada para el tiempo en que vivimos aquí. Pero esa etapa ya habrá terminado. Además, tendremos algo a favor.

—Qué bien —exclamó Newt, con ironía—. Me muero por saber qué es.

—A los Creadores no les conviene terminar con todos nosotros. La idea es que la prueba sea muy dura pero no imposible. Creo que ya estamos seguros de que los Penitentes están programados para matar sólo a un Habitante por día. De modo que alguien tiene que sacrificarse para salvar a los demás mientras nosotros corremos hacia la Fosa. Pienso que ésta es la manera en que se supone que todo debe suceder.

Quedaron callados hasta que el Encargado del Matadero emitió una carcajada que pareció un rugido.

—¿Perdón? —intervino Winston—. ¿Así que estás insinuando que arrojemos a un pobre chico a los lobos para que el resto de nosotros pueda escapar? ¿Ésa es tu brillante sugerencia?

No quería admitir lo mal que sonaba todo, pero se le ocurrió una idea.

—Exacto, Winston. Me alegro de que hayas estado tan atento —le respondió, ignorando su mirada letal—. Y creo que es obvio quién debería ser el pobre chico.

—No me digas —se burló Winston—. ¿Y quién es el elegido?

Thomas se cruzó de brazos.

—Yo.

52

La reunión estalló en un coro de discusiones. Newt caminó lentamente hasta Thomas, lo tomó del brazo y lo llevó a la puerta.

—Ahora vete.

—¿Irme? ¿Por qué? —preguntó sorprendido.

—Pienso que ya hablaste más que suficiente para una reunión. Debemos conversar y decidir lo que vamos a hacer sin que estés presente —le explicó, empujándolo con suavidad hacia fuera—. Espérame junto a la Caja. Cuando esto termine, tú y yo tendremos una charla.

Comenzó a darse vuelta, pero Thomas lo sujetó del brazo.

—Newt, tienes que creerme. Es la única forma de salir de aquí. Te juro que podemos hacerlo. Tenemos que hacerlo.

Newt lo miró y le susurró con voz ronca.

—Ya lo sé, la parte que más me gustó fue cuando te ofreciste para morir.

—Estoy totalmente dispuesto a hacerlo.

Thomas lo decía en serio, pero era debido a la culpa que lo atormentaba por haber ayudado a diseñar el Laberinto. En el fondo, confiaba en poder pelear lo suficiente como para que alguien ingresara el código y desactivara a los Penitentes antes de que lo mataran. Y entonces abrir la puerta.

—¿En serio? —preguntó Newt, aparentemente irritado—. Tanta nobleza me apabulla.

—Tengo muchas razones personales para hacerlo. Además, en cierta forma, estamos aquí por mi culpa —se detuvo y tomó aire para calmarse—. Iré de todas maneras, de modo que es mejor que no pierdas tu tiempo.

De pronto, los ojos de Newt se inundaron de compasión.

—Tommy, si es cierto que colaboraste en la creación del Laberinto, no es tu culpa. Eras un niño, te obligaron a hacerlo.

Pero a pesar de lo que Newt o cualquiera de ellos dijera, él se consideraba responsable. Y cada vez que pensaba en ello, la carga se volvía más pesada.

—Siento como si... tuviera que salvarlos a todos. Para redimirme.

Newt comenzó a retroceder moviendo lentamente la cabeza.

—Tommy, ¿sabes qué es lo gracioso?

—¿Qué? —preguntó, con cautela.

—Yo realmente te creo. No hay ni una pizca de mentira en tu cara. Y no puedo creer que vaya a decir esto —hizo una pausa—, pero voy a regresar allá adentro para persuadir a esos larchos de que tenemos que entrar a la Fosa, como propusiste. Es preferible luchar contra los Penitentes que quedarse sentado permitiendo que se lleven a uno por uno —aseguró Newt y luego levantó el dedo—. Pero escúchame una cosa, no quiero ni una maldita palabra más acerca de morirte y de todo ese plopus heroico. Si lo hacemos, todos vamos a correr los mismos riesgos. ¿Está claro?

Thomas llevó las manos hacia arriba, sintiendo que se había sacado un peso de encima.

—Como el agua. Yo sólo trataba de decir que valía la pena correr el riesgo. Ya que de todas maneras alguien va a morir cada noche, me pareció que al menos podríamos aprovecharlo.

Newt se puso serio otra vez.

—Qué comentario más alegre.

Cuando comenzaba a alejarse, Newt lo llamó.

—¿Tommy?

—¿Sí? —se detuvo sin mirar atrás.

—Si convenzo a esos larchos, y aún no estoy seguro de lograrlo, la mejor hora para ir sería por la noche. Es posible que muchos de los Penitentes a esa hora estén vagando por el Laberinto y no en la Fosa.

—Va —contestó Thomas. Y se dio vuelta con un gesto de aprobación.

Newt apenas esbozó una sonrisa en su cara de preocupación.

—Deberíamos hacerlo esta noche, antes de que muera alguien más —dijo y, sin esperar respuesta, se dirigió hacia la Asamblea.

Un poco alterado ante la última declaración, Thomas dejó la Finca y caminó hasta una vieja banca cerca de la Caja. Su mente era un torbellino: seguía pensando en el significado de lo que Alby había dicho acerca de la Llamarada. También había mencionado tierras quemadas y una enfermedad. Él no recordaba nada de eso, pero si era verdad, el mundo al cual trataban de regresar no parecía muy agradable. Sin embargo, ¿qué otra opción les quedaba? Además del hecho de que los Penitentes atacaran todas las noches, el Área estaba prácticamente desactivada.

Frustrado y cansado de sus pensamientos, llamó a Teresa. *¿Me escuchas?*

Sí, respondió. *¿Dónde estás?*

Al lado de la Caja.

Voy en un minuto.

Thomas se dio cuenta de cuánto necesitaba su compañía. *Bueno. Te contaré el plan. Creo que es un hecho.*

¿Cómo es?

Se reclinó en el banco y colocó el pie derecho sobre la rodilla, mientras se preguntaba cómo reaccionaría Teresa ante lo que le iba a decir.

Tenemos que entrar a la Fosa de los Penitentes, usar el código para neutralizarlos y abrir una puerta que nos saque de aquí.

Hizo una pausa. *Me imaginé que sería algo así.*

Thomas pensó un instante y luego agregó: *A menos que tengas alguna idea mejor.*

No. Será terrible.

Llevó de un golpe el puño derecho hacia la otra mano, aunque sabía que ella no podía verlo. *Podemos hacerlo.*

Lo dudo.

Bueno, al menos tenemos que intentarlo.

Se hizo una pausa más larga que la anterior. Podía sentir la determinación de Teresa. *Tienes razón.*

Creo que vamos a salir esta noche. Ven aquí, así hablamos un poco más del tema. Estaré allí en unos minutos.

Se le hizo un nudo en el estómago. De golpe, la realidad de lo que había propuesto, ese plan que Newt estaba discutiendo ahora con los Encargados, le cayó encima como una bomba. Sabía que era peligroso: la idea de pelear con los Penitentes frente a frente y no simplemente huir de ellos lo aterraba. En el mejor de los casos, sólo un Habitante moriría, pero eso tampoco era algo seguro. Quizás los Creadores reprogramaban a las criaturas y todo el plan se haría pedazos.

Hizo un esfuerzo por no pensar más.

Antes de lo esperado, Teresa estaba sentada junto a él, con su cuerpo apretado contra el suyo, a pesar de que había mucho espacio en la banca. Ella le tomó la mano y él se la presionó tanto que supuso que debía haberle dolido.

—Cuéntame —le pidió.

Thomas repitió las mismas palabras que les había dicho a los Encargados, mientras observaba con rabia cómo los ojos de Teresa se llenaban de terror y preocupación.

—No fue difícil convencerlos de seguir el plan —aclaró, una vez que terminó de contarle cómo había sido la reunión—. Pero Newt piensa que deberíamos ir esta noche. No me parece que sea una buena idea.

Él ya había enfrentado a los Penitentes y sabía muy bien lo que era eso, pero lo que le causaba más temor era pensar en Chuck y Teresa allá afuera. Quería proteger a sus amigos de esa horrible experiencia, pero tenía claro que no era posible.

—Podemos hacerlo —comentó ella, con voz tranquila.

Escucharla decir eso sólo logró ponerlo más nervioso.

—Carajo, estoy asustado.

—Hey, eres humano, es normal que estés así.

Thomas no respondió y se quedaron durante un rato largo tomados de la mano, sin decir una palabra. Sintió un poco de paz, por fugaz que fuera, y trató de disfrutarla el tiempo que durara.

53

Cuando la Asamblea terminó, Thomas se puso un poco triste. Al ver a Newt salir de la Finca, supo que el descanso había llegado a su fin.

El Encargado se dirigió hacia ellos rengueando con rapidez. Thomas notó que había soltado la mano de Teresa sin darse cuenta.

Newt los alcanzó, cruzó los brazos sobre el pecho y los miró desde arriba.

—Todo esto es una reverenda locura, ¿ya lo sabes, no?

Era imposible adivinar lo que pasaba por su mente, pero había un asomo de victoria en la mirada.

Thomas se puso de pie. Una ola de entusiasmo se apoderó de él.

—¿Están de acuerdo en ir?

—Todos —replicó—. Fue más fácil de lo que pensaba. Esos larchos han visto lo que pasa por la noche con esas malditas Puertas abiertas. No se puede salir de ese estúpido Laberinto. Tenemos que probar algo nuevo —explicó, y echó una mirada a los Encargados, que comenzaban a reunir a sus respectivos grupos de trabajo—. Ahora sólo nos queda convencer a los Habitantes.

Thomas sabía que eso sería todavía más difícil de lo que había sido persuadir a los Encargados.

—¿Creen que aceptarán el plan? —preguntó Teresa, uniéndose a ellos.

—No todos —respondió Newt, con una expresión de frustración—. Algunos se van a arriesgar a permanecer aquí. Estoy seguro.

Thomas sabía que los asustaría la idea de intentar huir. Exigirles que lucharan contra los Penitentes era demasiado pedir.

—¿Qué pasa con Alby?

—Quién sabe —contestó, observando la actividad del Área—. Estoy convencido de que ese cretino tiene más miedo de volver a su casa que de los Penitentes. Pero yo voy a lograr que venga con nosotros, no te preocupes.

Deseó poder recordar aquellas cosas que atormentaban a Alby, pero le resultaba imposible.

—¿Cómo piensas persuadirlo?

Newt se rio.

—Ya se me ocurrirá alguna garlopa, como decirle que todos encontraremos una nueva vida en otra parte y que viviremos felices para siempre.

Thomas se encogió de hombros.

—Quizás podamos hacerlo. Le prometí a Chuck que lo llevaría de regreso a su hogar. O, al menos, conseguirle una casa.

—Bueno —murmuró Teresa—. Cualquier cosa es mejor que este sitio.

Thomas contempló las discusiones que brotaban a su alrededor, mientras los Encargados se esforzaban por convencer a los chicos de que se arriesgaran a luchar para llegar hasta la Fosa de los Penitentes. Algunos Habitantes se alejaban enojados, pero la mayoría parecía escuchar y considerar la posibilidad.

—¿Y ahora qué sigue? —preguntó Teresa.

Newt respiró profundamente como juntando fuerzas.

—Resolver quién se va y quién se queda. Los preparativos: comida, armas, todo eso. Luego partimos. Thomas, yo te pondría a cargo, dado que fue tu idea, pero ya será bastante difícil tener a la gente de nuestro lado sin que tú seas el líder. No te ofendas. Trata de no llamar la atención, ¿está bien? Les dejaremos a ti y a Teresa todo el asunto del código. Eso pueden manejarlo desde un segundo plano.

Estaba feliz con la propuesta de actuar en forma discreta. Encontrar esa terminal de computadoras e ingresar el código era una responsabilidad más que suficiente para él. Aun así, tenía que luchar contra el creciente pánico que lo invadía.

—Haces que todo suene tan fácil —dijo Thomas finalmente, haciendo lo posible por alegrar la situación. O, por lo menos, fingir que lo hacía.

Newt lo miró con atención.

—Como tú dijiste: si nos quedamos, un larcho morirá esta noche. Y si nos vamos, también. ¿Cuál es la diferencia? —repuso, y lo señaló con el dedo—. Si es que tienes razón.

—La tengo.

Sabía que estaba en lo cierto con respecto a la Fosa, el código, la puerta, la necesidad de pelear. Pero no tenía ni idea de cuánta gente moriría. Sin embargo, si había algo que sus instintos le decían claramente era que no debía demostrar la más mínima vacilación.

Newt le dio unas palmadas en la espalda.

—Va. Pongámonos a trabajar.

Las horas que siguieron fueron de una actividad frenética.

Casi todos los Habitantes terminaron por aceptar la propuesta, muchos más de los que Thomas hubiera imaginado. Hasta Alby decidió intentar la fuga. Aunque nadie lo habría admitido, Thomas estaba seguro de que la mayoría se apoyaba en la teoría de que los Penitentes sólo matarían a uno de ellos, y se imaginaban que las posibilidades de no ser el desafortunado inocente eran aceptables. Los que decidieron quedarse fueron pocos, pero testarudos y chillones. Vagaron por el Área con caras largas, tratando de demostrarles a los demás lo estúpidos que eran al querer marcharse. Finalmente, renunciaron y se mantuvieron alejados.

Con respecto a Thomas y a los que se habían comprometido con la idea de escapar de allí, tenían toneladas de trabajo por delante. Se entregaron mochilas llenas de provisiones. Sartén —Newt le había contado a Thomas que el Cocinero había sido uno de los últimos en sumarse al grupo— estaba a cargo de juntar toda la comida y de distribuirla proporcionalmente entre los bolsos. Incluyeron jeringas con el Suero de los Penitentes, aunque Thomas no creía que fueran a necesitarlas. Chuck, ayudado por Teresa, se ocupó de llenar las botellas de agua y de repartirlas entre todos. Thomas le pidió a ella que intentara disfrazar la realidad del viaje, aunque tuviera que mentir descaradamente. Chuck aparentaba hacerse el valiente desde que se había enterado de que iban a escapar, pero el sudor de su piel y los ojos aturdidos revelaban la verdad.

Minho fue al Acantilado con un grupo de Corredores, transportando lianas y piedras para realizar la última prueba de la Fosa invisible de los Penitentes. Confiaban en que las criaturas mantuvieran su horario normal y no aparecieran durante el día. Thomas había pensado saltar directamente dentro del hueco y tratar de introducir el código deprisa, pero no sabía con qué podría llegar a encontrarse. Newt estaba en lo cierto: era mejor que esperaran hasta la noche con la esperanza de que los Penitentes estuvieran recorriendo el Laberinto y no adentro de su cueva.

Cuando Minho regresó sano y salvo, Thomas notó que el Encargado estaba muy confiado en que ésa fuera una salida. O una entrada, según de dónde se le mirara.

Ayudó a Newt a distribuir las armas. La desesperación por derrotar a los Penitentes los había llevado a crear algunas muy novedosas. Tallaron muchas barras de madera para convertirlas en lanzas y otras las envolvieron con alambre de púas; afilaron los cuchillos y los ataron con cordel a los extremos de ramas sólidas, cortadas de los árboles del bosque; pegaron trozos de vidrios rotos a las palas con cinta adhesiva. Antes del final del día, los Habitantes se habían convertido en un pequeño ejército. *Bastante patético y mal preparado* —pensó—, *pero ejército al fin.*

Una vez que Teresa y Thomas terminaron con sus tareas, se fueron a su escondite secreto en las Lápidas para armar la estrategia de entrada en la Fosa de los Penitentes y la manera de introducir el código.

—Nosotros tenemos que encargarnos de hacerlo —anunció él, mientras apoyaban la espalda contra los árboles rugosos. Las hojas verdes ya se estaban volviendo grises por la falta de luz solar artificial—. De esa forma, si nos separamos podemos seguir comunicados y ayudarnos.

Teresa jugaba con una rama, tratando de quitarle la corteza.

—Pero necesitamos reemplazos en caso de que nos ocurra algo.

—Definitivamente. Minho y Newt conocen las palabras del código. Les diremos que tienen que ingresarlas en la computadora si nosotros…

bueno, tú sabes… —sugirió Thomas. No quería pensar en todas las cosas malas que les podrían suceder.

—No es un plan muy complicado —dijo ella con un bostezo, como si la vida fuera completamente normal.

—Para nada. Luchar contra las criaturas, introducir el código y escapar por la puerta. Después, nos encargaremos de los Creadores, cueste lo que cueste.

—Un código de seis palabras, pero quién sabe cuántos Penitentes —dijo Teresa, partiendo la rama en dos—. ¿Y qué piensas que significa CRUEL?

Fue como si le dieran un golpe en la cabeza. Por algún motivo, escuchar esa palabra en ese momento, viniendo de otra persona, disparó algo adentro de su mente y se le hizo la luz. No podía creer que no hubiera hecho la conexión antes.

—Ese cartel que vi afuera en el Laberinto, ¿sabes de cuál hablo? ¿El de metal, que tenía palabras impresas? —exclamó atropelladamente. El corazón se había acelerado de la emoción.

Teresa parecía confundida, pero luego su expresión se iluminó.

—Claro. Catástrofe y Ruina Universal: Experimento Letal. CRUEL. Lo que escribí en mi brazo: *CRUEL es bueno.* ¿Qué querrá decir?

—Ni idea. Y es por eso que tengo un miedo mortal de que esto sea una gran tontería. Podría ser una masacre.

—Todos saben en lo que se están metiendo —lo tranquilizó, mientras se estiraba y le tomaba la mano—. No tenemos nada que perder, ¿recuerdas?

Thomas recordaba, pero las palabras de Teresa no lo calmaron, pues no había mucha esperanza en ellas.

—Nada que perder —repitió.

54

Justo antes de la hora en que se solían cerrar las Puertas, Sartén preparó una última comida para que pudieran enfrentar la noche que se avecinaba. El miedo y el pesimismo se agitaban en el ambiente, mientras los Habitantes consumían los alimentos que tenían en el plato. Thomas se sentó junto a Chuck, quien jugueteaba absorto con el tenedor.

—Cuéntame algo… Thomas —dijo, con la boca llena de papa—. ¿De dónde viene mi apodo?

No pudo evitar una sonrisa. Estaban a punto de embarcarse en la que sería probablemente la tarea más peligrosa de sus vidas, y a él sólo le interesaba saber cuál era el origen de su sobrenombre.

—No sé… ¿Darwin, tal vez? El tipo de la teoría de la evolución de las especies.

—Estoy seguro de que hasta ahora nadie le dijo "tipo" a Darwin —Chuck seguía masticando y parecía pensar que ése era el mejor momento para charlar, con la boca llena y todo—. Sabes, ahora no estoy muy asustado. Digo, las últimas noches, sentado en la Finca esperando que un Penitente viniera y se llevara a uno de nosotros, eso fue lo peor que me ocurrió en toda mi existencia. En cambio ahora los vamos a enfrentar, intentaremos algo. Y, al menos…

—¿Al menos qué? —preguntó. Ni por un segundo creyó que Chuck no tuviera miedo. Casi le dolía verlo hacerse el valiente.

—Bueno, la mayoría está especulando con que solamente pueden matar a uno. Quizás yo suene como un garlopo, pero eso me da un poco de esperanza. Al menos la mayoría se salvará, sólo morirá un pobre inútil. Mejor uno que todos.

Lo volvía loco que los Habitantes se aferraran con tal desesperación a esa posibilidad. Cuánto más lo pensaba, menos creía que fuera verdad. Los

Creadores conocían el plan, seguramente reprogramarían a los Penitentes. Pero hasta una falsa esperanza era mejor que nada.

—Tal vez todos nos salvemos. Si luchamos de verdad…

Chuck dejó de masticar por un momento y lo miró con atención.

—¿Piensas eso realmente o sólo estás tratando de levantarme el ánimo?

—Podemos lograrlo —insistió, luego comió el último bocado y tomó un buen trago de agua. Se sentía el peor de los mentirosos. Muchos chicos morirían, pero él haría todo lo posible para que Chuck no fuera uno de ellos. Y tampoco Teresa—. No olvides mi promesa. Puedes contar con ello.

—Difícil —repuso, arrugando la frente—. Escucho todo el tiempo que el mundo está en un estado bastante miertero.

—Hey, puede ser. Pero encontraremos gente que se preocupe por nosotros. Ya verás.

—En realidad no quiero pensar en eso —anunció Chuck, levantándose de la mesa—. Sólo sácame del Laberinto y seré el tipo más feliz de la tierra.

—Va —celebró Thomas.

Un gran alboroto que provenía de las otras mesas llamó su atención. Newt y Alby estaban reuniendo a los Habitantes, avisándoles que ya era hora de partir. A pesar de que Alby parecía estar recuperado, Thomas seguía inquieto por su salud mental y consideraba que Newt era quien estaba a cargo.

Ese miedo helado que había sentido tantas veces en los últimos días lo atacó otra vez. Ése era el momento. Había llegado la hora de escapar. Tomó su mochila, tratando de actuar y dejar de pensar. Chuck hizo lo mismo y ambos se dirigieron hacia la Puerta del Oeste, la que conducía al Acantilado.

Encontró a Minho y a Teresa conversando cerca del lado izquierdo de la Puerta, repasando rápidamente la forma de ingresar el código una vez dentro de la Fosa.

—Larchos, ¿están listos? —les preguntó Minho cuando se aproximaron—. Thomas, todo esto fue idea tuya, así que más vale que funcione. Si no, te mato yo antes de que puedan devorarte los Penitentes.

—Gracias —exclamó.

Pero no podía sacudirse la horrible sensación que le revolvía las tripas. ¿Qué pasaría si, por alguna razón, él estaba equivocado? ¿Y si los recuerdos que había tenido habían sido implantados en su mente y resultaban falsos? Este pensamiento lo aterraba y decidió sacarlo de su cabeza. Ya no había vuelta atrás.

Miró a Teresa, que se retorcía las manos nerviosamente.

—¿Estás bien? —le preguntó.

—Sí —respondió, con una sonrisa que demostraba lo contrario—. Sólo quiero terminar con esto de una vez.

—Amén, hermana —dijo Minho.

Thomas observó al Corredor. Le resultó envidiable su aspecto confiado y calmo, sin el menor atisbo de miedo.

Cuando Newt logró reunir a todos, pidió silencio. Se prepararon para escuchar lo que tenía para decir.

—Somos cuarenta y uno —exclamó, poniéndose la mochila al hombro y alzando un grueso palo de madera con alambre de púas en la punta, de aspecto mortífero—. Asegúrense de llevar las armas. Más allá de eso, no queda mucho por comentar, ya todos conocen el plan. Nos abriremos camino peleando hasta la Fosa de los Penitentes, Tommy ingresará su código mágico y luego nos vengaremos de los Creadores. Así de sencillo.

Thomas apenas prestó atención al discurso al notar que Alby se había alejado del grupo principal y se encontraba solo y refunfuñando. Llevaba una funda con flechas colgando del hombro y jugaba con la cuerda de su arco con la mirada fija en el suelo. Estaba cada vez más preocupado de que la inestabilidad del muchacho arruinara todo el plan y se hizo el propósito de vigilarlo de cerca.

—¿No habría que decir unas palabras de aliento, para levantar la moral? —preguntó Minho, haciendo que Thomas apartara su atención de Alby.

—Adelante —contestó Newt.

Con un gesto afirmativo, Minho enfrentó a la multitud.

—Tengan cuidado —dijo secamente—. No se mueran.

Habría soltado una carcajada si el miedo no se lo hubiera impedido.

—Genial, se ve que todos tenemos una inspiración del demonio —admitió Newt, y luego apuntó hacia el Laberinto—. Después de dos años de ser tratados como ratas, hoy vamos a resistir. Esta noche, vamos a enfrentar a los Creadores, sin importar cuánto tengamos que luchar para llegar hasta allí. Hoy los Penitentes se llevarán el susto de sus vidas.

Poco a poco fueron surgiendo vítores y aplausos que se convirtieron en gritos de guerra que atronaron el aire. Thomas sintió que la valentía comenzaba a asomar en su interior y se aferró a ella con todas sus fuerzas. Newt tenía razón: esa noche era fundamental. Iban a pelear y a oponerse a los Creadores de una vez por todas.

Ya estaba listo. Rugió junto con los demás Habitantes. Sabía que sería mejor no hacer ruido ni llamar la atención, pero no le importó. El juego había comenzado.

Newt enarboló su arma hacia el cielo y lanzó un aullido.

—¡Creadores, estén atentos! ¡Allá vamos!

Y luego de decir eso, rengueando de forma casi imperceptible, se perdió velozmente entre las sombras del Laberinto. Los Habitantes tomaron sus armas y lo siguieron, Alby incluido. Thomas cerró el grupo, junto a Teresa y Chuck, sosteniendo una gran lanza de madera con un cuchillo en la punta. La sensación de responsabilidad por sus amigos lo atacó de repente dificultándole el movimiento. Pero no se desanimó: estaba dispuesto a ganar.

Tú puedes hacerlo, pensó. *Sólo tienes que llegar hasta esa Fosa.*

55

Thomas mantenía un ritmo constante mientras se deslizaba por los pasadizos de piedra hacia el Acantilado, junto a los otros Habitantes. Se había acostumbrado a andar por el Laberinto, pero esa vez era completamente diferente. Los ruidos de las pisadas sonaban como un eco en las paredes y las luces rojas de los escarabajos resplandecían en la enredadera, más amenazadoras que nunca. Los Creadores estaban observándolos y escuchándolos: la lucha era inevitable.

¿Asustado?, le preguntó Teresa.

No, me encantan los monstruos grasosos y metálicos. Me muero por verlos. No tenía ganas de hacer bromas ni de reírse. Pensó si alguna vez recuperaría el humor.

Qué gracioso, respondió.

Teresa se encontraba a su lado, pero él mantenía la vista clavada en el camino. *Todo estará bien, sólo quédate cerca de Minho y de mí.*

Ah, mi caballero andante, ¿crees que no puedo valerme por mí misma?

En realidad, pensaba exactamente lo contrario. Ella parecía tan fuerte como cualquiera. *No, sólo trataba de ser amable.*

El grupo ocupaba todo el ancho del pasillo mientras corría a paso firme y rápido. Se preguntó cuánto tiempo soportarían los que no eran Corredores. Como respondiendo a su pensamiento, Newt redujo la velocidad y palmeó a Minho en el hombro.

—Ahora, tú ve adelante —le escuchó decir.

Minho corrió hacia el frente y comenzó a guiar a los Habitantes a través de los senderos. Para Thomas, cada paso era una agonía. El valor que había reunido se había convertido en temor ante la aparición repentina de los Penitentes. Esperaba con nerviosismo el momento de la batalla.

Algunos Habitantes ya habían empezado a jadear, pero nadie abandonó. Continuaron el camino, aún sin señales de las criaturas. Con el paso del tiempo, Thomas alentó la esperanza de que quizás llegaran antes de ser atacados.

Finalmente, después de la hora más eterna de sus vidas, arribaron al largo callejón que conducía al último recodo previo al Acantilado: un corto pasadizo hacia la derecha que se abría como la línea vertical de la letra T.

Con el corazón latiendo a toda prisa y la piel cubierta de sudor, Thomas se había colocado detrás de Minho, con Teresa a su lado. El Encargado disminuyó la marcha antes del recodo y se detuvo con la mano en alto para avisar a los demás que hicieran lo mismo. Luego se volteó con una expresión de terror.

—¿Escuchaste eso? —murmuró.

Thomas sacudió la cabeza, tratando de no dejarse influir por la cara de su compañero.

Minho avanzó con sigilo y espió por el borde de piedra hacia el Acantilado. Él ya lo había visto hacer eso aquella vez en que habían seguido a un Penitente hasta ese mismo lugar. Igual que antes, Minho dio un salto y se quedó mirándolo.

—Aayyy —dijo, como en un lamento—. No puede ser.

En ese momento, Thomas escuchó los ruidos de las criaturas. Era como si hubieran estado escondidas, aguardando por ellos, y ahora volvieran a la vida. Ni siquiera tenía que mirar: ya sabía lo que Minho iba a anunciar antes de que abriera la boca.

—Hay por lo menos doce. Quizás quince —se frotó los ojos con las palmas de las manos—. ¡Están esperándonos!

Un frío helado recorrió su espalda. Estaba por decirle algo a Teresa, pero cuando vio la palidez de su rostro, se detuvo: era la encarnación del terror.

Newt y Alby se acercaron. Por lo visto, la declaración de Minho ya se había propagado entre la tropa.

—Bueno, sabíamos que tendríamos que pelear —dijo Newt, tratando de pronunciar la frase oportuna, pero el temblor de su voz lo delató.

Thomas sentía lo mismo. Había sido fácil hablar de que no había nada que perder, de la posibilidad tan deseada de escapar y de la esperanza de que sólo se llevaran a uno de ellos. Pero ahora ya estaban allí, literalmente a la vuelta de la esquina. Las dudas comenzaron a infiltrarse en su mente y en su corazón. Se preguntó por qué los Penitentes estarían aguardando. Era obvio que los escarabajos les habían avisado que los Habitantes se acercaban. ¿Acaso los Creadores estaban *disfrutando* de la situación?

Se le ocurrió una idea.

—Es posible que ya se hayan llevado a un chico del Área. Tal vez podemos pasarlos de largo. Si no, ¿por qué seguirían…?

Un fuerte ruido a sus espaldas lo interrumpió. Al girar, distinguió a un grupo de Penitentes que venía hacia ellos desde el Área desplegando las púas y los brazos de metal. Estaba por hablar cuando escuchó un estruendo desde el otro extremo del largo pasadizo: más criaturas.

El enemigo los tenía bloqueados desde todos los flancos.

Los Habitantes avanzaron en tropel hacia Thomas, obligándolo a adelantarse hacia la intersección, donde el pasillo del Acantilado chocaba contra el largo callejón. Contempló a la manada de Penitentes que estaba ubicada entre ellos y el precipicio, con las púas extendidas y la piel húmeda latiendo con fuerza. Las bestias observaban con atención. Los otros dos grupos de criaturas encerraron poco a poco a los chicos y se detuvieron a unos cuatro metros. También se quedaron expectantes.

Thomas giró lentamente mientras combatía el miedo y los abarcó a todos con la mirada. Estaban rodeados. No tenían opción: no había dónde ir. Sintió un dolor punzante detrás de los ojos.

Los Habitantes formaron un equipo compacto a su alrededor, mirando hacia fuera, apiñados en el centro de la intersección en forma de T. Él estaba apretujado entre Newt y Teresa. Podía sentir el temblor del cuerpo de Newt. Nadie hablaba. Los únicos sonidos eran los gemidos espeluznantes y los chirridos de la maquinaria de los Penitentes, reunidos allí como si estuvieran disfrutando de la trampa que les habían tendido a los humanos. Sus cuerpos asquerosos respiraban agitadamente con un jadeo mecánico.

¿Qué están haciendo?, preguntó Thomas a Teresa. *¿Qué están esperando?*

No contestó. Entonces estiró su mano y apretó la de ella. Los Habitantes que se encontraban junto a él se mantenían en silencio, aferrando sus armas precarias.

Echó una mirada a Newt.

—¿Se te ocurre algo?

—No —respondió él, con un ligero temblor en la voz—. No entiendo qué diablos están haciendo.

—No debimos haber venido —intervino Alby.

Había estado tan callado que su voz sonó rara, especialmente con el eco apagado que creaban las paredes del Laberinto.

Thomas no estaba como para quejas. Había que hacer algo.

—Bueno, no estaríamos mejor en la Finca. Detesto decirlo, pero es más conveniente que muera uno solo a que nos eliminen a todos.

Esperaba que eso de "una persona por noche" fuera cierto. La visión de la manada de Penitentes cerrándose sobre ellos le cayó como una explosión de realidad: ¿podrían vencerlos a todos?

Pasó un largo rato hasta que Alby respondió.

—Quizás yo debería…

Fue bajando la voz mientras comenzaba a caminar despacio, en estado de trance, en dirección al Acantilado. Thomas lo observó con horror e incredulidad.

—¿Alby? —dijo Newt—. ¡Vuelve acá!

En vez de responder, se lanzó a correr directamente hacia los Penitentes que se encontraban entre él y el barranco.

—¡Alby! —aulló Newt.

Thomas abrió la boca pero Alby ya se enfilaba hacia los monstruos y saltaba sobre uno de ellos. Newt estaba por correr hacia él cuando cinco o seis criaturas cobraron vida y atacaron al chico en una nebulosa de metal y piel. Thomas se adelantó y sujetó a Newt de los brazos antes de que pudiera ir más lejos, y lo empujó hacia atrás.

—¡Suéltame! —gritó Newt, luchando por liberarse.

—¡¿Estás loco?! —exclamó Thomas—. ¡No puedes hacer nada!

Dos Penitentes más se separaron del grupo y se abalanzaron sobre Alby. Treparon uno arriba del otro y comenzaron a atacarlo con sus púas y garras ensañándose de tal forma que parecía que se estaban regodeando en su siniestra crueldad. Por algún motivo inexplicable, Alby no gritó. Thomas perdió de vista el cuerpo mientras peleaba con Newt, dando gracias en su interior por la distracción. Newt finalmente se rindió, desplomándose en señal de derrota.

Thomas hizo grandes esfuerzos para no vomitar y pensó que Alby había enloquecido por completo. Había tenido tanto miedo de regresar a aquel lugar, que prefirió inmolarse para evitarlo. Esa vez, se había ido para siempre.

Newt seguía mirando hacia el lugar por donde había desaparecido su amigo, mientras Thomas lo ayudaba a recuperar el equilibrio.

—No puedo creerlo —suspiró—. ¿Por qué lo hizo?

Thomas movió la cabeza, incapaz de responder. Al ver a Alby morir de esa manera, lo invadió una nueva clase de dolor, que no era físico, pero sí desagradable e inquietante. No sabía si eso estaba relacionado con Alby, porque, en realidad, el chico nunca le había agradado del todo. Pero pensar que lo que acababa de ver podría sucederle a Chuck o a Teresa…

Minho se acercó a ellos y presionó el hombro de Newt.

—No podemos desaprovechar lo que hizo —comentó, y luego se dirigió a Thomas—. Si es necesario, lucharemos contra esas bestias y abriremos un camino hacia el Acantilado para Teresa y para ti. Entra a la Fosa y haz lo tuyo mientras nosotros los mantenemos alejados hasta que nos hagas una señal para que te sigamos.

Thomas contempló a los tres grupos de Penitentes —ninguno había intentado aún acercarse a los Habitantes— y asintió.

—Con suerte, quedarán inactivos durante un rato. Se supone que no necesitaremos mucho más de un minuto para ingresar el código.

—¿Cómo pueden ser tan desalmados? —preguntó Newt, sorprendiendo a Thomas por el desagrado que mostraba en su voz.

—¿Qué quieres, Newt? —exclamó Minho—. ¿Que hagamos un funeral?

No contestó. Continuó mirando hacia el sitio donde se suponía que los Penitentes estaban realizando su festín. Thomas no pudo impedir echar una ojeada: divisó una mancha roja brillante en el cuerpo de una de las criaturas. Se le revolvió el estómago y desvió la mirada.

Minho continuó hablando.

—Alby no quería regresar a su antigua vida. El maldito se sacrificó por nosotros. Tiene que existir algún motivo por el cual no nos ataquen, quizás funcionó. Si desperdiciáramos esta oportunidad, entonces sí seríamos despiadados.

Newt cerró los ojos y no contestó.

Minho enfrentó a los Habitantes, que esperaban amontonados unos contra otros.

—¡Presten atención! Nuestra prioridad es proteger a Thomas y a Teresa para que consigan llegar al Acantilado y a la Fosa…

Su voz fue interrumpida bruscamente por el sonido de los Penitentes que volvían a la vida. Thomas levantó la vista aterrorizado: las criaturas, alineadas a ambos lados del grupo, parecían haber notado nuevamente su presencia, proyectando sus púas por encima de la piel gelatinosa y retorciendo sus cuerpos. Luego, al unísono, avanzaron lentamente, desplegando sus armas y dispuestos a matar. Agrupados en una formación compacta, los Penitentes cargaron hacia ellos con paso seguro.

El sacrificio de Alby había sido un fracaso rotundo.

56

Thomas sujetó a Minho del brazo.

—¡Tengo que lograr pasar a través de ellos como sea! —exclamó, apuntando hacia la manada rodante de Penitentes, que se interponía en su camino hacia el barranco.

Parecía una gran masa de grasa pinchuda y estruendosa que lanzaba destellos rojos y metálicos. Bajo la luz grisácea y desvaída, resultaban todavía más amenazadores.

Esperó una respuesta mientras Newt y Minho intercambiaban una mirada prolongada. Los nervios previos a la batalla eran todavía peores que el miedo en sí.

—¡Se están acercando! —gritó Teresa—. ¡Tenemos que hacer algo!

—Tú ve adelante —dijo Newt a Minho, casi en un murmullo—. Ábrele un maldito camino a Tommy y a la chica. Ya.

Minho hizo una señal afirmativa y encaró a los Habitantes con una firme determinación en el rostro.

—¡Nos dirigiremos directamente al Acantilado! Pelearemos en el centro, empujando a los monstruos hacia los muros. ¡Lo esencial es que Thomas y Teresa puedan llegar a la Fosa de los Penitentes!

Thomas miró a las criaturas que se aproximaban y apretó su patética lanza.

Debemos mantenernos juntos, le dijo a Teresa. *Deja que ellos luchen. Nosotros tenemos que entrar a esa Fosa.* Se sentía un cobarde, pero sabía que cualquier combate —o muerte— sería en vano si no lograban ingresar el código y abrir la puerta que los conduciría hasta los Creadores.

Ya lo sé, contestó ella. *Siempre juntos.*

—¡Listos! —rugió Minho, empuñando un palo con alambre de púas en una mano y un cuchillo plateado en la otra, apuntándolos hacia la horda de Penitentes—. ¡Ahora!

El Encargado corrió hacia delante sin esperar respuesta. Newt lo siguió pegado a sus talones con el resto de los Habitantes detrás: un grupo cerrado de chicos aullando con las armas en alto, listos para un combate sangriento. Thomas aferró la mano de Teresa y los dejó pasar. Mientras esperaba el momento adecuado para entrar en acción, pudo sentir el terror que embargaba a sus compañeros.

Cuando los primeros choques entre los Habitantes y los Penitentes llenaron el aire de gritos y ruidos mecánicos, Chuck pasó corriendo delante de Thomas, quien estiró la mano y lo tomó del brazo.

El chico retrocedió a tropezones y levantó la vista con unos ojos tan aterrorizados que Thomas sintió que se le quebraba el corazón. En esa fracción de segundo, tomó una decisión.

—Tú vienes con Teresa y conmigo —exclamó con tono autoritario, sin dejar lugar para la duda.

Chuck observó la batalla que se estaba desarrollando más adelante.

—Pero… —comenzó a hablar y se interrumpió. Thomas sabía que, aunque le diera vergüenza admitirlo, le entusiasmaba la idea.

De inmediato, trató de salvar la dignidad de su pequeño amigo.

—Necesitaremos tu ayuda en la Fosa de los Penitentes, en caso de que haya alguno esperándonos.

Chuck asintió con rapidez y Thomas volvió a sentir la punzada de tristeza más profundamente que nunca, junto con el impulso irrefrenable de regresar al niño sano y salvo a su casa.

—Muy bien —anunció—, sujeta la otra mano de Teresa. Vámonos.

Chuck hizo un gran esfuerzo por aparentar valor.

¡Han abierto un camino!, gritó Teresa en su mente, disparando un chasquido de dolor en su cerebro. Apuntó hacia delante y Thomas contempló el angosto pasillo que se formaba en el sendero, mientras los Habitantes luchaban salvajemente para mantener a las bestias contra las paredes.

—¡Ahora! —gritó Thomas.

Empuñando las lanzas y los cuchillos de combate, avanzó a toda velocidad arrastrando a Teresa que, a su vez, jalaba a Chuck. Los tres juntos recorrieron el pasadizo que los separaba del Acantilado, en medio de la sangre y el griterío.

La guerra se desarrollaba con toda su furia. Los Habitantes luchaban impulsados por la adrenalina generada por el pánico. Los sonidos rebotaban por las paredes provocando ecos terroríficos: los aullidos humanos, los choques de metal, los alaridos de las criaturas, los golpes de las garras, los chicos implorando auxilio. Era una bruma sangrienta, grisácea y con destellos de acero. Thomas miraba hacia delante tratando de no desviar los ojos hacia los costados, mientras avanzaba por la estrecha abertura que formaban los Habitantes.

Al tiempo que corría, no dejaba de repasar en su cabeza las palabras del código: CORRER, CAPTURAR, SANGRAR, MORIR, ESTIRAR, OPRIMIR. Sólo faltaban unos diez metros.

¡Me hicieron una cortada en el brazo!, gritó Teresa.

En ese mismo momento, sintió una puñalada aguda en la pierna, pero no se volteó ni se molestó en responder. La implacable dificultad de la situación en que se encontraban era como un fuerte diluvio de agua negra que arrasaba con todo, presionándolo para que se diera por vencido. Sin embargo, resistió y empujó hacia delante.

Divisó el Acantilado, que se abría hacia un cielo plomizo a unos seis metros de distancia. Continuó la marcha impulsando a sus amigos.

Los combates se desarrollaban a ambos lados de los tres chicos, pero Thomas no miraba ni ayudaba. Un Penitente se interpuso en su camino aferrando entre sus garras a un niño que, en su intento por escapar, lanzaba feroces cuchilladas a la dura piel de ballena del monstruo. Lo eludió hacia la izquierda y continuó su carrera. Al esquivarlo, escuchó un alarido que sólo podía significar que el Habitante había encontrado un horrendo final. El aullido quebró el aire sofocando los otros sonidos de la guerra, hasta que se desvaneció en la muerte. Le tembló el corazón y deseó que no se tratara de alguien que él conociera.

¡No te detengas!, dijo Teresa.

—¡Ya lo sé! —respondió en voz alta.

Alguien pasó velozmente a su lado y lo golpeó. Un Penitente se abalanzó desde la derecha haciendo girar las cuchillas, pero un Habitante se interpuso y lo atacó con dos largas espadas, entrechocando aceros en la contienda. Escuchó una voz lejana que repetía una y otra vez algo acerca de él. Que había que protegerlo. Era Minho. Sus gritos revelaban fatiga y desesperación.

¡Una criatura casi se lleva a Chuck!, sonó Teresa violentamente en su cabeza.

Cuantos más Penitentes los atacaban, más Habitantes se acercaban a defenderlos. Winston había recogido el arco y las flechas de Alby y le disparaba las puntas de acero a cualquier forma no humana que se moviera, errando más tiros que los que daba en el blanco. Una bandada de chicos desconocidos para Thomas corría a su lado embistiendo a las criaturas con sus armas improvisadas y saltando sobre ellas. La batalla se encontraba en su punto máximo: ruidos de metal, gritos, gemidos, rugidos de motores, sierras giratorias, hojas cortantes, chirridos de púas contra la piedra, pedidos espeluznantes de socorro, todos esos sonidos habían ido creciendo hasta resultar insoportables.

Thomas continuó corriendo hasta llegar al Acantilado y se detuvo justo en el borde. Chuck y Teresa chocaron con él y casi se caen los tres al precipicio. Al instante, hizo un reconocimiento de la Fosa. En el medio del aire, colgaban unas lianas de hiedra que se perdían en el vacío.

Unas horas antes, Minho y un par de Corredores habían arrancado algunas ramas de enredadera y las habían atado a las lianas que seguían adheridas a las paredes. Luego habían arrojado los extremos por el Acantilado hasta chocar con la Fosa. Ésas eran las seis o siete lianas que se extendían desde el borde de piedra hacia un cuadrado invisible, que flotaba en el cielo gris, donde desaparecían en la nada.

Era hora de saltar. A último momento, se sintió invadido por el terror y vaciló —desgarrado entre los horrendos sonidos de atrás y el espejismo de adelante—, pero logró sobreponerse.

—Teresa, tú primero.

Quería que ellos fueran antes que él para asegurarse de que los Penitentes no los atraparan.

Para su sorpresa, la chica no titubeó. Después de apretar la mano de Thomas y el hombro de Chuck, saltó del borde y, de inmediato, estiró las piernas. Thomas contuvo la respiración hasta que ella se deslizó por el espacio entre las ramas de hiedra y desapareció. Parecía que hubiera sido borrada de un soplo.

—¡Guau! —gritó Chuck, entre la sorpresa y el pavor.

—Lo mismo digo —exclamó Thomas—. Ahora es tu turno.

Antes de que pudiera negarse, lo tomó por debajo de los brazos y le sujetó el pecho.

—Yo te levanto y tú impúlsate con las piernas. ¿Listo? ¡Uno, dos, *tres*! —gritó, lanzando un resoplido por el esfuerzo y empujándolo hacia la Fosa.

Chuck emitió un aullido mientras volaba por el aire y casi se pasa de largo, pero sus pies habían entrado en el hueco; luego, el estómago y los brazos golpearon contra los bordes del orificio invisible antes de perderse en el interior. Se sintió emocionado ante la valentía de Chuck. Lo quería como si fuera un hermano.

Ajustó las tiras de la mochila y sujetó con fuerza su lanza rústica en el puño derecho. Los ruidos a sus espaldas eran horripilantes y otra vez se sintió mal por no colaborar. *Sólo haz tu parte*, se dijo a sí mismo.

Armándose de valor, dio un golpe con la lanza en el piso de piedra, apoyó el pie izquierdo en el borde del Acantilado y dio un salto, elevándose como una catapulta en el aire neblinoso. Apretó el arma contra el pecho, puso los talones hacia abajo y estiró el cuerpo.

En un instante, golpeó contra la Fosa.

57

Al entrar a la Fosa de los Penitentes, Thomas sintió una ráfaga helada que le recorría el cuerpo como si se hubiera zambullido en agua congelada. Mientras sus pies aterrizaban con fuerza en una superficie resbaladiza, el mundo se ennegreció a su alrededor. Perdió el equilibrio y cayó hacia atrás en los brazos de Teresa. Ella y Chuck lo ayudaron a incorporarse. Era un milagro que no le hubiera sacado un ojo a alguien con la lanza.

De no haber sido por el haz de luz de la linterna de Teresa habrían estado en la más completa oscuridad. Cuando recuperó la orientación, Thomas descubrió que se hallaban en un cilindro de piedra de unos tres metros de altura. Era húmedo y estaba cubierto de un aceite brillante y mugriento, y se extendía unos doce metros hasta perderse en las tinieblas. Levantó la vista hacia la Fosa por la cual habían entrado: parecía una ventana cuadrada en un espacio profundo y sin estrellas.

—La computadora está más allá —dijo Teresa, llamando su atención.

Apuntó con la linterna por el túnel hacia un cuadrado de vidrio sucio de un color verde pálido. Debajo de él, había un teclado colocado en la pared, puesto de tal forma que podía utilizarse estando de pie. Allí se encontraba finalmente, listo para que ingresaran el código. No pudo dejar de pensar que todo había resultado demasiado fácil.

—¡Pon las palabras! —gritó Chuck, palmeándole el hombro—. ¡Date prisa!

Thomas le hizo un ademán a Teresa para que ella se encargara.

—Chuck y yo haremos guardia para estar seguros de que no entre un Penitente por el hueco.

Sólo esperaba que los Habitantes se dedicaran, a partir de ese momento, a mantener a las criaturas lejos del Acantilado.

—Perfecto —repuso ella.

Sabía que Teresa era demasiado inteligente como para perder el tiempo en discusiones. Se paró frente a la pantalla de la computadora y comenzó a escribir.

¡Espera!, le dijo en la mente. *¿Estás segura de que sabes las palabras?*

Ella lo miró con enojo.

—Tom, no soy idiota. Sí, soy totalmente capaz de recordar…

Un estruendo se escuchó arriba y detrás de ellos: un Penitente se deslizaba mágicamente por la Fosa a través del cuadrado negro. Una vez que aterrizó con un sonido blando y acuoso, una decena de desagradables objetos filosos se proyectaron fuera de su cuerpo, dándole un aspecto más siniestro que nunca.

Empujó a Chuck detrás de él y enfrentó al monstruo, enarbolando su lanza como si eso fuera a mantenerlo alejado.

—¡Teresa, sigue con el código! —le gritó.

Una varilla delgada y metálica brotó de la piel babosa del Penitente, desplegándose en un largo apéndice con tres hojas giratorias, que se movían directamente hacia su cara.

Aferró con ambas manos el extremo de la lanza, mientras bajaba la punta afilada hacia el suelo. El brazo con las cuchillas estaba a unos sesenta centímetros de él, listo para rebanar su piel en finas láminas. Cuando estuvo a sólo treinta centímetros, Thomas tensó los músculos y llevó la lanza hacia el techo haciéndola girar con todas sus fuerzas. Le pegó al brazo metálico de tal forma que éste salió despedido hacia el cielo, dando vueltas hasta que cayó de un golpe sobre el cuerpo del Penitente. La bestia lanzó un chillido airado y retrocedió un par de metros, al tiempo que las púas se retraían dentro de su cuerpo. Thomas jadeó por el esfuerzo realizado.

Tal vez pueda resistir, le comunicó rápidamente a Teresa. *¡Apúrate!*

Ya estoy terminando, contestó ella.

Las púas del Penitente afloraron nuevamente; avanzó de golpe mientras otro brazo surgía de su piel y se estiraba hacia delante. Éste poseía unas garras inmensas que se abrían y cerraban tratando de atrapar el arma. Thomas volvió al ataque clavando la lanza en la base de los garfios y jalando con toda su potencia. Con un fuerte sonido metálico y gelatinoso a la vez, el brazo completo se soltó del lugar en donde estaba encastrado y se desplomó en el suelo. Luego, desde algún tipo de boca —que Thomas no pudo divisar—, la criatura emitió un aullido largo y desgarrador y se fue hacia atrás otra vez, ocultando las púas.

—¡Es posible vencer a estos monstruos! —gritó Thomas.

¡No me deja ingresar la última palabra!, dijo Teresa en su cabeza.

Sin entender bien lo que ella decía, profirió un rugido y atacó al Penitente aprovechando el momento de debilidad. Giró en el aire la lanza con furia, saltó sobre el cuerpo bulboso y le arrancó dos brazos de metal con un golpe sonoro. Levantó el arma por encima de su cabeza, afirmó los pies, que se patinaban en la piel viscosa, y luego bajó el arma hasta clavarla en el cuerpo de la criatura. Pronto brotó de la herida un chorro de una sustancia babosa y amarilla que salpicó sus piernas, mientras continuaba hundiendo la lanza en la bestia. Finalmente, soltó la empuñadura del arma y se alejó de un brinco.

Thomas observó con fascinación morbosa cómo el Penitente se retorcía descontroladamente, arrojando ese aceite amarillo en todas direcciones. Las púas entraban y salían de la piel, los brazos restantes giraban como locos y, a veces, atravesaban su propio cuerpo. Fue disminuyendo gradualmente la velocidad de los movimientos, perdiendo la energía con cada gota de sangre —o combustible— que derramaba.

Unos segundos más tarde, se detuvo por completo. Thomas no podía creerlo: acababa de derrotar a un Penitente, uno de los monstruos que habían aterrorizado a los Habitantes durante más de dos años.

Chuck se encontraba a su lado, con los ojos abiertos de par en par.

—Lo mataste —dijo el chico y lanzó una carcajada, como si esa única acción solucionara todos los problemas.

—No fue tan difícil —masculló Thomas, y echó una mirada a Teresa, que presionaba las teclas frenéticamente.

Se dio cuenta de inmediato de que algo andaba mal.

—¿Qué pasa? —le preguntó casi gritando.

Corrió hasta ella y miró por arriba de su hombro. Teresa escribía una y otra vez la palabra OPRIMIR, pero no aparecía nada en el monitor.

Señaló el sucio cuadrado de vidrio, que estaba vacío y sólo emitía una luz verdosa.

—Ingresé todas las palabras y fueron apareciendo una por una en la pantalla. Luego se escuchó un sonido y desaparecieron. Pero no me permite incorporar la última. ¡No pasa nada!

Cuando comprendió lo que ella estaba diciendo, una ola de frío recorrió sus venas.

—Bueno… ¿y por qué?

—¡No lo sé! —exclamó con desesperación. Probó varias veces más sin ningún resultado.

—¡*Thomas!* —chilló Chuck a sus espaldas: un Penitente había entrado por el hueco, desplomándose sobre su hermano muerto, mientras otro se deslizaba por la Fosa detrás de él.

—¡¿Por qué tardan tanto?! —preguntó Chuck al borde del colapso—. ¡Dijiste que quedarían desactivados en cuanto escribieras el código!

Las dos criaturas se enderezaron, extendieron sus púas y comenzaron a avanzar hacia ellos.

—No nos deja ingresar la palabra OPRIMIR —dijo Thomas distraídamente, sin dirigirse a Chuck, sino tratando de encontrar una solución…

—No entiendo qué pasa —exclamó Teresa.

Los Penitentes estaban cada vez más cerca. Sintió que su voluntad se nublaba, afirmó los pies y levantó los puños desanimado. Se suponía que tenía que funcionar. El código debía…

—Quizás sólo tienen que *oprimir* ese botón —dijo Chuck.

Thomas se quedó tan sorprendido por el comentario arrojado al azar por su amigo, que desvió la mirada de las criaturas y le prestó atención. Chuck estaba señalando un lugar cerca del piso, justo debajo de la pantalla y del teclado.

Antes de que él empezara a moverse, Teresa ya estaba de rodillas bajo la computadora. Consumido por la curiosidad y por una esperanza fugaz, se unió a ella, arrojándose al suelo para ver mejor. Escuchó los gemidos y rugidos del Penitente detrás de él. notó que una garra filosa sujetaba su camisa y luego llegaba el pinchazo de dolor. Pero no podía dejar de mirar.

Había un pequeño botón rojo ubicado en la pared a pocos centímetros del piso. Tenía tres palabras negras impresas. Era tan obvio que no podía creer que no lo hubiera visto antes.

Eliminar el Laberinto

Otra puntada de dolor lo sacó de su estupor. El monstruo lo había enganchado con dos mecanismos y lo arrastraba hacia atrás. El otro se dirigía hacia Chuck y estaba a punto de atacarlo con una larga cuchilla de metal.

Un botón.

—¡Oprímelo! —gritó Thomas, con una fuerza en su voz que nunca hubiera creído posible.

Teresa apretó el botón y todo quedó en silencio. Luego, desde algún lugar en la profundidad del túnel, se escuchó el sonido de una puerta que se deslizaba al abrirse.

58

De pronto, los Penitentes se apagaron por completo: los dispositivos mecánicos se retrajeron dentro de la piel viscosa, las luces se extinguieron y los mecanismos interiores quedaron como muertos. Y esa puerta...

Thomas cayó al suelo una vez que las garras de sus captores lo liberaron y, a pesar del dolor por las heridas que tenía en los hombros y en la espalda, la euforia que lo invadió fue tan impresionante que no supo cómo reaccionar. Después de lanzar un grito ahogado, sobrevino una carcajada, se atragantó con un sollozo y terminó riendo otra vez.

Al escapar de los Penitentes, Chuck se había llevado por delante a Teresa. Ella lo sujetó con fuerza y le dio un gran abrazo.

—Lo logramos gracias a ti, Chuck —exclamó—. Estábamos tan preocupados por esas estúpidas palabras del código que no se nos ocurrió mirar alrededor buscando algo que *oprimir*: la última palabra era la pieza del rompecabezas que nos faltaba.

Thomas volvió a reír. Después de todo lo que habían pasado, todavía no podía creer un final semejante.

—Ella tiene razón, Chuck. ¡Tú nos salvaste, güey! ¡Te dije que necesitábamos tu ayuda! —se puso de pie con dificultad y se unió a los otros dos en un abrazo grupal delirante—. ¡Chuck es un héroe garlopo!

—¿Qué estará pasando con los demás? —intervino Teresa, echando un vistazo hacia la Fosa de los Penitentes.

Thomas sintió que su alegría se desvanecía, mientras se dirigía hacia el hueco.

Como una respuesta a su pregunta, alguien cayó por el cuadrado negro: era Minho, que tenía el cuerpo lleno de cortadas y arañazos.

—¡Minho! —gritó Thomas embargado por el alivio—. ¿Te encuentras bien? ¿Cómo están los otros?

El corredor caminó a tropezones hasta la pared curva del túnel y se apoyó, respirando con dificultad.

—Perdimos una cantidad de gente… Allá arriba hay mucha sangre… —de pronto, todos se quedaron inmóviles. Hizo una pausa para tomar aire—. Ustedes lo lograron. No puedo creer que realmente haya funcionado.

Se escuchó un ruido y apareció Newt seguido por Sartén. Luego Winston con el resto del grupo. En unos minutos, dieciocho chicos estaban reunidos en el túnel con Thomas y sus amigos: eran veintiún Habitantes en total. Tenían la ropa hecha jirones y estaban cubiertos del lodo de los Penitentes y de sangre humana.

—¿Y el resto? —preguntó Thomas, temiendo la respuesta.

—La mitad de nosotros —contestó Newt, con la voz quebrada—. Muertos.

Nadie dijo una palabra más y permanecieron en silencio durante un rato largo.

—¿Saben algo? —dijo Minho, irguiéndose un poco—. Una mitad se habrá muerto, pero nosotros, que somos la otra mitad, estamos más vivos que un garlopo. Y, como Thomas creía, nadie recibió ningún pinchazo. Tenemos que salir de aquí.

Demasiados, pensó. *Realmente demasiados.*

Su entusiasmo se transformó en duelo por esos veinte chicos que habían perdido la vida. A pesar de saber que si no hubieran tratado de escapar, podrían estar todos muertos, de todas maneras sufría por ellos, aunque no los había llegado a conocer muy bien. ¿Cómo podían considerar que semejante exhibición de muerte fuera una victoria?

—Vámonos de aquí —dijo Newt—. Ahora mismo.

—¿Adónde? —preguntó Minho.

Thomas estiró el brazo hacia el túnel.

—La puerta que se abrió sonó allá adelante.

Intentó sacudirse el dolor: los horrores de esa batalla que acababan de ganar, las pérdidas. Todavía faltaba mucho para que estuvieran seguros.

—Bueno, vamos —contestó Minho, y comenzó a caminar por el túnel sin esperar aprobación.

Newt les indicó a los otros Habitantes que siguieran al Encargado. Fueron pasando uno por uno hasta que sólo quedaron Newt, Thomas, Teresa y Chuck.

—Yo voy al final —dijo Thomas.

Nadie se opuso. Newt fue el primero en entrar en el negro pasadizo, luego Chuck y finalmente Teresa. La oscuridad parecía tragarse hasta los rayos de luz de las linternas. Thomas cerró la marcha, sin molestarse en echar una última ojeada a los Penitentes muertos.

Después de unos minutos de andar, escuchó un alarido, que venía de la parte delantera del grupo, y luego otro y otro. Los gritos se desvanecían, como si se estuvieran desplomando…

Los murmullos recorrieron la fila hasta que llegaron a Teresa.

—Parece que el túnel termina en una rampa descendente —le dijo.

Thomas sintió que se le retorcían las tripas. Parecía que ese sitio era realmente un juego, al menos para quien lo había construido.

Fue escuchando los gritos y las risotadas que se apagaban de cada uno de los Habitantes. Luego fue el turno de Newt y de Chuck. Teresa apuntó la luz hacia abajo: había un tobogán de metal negro brillante con una pendiente muy abrupta.

Creo que no tenemos alternativa, le dijo ella dentro de su cabeza.

Me parece que no. Thomas tenía un fuerte presentimiento de que eso no los sacaría de la pesadilla en que vivían. Sólo esperaba que no los condujera a otra manada de Penitentes.

Teresa se arrojó por la rampa con un chillido casi de alegría y él la siguió, antes de llegar a convencerse de no hacerlo: cualquier cosa era mejor que el Laberinto.

Se deslizó bruscamente por el tobogán, que estaba cubierto de un aceite pegajoso que olía muy mal, como a plástico quemado y a maquinaria gastada. Retorció su cuerpo hasta que logró poner los pies adelante y trató de mantener las manos hacia fuera para disminuir la rapidez de la caída. Era inútil: esa sustancia grasosa cubría toda la rampa y no había manera de afirmarse.

Los gritos de los otros Habitantes resonaban como un eco dentro de las paredes del túnel mientras descendían por la rampa gelatinosa. El pánico se apoderó de él. No podía dejar de pensar que habían sido tragados por una bestia gigantesca, se deslizaban por su largo esófago y, en cualquier momento, aterrizarían en el estómago. Y como si sus pensamientos se hubieran materializado, surgió un olor a moho y a podrido, que le produjo arcadas y tuvo que reprimir las ganas de vomitar.

El pasadizo comenzó a serpentear y se convirtió en un tosco espiral. Eso disminuyó la velocidad que traían, hasta que los pies de Thomas chocaron contra Teresa, golpeándola en la cabeza. Al retroceder, se sintió invadido por una sensación de miseria total. Seguían girando sin parar: el túnel parecía no tener fin.

Las náuseas provocadas por esa sustancia viscosa que se le pegaba al cuerpo, por el olor y el movimiento en círculos, le quemaban el estómago. Estaba a punto de llevar la cabeza a un costado para vomitar cuando Teresa emitió un chillido agudo. No se escuchó ningún eco. Un segundo después, salió volando del túnel y aterrizó encima de ella.

Los cuerpos estaban desperdigados por todos lados, unos arriba de otros, gimiendo y retorciéndose en medio de la confusión, tratando de separarse. Sacudió los brazos y las piernas para alejarse de Teresa, y luego se arrastró un trecho para vomitar todo lo que tenía en el estómago.

Con el cuerpo todavía tembloroso, se pasó la mano por la boca y descubrió que estaba cubierta con esa sustancia mucosa tan desagradable. Se incorporó, frotó ambas manos en el piso y observó dónde se hallaban. Los otros chicos se habían agrupado y también contemplaban los alrededores. Durante la Transformación, había tenido vislumbres fugaces de ese lugar, pero justo en ese momento las imágenes se volvieron nítidas.

Se encontraban en una inmensa cámara subterránea, nueve o diez veces más grande que la Finca. El lugar estaba cubierto de arriba abajo con todo tipo de maquinaria, cables, conductos y computadoras. En un lado de la sala —hacia su derecha— pudo ver una hilera de unas cuarenta cápsulas blancas que parecían enormes ataúdes. En la pared de enfrente había grandes puertas de vidrio, pero la iluminación no permitía distinguir lo que había del otro lado.

—¡Miren! —gritó alguien.

Pero él ya lo había visto y se le había cortado la respiración. Se le puso la piel de gallina, al tiempo que un escalofrío le recorría la columna como si fuera una araña mojada.

Directamente delante de ellos, una fila de ventanas de vidrio oscuro —unas veinte en total— se extendía en forma horizontal a lo largo del recinto. Del otro lado de cada una de ellas, una persona —hombres y mujeres, pálidos y delgados— observaba atentamente a los Habitantes con los ojos entornados. Se estremeció de terror. Parecían fantasmas: como siniestras figuras de seres humanos enfurecidos y famélicos, que nunca habían sido felices en vida, mucho menos, muertos.

Pero Thomas sabía bien que no eran fantasmas. Eran las personas que los habían enviado al Laberinto. Aquellos que les habían arrancado sus vidas.

Los Creadores.

59

Thomas dio un paso atrás y notó que los demás hacían lo mismo. Un silencio mortal pareció absorber el aire del lugar, mientras los Habitantes miraban la hilera de ventanas y a los observadores que se escondían detrás. Uno de ellos desvió la vista hacia abajo para anotar algo; otro estiró la mano y se colocó unos lentes. Llevaban camisas blancas y batas negras, con una palabra bordada en el lado derecho del pecho. No podía leer lo que decía. Ninguno de los individuos se destacaba por algún rasgo facial: tenían tez cetrina y aspecto demacrado. Daba pena verlos.

Continuaban observando a los Habitantes. Un hombre sacudió la cabeza; una mujer asintió. Otro hombre se rascó la nariz. Ése fue el único gesto humano que Thomas detectó.

—¿Quién es esta gente? —susurró Chuck, pero su voz se amplificó como un eco por la habitación.

—Los Creadores —dijo Minho, escupiendo al piso—. ¡Les voy a romper la cara!

Gritó con tanta fuerza que Thomas se tapó los oídos.

—¿Qué hacemos? —preguntó—. ¿Qué están esperando?

—Seguramente han reactivado a los Penitentes —respondió Newt—. Y es probable que estén viniendo…

Un silbido lento y potente lo interrumpió. Sonaba como la señal de aviso de la marcha atrás de un camión enorme, pero mucho más fuerte. Se escuchaba por todos lados y retumbaba dentro de la sala.

—¿Y ahora qué? —preguntó Chuck, sin esconder la preocupación.

Por alguna razón, todos miraron a Thomas, que se encogió de hombros como única respuesta. Sus recuerdos llegaban hasta ahí. Desde ese momento, estaba tan desconcertado como cualquiera. Además de asustado. Estiró el cuello para examinar el lugar de una punta a la otra, intentando encontrar el origen del sonido. Pero todo seguía igual. Luego vio por el rabillo del ojo que los Habitantes miraban hacia las puertas. El corazón le latió aceleradamente al percibir que una de ellas se estaba abriendo.

El ruido se apagó y se instaló en la cámara un silencio tan profundo como si se encontraran en el espacio sideral. Thomas contuvo la respiración y se preparó para ver algo horrible atravesando la abertura.

En vez de eso, dos personas entraron en la habitación.

Una de ellas era una mujer adulta. Parecía bastante común. Llevaba pantalones negros y una camisa blanca, con botones en el cuello y un logo en el pecho: CRUEL, escrito en letras azules mayúsculas. Tenía pelo café que le caía hasta los hombros, cara delgada y ojos oscuros. Caminó hacia el grupo con cara inexpresiva. Era como si no hubiera notado la presencia de los chicos o no le importara.

La conozco, pensó. Pero era un recuerdo borroso. No sabía su nombre ni qué relación tenía con el Laberinto, pero le resultaba familiar. Y no solamente su aspecto, también la forma de caminar, los gestos: rígidos, sin una gota de alegría. Se detuvo a unos dos metros de los Habitantes y los fue mirando lentamente uno por uno, de izquierda a derecha.

La otra persona, que se encontraba de pie al lado de ella, era un chico que llevaba una sudadera extremadamente grande, con la capucha puesta tapándole la cara.

—Bienvenidos —dijo finalmente la mujer—. Más de dos años y tan pocos muertos. Increíble.

Thomas abrió la boca y la cara se le puso roja de furia.

—¿Perdón? —exclamó Newt.

Los recorrió de nuevo con la vista antes de detenerse en él.

—Todo salió de acuerdo con lo planeado, señor Newton. Aunque suponíamos que algunos más se rendirían durante el camino.

Echó una mirada a su compañero y luego estiró la mano y le bajó la capucha. Él levantó la vista con los ojos llenos de lágrimas. Los Habitantes dejaron escapar un suspiro de asombro. Thomas sintió que se le doblaban las rodillas.

Era *Gally*.

Thomas parpadeó y se frotó los ojos, como en un gesto salido de una historieta. La sorpresa y la indignación lo abrumaban.

—¡¿Qué está haciendo *él* aquí?! —gritó Minho.

—Ya están seguros —respondió la mujer como si no lo hubiera escuchado—. Por favor, cálmense.

—¿Qué? —ladró Minho—. ¿Quién eres tú para decirnos a nosotros que nos calmemos? Queremos ver a la policía, al alcalde, al presidente… ¡a alguien!

Thomas estaba preocupado por lo que Minho pudiera hacer; sin embargo, también quería que le diera un golpe en la cara a la desconocida.

Ella entrecerró los ojos mientras lo observaba.

—Muchacho, no tienes la más mínima idea de lo que estás diciendo. Yo hubiera esperado más madurez de alguien que pasó las Pruebas del Laberinto.

Su aire de superioridad irritó a Thomas.

Minho estaba por contestarle, pero Newt le dio un codazo en el estómago.

—Gally —dijo Newt—. ¿Qué está pasando?

El chico de pelo oscuro lo miró. Sus ojos se encendieron un segundo y la cabeza le tembló levemente, pero no respondió. *Hay algo extraño en él*, pensó Thomas. *Peor que antes*.

La mujer hizo un gesto afirmativo con la cabeza como si estuviera orgullosa de él.

—Algún día, estarán agradecidos por lo que hemos hecho por ustedes. Es lo único que puedo prometerles y confío en que sus mentes lo aceptarán. Si no es así, entonces todo esto fue un error. Éstas son épocas oscuras, señor Newton, muy oscuras.

Hizo una pausa.

—Por supuesto que también existe una Variable final —agregó, mientras retrocedía.

Thomas examinó a Gally. Le temblaba todo el cuerpo y la palidez enfermiza de la cara destacaba los ojos enrojecidos y vidriosos como manchas de sangre en un papel. Apretaba nerviosamente los labios como si quisiera hablar pero no pudiera hacerlo.

—¿Gally? —le dijo, haciendo un esfuerzo para reprimir el profundo odio que sentía por él.

Las palabras salieron a borbotones de su boca.

—Ellos… pueden controlarme… Yo no… —los ojos parecían saltar de su cara; una mano se dirigió a la garganta como ahogándolo—. Yo… tengo… que...

Cada palabra era como un graznido. Luego se quedó quieto y la cara y el cuerpo se relajaron.

Era lo mismo que le había pasado a Alby aquella vez en la cama, después de la Transformación. *¿Qué sería lo que…?*

Pero Thomas no tuvo tiempo de terminar su reflexión. Gally llevó la mano hacia atrás y sacó algo largo y brillante del bolsillo trasero. Las luces de la habitación lanzaron destellos sobre la superficie plateada: el chico aferraba con fuerza una daga de aspecto siniestro. Con una velocidad inusitada, se estiró y le lanzó el cuchillo. En ese momento, Thomas escuchó un grito a su derecha y notó un movimiento en su dirección.

La hoja giró como un molinete. Alcanzó a ver cada una de las vueltas que daba en el aire, como si, de pronto, el mundo pasara en cámara lenta y eso ocurriera con la sola intención de hacerle sentir el terror de ser testigo de algo semejante. La daga se acercaba en círculos directamente hacia él, mientras un grito ahogado le estrangulaba la garganta. Se obligó a moverse, pero no pudo.

Luego, sin ninguna explicación, Chuck estaba ahí, arrojándose delante de él. Los pies de Thomas se habían convertido en bloques de hielo: lo único que podía hacer era contemplar impotente la escena de horror que se desarrollaba delante de sus ojos.

La daga golpeó el pecho de Chuck con un ruido húmedo y desagradable, enterrándose hasta el fondo. El chico lanzó un grito y se desplomó, mientras su cuerpo se sacudía y brotaba sangre de la herida. Las piernas golpearon contra el piso y los pies continuaron arrojando patadas al aire. Una saliva roja se escurrió de los labios. Thomas sintió que el universo se derrumbaba a su alrededor y le aplastaba el corazón.

Se arrojó al suelo y tomó el cuerpo tembloroso de Chuck entre sus brazos. Las manos se le tiñeron de rojo.

—¡Chuck! —le gritó. Su voz le rasgó la garganta como si fuera un ácido—. *¡Chuck!*

El chico seguía con las convulsiones. Los ojos se le salían de las órbitas y la sangre manaba de la nariz y de la boca.

—Chuck… —repitió Thomas, como un susurro.

Debía de haber algo que pudieran hacer. Había que salvarlo. Ellos…

De pronto dejó de moverse. Los ojos volvieron a la posición normal y se posaron en Thomas, como aferrándose a lo que le restaba de vida. Apenas una palabra:

—Thom… mas.

—Resiste, Chuck —exclamó—. No te mueras, pelea. ¡Busquen ayuda!

Nadie se movió y, en el fondo, Thomas sabía por qué. No había nada que pudieran hacer. Era el fin. Manchas negras inundaron sus ojos, mientras la habitación se balanceaba de un lado al otro. *No*, pensó. *Chuck no. Cualquiera menos él.*

—Thomas —susurró—. Busca a… mi mamá —una tos seca brotó de los pulmones seguida de un chorro de sangre—. Dile…

No terminó la frase. Sus ojos se cerraron, el cuerpo se aflojó y respiró por última vez.

Se quedó mirando la figura sin vida de su amigo.

Fue entonces que algo ocurrió en su interior. Algo que se originó muy adentro de su pecho, como un brote de furia, de odio, de venganza. Oscuro y terrible. Y luego explotó, dispersándose por todo su cuerpo y su mente.

Soltó a Chuck, se puso de pie temblando y encaró a los nuevos visitantes.

En ese momento, perdió por completo la razón.

Corrió hacia delante, se arrojó sobre Gally y le apretó la garganta como si sus dedos fueran garras. Ambos cayeron al piso. Thomas se puso a horcajadas sobre el chico, lo sujetó con las piernas para que no escapara y comenzó a golpearlo.

Sostuvo a Gally en el suelo con la mano izquierda, presionando su cuello hacia abajo, mientras con el puño derecho descargaba una andanada de puñetazos en su cara. Estrelló sus nudillos contra las mejillas y la nariz una y otra vez. Hubo crujidos, sangre y aullidos horribles. No sabía cuáles eran más fuertes: los de Gally o los de él. Le pegó hasta que liberó la última gota de furia que llevaba dentro.

Luego Minho y Newt lo arrastraron por el piso fuera de allí, mientras él se retorcía y pedía a gritos que lo dejaran en paz. Seguía con los ojos clavados en Gally, que estaba echado en el suelo, quieto. Thomas podía sentir el odio que brotaba de él, como si estuvieran conectados por una llama visible.

Y, de golpe, todo se desvaneció y sólo pudo pensar en Chuck.

Se soltó de las manos que lo sujetaban y corrió hacia el cuerpo inerte de su amigo. Lo agarró otra vez entre sus brazos, sin prestar atención ni a la sangre ni al aspecto cadavérico.

—¡No! —aulló, consumido por la tristeza—. ¡No!

Teresa estaba junto a él y apoyó la mano en su hombro. Thomas se la quitó de una sacudida.

—¡Yo se lo prometí! —gritó, percibiendo que su voz estaba teñida de algo que no era bueno, como demencial—. ¡Le prometí que iba a salvarlo, que lo llevaría a su casa!

Teresa no respondió, sólo sacudió la cabeza con los ojos clavados en el piso.

Thomas apretó a Chuck contra su pecho lo más fuerte que pudo, como si así pudiera revivirlo o darle las gracias por haberle salvado la vida y haber sido su amigo cuando nadie más quería serlo.

Se echó a llorar como nunca antes lo había hecho. Sus sollozos angustiantes resonaron por la sala como los lamentos de un torturado.

60

Finalmente, escondió sus emociones en su corazón, reprimiendo la ola de dolor que lo inundaba. En el Área, Chuck se había convertido en el símbolo de la esperanza de que las cosas podían cambiar y volver a la normalidad: dormir en camas otra vez, recibir el beso de las buenas noches, comer pan con mantequilla en el desayuno, ir a una escuela de verdad. Ser felices.

Pero ahora se había ido. Y su cuerpo inmóvil, que Thomas todavía aferraba, parecía un frío amuleto. Era la prueba de que no sólo esos sueños de un futuro mejor nunca llegarían a concretarse, sino que la vida, en realidad, nunca había sido del todo buena. Aun escapándose, tenían por delante días muy sombríos y una existencia de tristeza.

Sus recuerdos recurrentes eran fragmentarios y no había muchas cosas buenas que rescatar entre tanta miseria.

Thomas juntó su dolor y lo encerró en algún lugar muy profundo de su interior. Lo hizo por Teresa, por Newt y por Minho. Por más oscuro que fuera lo que los esperaba, ellos estarían unidos y eso era lo único que importaba en ese momento.

Soltó a su amigo y se desplomó hacia atrás, tratando de no mirar la camisa del chico empapada de sangre. Se secó las lágrimas y se frotó los ojos, pensando que debería sentirse avergonzado, cuando en realidad no lo estaba. Entonces levantó la vista y vio a Teresa, con sus enormes ojos azules llenos de pena, tanto por Chuck como por él.

Ella estiró el brazo y lo ayudó a levantarse. Una vez que estuvo de pie, no se soltaron. Le apretó la mano, tratando de explicarle cómo se sentía. Nadie dijo una palabra. La mayoría de los chicos observaban el cuerpo de Chuck sin ninguna expresión en la cara, como si estuvieran más allá de los sentimientos. Nadie miró a Gally, que respiraba pero se mantenía quieto.

La mujer de CRUEL fue la primera en hablar.

—Las cosas no ocurren porque sí, todo tiene un motivo —dijo, sin rastros ya de maldad en la voz—. Tienen que entender esto.

Thomas le lanzó una mirada cargada de odio, pero no hizo nada.

Teresa le apretó el brazo con cariño. *¿Y ahora qué?*, le preguntó.

No sé, respondió. *No puedo…*

Fue interrumpido por un escándalo repentino y una gran conmoción fuera de la puerta por la cual había entrado la mujer. Ella miró en esa dirección con expresión de terror.

Irrumpieron en el recinto varios hombres y mujeres con armas en alto y a gritos, vestidos con jeans mugrientos y abrigos empapados. Resultaba imposible entender lo que decían. Las pistolas y los rifles que empuñaban tenían un aspecto… antiguo, casi rústico. Parecían juguetes abandonados en el bosque durante años y descubiertos recientemente por la siguiente generación de chicos dispuestos a jugar a la guerra.

Contempló perplejo cómo dos de los recién llegados tomaban a la mujer de CRUEL de los brazos y, con un solo movimiento, la arrojaban al piso. Luego, uno de ellos retrocedió y le apuntó con el arma.

No puede ser, pensó Thomas. *No…*

Unos fogonazos iluminaron el aire y varios tiros se estrellaron contra su cuerpo. Ella estaba muerta y eso se había convertido en una carnicería.

Retrocedió tambaleante.

Un hombre se acercó a los Habitantes, al tiempo que el resto del grupo se desplegaba alrededor de ellos moviendo las armas de un lado a otro y disparando a las ventanas de observación. Escuchó los alaridos; vio la sangre y los vidrios rotos, y luego se concentró en el hombre que estaba junto a ellos. Tenía pelo oscuro y su cara era joven, pero estaba llena de arrugas alrededor de los ojos.

—No hay tiempo para explicaciones —dijo, con una voz tan crispada como su rostro—. Síganme y corran como si sus vidas dependieran de ello. Porque es así.

El hombre les hizo unas señas a sus compañeros y luego salió corriendo por las puertas de vidrio, sosteniendo el arma con firmeza delante de él. Todavía se oían disparos y gemidos de agonía en el recinto, pero Thomas hizo todo lo posible por ignorarlos y seguir las instrucciones.

—¡Corran! —gritó uno de sus salvadores. Ése fue el único término que se le ocurrió para nombrar a quienes los habían rescatado.

Después de una breve vacilación, los Habitantes huyeron dando grandes zancadas y chocando unos con otros en el apuro por dejar el lugar. Thomas se marchó con ellos sin soltar la mano de Teresa. Estaban entre los últimos del grupo. No tenían más remedio que abandonar el cuerpo de Chuck. Se sentía como anestesiado.

Corrieron por un largo pasillo hasta un túnel débilmente iluminado y subieron unas escaleras. Todo estaba oscuro y olía a aparatos electrónicos. Recorrieron otro pasadizo, más escaleras, varios pasillos. Thomas quería sentir tristeza por Chuck, entusiasmo por la huida y alegría de que Teresa estuviera allí con él. Pero había visto demasiado y sólo tenía un gran vacío en su interior.

Mientras escapaban, algunos hombres y mujeres los guiaban al frente del grupo y otros los alentaban desde atrás.

Encontraron otro conjunto de puertas de vidrio y, al atravesarlas, los sorprendió un intenso chaparrón que caía de un cielo negro. No se veían más que pálidos destellos fugaces reflejados en la cortina de agua, que repiqueteaba en el piso.

El líder no dejó de moverse hasta que llegaron a un gran autobús, abollado y oxidado, con las ventanillas rotas. La lluvia caía a chorros sobre el vehículo, y Thomas imaginó que era una enorme bestia que emergía del océano.

—¡Suban! —gritó el hombre—. ¡Deprisa!

Los Habitantes se agolparon en la puerta y fueron entrando uno por uno. Entre los empujones y el desorden, les tomó mucho tiempo trepar esos tres escalones y ubicarse en los asientos.

Thomas era el último de la fila y Teresa estaba justo delante de él. Observó el cielo y sintió la lluvia mojándole la cara. El agua estaba casi caliente y tenía una extraña densidad. Curiosamente, lo ayudó a salir de su abatimiento y a recuperar sus sentidos. Quizás fue sólo la intensidad del diluvio. Se concentró en el autobús, en Teresa y en escapar.

Estaban por llegar a la puerta cuando una mano le pegó en el hombro y lo sujetó de la camisa. Lanzó un grito al percibir que alguien lo sacudía bruscamente hacia atrás, separando su mano de la de Teresa. Cayó con fuerza salpicando agua al golpear contra la tierra. Un rayo de dolor le corrió por la espalda. La cabeza de una mujer apareció unos cinco centímetros arriba de él, impidiéndole el paso a Teresa.

El pelo grasoso se deslizaba por sus hombros y mojaba la piel de Thomas, mientras su rostro permanecía oculto en las sombras. Un olor horrible lo invadió, como de huevos y leche en mal estado. La mujer se estiró hacia atrás lo suficiente como para que la luz de una linterna revelara sus rasgos: una piel pálida y arrugada, cubierta de llagas que supuraban. El terror lo paralizó.

—¡Nos salvarás a todos! —exclamó la espantosa mujer, escupiendo saliva con cada palabra—. ¡Nos salvarás de la Llamarada!

Soltó una carcajada que en realidad sonó como una tos seca. Luego emitió un aullido cuando uno de los desconocidos la tomó con las dos manos y la arrancó de encima de Thomas. Él se puso de pie y volvió con Teresa. Pudo ver que el hombre arrastraba a la extraña, que se resistía lanzando patadas al aire. Luego, la mujer le apuntó a Thomas con el dedo y le habló.

—¡No creas nada de lo que te digan! ¡Tú nos salvarás de la Llamarada!

Cuando el hombre estuvo a varios metros del autobús, arrojó a la desquiciada al piso.

—¡Quédate ahí o te mato! —gritó, y luego miró a Thomas—. ¡Entra al autobús!

Estaba tan aterrorizado por los terribles sucesos que siguió a Teresa temblando y subió al vehículo. Los Habitantes los miraron con ojos enormes por el asombro mientras caminaban hasta el fondo y se dejaban caer en los asientos. Se acurrucaron uno al lado del otro. Un agua negra chorreaba por las ventanillas; la lluvia martillaba con fuerza sobre el techo; los truenos sacudían el cielo.

¿Qué fue eso?, preguntó Teresa en su mente. Thomas simplemente sacudió la cabeza: la imagen de Chuck afloró otra vez, reemplazando a la mujer loca y oscureciendo su corazón. Nada le importaba ni se sentía contento de escapar del Laberinto. *Chuck…*

Una de las mujeres del grupo que los había rescatado se sentó cerca de ellos, al otro lado del pasillo. El líder —el hombre que les había hablado al principio— se sentó al volante y encendió el motor. El vehículo comenzó a rodar hacia delante.

En ese momento, notó un movimiento fugaz del otro lado de la ventanilla. La mujer de las llagas se había puesto de pie y corría hacia la parte delantera del autobús, agitando los brazos con furia y lanzando gritos que el ruido de la tormenta ahogaba. No podía decidir si la expresión de sus ojos era de demencia o de terror.

Se inclinó hacia el vidrio al verla desaparecer.

—¡Esperen! —aulló, pero nadie lo escuchó o, de lo contrario, no les importó.

El conductor pisó el acelerador. El autobús dio una sacudida y golpeó violentamente el cuerpo de la extraña. La agitación casi arranca a Thomas de su asiento, mientras las ruedas delanteras pasaban por encima de ella, seguidas de inmediato por un segundo sobresalto, el de las ruedas traseras. Miró a Teresa, que tenía una cara de repugnancia que debía ser igual a la suya.

Sin decir una palabra, el chofer continuó acelerando y el vehículo se abrió paso a tumbos en la tormenta nocturna.

61

La hora que siguió transcurrió en una nebulosa de imágenes y sonidos. Atravesaron pueblos y ciudades a una velocidad temeraria, en medio de una lluvia constante que dificultaba la visión. Las luces y los edificios parecían manchas curvadas y acuosas, como si todo fuera parte de una alucinación. En un momento dado, algunas personas corrieron junto al autobús. Tenían aspecto andrajoso, el pelo apelmazado y esas extrañas llagas —las mismas que Thomas había visto en la mujer— cubriendo sus caras de terror. Golpearon los costados del transporte como si quisieran subirse para escapar de las horribles vidas que les habían tocado en suerte.

El vehículo nunca disminuyó la marcha. Teresa permanecía en silencio junto a él.

Finalmente, Thomas juntó el valor necesario para hablarle a la mujer que estaba sentada al otro lado del pasillo.

—¿Qué está ocurriendo? —preguntó, no muy seguro de lo que decía.

Ella lo observó con ojos llenos de tristeza y el pelo negro mojado cayéndole a los lados del rostro.

—Es una historia muy larga.

La voz surgió mucho más amable de lo que él había esperado, alentándolo a pensar que era realmente una amiga… y que todas las personas que los habían rescatado también lo eran. A pesar de haber atropellado a una mujer a sangre fría.

—Por favor —dijo Teresa—. Cuéntanos un poco.

La desconocida llevó la mirada de uno a otro y dejó escapar un suspiro.

—Les va a tomar un tiempo recuperar la memoria, si es que eso ocurre alguna vez… No somos científicos, no tenemos ni idea de lo que ellos les hicieron ni de los métodos que utilizaron.

Se sintió muy desanimado ante el hecho de que quizás hubiera perdido sus recuerdos para siempre, pero quería saber más.

—¿Quiénes son ellos? —preguntó.

—Todo comenzó con las llamaradas solares —comenzó a explicar la mujer con mirada ausente.

—¿Qué…? —intervino Teresa, pero él le hizo una seña para que se callara.

Déjala hablar, le dijo en su mente. *Parece que está dispuesta a hacerlo.*

Está bien.

La mujer parecía haber entrado en estado de trance, con la vista fija a lo lejos en un punto indefinido.

—Las llamaradas solares no se podían haber pronosticado. Son fenómenos normales, pero éstas fueron de una intensidad nunca antes experimentada y la velocidad de su desarrollo fue tal que, cuando las percibieron, en cuestión de minutos la explosión arrasó la Tierra. Primero, se incendiaron nuestros satélites y miles de personas, que pasaron a ser millones con el correr de los días, murieron instantáneamente; kilómetros y kilómetros de tierra se convirtieron en páramos. Luego vino la enfermedad.

Hizo una pausa para respirar.

—El ecosistema quedó destruido y fue imposible controlar la enfermedad, incluso mantenerla dentro de Sudamérica. Las selvas desaparecieron pero no los insectos. La gente la bautizó como "la Llamarada". Es un mal realmente pavoroso. Sólo los más ricos pueden recibir tratamiento, pero nadie logra curarse. A menos que los rumores que vienen de los Andes sean ciertos.

Thomas estaba lleno de preguntas y tuvo que reprimirse para no abrir la boca. Aunque el horror crecía dentro de su corazón, siguió escuchando la explicación.

—En cuanto a todos ustedes, son sólo unos pocos de los millones de chicos que quedaron huérfanos. Ellos probaron a miles, pero los eligieron a ustedes para la experiencia más importante de todas: la prueba máxima. Todo lo que les sucedió fue calculado y pensado hasta el último detalle. Se diseñaron catalizadores para estudiar sus reacciones, sus ondas cerebrales y sus pensamientos. Todo eso se creó para descubrir a aquellos que fueran capaces de ayudarnos a encontrar una manera de vencer a la Llamarada.

La mujer hizo otra pausa y se acomodó el pelo detrás de la oreja.

—La mayor parte de los efectos físicos son causados por alguna otra cuestión. Primero vienen los delirios; luego los instintos animales comienzan a sofocar a los instintos humanos hasta que los consumen y destruyen la naturaleza y la esencia de la persona. Todo está en la cabeza. La Llamarada habita en las mentes. Es algo aterrador. Es preferible morir que contagiarse de esa enfermedad.

La desconocida dejó de mirar a un punto remoto y volvió la vista hacia Thomas, luego a Teresa y otra vez a él.

—No vamos a permitir que hagan esto a los chicos. Juramos por nuestra vida que lucharíamos contra CRUEL. No podemos perder nuestra humanidad, sin importar cuál sea el resultado final.

Cruzó las manos sobre las piernas y bajó la vista hacia ellas.

—Ya se enterarán de más cosas con el tiempo. Nosotros vivimos muy al norte. Estamos a miles de kilómetros de los Andes. Ellos lo denominaron el Desierto; se extiende entre aquí y allá. Se concentra principalmente alrededor de lo que se solía llamar el "ecuador". Ahora no hay más que polvo y calor. Es un sitio lleno de salvajes consumidos por la Llamarada, sin posibilidad de salvación. Estamos tratando de cruzar esas tierras para encontrar la cura. Pero hasta que eso ocurra, combatiremos contra CRUEL y detendremos los experimentos y las pruebas —miró atentamente a Thomas y después a Teresa—. Esperamos que ustedes se unan a nosotros.

La mujer apartó la vista y se puso a mirar por la ventanilla de su asiento.

Thomas observó a Teresa con expresión inquisitiva. Ella simplemente sacudió la cabeza, la apoyó en su hombro y cerró los ojos.

Estoy demasiado cansada como para pensar, le dijo. *Disfrutemos de estar a salvo. Por ahora.*

Quizás tengas razón, respondió. *Puede ser.*

Escuchó la suave respiración de Teresa mientras dormía, pero sabía que eso sería imposible para él. Sentía una avalancha de emociones contradictorias, que no podía identificar. De cualquier manera, eso era mejor que el vacío gris que había experimentado antes. Lo único que podía hacer era quedarse allí mirando por la ventana la lluvia y la oscuridad, meditando sobre términos como *Llamarada, Enfermedad, Experimento, Desierto* y *CRUEL*. Sólo le quedaba esperar que, a partir de ese momento, las cosas fueran mejores de lo que habían sido en el Laberinto.

Pero mientras se mecía de un lado a otro con los movimientos del autobús, con la cabeza de Teresa sacudiéndose en su hombro por los baches del camino, sus pensamientos regresaban una y otra vez a lo mismo.

Chuck.

Dos horas después, el vehículo se detuvo.

Se encontraban en un estacionamiento todo sucio de lodo, alrededor de un edificio poco llamativo con varias hileras de ventanas. La mujer y algunos hombres del grupo que los había rescatado guiaron a los diecinueve chicos y a la chica a través de la puerta delantera. Subieron unas escaleras y llegaron a un gran dormitorio con varias literas alineadas contra una de las paredes. En el lado opuesto, había cómodas y mesas. Las ventanas tenían cortinas que alegraban las paredes del cuarto.

Thomas observó todo con un asombro mudo y distante: estaba más allá de la sorpresa y de la emoción.

El lugar era una explosión de color: pintura amarilla, mantas rojas, cortinas verdes. Después de la gris monotonía del Área, era como si estuvieran en medio de un arco iris. Al contemplar las camas y las cómodas bien hechas y en buen estado, la sensación de normalidad resultó abrumadora. Demasiado bueno para ser verdad. Minho fue el que mejor definió lo que sentían.

—Shuck, larchos. Estamos en el paraíso.

A Thomas le costaba sentirse alegre, como si estuviera traicionando a Chuck. Pero había algo allí que no tenía sentido.

El líder y conductor del autobús los dejó en manos de un pequeño equipo: nueve o diez hombres y mujeres que llevaban pantalones negros planchados y camisas blancas, el pelo impecable, y las caras y las manos limpias. No dejaban de sonreír.

Los colores, las camas, el personal. Sintió que una imposible felicidad trataba de abrirse camino en su interior. Sin embargo, un gran vacío acechaba en el medio de esa alegría, un abismo negro que tal vez nunca desaparecería: los recuerdos de Chuck y su muerte brutal. Su sacrificio. Pero a pesar de eso, a pesar de todo lo que habían sufrido y de lo que la mujer les había contado en el autobús acerca del mundo al que habían regresado, se sintió seguro por primera vez desde que había salido de la Caja.

Se asignaron las camas, se distribuyeron los elementos de tocador y la ropa, y se sirvió la cena. Pizza. Pero pizza de verdad, bien grasosa. El hambre superó todo lo demás y Thomas devoró cada bocado. El buen ánimo y el alivio que lo rodeaban eran evidentes. La mayoría de los Habitantes se había mantenido en silencio durante casi toda la comida, temiendo quizás que las palabras hicieran que todo se esfumara. Pero había muchas sonrisas. Estaba tan acostumbrado a las miradas de desesperación que le pareció casi inquietante ver caras felices, principalmente por lo difícil que le estaba resultando sentirse contento.

Apenas terminaron de comer, nadie se opuso en lo más mínimo cuando les dijeron que era hora de ir a la cama.

Especialmente Thomas. Tenía la impresión de que podría dormir durante un mes entero.

62

Thomas compartió una litera con Minho, quien insistió en dormir arriba. Newt y Sartén estaban en la cama contigua. Instalaron a Teresa en una habitación separada del resto. Ella se alejó arrastrando los pies sin llegar a despedirse. Tres segundos después de que se fuera, ya la extrañaba desesperadamente.

Cuando se estaba acomodando en un suave colchón para pasar la noche, alguien lo interrumpió.

—Hey, Thomas —lo llamó Minho desde arriba.

—¿Qué?

Estaba tan cansado que la palabra salió con mucha dificultad.

—¿Qué crees que les pasó a los Habitantes que se quedaron en el Área?

No había pensado en ello. Había tenido la mente ocupada en Chuck y luego en Teresa.

—No sé. Pero basándome en todos los que murieron tratando de llegar hasta aquí, no querría estar allí en este momento. Es probable que los Penitentes ya se hayan arrojado sobre ellos —contestó, al tiempo que se sorprendía por el tono tan despreocupado de su comentario.

—¿Crees que estamos seguros con esta gente?

Pensó un rato antes de contestar. Sólo había una respuesta a la cual aferrarse.

—Sí, creo que estamos seguros.

Minho dijo algo más pero no lo escuchó. Estaba completamente exhausto. Su mente vagó por su breve estadía en el Laberinto, la época en que fue Corredor y cuánto había deseado serlo… desde esa primera noche en el Área. Parecía que todo eso había ocurrido hacía cientos de años. Como si hubiera sido un sueño.

Los murmullos flotaban por la habitación, pero Thomas sentía que venían de otro mundo. Miró fijamente las tablas de madera de la cama de arriba, sintiendo la atracción del sueño. Pero como quería hablar con Teresa, se resistió.

¿Cómo es tu habitación?, le preguntó. *Ojalá estuvieras aquí.*

¿Sí? —contestó ella—. *¿Con todos esos chicos apestosos? Me parece que no.*

Tienes razón. Creo que Minho ya se ha echado tres pedos en el último minuto. Sabía que no era un buen chiste, pero fue lo más gracioso que se le ocurrió.

Se dio cuenta de que ella se estaba riendo y deseó poder hacer lo mismo. Sobrevino un largo silencio.

Lamento mucho lo de Chuck, dijo ella finalmente.

Sintió una punzada aguda y cerró los ojos. *A veces podía ser tan irritante*, dijo. Luego recordó aquella noche cuando Chuck le dio un susto a Gally en el baño. *Pero duele. Siento como si hubiese perdido a un hermano.*

Lo sé.

Te prometo…

Basta, Tom.

¿Qué pasa? Quería que Teresa lo animara para que el dolor desapareciera mágicamente.

Olvídate ya de las promesas. La mitad de nosotros logró escapar. Todos estaríamos muertos si nos hubiéramos quedado en el Laberinto.

Pero Chuck no lo logró.

La culpa lo atormentaba porque sabía con certeza que cambiaría a cualquiera de los Habitantes de ese dormitorio por Chuck.

Murió para salvarte, dijo Teresa. *Fue su elección. No la desperdicies.*

Las lágrimas se arremolinaban bajo sus párpados. Una se escapó deslizándose por la sien hasta el pelo. Pasaron un minuto en silencio.

¿Teresa?, la llamó.

¿Sí? Tenía miedo de compartir sus pensamientos.

Quiero acordarme de ti. De los dos. Ya sabes, antes.

Yo también.

Parece que nosotros... No sabía cómo decirlo.

Ya lo sé.

Me pregunto cómo será mañana.

Lo sabremos en unas pocas horas.

Sí. Buenas noches. Quería decir más, mucho más, pero no se le ocurría nada.

Hasta mañana, dijo ella, justo cuando las luces se apagaron.

Thomas se volteó, contento de que estuviera oscuro, así nadie podría notar la expresión de su rostro.

No era exactamente una sonrisa. Tampoco una expresión alegre, pero casi.

Y por el momento, *casi* era suficiente.

EPÍLOGO

CRUEL, Memorándum, Fecha 232.1.27, Hora 10:45 p.m.
Para: Mis Colegas
De: Ministra Ava Paige
RE: COMENTARIOS SOBRE LAS PRUEBAS DEL LABERINTO,
GRUPO A

Según mis consideraciones, creo que todos estaremos de acuerdo en que las Pruebas resultaron un éxito. Veinte sobrevivientes: todos ellos bien calificados para el proyecto que hemos planeado. Las respuestas a las Variables fueron satisfactorias y alentadoras. El asesinato del chico y el "rescate" demostraron ser un final valioso. Teníamos que sacudir sus organismos y analizar las reacciones. Les digo, sinceramente, que estoy asombrada de que hayamos podido reunir, a pesar de todo, una cantidad tan grande de chicos que nunca se dieron por vencidos.

Curiosamente, verlos así, pensando que todo está bien, ha sido lo más duro que me ha tocado presenciar. Pero no hay tiempo para lamentaciones. Por el bien de nuestra gente, seguiremos adelante.

Ya tengo una opinión formada de quién debería ser elegido como líder, pero me abstengo de decirlo en este momento para no influir en las decisiones de los demás. Aunque, para mí, es una elección obvia.

Todos sabemos muy bien lo que hay en juego. Yo, personalmente, me siento muy confiada. ¿Recuerdan lo que la chica escribió en su brazo antes de perder la memoria? ¿La única cosa a la que decidió aferrarse? *CRUEL es bueno.*

Con el tiempo, los reclutados recordarán y comprenderán el motivo de las experiencias tan duras a las que los hemos sometido y a las que aún planeamos someterlos. La misión de CRUEL es servir y preservar a la humanidad, a cualquier precio. Somos, efectivamente, "buenos".

Por favor, respondan con sus propias reacciones. Se autorizará a los reclutados a dormir durante toda una noche antes de implementar la Fase 2. Por el momento, permitámonos alentar cierta esperanza.

Los resultados de las pruebas del Grupo B también fueron extraordinarios. Necesito tiempo para procesar la información, pero podremos abordar ese tema en breve.

Hasta mañana, entonces.

FIN DEL LIBRO UNO

¡Tu opinión es importante!
Escríbenos un e-mail a **miopinion@vreditoras.com**
con el título de este libro en el "Asunto".

Conócenos mejor en:
www.vreditoras.com
facebook.com/vreditoras

f facebook.com/sagaMazeRunner

Las mejores sagas están en V&R

MAZE RUNNER
James Dashner

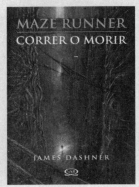
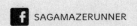

Correr o morir
Prueba de fuego
La cura mortal
Virus letal
Expedientes secretos
Bienvenidos al Área

INSIGNIA
S. J. Kincaid

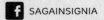

Insignia
Vortex
Catalyst / Lanzamiento 2015

PARTIALS
Dan Wells

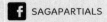

La conexión
Fragmentos
Ruinas

f SAGAMAZERUNNER

f SAGAINSIGNIA

f SAGAPARTIALS

V&R
EDITORAS

www.vreditoras.com

Correr o Morir
Esta obra se terminó de imprimir en marzo de 2015.
En los talleres de Litográfica Ingramex, S.A. de C.V.
Centeno 162-1, Col. Granjas Esmeralda, C.P. 09810 México, D.F.